北山四先生全書

許謙卷

黃靈庚　李聖華　主編

詩集傳名物鈔

附詩集傳名物鈔音釋纂輯

〔元〕許謙／撰　方媛　李鳳立／整理

上

上海古籍出版社

浙江文化研究工程重大項目成果

中共金華市委宣傳部重大文化研究工程項目成果

首都師範大學中國詩歌研究中心成果

浙江師範大學江南文化研究中心成果

浙江省越文化傳承與創新研究中心成果

二〇二一年國家古籍整理出版資助項目

浙江省文化研究工程指導委員會

浙江文化研究工程成果文庫總序

習近平

有人將文化比作一條來自老祖宗而又流向未來的河，這是説文化的傳統，通過縱向傳承和横向傳遞，生生不息地影響和引領着人們的生存與發展；有人説文化是人類的思想、智慧、信仰、情感和生活的載體、方式和方法，這是將文化作爲人們代代相傳的生活方式的整體。我們説，文化爲群體生活提供規範、方式與環境，文化通過傳承爲社會進步發揮基礎作用，文化會促進或制約經濟乃至整個社會的發展。文化的力量，已經深深熔鑄在民族的生命力、創造力和凝聚力之中。

在人類文化演化的進程中，各種文化都在其内部生成衆多的元素、層次與類型，由此決定了文化的多樣性與複雜性。

中國文化的博大精深，來源於其内部生成的多姿多彩；中國文化的歷久彌新，取決於其變遷過程中各種元素、層次、類型在内容和結構上通過碰撞、解構、融合而産生的革故鼎新的强大動力。

中國土地廣袤、疆域遼闊，不同區域間因自然環境、經濟環境、社會環境等諸多方面的差

異，建構了不同的區域文化。區域文化如同百川歸海，共同匯聚成中國文化的大傳統，這種大傳統如同春風化雨，滲透於各種區域文化之中。在這個過程中，區域文化如同清溪山泉潺潺不息，在中國文化的共同價值取向下，以自己的獨特個性支撑着、引領着本地經濟社會的發展。

從區域文化入手，對一地文化的歷史與現狀展開全面、系統、扎實、有序的研究，一方面可以藉此梳理和弘揚當地的歷史傳統和文化資源，繁榮和豐富當代的先進文化建設活動，規劃和指導未來的文化發展藍圖，增强文化軟實力，爲全面建設小康社會、加快推進社會主義現代化提供思想保證、精神動力、智力支持和輿論力量；另一方面，這也是深入瞭解中國文化、研究中國文化、發展中國文化、創新中國文化的重要途徑之一。如今，區域文化研究日益受到各地重視，成爲我國文化研究走向深入的一個重要標誌。我們今天實施浙江文化研究工程，其目的和意義也在於此。

千百年來，浙江人民積澱和傳承了一個底蘊深厚的文化傳統。這種文化傳統的獨特性，正在於它令人驚嘆的富於創造力的智慧和力量。

浙江文化中富於創造力的基因，早早地出現在其歷史的源頭。在浙江新石器時代最爲著名的跨湖橋、河姆渡、馬家浜和良渚的考古文化中，浙江先民們都以不同凡響的作爲，在中華民族的文明之源留下了創造和進步的印記。

浙江人民在與時俱進的歷史軌迹上一路走來，秉承富於創造力的文化傳統，這深深地融匯在一代代浙江人民的血液中，體現在浙江人民的行爲上，也在浙江歷史上衆多傑出人物身上得到充分展示。從大禹的因勢利導、敬業治水，到勾踐的臥薪嘗膽、勵精圖治；從錢氏的保境安民、納土歸宋，到胡則的爲官一任、造福一方；從岳飛、于謙的精忠報國、清白一生，到方孝孺、張蒼水的剛正不阿、以身殉國；從沈括的博學多識、精研深究，到竺可楨的科學救國、求是一生；無論是陳亮、葉適的經世致用，還是黄宗羲的工商皆本；無論是王充、王陽明的批判、自覺，還是龔自珍、蔡元培的開明、開放，等等，都展示了浙江深厚的文化底藴，凝聚了浙江人民求真務實的創造精神。

代代相傳的文化創造的作爲和精神，從觀念、態度、行爲方式和價值取向上，孕育、形成和發展了淵源有自的浙江地域文化傳統和與時俱進的浙江文化精神，她滋育着浙江的生命力、催生着浙江的凝聚力、激發着浙江的創造力、培植着浙江的競争力，激勵着浙江人民永不自滿、永不停息，在各個不同的歷史時期不斷地超越自我、創業奮進。

悠久深厚、意韻豐富的浙江文化傳統，是歷史賜予我們的寶貴財富，也是我們開拓未來的豐富資源和不竭動力。黨的十六大以來推進浙江新發展的實踐，使我們越來越深刻地認識到，與國家實施改革開放大政方針相伴隨的浙江經濟社會持續快速健康發展的深層原因，就在於浙江深厚的文化底藴和文化傳統與當今時代精神的有機結合，就在於發展先進生産力與發展先進文化的有機結合。今後一個時期浙江能否在全面建設小康社會、加快社會主義現代化建設進程中繼續走在前列，很大程度上取決於我們對文化力量的深刻認識、對發展先進文化的高度自覺和對加快建設文化大省的工作力度。我們應該看到，文化的力量最終可以轉化爲物質的力量，文化的軟實力最終可以轉化爲經濟的硬實力。文化要素是綜合競争力的核心要素，文化資源是經濟社會發展的重要資源，文化素質是領導者和勞動者的首要素質。因此，研究浙江文化的歷史與現狀，增强文化軟實力，爲浙江的現代化建設服務，是浙江人民的共同事業，也是浙江各級黨委、政府的重要使命和責任。

二〇〇五年七月召開的中共浙江省委十一届八次全會，作出《關於加快建設文化大省的决定》，提出要從增强先進文化凝聚力、解放和發展生産力、增强社會公共服務能力入手，大力實施文明素質工程、文化精品工程、文化研究工程、文化保護工程、文化産業促進工程、文化陣地工程、文化傳播工程、文化人才工程等「八項工程」，實施科教興國和人才强國戰略，加快建設教育、科技、衛生、體育等「四個强省」。作爲文化建設「八項工程」之一的文化研究工程，其任務就是系統研究浙江文化的歷史成就和當代發展，深入挖掘浙江文化底藴、研究浙江現象、總結浙江經驗、指導浙江未來的發展。

浙江文化研究工程將重點研究「今、古、人、文」四個方面，即圍遶浙江當代發展問題研究、浙江歷史文化專題研究、浙江名人研究、浙江歷史文獻整理四大板塊，開展系統研究，出版系列叢書。在研究内容上，深入挖掘浙江文化底藴，系統梳理和分析浙江歷史文化的内部結構、變化規律和地域特色，堅持和發展浙江精神；研究浙江文化與其他地域文化的異同，釐清浙江文化在中國文化中的地位和相互影響的關係；圍遶浙江生動的當代實踐，深入解讀浙江現象，總結浙江經驗，指導浙江發展。在研究力量上，通過課題組織、出版資助、重點研究基地建設、加强省内外大院名校合作、整合各地各部門力量等途徑，形成上下聯動、學界互動的整體合力。在成果運用上，注重研究成果的學術價值和應用價值，充分發揮其認識世界、傳承文明、創新理論、咨政育人、服務社會的重要作用。

我們希望通過實施浙江文化研究工程，努力用浙江歷史教育浙江人民、用浙江文化熏陶浙江人民、用浙江精神鼓舞浙江人民、用浙江經驗引領浙江人民，進一步激發浙江人民的無窮智慧和偉大創造能力，推動浙江實現又快又好發展。

今天，我們踏着來自歷史的河流，受着一方百姓的期許，理應負起使命，至誠奉獻，讓我們的文化綿延不絶，讓我們的創造生生不息。

二〇〇六年五月三十日於杭州

浙江文化研究工程成果文庫序言

袁家軍

浙江是中華文明的發祥地之一，歷史悠久、人文薈萃，素稱「文物之邦」「人文淵藪」，從河姆渡的陶竈炊烟到良渚的文明星火，從吴越争霸的千古傳奇到宋韻文化的風雅氣度，從革命紅船的揚帆起航到建國初期的篳路藍縷，從改革開放的敢爲人先到新時代的變革創新，都留下了彌足珍貴的歷史文化財富。縱覽浙江發展的歷史，文化是軟實力，也是硬實力，是支撑力，也是變革力，爲浙江幹在實處、走在前列、勇立潮頭提供了獨特的精神激勵和智力支持。

二〇〇三年，習近平總書記在浙江工作時作出「八八戰略」重大決策部署，明確提出要進一步發揮浙江的人文優勢，積極推進科教興省、人才强省，加快建設文化大省。二〇〇五年七月，習近平同志主持召開省委十一届八次全會，親自擘畫加快建設文化大省的宏偉藍圖。在習近平同志的親自謀劃、親自布局下，浙江形成了文化建設「3＋8＋4」的總體框架思路，即全面把握增强先進文化的凝聚力、解放和發展文化生産力、提高社會公共服務力等「三個着力點」，啓動實施文明素質工程、文化精品工程、文化研究工程、文化保護工程、文化産業促進工程、文化陣地工程、文化傳播工程、文化人才工程等「八項工程」，加快建設教育、科技、衛生、體育等「四個强省」，構建起浙江文化建設的「四樑八柱」。這些年來，我們按照習近平總書記當年作出的戰略部署，堅持一張藍圖繪到底、一任接着一任幹，不斷推進以文鑄魂、以文育德、以文圖强、以文傳道、以文興業、以文惠民、以文塑韻，走出了一條具有中國特色、時代特徵、浙江特點的文化發展之路。

文化研究工程是浙江文化建設最具標誌性的成果之一。隨着第一期和第二期文化研究工程的成功實施，産生了一批重點研究項目和重大研究成果，培育了一批具有浙江特色和全國影響的優勢學科，打造了一批高水平的學術團隊和在全國有影響力的學術名師、學科骨幹。二〇一五年結束的第一批浙江文化研究工程共立研究項目八百十一項，出版學術著作千餘部。二〇一七年三月啓動的第二期浙江文化研究工程，已開展了五十二個系列研究，立重大課題六十五項、重點課題二百八十四項，出版學術著作一千多部。特别是形成了《宋畫全集》等中國歷代繪畫大系、《共和國命運的抉擇與思考——毛澤東在浙江的七百八十五個日日夜夜》等領袖與浙江研究系列、《紅船逐浪：浙江「站起來」的革命歷程與精神傳承》等「浙一百年」研究系列、《浙江通史》《南宋史研究》等浙江歷史專題史研究系列、《良渚文化研究》等浙江史前文化研究系列、《儒學正脈——王守仁傳》等浙江歷史名人研究系列、《吕祖謙全集》等浙江文獻集成系列。可以説，浙江文化研究工程，賡續了浙江悠久深厚的文化血脈，挖掘了浙江深層次的文化基因，提升了浙江的文化軟實力，彰顯了浙江在海内外的學術影響力，爲浙江當代發展提供了堅實的理論支撑和智力支持，爲堅定文化自信提供了浙江素材。

當前，浙江已經踏上了實現第二個百年奮斗目標的新征程，正在奮力打造「重要窗口」，争創社會主義現代化先行省，高質量發展建設共同富裕示範區。文化工作在浙江高質量發展建設共同富裕示範區中具有决定性作用，是關鍵變量；展現共同富裕美好社會的圖景，文化是最富魅力、最吸引人、最具辨識度的標識。我們要發揮文化鑄魂塑形賦能功能，爲高質量發展建設共同富裕示範區注入强大文化力量，特别是要堅持把深化文化研究工程作爲打造新時代文化高地的重要抓手，努力使其成爲研究闡釋習近平新時代中國特色社會主義思想的重要陣地、傳承創新浙江優秀傳統文化革命文化社會主義先進文化的重要平臺、構建中國特色哲學社會科學的重要載體、推廣展示浙江文化獨特魅力的重要窗口。

新時代浙江文化研究工程將延續「今、古、人、文」主題，重點突出當代發展研究、歷史文化研究、「新時代浙學」建構，努力把浙江的歷史與未來貫通起來，使浙學品牌更加彰顯、浙江文化形象更加鮮明、中國特色哲學社會科學的浙江元素更加豐富。新時代浙江文化研究工程將堅守「紅色根脈」，更加注重深入挖掘浙江紅色資源，持續深化「習近平新時代中國特色社會主義思想在浙江的探索與實踐」課題研究，努力讓浙江成爲踐行創新理論的標杆之地、傳播中華文明的思想之窗；擦亮以宋韻文化爲代表的浙江歷史文化金名片，從思想、制度、經濟、社會、百姓生活、文學藝術、建築、宗教等方面全方位立體化系統性研究闡述宋韻文化，努力讓千年宋韻更好地在新時代「流動」起來、「傳承」下去；科學解讀浙江歷史文化的豐富内涵和時代價值，更加注重學術成果的創造性轉化，探索拓展浙學成果推廣與普及的機制、形式、載體、平臺，努力讓浙學成果成爲有世界影響的東方思想標識；充分動員省内外高水平專家學者參與工程研究，堅持以項目引育高端社科人才，努力打造一支走在全國前列的哲學社會科學領軍人才隊伍；系統推進文化研究數智創新，努力提升社科研究的科學化水平，提供更多高質量文化成果供給。

偉大的時代，需要偉大作品、偉大精神、偉大力量。期待新時代浙江文化研究工程有更多的優秀成果問世，以浙江文化之窗更好地展現中華文化的生命力、影響力、凝聚力、創造力，爲忠實踐行「八八戰略」、奮力打造「重要窗口」，争創社會主義現代化先行省，高質量發展建設共同富裕示範區，提供强大思想保證、輿論支持、精神動力和文化條件。

目録

詩集傳名物鈔卷第二……四九

詩集傳名物鈔卷第三……九三

詩集傳名物鈔卷第七……二九二

詩集傳名物鈔卷第八……三五二

總序

南宋乾淳間，吕祖謙東萊之學、陳亮永康之學、唐仲友説齋之學同時並起，金華之學彬彬稱盛。吕祖謙尤著，與朱熹、張栻并稱「東南三賢」，又與朱熹、陸九淵并稱「朱陸吕三大家」。吕祖謙惜早逝，麗澤門人無大力者繼之，永康、説齋之學亦無紹傳。嘉定而後，何基、王柏振起。何基（一一八八—一二六九），字子恭，金華人。親炙於朱熹高弟子黄榦，居北山之陽，學者稱北山先生。門人王柏（一一九七—一二七九），字會之，一字仲會，號長嘯，改號魯齋，金華人。家學源於朱、吕，而已則師於何基。何、王轉承朱子之統，王柏又私淑東萊。王柏門人金履祥（一二三二—一三〇三），字吉父，號次農，蘭溪人。從學王柏，并得何基指授。宋、元易代，以遺民終，隱居講學，許謙、柳貫諸子從學。許謙（一二六九—一三三七），字益之，號白雲山人，東陽人。年三十一師履祥，爲元世大儒。後世推許何、王、金、許，并稱「金華四賢」「金華四先生」「金華四子」「何王金許四君子」，又稱「北山四先生」。

四先生爲講學家之流，名相并稱始於元末，流行於明初。杜本《吴先生墓誌銘》：「浙之東州有數君子，爲海内所師表。蓋自朱子之學一再傳，而何、王、金、許實能自外利榮，蹈履純固，反身克己，體驗精切，故其育德成仁，顯有端緒。」①黄溍《吴正傳文集序》：「初，紫陽朱子之門人高弟曰勉齋黄氏，自黄氏四傳，曰北山何氏、魯齋王氏、仁山金氏、白雲許氏，皆婺人。」②宋濂《故丹谿先生朱公石表辭》：「而考亭之傳，又唯金華之四賢續其世胤之正。」③張以寧《甌山存稿序》：「婺爲郡儒先東萊吕成公之里也。近何、王、金、許氏，得勉齋黄公之傳於徽國朱文公者，以經學教於鄉。」④蘇伯衡《洗心亭記》：「伯圭，何文定公、王文憲公、金文安公、許文懿公里中子，而四賢實以朱文公之學相授受。」⑤鄭楷《翰林學士承旨宋公行狀》：「初，宋南渡後，新安朱文公、東萊吕成公並時而作，皆以斯道爲己任。婺實吕氏倡道之邦，而其學不大傳。朱氏一再傳，爲何基氏、王柏氏，又傳之金履祥氏、許謙氏，皆婺人，而其傳遂爲朱學之世適。」⑥以上爲元末明初諸家并提四家之説。導江張𩔗爲王柏高弟子，「以其道顯於

① 吴師道《禮部集》附録，文淵閣《四庫全書》本。
② 黄溍《金華黄先生文集》卷十八，元刻本。
③ 宋濂《宋學士文集》卷十九，明天順五年黄譽刻本。
④ 張以寧《翠屏文集》卷三，明成化間刻本。
⑤ 蘇伯衡《蘇平仲文集》卷八，《四部叢刊》景明正統刻本。
⑥ 程敏政《明文衡》卷六十二，《四部叢刊》景明本。

北方」①，柳貫與許謙同學於履祥，元時又有黄溍、吴萊、吴師道、胡長孺并著聞，何以不入「四賢」之目？以上所引諸説已明言之：一則四先生遞相師承，非嫡傳不入；二則四先生於吕學既衰之後，上接紫陽之傳，以講學明道爲己任，非一般詞章文士；三則皆不肯仕，高蹈遠引，以經學教於鄉；四則學行著述堪爲師表，足傳道脈。元末明初學者多稱説「何王金許」、「金華四賢」，盛明而後始多稱「金華四先生」。「北山四先生」之稱，則始於全祖望修補《宋元學案》，改《金華學案》爲《北山四先生學案》。蓋以北山一脈起於何基，何基居金華北山下，取以自號，王柏、金履祥亦居北山之下，隱於斯，遊於斯，講學於斯。北山秀奇，得四先生名益彰，北山有靈，亦莫大幸焉。

在中國學術史上，四先生成就雖不足與朱、陸、吕三大家相提并論，但皆不愧一代學者。且其上承朱、吕，下啓明清理學及浙學一脈，有功於浙學與宋元明清儒學匪淺，學術貢獻不下於王陽明、黄宗羲諸大家。

① 吴師道《敬鄉録》卷十四，明抄本。

一、朱子世適，兼取東萊

四先生爲朱子嫡脈，除何基「確守師説」外，餘三家承朱子之學，繼朱子之志，鑒取東萊之學，兼容并包，已構成朱學之變。即浙學而言，由此復興，雖與東萊、永康、永嘉所引領浙學初興有異，但亦是浙學之「新變」。全祖望《北山四先生學案序録》稱金履祥爲「浙學之中興」，卓有見解。

（一）傳朱一脈

金華爲東萊講學之邦，何基、王柏奮起於吕學衰没之際，承朱學之統，亦自有故。

按王柏《何北山先生行狀》，何基早歲從鄉先生陳震習舉子業，已能潛心義理。弱冠隨父伯慧宦遊臨川，適黄榦爲令，伯慧令二子何南、何基師事之。黄榦首教以「爲學須先辦得真實心地，刻苦工夫」，臨别告以「但讀熟《四書》，使胸次浹洽，道理自見」。何基「終身服習，不敢頃刻忘也。一室危坐，萬卷横陳，存此心於端莊静一之中，窮此理於研精覃思之際。每於聖賢微詞奥義疑而未釋者，必平其心，易其氣，舒徐容與，不忘不助，待其自然貫通，未嘗參以己意。不立異以爲高，不狥人而少變。蓋其思之也精，是以守之也固。充其知而反於身者，莫不踐其實」①。

雖説何基開金華朱學之門，但居鄉里未嘗開門授徒，聞名而來學者，亦未嘗爲立題目、作話頭。王柏從學何基，及金履祥從學王柏、許謙問師履祥，皆有偶然性。王柏身出望族，少慕諸葛亮之爲人，年逾三十，與友人汪開之同讀《四書》，取《論孟集義》求朱子去取之意，以黄榦《四書通釋》尚闕答問，乃約爲《語録精要》以足之，題曰《通旨》。問從朱子門人楊與立、劉炎、陳文蔚問朱門傳授之端，與立告何基得朱氏之傳，即往從學②。何基授以「立志居敬」之旨，舉胡宏之言曰：「立志以定其本，居敬以持其志。志立乎事物之表，敬行乎事物之内。」③王柏自是發憤讀書，來學者必先教之讀《大學》。

金履祥年十八試中待補太學生，有能文聲。旋自悔，屏舉子業，研解《尚書》。與同郡王相爲友，知向濂洛之學。聞何基得朱子之傳，欲往從之無由。年二十三，由王相之介，得從王柏受業。初見，問爲學之方，即教以「立志居敬」，問讀書之目，則曰「自《四書》始」。未幾，由王柏之介進於何基之門，自是講貫益密，造詣益精，講求禔躬搆物，如何、王所訓「存敬畏心，

① 何基《何北山先生遺集》卷四，《金華叢書》本。
② 金履祥《仁山文集》卷三，明萬曆二十七年刻本。
③ 王柏《復吴太清書》，《魯齋集》卷八，明崇禎刻本。

尋恰好處」，「真實心地，刻苦工夫」。柳貫《故宋迪功郎史館編校仁山先生金公行狀》云：「二先生鄉丈人行，皆自以爲得之之晚，而深啓密證，左引右掖，期底于道。雖孫明復之於石守道，胡翼之之於徐仲車，不是過也。然文定之所示曰『省察克治』，文憲之所示曰『涵養充拓』，語雖甚簡，而先生服之終身，嘗若有所未盡焉者。」①

大德五年，履祥年七十，講道蘭江之上，許謙始來就學，年已三十一。明年，履祥設教金華吕祖謙祠下，許謙從之卒業。履祥告曰：「吾儒之學，理一而分殊。理不患其不一，所難者分殊耳。」許謙由是致辨於分之殊，而要歸於理之一。屏居八華山，率衆講學，教人「以五性人倫爲本，以開明心術變化氣質爲先，以爲己爲立心之要，以分辨義利爲處事之制」②。吴師道《祭許徵君益之文》云：「烏乎紫陽！朱子之傳，其在吾鄉，曰何與王。傳之仁山，以及於公，其道彌光。仁山之門，公晚始到。獨超等夷，遠詣深造。」③

① 柳貫《柳待制文集》卷二十，《四部叢刊》景元至正本。
② 黄溍《白雲許先生墓誌銘》，《金華黄先生文集》卷三十二。
③ 吴師道《吴禮部文集》卷二十，《金華叢書》本。

（二）兼采呂學

何、王崛起於呂學衰落之際，傳朱子之學。然生於東萊講學之鄉，麗澤之潤已入士人肌理。故自王柏以下，返本溯源，遂成學朱爲主、參諸呂學之格局。此一變化自王柏始。

王柏家學出於呂氏。按葉由庚《王魯齋先生壙誌》，王柏祖師愈從楊時受《易》《論語》，後與朱、張、呂遊。父瀚與其叔季執經問難於考亭、麗澤之門，世其家學。王柏早孤，抱志宏偉，三十而後「始知家學授受之原，慨然捐去俗學以求道」。既師何基，發憤奮厲，「研窮愈刻深，則義理愈呈露；涵養愈細密，則趣味愈無窮」①。金履祥《魯齋先生文集目後題》追溯魯齋家學云：「初，公之大父焕章公與朱、張、呂三先生爲友，父仙都公早從麗澤，又以通家子登滄洲之門。公天資超卓，未及接聞淵源之論而早孤。年長以壯，謂科舉之學不足爲也，而更爲文章偶儷之文；又以偶儷之文不足爲也，而從學於古文、詩律之學，工力所到，隨習輒精。今存於《長嘯醉語》者，蓋存而未盡去也，公意不謂然。因閲家書，而得師友淵源之緒，間從擣堂先生劉公、船山先生楊公、克齋先生陳公考問朱門傳授之端。而於楊公得聞北山何子恭父之名，於是尋訪盤溪之上，盡棄

① 王柏《魯齋王文憲公文集》附録，《金華叢書》本。

所學而學焉。」①所言王柏既見何基，「盡棄所學」，非謂盡棄家學，而指前之所好。吴師道《仙都公所與子書》亦載：「魯齋先生之學，世有自來矣。先生大父崇政講書直焕章閣致仕，諱師愈，師事龜山楊公，後又從朱、張、吕三公遊，朱子誌墓稱其有本有文者也。父朝奉郎、主管仙都觀，諱瀚，執經朱、吕之門，克世其學。此其所與子書，莫非《小學》書、《少儀外傳》之旨也。」②

東萊之學，與朱、陸有同有異。概言之，東萊主於經史不分，《五經》、史學皆擅；近接北宋理學之緒，遠采漢儒考據訓詁，并重義理、考據；博收廣覽，以文獻見長，講求通貫；重於用實，揆古用今。吕祖謙與陳亮等人好讀史，學問「博雜」，朱熹深有不滿，指爲「浙學」風習。然東萊之學自成一系。王柏嘗爲履祥作《三君子贊》，分贊「東南三賢」朱熹、張栻、吕祖謙，《吕成公》云：「片言妙契，氣質盡磨。八世文獻，一身中和。手織雲漢，心衡今古。鼎峙東南，乾淳鄒魯。」③於東萊評價高矣。然王、金諸子終不明言取則東萊，而標榜傳朱一脈。葉由庚《壙誌》、金履祥《後題》、吴師道《仙都公所與子書》追溯王柏家學出於吕氏，亦皆重於載述從何基接軌朱子一脈，而不言返本吕學。

① 金履祥《仁山先生文集》卷三。
② 吴師道《吴禮部文集》卷十七。
③ 金履祥《濂洛風雅》卷一，清雍正間金律刻本。

論四先生之學，當察其言，觀其行，亦必考其實跡，始可得真實全貌。王、金、許三家，於《五經》之好不減《四書》，既重性理探求，復事於訓詁考據；守朱子之説，而欲爲「忠臣」，以求是爲本；朱子不喜學者嗜讀史，三家未盡遵行；朱子不喜浙學「博雜」，三家貫通經史、諸子百家，喜輯録文獻；朱子不喜浙人好言事功，三家負經濟之略，而身在草萊，心存當世，欲出所學措諸政事。柳貫《金公行狀》稱履祥「先生夙有經世大志，而尤肆力于學，凡天文地形、禮樂刑法、田乘兵謀、陰陽律曆，靡不研究其微，以充極於用」。史學、考據乃東萊所長，朱子亦借助訓詁，并出其餘力研史，此史學、考據終爲其所短。王、金、許三家取朱子言性理之長，去其所短，兼師東萊，遂精於史學、考據。

王、金、許三家援漢儒訓詁考據以治《四書》《五經》，得力於東萊頗多。生於東萊講學舊邦，風氣霑熏，有其不自知者。尤可言者，四先生好「標抹點書」，殆傳東萊文獻之學。東萊標抹圈點之書，如《儀禮》《漢書》《史記》《資治通鑑》等，久爲士林所重。吕喬年稱其「一字一句，點畫皆有深意，而所得之精，多見於此」①。吴師道屢言四先生「標抹點書」，乃鑒用東萊之法。《請傳習許益之先生點書公文》：「當職生長金華，聞標抹點書之法始自東萊吕成公，至今故

① 吴師道《吴禮部文集》卷十八。

家所藏猶有《漢書》《資治通鑑》之類。」①《題程敬叔讀書工程後》：「蓋自東萊吕成公用工諸書，點正句讀，加以標抹，後儒因之，北山何先生基子恭、魯齋王先生柏會之俱用其法」，「金、張亦皆有所點書，其淵源有自來矣。」②章懋《楓山語録》云：「何最切實，王、金、許不免考索著述多些。」又，「東萊於香溪，四賢於東萊，皆無干涉」③。王、金、許「考索著述多些」，即三家重於文獻。然稱四先生與東萊「無干涉」，未盡合於實。東萊文獻之學冠於海内，四先生生長其鄉，著述相接，故論者曰：「吾婺固東南鄒魯也，中原文獻之傳甲於天下。」④全祖望稱王應麟承東萊文獻之學，爲「明招之大宗」。以文獻之傳而言，王、金、許何嘗不可稱「明招之大宗」？

四先生緣何不明言取徑東萊，今蠡測之，蓋有數因：一則重於師承，稱説師門，但言朱子，不言其他。二則東萊之學不能無弊，麗澤後學治經，輯討文獻，或疏於性理求索；四先生以明道爲先務，篤信朱子問學要義。三則朱子批評浙人「好功利」，四先生亦警醒，關注世用而不急功求利，不標舉東萊之學，或有此故。由此不難理解葉由庚《壙誌》所言：「證古難也，

① 吴師道《吴禮部文集》卷二十。
② 吴師道《吴禮部文集》卷十七。
③ 章懋《楓山語録》，文淵閣《四庫全書》本。
④ 張祖年《婺學志》集前序，清刻本。

復古尤難也；明道難也，任道尤難也。朱、張、吕三先生同生於一時，皆以承濂洛之統爲身任者也。張、吕不得其壽，僅及終身，經綸未展，論著靡竟。獨文公立朝之時少，居閑之日多，大肆其力於聖經賢傳，刊黜《詩》《書》之小序，紹復《易》《春秋》之元經，定著《論語》《孟子》《中庸》《大學》章句，以立萬世之法程。北山、魯齋二先生同生於一鄉，亦皆以續考亭之傳爲身任者也。」①

四先生之學，以朱學爲本，參諸東萊，朱、吕互爲表裏。海寧查慎行爲黄宗羲高弟子，《得樹樓雜鈔》卷一云：「魯齋上承吕、何之緒，下開金、許之傳，其功尤大。」②卓有識見。數百年來，學者罕直言四先生私淑東萊，而述及學統，或指出接緒朱、吕。成化三年，浙江按察司僉事辛訪奏請將宋儒何基等封爵從祀，下禮部尚書兼翰林學士陳文議：「昔者晦庵朱文公熹與東萊吕成公祖謙皆傳聖道，而金華郡儒者何基、王柏、金履祥、許謙師徒，累葉出於文公之後，以居于成公之鄉，其於斯道不爲不造其涯涘，然達淵源則未也；不爲不躡其徑庭，然造堂奥則未也。」③張祖年《八婺理學淵源序》云：「子朱子挺生有宋，疏洙泗，瀹濂洛，決横渠，排金

① 王柏《魯齋王文憲公文集》附録《壙誌》。
② 查慎行《得樹樓雜鈔》卷一，民國《適園叢書》本。
③ 姚夔《姚文敏公遺稿》卷十，明弘治間姚璽刻本。

谿，補苴罅漏，千古理學淵源，渾涵渟滀，稱會歸矣。維時吾婺東萊成公倡道東南，而子朱子、南軒宣公聲應氣求，互相往來」，「是麗澤一泓，固八婺理學淵源也，猗歟盛哉！三先生爲東南理學鼎峙，吾婺學者翕然宗之」，「而毅然卓見斯道者，未之有聞。幸北山先生父伯慧者，佐治臨川，欽勉齋黄氏學，命北山師事之，遂載紫陽的傳而歸。以授之魯齋，魯齋以授之仁山，仁山以授之白雲，踵武繩繩，機籥相印，而麗澤溶瀁灝瀚矣」①。胡宗楙謂趙宋南渡，婺學昌盛，鉤稽派别，可約分政學、理學、文學三派，其理學則自范浚以下，繼以東萊，復繼以四先生。《續金華叢書序》云：「一曰理學，香溪《心箴》，導其先河。東萊吕氏，麗澤講席。北山、魯齋，溯源揚波。仁山、白雲，一脈相嬗。莘莘學子，追蹤鄒魯。咸淳之際，於斯爲盛。」②當然，論者迄今仍多只認四先生爲朱子嫡傳。近歲，我們昌言「浙學復興」，强調四先生兼傳東萊之學，諸論始有所改觀。

（三）從「確守師説」到「要歸於是」

四先生中，何、王殁於宋，金履祥由宋入元，許謙則爲元世名儒。四先生尊德性，道問學，

---

① 張祖年《婺學志》集前序。

② 胡宗楙《夢選樓文鈔》卷上，民國二十五年刊本。

遞相師傳，百餘年間亦有前後變化。兼采吕學，即是自王柏後一大變化。另一顯著變化，即從「確守師説」到願爲「朱子之忠臣」，篤於求是。

何基之學，立志以定本，恭敬以持志，力學以致知，篤守朱、黄之傳，虚心體察，不欲參以己意，不以立異爲高。王柏《何北山先生行狀》稱「思之也精」，「守之也固」。《啓蒙發揮後序》又説：「晚年纂輯朱子之緒論，羽翼朱子之成書，不敢自加一字，而條理粲然，羣疑盡釋。」①《同祭北山何先生》則云：「公獨屹然，堅守勿失」，「發揮師言，以會於歸」②。黄宗羲論云：「北山之宗旨，熟讀《四書》而已」，「北山確守師説，可謂有漢儒之風焉。」③

王柏問學，重視求於《四書集注》《周易本義》之内，然好探朱子發端而未竟之義，考訂索隱朱子所未及，視此爲繼朱子之志，較何基已有變化。葉由庚《壙誌》云：「先生學博而義精，心平而識遠，考訂羣書，如干將、莫邪，所向肯綮，迎刃自解。凡文公發其端而未竟，致其疑而未決，與夫諸儒先開明之所未及者，莫不該攝融會，權衡裁斷，以復經傳之舊」，「上自羲畫，下逮魯經，莫不索隱精訂，以還道經之舊，以承考亭之志，確乎其任道之勇也！」金履祥《祭魯齋

① 王柏《魯齋王文憲公文集》卷五，明崇禎間刻本。
② 王柏《魯齋王文憲公文集》卷十九。
③ 黄百家《金華學案》。

先生文》云：「論定諸經，決詘放淫。辯析羣言，折衷聖人。究其分殊，萬變俱融。會諸理一，天然有中。見其全體，靡所不具。」①

金履祥爲王柏所授，重於求是，不標新奇之論，亦不拘於一説，欲爲「朱子之忠臣」。《論孟集注考證跋》云：「文公《集注》，多因門人之問更定，其問所不及者，亦或未修，而事跡名數，文公亦以無甚緊要略之，今皆爲之修補。或疑此書不無微牾者，既是再考，豈能免此？但自我言之，則爲忠臣；自他人言之，則爲讒賊爾。此履祥將死真切之言，二三子其詳之！」②李桓《論孟集注考證序》云：「其於《集注》也，推其意之未發，佐其力之不及，以簡質之文，達精深之義，而名物度數、古今實事之詳，一皆表其所出。後儒之説，可以爲之羽翼者，間亦採摭而附入之。觀之時若不同，實則期乎至當，故先生嘗自謂朱子之忠臣。夫忠臣者，固不爲苟同，而其心豈欲背戾以求異哉？蓋將助之而已矣。斯則《考證》之修所以有補於《集注》者也。」③

許謙承履祥之傳，於先儒之説未當處不敢苟同，敷説義理，歸於平實，考據訓詁，「要歸於

---

① 金履祥《仁山文集》卷三。

② 金履祥《孟子集注考證》，《率祖堂叢書》本。

③ 陸心源《皕宋樓藏書志》卷十，清同治、光緒間刻《潛園總集》本。

是」。黄溍《白雲許先生墓誌銘》云：「先生於書無不觀，窮探聖微，蘄於必得，雖殘文羨語，皆不敢忽。有不可通，則不敢强。於先儒之説，有所未安，亦不敢苟同也。讀《四書章句集注》，有《叢説》二十卷。敷繹義理，惟務平實」，「讀《詩集傳》，有《名物鈔》八卷。正其音釋，考其名物度數，以補先儒之未備，仍存其逸義，旁採遠援，而以己意終之。讀《書集傳》，有《叢説》六卷。時有與蔡氏不能盡合者，每誦金先生之言曰：『自我言之，則爲忠臣；自他人言之，則爲讒賊。』要歸於是而已。」①

四先生之學，從何基「確守師説」，到金履祥、許謙「要歸於是」，乃其前後一大變化。四先生傳朱子之學，重於涵養功夫、踐履真實。何基常是一室危坐，存此心於端莊静一之中，研精覃思。履祥從學何、王，何基示曰「省察克治」，王柏示曰「涵養充拓」，履祥服之終身，常若有所未足。許謙習静，晚年尤以涵養本原爲務，講授之餘，齋居凝然。應典《八華精舍義田記》云：「迨其晚年，有謂：聖賢之學，心學也。後之學者雖知明諸心，非諸事，而涵養本原，弗究弗圖，則雖博極群書，修明勵行，而與聖賢之心猶背而馳也。」②

① 黄溍《金華黄先生文集》卷三十二。

② 党金衡纂修《道光東陽縣志》卷十，民國三年石印本。

何基「確守師説」，毋主先入，毋師己意，虛心體察，述自得之意，名其著述曰「發揮」，所撰有《易學啓蒙發揮》《易大傳發揮》《大學發揮》《中庸發揮》《語孟發揮》《太極通書西銘發揮》。《近思録發揮》未詮定而殁，金履祥與同門汪蒙、俞卓續抄校訂，付其家藏之。柳貫《金公行狀》云：「凡文公語録、文集諸書，商確考訂之所及，取其已定之論，精切之語，彙敘而類次之，名爲《發揮》，已與諸書並傳於世矣。而若文公、成公所輯周、程、張子之微言曰《近思録》者，宜爲宋之一經，而顧未有爲之解者，亦隨文箋義，爲《近思録發揮》，未詮定而文定殁。」

（四）發揮表箋，漢宋互參

自王柏以下，雖力戒先入之見，不標榜己意，然欲爲通儒，折衷羣言，出入經史百家，索隱朱子發端而未竟之義，考訂朱子所未及之書，故不苟同先儒之見，且倚重於訓詁考據，已不能不與何基有異。所著述於「標抹點書」「發揮」外，或名「考證」，或曰「精義」「衍義」「疏義」「指義」，或曰「表注」「叢説」。王柏考訂羣書，葉由庚《壙誌》稱「無一書一集不加標注，於《四書》《通鑑綱目》，精之又精。一言之題，一點之訂，辭不加費而義以著明，無非發本書之精髓，開後學之耳目」。又論其與何基異同云：「北山深潛沖澹，精體默融，志在尚行，訒於立言；魯齋通睿絶識，足以窮聖賢之精藴，雄詞偉論，足以發理象之微著。」履祥出入經史，天文地理、禮樂刑法、田乘兵謀、陰陽律曆無不究研。謂古書有注必有疏，作《論孟集注考證》，以爲朱子《集注》有疏，補所未備，增釋事物名數。注解《尚書》，推本父師之意，正句畫段，提其章旨，析其義理之微，考證文字之誤，表於四闌之外，曰《尚書表注》。柳貫《行狀》云：「研窮經義，以究窺聖賢心術之微；歷考傳注，以服襲儒先識鑒之確。無一理不致體驗，參伍錯綜，所以約其變；無一書不加點勘，鉛黄朱墨，所以發其凡。」許謙《上劉約齋書》云：「其爲學也，於書無所不讀，而融會於《四書》，貫穿於《六經》，窮理盡性，誨人不倦，治身接物，蓋無毫髮歉，可謂一世通儒。」①許謙追步王、金，欲爲一世通儒。黄溍《白雲許先生墓誌銘》云：「先生於天文地理、典章制度、食貨刑法、字學音韻、醫經數術，靡不該貫，一事一物，可爲傳聞多識之助者，必謹志之。至於釋老之言，亦皆洞究其藴，謂學者孰不日闢異端，苟不深探其隱，而識其所以然，能辨其同異、别其是非也幾希。」許謙每念履祥所言欲爲「朱子之忠臣」、「要歸於是」，所著《詩集傳名物鈔》《讀書叢説》《讀四書叢説》，考訂索隱，以補先儒所未備，存其逸義，而終以己意。在王、金、許三家看來，其著述不離於孔孟遺意，惟求是求真，乃可繼朱子之志。

四先生著述，無論彙敘發揮、隨文箋義，抑或考證衍義、辨誤訂訛，都不離於言説義理。王、金、許三家治學，與何基有所不同。總體以觀，有三大特點：一是治《五經》而貫穿性理，治《四書》而倚重訓詁考據，《四書》《五經》融會貫通。二是以理學爲本，兼采漢學。漢、宋兼

① 許謙《許白雲先生文集》卷三，明成化二年陳相刻本。

采，本爲東萊所長，三家蓋以朱學爲主，兼采東萊。三是欲爲通儒之學，貫穿經史百家，重於世用，不避「博雜」之嫌，此亦與東萊之學相通。

二、四先生治《四書》《五經》及其史學、文學

四先生長於《四書》，自王柏以下，《五經》貫通，兼治史學，重於文獻。其治《四書》，義理闡説與訓詁考據并重；治《五經》，疑古考索，尚於求是，并重義理；研史則經史互參，會通朱、吕；詩文雖其餘事，不離於講學家風習，然發攄性靈，陶冶性情，文以載道，裨益教化，各具其致。以文章合於道，扶翼經義、世教，通於世用，故金、許傳人尚文風氣日盛。以下分作論述：

（一）《四書》學

朱子之學，萃於《四書集注》。門人黄榦得其傳，有《四書通論》。世推四先生爲朱子適傳，亦以其得朱門《四書》之傳也。

何基從學黄榦，黄榦臨别告以熟讀《四書》，道理自見。何基以此爲讀書爲學之要，教門人治學以《四書》爲主，以《朱子語録》爲輔。嘗曰：「學者讀書，先須以《四書》爲主，而用

《語録》以輔翼之」,「但當以《集注》之精嚴,折衷《語録》之疏密;以《語録》之詳明,發揮《集注》之曲折。」王柏《行狀》稱「此先生編書之規模也,他書亦本此意」。何基後又覺得《四書》「義理自足」,當深探本書,「截斷四邊」。王柏稱「此先生晚年精詣造約,終不失勉齋臨分之意」(《何北山先生行狀》)。

王柏得北山之教,深味其旨,教門人爲學亦以《四書》爲本。寶祐二年,履祥來學,問讀書之目,告以「自《四書》始」。是年冬,履祥作《讀語論管見》,凡有得於《集注》言意之外者則録之。王柏讀後,勸説當沉潛涵泳於《集注》之内,有所自得,不當固求言外之意,發爲新奇之論①。履祥終生沉潛涵泳不輟,作《論孟集注考證》。歿前一歲,即大德六年,在金華城中講學,以《大學》爲第一義,諸生執經問難,爲之毫分縷析,開示蘊奥,因成《大學指義》一書。許謙聞履祥緒論,精研《四書》。黄溍《白雲許先生墓誌銘》稱其每戒學者曰:「聖賢之心盡在《四書》,而《四書》之義備於朱子。顧其立言,辭約意廣,讀者或得其粗,而不能悉究其義。或以一篇之致自異,而初不知未離其範圍。世之詆訾貿亂、務爲新奇者,其弊正坐此耳。始予三四讀,自以爲了然,已而不能無惑,久若有得,覺其意初不與己異,愈久而所得愈深,與己意合者,亦大異於初矣。童而習之,白首不知其要領者何限?其可以易心求之哉!」

---

① 王柏《金吉甫管見》,《魯齋王文憲公文集》卷九。

四先生闡説性理，遞相師承，治《四書》皆所擅長。何基有《大學發揮》《中庸發揮》《語孟發揮》，王柏有《論語通旨》《論語衍義》《魯經章句》《孟子通旨》《批點標注四書》，金履祥有《大學疏義》《中庸表注》《論語集注考證》《孟子集注考證》，許謙有《讀四書叢説》。從朱子《四書章句集注》《四書或問》，到黄榦《四書通釋》，再到四先生著述十餘種，可見四先生《四書》學淵源，亦可見朱學流傳及其盛行浙東之況。

何基《四書發揮》，取朱子已定之論、精切之説，以爲發揮，守師説甚固，研思亦精。王柏、金履祥、許謙三家，傳何基之學，復繼朱子之志，索隱微義，考證注疏，以爲羽翼。其索隱考證，倚於訓詁考據，以性理爲本，重於求是。許謙《論孟集注考證序》云：「先師之著是書，或檃栝其説，或演繹其簡妙，或攄其幽，發其粹，或補其古今名物之略，或引羣言以證之。大而道德性命之精微，細而訓詁名義之弗可知者，本隱以之顯，求易而得難。吁！盡在此矣。」吴師道《讀四書叢説序》稱《四書》自二程肇明其旨，至朱子集其大成，然一再傳之後，泯没畔涣，「其能的然久而不失傳授之正，則未有如於吾鄉諸先生也。蓋自北山取《語録》精義，以爲《發揮》，與《章句集注》相發明；魯齋爲標注點抹，提挈開示；仁山於《大學》有《疏義》《指義》，《論》《孟》有《考證》，《中庸》有《標抹》，又推所得於何、王者，與其已意併載之」，「今觀《叢説》之編，其於《章句集注》也，奥者白之，約者暢之，要者提之，異者通之，畫圖以形其妙，析段以顯其義。至於訓詁名物之缺，考証補而未備者，又詳著焉。其或異義微牾，則曰：『自我言之，則爲忠臣，自他人言之，則爲殘賊。金先生有是言也。』此可以見其志之所存矣」（《吴禮部文集》卷十七）。《四庫全書總目》著録《論孟集注考證》，《提要》云：「其書於朱子未定之説，但折衷歸一，於事蹟典故，考訂尤多。蓋《集注》以發明理道爲主，於此類率沿襲舊文，未遑詳核，故履祥拾遺補闕，以彌縫其隙，於朱子深爲有功」，「然其旁引曲證，不苟異，亦不苟同，視胡炳文輩拘墟迴護，知有注而不知有經者，則相去遠矣。」此可見四先生《四書》學及其「家法」之大端。

（二）《五經》學

朱子研《易》《詩》，并涉獵禮制，而東萊則《五經》貫通。何基於《五經》僅《易經》有撰著，仍題曰「發揮」。其治《四書》，雖與《五經》參讀，大抵「發揮師言，以會於歸」。自王柏以下，不惟尊德性，且好治經研史。王、金、許三家研討《五經》，既通於朱子經學，又通於東萊經學及文獻之學。概言之，一是崇義理而并事訓詁考據。二是好纂輯、音釋、標抹、考訂、表注，以翼經傳。三是好考證名物度數，補先儒之未備。四是不苟同，不苟異，「要歸於是」。前已言及，此更舉例以明之。

王柏於《五經》皆有撰述，著《讀書記》十卷、《讀詩記》十卷、《讀春秋記》八卷、《書附傳》四十卷、《詩可言》二十卷、《詩疑》二卷、《書疑》九卷、《涵古易説》一卷、《大象衍義》一卷、《左氏正傳》十卷等。葉由庚《壙誌》稱其嗜於索隱考訂，好「復經傳之舊」，「先生一更一定，皆有授證，一析一合，不添隻字，秩秩乎其舊經之完也，炳炳乎其本旨之明也」。并舉其大端如：於《易》，作《易圖》，推明《河圖》《洛書》先後。謂《河圖》爲先天後天之宗祖，逐位奇偶之交，後天爲統體奇偶之交。古之册書，作上下兩列，故《易》上下經非標先後。謂今之三百五篇非盡孔子之三百五篇，孔子所删，或有存於閭巷浮薄之口者，漢儒概謂古詩，取以補亡。乃定二《南》各十一篇，還兩兩相配之舊，退《何彼穠矣》《甘棠》歸之《王風》，而削去《野有死麕》。若風、雅、頌，亦必辨其正變，次其先後，謂鄭、衛淫詩，皆當在削。

世人或稱經以講解辯訂而明，釐析類合則陋，王柏則不以爲然，好參訂疑經。何基嘗告之：「治經當謹守精玩，不必多起疑端。有欲爲後學言者，謹之又謹可也。」①然王柏終勇於「任道」「求是」，《書疑序》云：「不幸秦火既焰，後世不得見先王之全經也。惟其不全，固不可得而不疑。所疑者，非疑先王之經也，疑伏生口傳之經也。讀書者往往因于訓詁，而不暇思經文之大體，間有疑者，又深避改經之嫌，寧曲説以求通，而不敢輕議以求是」，「聖人之經不可改，伏氏之言亦不可正乎？糾其繆而刊其贅，訂其雜而合其離，或庶幾乎得復聖人之舊，此

---

① 戴殿江《金華理學粹編》。

有識者之不容自已。」①

後世於王柏疑經，頗多争議。錢維城《王柏删詩辯》：「宋儒之狂妄無忌憚，未有如王柏之甚者也」，「朱子惟過於慎，故寧爲固而不敢流於穿鑿，而孰知一再傳之後，其徒之肆無忌憚，乃至於此也。」②成僎《詩説考略》卷二《王柏詩疑之舛亂》：「夫以孔子所不敢删者，而魯齋删之；以孔子所不敢變易者，而魯齋變易之。世儒猶以其淵源於朱子而不敢議，此竹垞所以嗤爲無是非之心也。」《四庫全書總目》著録《書疑》九卷，《提要》云：「然柏之學，名出朱子，實則師心，與朱子之謹嚴絶異」，「柏作是書，乃動以脱簡爲辭，臆爲移補」，「至於《堯典》《臯陶謨》《説命》《武成》《洪範》《多士》《多方》《立政》八篇，則純以意爲易置，一概托之於錯簡」，「是排斥漢儒不已，並集矢於經文矣，豈濂、洛、關、閩諸儒立言垂教之本旨哉？托克托等修《宋史》，乃與其《詩疑》之説並特録於本傳，以爲美談，何其寡識之甚乎？」又著録《詩疑》二卷，《提要》云：「《書疑》雖頗有竄亂，尚未敢删削經文。此書則攻駁毛、鄭不已，並本經而攻駁之；攻駁本經不已，又並本經而删削之。」爲之辯護析論者亦多。如胡鳳丹《重刻王魯齋詩疑序》：「朱子所攻駁者《小序》耳，於本經未嘗輕置一議也。先生黜陟《風》《雅》，竄易篇次，非

---

① 王柏《魯齋王文憲公文集》卷五。
② 錢維城《茶山文鈔》卷八，清乾隆四十一年眉壽堂刻本。

惟排詆漢儒，且幾幾乎欲奪宣聖刪定之權而伸其私說。其自信之堅，抑何過哉」，「是書設論新奇，雖不盡歸允當，而本其心所獨得，發爲議論，自成一家，俾世之讀其書者足以開拓心胸，增廣識見，引而伸之，觸類而長之，未始非卓犖觀書之一助也。」①皮錫瑞《論王柏書疑疑古文有見解特不應並疑今文》：「王氏失在並今文而疑之耳，疑古文不得謂其失也。」「王氏知古文之僞，不知今文之真。其並疑今文，在誤以宋儒之義理準古人之義理，以後世之文字繩古人之文字。」「《書疑》多本前人，亦非王氏獨創，特王氏於《尚書》篇篇獻疑，金履祥等從而和之，故其書在當時盛行，而受後世之掊擊最甚。平心而論，疑經改經，宋儒通弊，非止王氏，皆由不信經爲聖人手定。（注：王氏《詩疑》刪鄭、衛詩，竄改《雅》《頌》，僭妄太甚，《書疑》猶可節取。）」②王柏以義理治《詩》《書》，索隱太過，不免其弊，後人盡黜之則未當，宜小心考求，平允論之。

金履祥承王柏疑經之緒，以爲秦火之後全經不存，漢儒拘於訓詁，輕於義理，循守師傳，曲說不免。亦自勇於「任道」「求是」。其考訂諸經，用力最多乃在《尚書》，有《尚書注》十二卷、《尚書表注》二卷。《尚書表注序》稱全書不得見，「考論不精，則失其事迹之實；字辭不

① 胡鳳丹《退補齋文存》卷一，清同治十二年退補齋鄂州刻本。
② 皮錫瑞《經學通論》，清光緒間思賢書局刻本。

辨，則失其所以言之意」，「夫古文比今文固多且正，但其出最後，經師私相傳授最久，其間豈無傳述附會」，「後之學者，守漢儒之專門，開元之俗字，長興之板本，果以爲一字不可刊之典乎？幸而天開斯文，周、程、張、朱子相望繼作，雖訓傳未備，而義理大明，聖賢之心傳可窺，帝王之作用易見」①。履祥鈎玄探賾，折衷群説，力求平心易氣，不爲淩深之求，無證臆決，考訂較王柏爲慎。《四庫全書總目》著録《尚書表注》二卷，《提要》云：「大抵攟摭舊説，折衷己意，與蔡沈《集傳》頗有異同。其徵引伏氏、孔氏文字同異，亦確有根原。」胡鳳丹《重刻尚書表注序》云：「故先生之功在注釋，而先生之志在表章。以視抱經硜硜索解於章句之末者，其相去爲何如耶？」陸心源《重刊金仁山先生尚書注序》云：「《尚書》則用功尤深，《表注》一書，爲一生精力所萃。是書即《表注》之權輿，訓釋詳明，頗多創解。」②

按柳貫《行狀》，履祥歿時，所注書僅僅脱稿，未及正定，悉以授門人許謙。許謙遵其遺志，讎校刻板以傳。許謙考訂諸經，用力尤勤者在《詩》《書》，撰《讀書叢説》六卷、《詩集傳名物鈔》八卷，長於正音釋、考證名物度數。讀《春秋三傳》，撰《温故管窺》。讀《三禮》，參互考訂，發明經義。句讀標抹《九經》《儀禮》《三傳》，注明大旨要解、錯簡衍文。吴師道《詩集傳名

① 金履祥《仁山文集》卷三。

② 金履祥《書經注》集前序，《十萬卷樓叢書》本。

物鈔序》云：「君念朱《傳》猶有未備者，旁搜博采，而多引王、金氏，附以己見，要皆精義微旨，前所未發。又以《小序》及鄭氏、歐陽氏《譜》世次多舛，一從朱子補定。正音釋，考名物度數，粲然畢具。其有功前儒，嘉惠後學，羽翼朱《傳》於無窮，豈小補而已哉！」(《吴禮部集》卷十五)《名物鈔》羽翼《詩集傳》，猶金履祥作《論孟集注考證》爲《集注》之疏。王柏重訂《詩經》篇目，《名物鈔》取用之，然未盡鑒採《詩疑》。蓋《名物鈔》於朱子《詩集傳》、王柏《詩疑》各有訂正。要之，折衷群説，能指明師説之不然。《四庫全書總目提要·詩集傳名物鈔》云：「研究諸經，亦多明古義。故是書所考名物音訓，頗有根據，足以補《集傳》之闕遺。惟王柏作《二南相配圖》」，「而謙篤守師説，列之卷中，猶未免門户之見」，「然書中實多採用陸德明《釋文》及孔穎達《正義》，亦未嘗株守一家」。許謙繼履祥作《讀書叢説》，大指類於《名物鈔》，以《書集傳》出於朱子門人蔡沈之手，尤當疏注辨明。《叢説》多有與《書集傳》意見不合者。張樞《讀書叢説序》云：「先生嘗誦金先生之言曰：『在我言之，則爲忠臣，在人言之，則爲殘賊。』要歸於是而已，豈不信哉！」《四庫全書總目提要·讀書叢説》云：「謙獨博核事實，不株守一家，故稱《叢説》」，「然宋末元初説經者多尚虚談，而謙於《詩》考名物，於《書》考典制，猶有先儒篤實之遺，是足貴也。」

（三）史學

歷來論四先生之學，大都明其傳朱子之統，講説性理。至於自王柏以下兼采東萊史學、文獻之學，研經兼通史，宗程朱兼取法於漢儒，則鮮有討論。

浙學興起之初，吕祖謙、陳亮諸子好讀史，朱熹指爲「博雜」，告誡門人讀書以《四書》爲本。何基謹守師説，問學欲求朱子之醇。王柏、金履祥、許謙欲爲一世通儒，出入經史百家，研史與治經相發明，雖與東萊經史不分、漢宋互參，重於文獻有所不同，但也多有相通之處。此一變化，一定程度上體現了王柏等人向浙學的回歸。

王柏標注《通鑑綱目》，著《續國語》四十卷、《擬道學志》二十卷、《江右淵源》五卷、《雜志》二卷、《地理考》二卷等書。金履祥著《通鑑前編》十八卷、《舉要》二卷。《尚書表注》經史互證，探求義理，綜概事跡，考正文字，《通鑑前編》亦取此義。司馬光作《資治通鑑》，周威烈王二十三年之前事未載，劉恕《外紀》紀前事，不本於經，而信百家之説。履祥以爲出《尚書》諸經者爲可考信，出子史雜書者多流俗傳聞、鄙陋之説，因撰《通鑑前編》，一以《尚書》爲主，下及《詩》《禮》《春秋》，旁采舊史諸子，表年繫事，考訂辨誤，斷自唐堯，以下接《資治通鑑》。履祥《通鑑前編序》兼言朱、吕，云：「朱子曰：『古史之體可見也，《書》《春秋》而已。《春秋》編年通紀，以見事之先後；《書》則每事别紀，以具事之始末。』」「今本之以經，翼之以史子傳記，附之以諸家之論。且考其繫年之故，解其辭事，辨其疑誤。如東萊呂氏《大事記》，而不敢盡倣其例。」朱子編《通鑑綱目》，裁剪《通鑑》，考訂嫌於疏淺。東萊邃於史，《大事紀》頗有史裁。如《四庫全書總目提要·大事紀》所云：「當時講學之家，惟祖謙博通史傳，不專言性命。《宋史》以此黜之，降置《儒林傳》中，然所學終有根柢」，「凡《史》《漢》同異，及《通鑑》得失，皆縷析而詳辨之。又於名物象數旁見側出者，並推闡貫通，夾注句下」。履祥頗取法《大事紀》，第不盡倣其例。即經史不分而言，履祥較王柏更近於東萊。《通鑑前編》一書，履祥生前未遑刊定，臨歿屬之許謙。天曆元年《通鑑前編》刻行，鄭允中采録進呈。《元史·金履祥傳》評云：「凡所引書，輒加訓釋，以裁正其義，多儒先所未發。」許謙著《觀史治忽幾微》。黄溍《白雲許先生墓誌銘》云：「倣史家年經國緯之法，起太皡氏，訖宋元祐元年秋九月尚書左僕射司馬光卒，備其世數，總其年歲，原其興亡，著其善惡。蓋以爲光卒，則宋之治不可復興。誠一代理亂之幾，故附於續經而書孔子卒之義，以致其意也。」

王、金、許三家研討經義，兼及治史，以史翼經，與東萊史學有相通處，然相較東萊經史并重、經史不分，仍有所不同。

（四）文學

宋代理學大興，儒者「大要尚道義而下詞章」，昌學古者「崇理致，黜崛奇而主平易，忌艱深而貴敷腴」，又恐沿襲而少變，故「其詞紆餘而曲折」。後來學者「融之以訓詁，發之以論說，專務明乎理，是以其詞詳盡而周密。其於詩也亦然」①。朱、陸、呂爲講學大家，不廢詩文。四先生尊德性、道問學，詩文亦自可觀，各自有集。

總體來説，四先生文章扶翼經義、世教，文以載道，闡明義理，裨益教化，通於世用。詩發攄性靈，陶冶性情，既爲悟道之具，又得天機自然之趣，超然物表，不事雕琢藻繢，非激壯之音，亦無寒蹙之態。

王柏《何北山先生行狀》稱何基：「以其餘事言之，先生之文，温潤融暢；先生之詩，從容閒雅，皆自胸中流出，殊無雕琢辛苦之態。雖工於詞章者，反不足以闖其藩籬。」王柏早歲爲文章，縱心古文、詩律，有《長嘯醉語》。及師北山，乃棄所學，餘力所及，文集尚有七十五卷之多，又編《文章指南》十卷、《朝華集》十卷、《紫陽詩類》五卷等集。何基文章「温潤融暢」，詩歌「從容閒雅」，而王柏文章於温雅外，尚多雄偉之辭，詩於沖澹外，復好剛健之調。楊溥《魯齋集序》云：「金華王文憲公，天資高爽，學力精至，以其實見發爲文章，足以明道德。使其見用，足以建事功，而卒老於丘園，惜哉！若其詩歌，又其餘事也。」《四庫全書總目提要·魯齋集》云：「其詩文雖亦豪邁雄肆，然大旨乃一軌于理。」

① 張以寧《甑山存稿序》，《翠屏文集》卷三，明成化間刻本。

金履祥詩文自訂爲四集，又編集《濂洛風雅》七卷。唐良瑞《濂洛風雅序》云：「『詩者，志之所之也。』志有正有偏，有通有蔽，則詩有純有駁，有晦有明。故偏滯之詞，不若中正之發，而放曠悲愁之態，不若和平沖淡之音」，「然皆涵暢道德之中，歆動風雩之意，淡平者有淳厚之趣，而浩壯者有義理自然之勇」，「竊以爲今之詩，非風雅之體，而濂洛淵源諸公之詩，則固風雅之意也。」①履祥詩和平沖澹，不事字句工拙，不倚於奇崛跳踉、發揚蹈厲之辭。文則湛深經史，辭義高古，醇潔精深，非矜句飾字者可比。徐用檢《仁山金先生文集序》云：「愚惟先生之文，析微徹義，自成一家言；律詩取意而不泥律，古風宣而語勁，純如也。」

許謙與履祥相近，詩沖澹自然，文湛深經史，辭意深厚，然亦有變化，即詩歌理氣漸少，文頗有韓、柳、歐、蘇法度。黄溍《白雲許先生墓誌銘》云：「文主於理，詩尤得風人之旨。」《四庫全書總目提要·白雲集》云：「謙初從金履祥遊，講明朱子之學，不甚留意於詞藻，然其詩理趣之中頗含興象。五言古體，尤諧雅音，非《擊壤集》一派惟涉理路者比。文亦醇古，無宋人語録之氣，猶講學家之兼擅文章者也。」

四先生之學傳朱一脈，自王柏以下有變，詩文自王柏以下亦有一小變，至許謙及北山後學更有一大變，能文之士日衆，宋濂、王禕則其尤著者。文爲載道之器，道爲出治之本，文道

① 唐良瑞《濂洛風雅》集前序。

不相離，乃許謙及其門人所持重之義。許謙延祐二年《與趙伯器書》云：「道固無所不在，聖人修之以爲教，故後欲聞道者，必求諸經。然經非道也，而道以經存；傳注非經也，而經以傳顯。由傳注以求經，由經以知道，藴而爲德行，發之爲文章事業，皆不倍乎聖人，則所謂行道也。」①皇慶二年（一三一三），元仁宗詔復科舉，至是年始開科取士。許謙發爲此論，非爲科舉。王禕《宋景濂文集序》追溯金華文章源流，稱南渡後，吕祖謙、唐仲友、陳亮「其學術不同，其見於文章，亦各自成其家」，范浚、時少章「皆博極乎經史，爲文温潤縝練，復自成一家之言」，入元以後，柳貫、黄溍精文章，「羽翼乎聖學，而黼黻乎帝猷」，又有四先生傳朱學，理學遂以嫳爲盛。因論云：「所貴文章之有補者，非以其明夫理乎？理之明，不由其學術之有素乎」，「然爲其學者，上而性命之微，下而訓詁之細，講説甚悉。其頗見於文章者，亦可以驗其學術之所在矣」②。《送胡先生序》又辯稱吕、唐、陳之學「雖不能苟同，然其爲道皆著於文也，其文皆所以載道也，文義、道學，曷有異乎哉」。金、許以道學名家，胡長孺、柳貫、黄溍、吴師道以文知名，「雖若門户異趨，而本其立言之要，道皆著於文，文皆載乎道，固未始有不同焉者」，「以故八十年間，踵武相望，悉爲世大儒，海内咸所宗師。夫何後生晚進，顧乃因其所不

① 許謙《許白雲先生文集》卷四。
② 王禕《王忠文公集》卷五，明嘉靖元年刻本。

同而疑其所爲同，言道學者以窮研訓詁爲極致，言文章者以修飭辭語爲能事，各立標榜，互相排抵，而不究夫統宗會元之歸，於是諸公之志日微，而學術之弊遂有不可勝言者矣」①。

黄百家纂《金華學案》，留意北山一脈前後變化，於宋濂傳後案云：「金華之學，自白雲一輩而下，多流而爲文人。夫文與道不相離，文顯而道薄耳。雖然，道之不亡也，猶幸有斯。」學案前又有案語：「而北山一派，魯齋、仁山、白雲既純然得朱子之學髓，而柳道傳、吴正傳以逮戴叔能、宋潛溪一輩，又得朱子之文瀾，蔚乎盛哉！」有一派學問，有一派文章。此説有其道理，但稱金華之學「多流而爲文人」，歸柳貫、宋濂等人文章爲「朱子之文瀾」，仍未盡然。自王柏以下，北山一脈文章已非僅朱子之文餘波。且北山一脈文道不相離，尚文别有意屬，許謙、王褘言之已明。全祖望承黄百家之説，《宋文憲公畫像記》更論云：「予嘗謂婺中之學，至白雲而所求於道者疑若稍淺，觀其所著，漸流於章句訓詁，未有深造自得之語，視仁山遠遜之，婺中學統之一變也。義烏諸公師之，遂成文章之士，則再變也。至公而漸流於佞佛者流，則三變也。猶幸方文正公爲公高弟，一振而有光於先河，幾幾乎可以復振徽公之緒。惜其以凶終，未見其止，而并不得其傳。」②其説亦未可盡信。金、許傳人多文章之士，亦躬行之士，文章

① 王褘《王忠文公集》卷七。
② 全祖望《鮚埼亭集外編》卷十九，清嘉慶十六年刻本。

明道經世，載出治之本。此乃一時風氣。迨孝孺以金華一脈好文而不免輕於明道，遂糾正其偏。此亦一時風氣。

三、四先生與「浙學之中興」

學術史發展變遷，是一種歷史存在，也是學術批評接受的結果。明人此一述朱，彼一述朱，審視宋元學術多於此下論其合與不合。清初學者著意區分漢、宋，兼采居主。乾嘉而後，宗漢流行，學者多不囿於述朱之説。近四百年來，有關四先生的認識，深受時代學術風尚影響。而清初以後，學者又頗沿《宋元學案》之論，以迄於今。以下略述四先生與浙學中興之關係及其學術史意義。

（一）從《金華學案》到《北山四先生學案》

清康熙間，黄宗羲以周汝登《聖學宗傳》、孫奇逢《理學宗傳》未粹，多所遺闕，撰《明儒學案》，繼而發凡《宋元學案》，子百家纂輯初稿。清道光間何紹基重刊本《宋元學案》卷八十二爲《北山四先生學案》，總目標云：「黄氏原本，全氏修定。」卷端録全祖望案語：「勉齋之傳，得金華而益昌。説者謂北山絶似和靖，魯齋絶似上蔡，而金文安公尤爲明體達用之儒，浙學之中興也。述《北山四先生學案》。」王梓材案：「是卷梨洲本稱《金華學案》，謝山《序録》始稱《北山四先生學案》。」自黄宗羲發凡起例，至何紹基刊百卷本，《宋元學案》成書歷時逾百五十年。書成於衆手，黄百家、楊開沅、顧諟、全祖望、黄璋、黄徵乂、王梓材、馮雲濠等各有補訂。《北山四先生學案》究何人所撰？檢黄璋、徵乂父子校補《宋元學案》稿本，知原出百家之手。稿本第十七册收《金華學案》不分卷，抄寫不避「胤」、「弘」；「玄」字凡三見，兩處不避，一處缺末筆。由是知寫於康熙間，即道光重刊本所標「黄氏原本」。然爲録副，非百家手稿。至於宗羲生前得見此否，則未可知。百家《金華學案》，祖望改題《北山四先生學案》。細作考證，《北山四先生學案》實馮雲濠、王梓材據《金華學案》另一録副本，參酌黄璋、徵乂校補本（黄直垕謄清稿），訂補成稿，而非據全氏修訂本增删而成。馮、王誤以爲所見《金華學案》録副即「梨洲原本」，亦即「謝山原稿」，《北山四先生學案》所標注全氏「修」、「補」大都未確。不過，二人發揮全氏校補《宋元學案》之義，博徵文獻，廣大其流，《北山四先生學案》遂成大觀。從《金華學案》到《北山四先生學案》，不僅見後世如何認識評價四先生，亦可見學風轉移於學術史撰著之作用。

元末明初，黄溍、杜本、宋濂、王褘、蘇伯衡、鄭楷皆專視四先生爲朱學嫡傳。宋濂學於柳貫，爲金履祥再傳，念吕學之衰，思繼絶學。鄭楷《翰林學士承旨宋公行狀》載：「婺實吕氏倡道之邦，而其學不大傳」，「先生既間因許氏門人而究其説，獨念吕氏之傳且墜，奮然思繼其絶學。」①王禕《宋太史傳》傳述此語②。在諸子看來，「吕氏之傳且墜」終有未妥。

明人論四先生，大抵以述朱爲中心。章懋有志復興浙學，《楓山語録》稱「吾婺有三巨擔」，其一即「自何、王、金、許没，而道學不講」。戴殿泗《金華三擔録》載其語曰：「自朱子一傳爲黄勉齋，再傳爲何、王、金、許，而東萊吕公則親與朱子相麗澤者也。道學正宗，我金華實得之。」③周汝登《聖學宗傳》過於疏略，未登録黄榦、四先生。劉鱗長欲「以浙之先正，呼浙之後人」，編《浙學宗傳》，自楊時至陳龍正得四十一人。宋元十家，朱、陸、吕、何、許、金、王并在列。四先生與宋濂、劉基、方孝孺、吴沉等八人，皆見於《北山四先生學案》。自王守仁以下共十七人，皆陽明一脈。一部《浙學宗傳》，上半部爲東萊、北山之學，下半部爲陽明之學。麟長《浙學宗傳序》云：「弔寶婺舊墟，撫然嘆曰：『於越東萊先生，與吾里二亭夫子，問道質疑，卒揆於正，教澤所漸，金華四賢，稱朱學世嫡焉，往事非邈也。』擊楫姚江，溯源良知，覺我明道

---

① 程敏政《明文衡》卷六十二。

② 王禕《王忠文公集》卷二十一。

③ 戴殿泗《風希堂文集》卷四，清道光八年九靈山房刻本。

學，於斯爲盛。」①

黄宗羲、百家《宋元學案》以朱、陸爲綱，論列南宋至元代之學，未及爲東萊立學案。《金華學案》附宗羲、百家案語數則，可見其論四先生及北山之學大概。卷首列百家案語，述作《金華學案》大旨，即以北山一派爲朱學嫡傳，故獨立一案。全祖望於樸學大興之際，傳浙東史學、東萊文獻，創爲《東萊學案》《深寧學案》，重提朱、陸、吕三家並立之説，修訂其他諸案。《北山四先生學案》雖非出於祖望修訂，然全氏《序録》提出一個重要命題，即金履祥「尤爲明體達用之儒，浙學之中興也」。黄璋、徵乂父子未盡解其意，校補《金華學案》，以校讎爲多。馮雲濠、王梓材能味謝山之旨，校補《北山四先生學案》，沿於全氏所言兩點，即「勉齋之傳，得金華而益昌」、「浙學之中興」，廣而大之，遍及南北學者。所顯現四先生一脈，非復金華學者之學，而爲宋末至明初學術之主流。《金華學案》改題《北山四先生學案》，蓋亦寓此意。

以上略述《北山四先生學案》由來。述四先生之學，不當非僅摘某作某説、某作某評而已。惟有明其源流，始可知其大體，考其通變。

① 劉鱗長《浙學宗傳》，明末刻本。

（二）四先生與浙學中興之關係

以今論之，浙學中興有廣義、狹義之别。從狹義言，金履祥學問出入經史，明體達用，沿何、王上承朱、黄，又接麗澤遺緒。此殆全氏發爲此論之意。從廣義言，四先生繼東萊之後，重振東浙之學，北山一脈延亘至明初，蔚爲壯觀，足以標誌浙學中興。東萊、永康、永嘉開啓浙學風氣，朱、陸之學亦傳入，相與滲透，互爲離立，共成浙學源頭。浙學凡歷數變，就大者言，一變而爲北山之學，再變而爲陽明之學，三變而爲梨洲之學，四變而爲樸學浙派。全氏雖不言之，未必不有此看法。此就廣義略説四先生及北山一脈與浙學中興之關係。

其一，自何基爲始，朱學「得金華益昌」。金華本東萊講學之地，麗澤學人遍東南，以金華爲最多。東萊之學衰没，而有何、王崛起，金華成爲朱學興盛之地，此亦朱熹身前所未料及。其時金華傳朱者，尚有朱子門人楊與立，字子權，浦城人，知遂昌，因家於蘭溪，學者稱船山先生。著有《朱子語略》二十卷。又有何基兄何南，號南坡，亦師黄榦。然引朱學昌於金華，何基最爲有力。王柏以下，傳朱爲主，兼法東萊。四先生重新構建浙學一脈理學宗傳。金履祥《北山之高壽北山何先生》：「維何夫子，文公是祖。是師黄父，以振我緒」，「昔在理宗，維道之崇。既表程朱，亦躋吕張。謂爾夫子，纘程朱緒。」①所編《濂洛風雅》亦可見大端。集中收周敦頤、程顥、程頤、張載、邵雍、朱熹、張栻、吕祖謙、何基、王柏、王偘等人詩文。王崇炳《濂洛風雅序》：「《濂洛風雅》者，仁山先生以風雅譜婺學也。吾婺之學，宗文公，祖二程、濂溪。則其所自出也，以龜山爲程門嫡嗣，而吕、謝、游、尹則支；以勉齋爲朱門嫡嗣，而西山、北溪、撝堂則支。由黄而何而王，則世嫡相傳，直接濂洛。程門之詩以共祖收，朱門之詩以同宗收，非是族也，則皆不録，恐亂宗也。」②

其二，因四先生倡朱學，浙學播於江左，流及大江南北。查容《朱近修爲可堂文集序》：「宋南渡後，吕東萊接中原文獻之傳，倡道於婺，何、王、金、許遂爲紫陽之世嫡，慈湖楊氏又爲象山之宗子，而浙之理學始盛矣。」③朱學之傳幾遍大江之南，而金華、台州特盛。趙汝騰、蔡抗、楊棟官金華，嘆麗澤講席久空，延王柏主之。台州上蔡書院落成，台守趙星緯聘王柏主教席。王柏至則首講謝良佐居敬窮理之訓，推轂朱學播傳於台州。高弟子張𩒎僑寓江左，至元中行臺中丞吴曼慶延致江寧學宫講學，中州士大夫欲子弟習朱子《四書》，多遣從遊。金履祥

① 金履祥《仁山集》卷一。
② 王崇炳《濂洛風雅》集前序。
③ 沈粹芬、黄人編《國朝文匯》卷十七，宣統元年上海國學扶輪社石印本。

與門人許謙、柳貫各廣開講席，許謙及門弟子至逾千人。黄溍《白雲許先生墓誌銘》：「屏迹八華山中，學者翕然纔糧笥書而從之。居再歲，以兄子喪而歸，户屨尤多，遠而幽冀齊魯，近而荆揚吴越，皆百舍重趼而至。」

其三，《四書》學之盛，爲浙學中興之基石。東萊談義理，研《論》《孟》，未如朱熹用力勤且專。朱門弟子多撰《四書》之説，以爲羽翼。自何基承黄榦之教，治學以《四書》爲本始，《四書》遂爲北山一脈所擅。四先生撰著前已述之，其學侶、門人、後學纂述亦富有，葉由庚《論語慕遺》、倪公晦《學庸約説》、潘墀《論語語類》、孟夢恂《四書辨疑》、牟楷《四書疑義》、陳紹大《四書辨疑》、范祖幹《大學大庸發微》、葉儀《四書直説》、吕洙《大學辨疑》、吕溥《大學疑問》、戚崇僧《四書儀對》、蔣玄《中庸注》《四書箋惑》等皆是。《四書》學之盛，不惟推動浙學復興，亦成浙學傳承重要内容。

其四，《五經》貫通，兼治諸史，爲浙學復興之助。自王柏以下，北山一脈勤研《五經》，兼治諸史。王柏、汪開之、戚崇僧等人追溯家學，皆源出東萊。黄百家《金華學案》僅戚崇僧小傳言及「貞孝先生紹之孫也，家學出于吕氏」，馮、王校補《北山四先生學案》沿之，復增數則文字，述及北山學者家學源於吕氏：《文憲王魯齋先生柏》小傳下馮雲濠案云：「父瀚，東萊弟子。」《汪先生開之》小傳爲參酌《金華府志》新增，有云：「東萊弟子獨善之孫也。」《修職王成齋先生珹》小傳爲參酌《王忠文公集》新增，有云：「其子瀚受業吕成公之門，其孫文憲公柏傳道于何文定，得于朱子門人黄文肅公。先生于文憲爲諸孫，又在弟子列，未嘗輒去左右。」既述朱子師傳，又述家學出於吕氏，蓋發揮全氏所言「浙學之中興」之意。《五經》及史學撰著，北山一脈著述頗豐。王柏、金履祥、許謙撰述前已述之，其學侣、門人、後學撰著如倪公晦《周易管窺》，倪公武《風雅質疑》，周敬孫《易象占》《尚書補遺》《春秋類例》，黄超然《周易通義》二十卷、《或問》五卷、《發例》三卷、《釋象》五卷，張𦆘《釋奠儀注》《喪服總數》《四經歸極》《闕里通載》及《孝經口義》一卷，張樞《三傳歸一》三十卷、《刊定三國志》六十五卷、《續後漢書》七十三卷、《林下竊議》一卷、《宋季逸事》，吴師道《春秋胡傳補説》、《易書詩雜説》八卷、《戰國策校注》十卷，孟夢恂《七政疑解》《漢唐會要》，楊剛中《易通微説》，牟楷《九書辯疑》《河洛圖書説》《春秋建正辯》《深衣刊誤》，范祖幹《讀書記》《讀詩記》《羣經指要》，唐懷德《六經問答》，胡翰《春秋集義》，戚崇僧《春秋纂例原旨》三卷、《昭穆圖》一卷、《歷代指掌圖》二卷，馬道貫《尚書疏義》六卷，戴良《春秋經義考》三十二卷、《七十子説》、《鄭氏家範》三卷，楊璲《注詩傳名物類考》，徐原《五經講義》，宋濂、王禕等纂《元史》，宋濂《浦陽人物記》《平漢録》《皇明聖政紀》，王禕《續大事記》七十七卷等皆是。北山一脈經學所擅，乃在《易》《詩》《春秋》，亦與東萊相近。其《五經》學成就與《四書》學相埒，史學次之。

（三）中興浙學之功及學術史貢獻

自四先生崛起，朱學與浙學交融於東浙，陸學復播於四明，朱、陸、吕三家並傳，其間會融、分立不一，肇開浙學新格局。以四先生爲代表的浙學中興，意味著朱學的繁榮及東萊之學的賡續。從浙學流變來看，吕祖謙、陳亮、葉適爲初興，四先生及北山後學爲中興，陽明一脈爲三興，其後更有蕺山、梨洲之四興，樸學浙派之五興。從婺學流變來看，吕祖謙、陳亮、唐仲友稱初興，四先生爲再興，柳貫、黄溍、吴師道、宋濂、王禕、方孝孺諸子爲三興，其後金華之學漸衰。自陽明而後，浙學中心移至紹興，金華學壇不復舊觀。

論四先生與浙學及理學之關係，以下諸説皆可鑒採：黄溍《吴正傳文集序》：「近世言理學者，婺爲最盛。」①方孝孺《文會疏》：「浙水之東七郡，金華乃文獻之淵林」，「自宋南渡，有吕東萊，繼以何、王、金、許，真知實踐，而承正學之傳。復生胡、柳、黄、吴，偉論雄辭，以鳴當代之盛，遂使山海之域，居然鄒魯之風。」②魏驥《重修麗澤書院記》：「四賢之學，其道蓋亦出於東萊派者也」，「竊念書院，昔人雖爲東萊之設，朱、張二先生亦嘗講道其地，人亦蒙其化者，曷

---

① 黄溍《金華黄先生文集》卷十八。

② 方孝孺《遜志齋集》卷八，明嘉靖四十年張可大刻本。

若於今書院論其道派，以朱、吕、張三先生之位設之居堂之中，而併何、王、金、許四先生之位設居其傍，爲配以享之。」①章鋆《重修崇文書院記》：「吾浙自唐陸宣公蔚爲大儒，至宋吕成公得中原文獻之傳，昌明正學，厥後何、王、金、許，逮明方正學、王陽明、劉蕺山，以及國朝陸清獻，其學者粹然一出於正，千百年來，流風尚在。」②張祖年《婺學志》亦具識見，其説可與《宋元學案》相參看。祖年作《婺學圖》，以范浚、吕祖謙、朱熹、張栻爲四宗，以「麗澤講學」爲婺學開宗。黄榦傳朱、吕、張之學，四先生即朱、吕、張之嫡脈。祖年之譜四先生，視閾較黄百家《金華學案》稍闊大。

四先生學術史貢獻，王禕《元儒林傳》言之詳且確矣，其論曰：「程氏之道，至朱氏而始明；朱氏之道，至金氏、許氏而益尊。用使百年以來，學者有所宗嚮，不爲異説所遷，而道術必出于一，可謂有功於斯道者矣。大抵儒者之功，莫大于爲經。經者，斯道之所載焉者也。金氏、許氏之爲經，其爲力至矣，其於斯道謂之有功，非有功于經，即其所以有功于斯道也。」③商輅《重建正學祠記》亦有見解：「三代以下，正學在《六經》，治道在人心，非有諸儒闡

① 魏驥《南齋先生魏文靖公摘稿》卷六，明弘治間刻本。
② 章鋆《望雲館文稿》，清光緒十四年刻本。
③ 王禕《王忠文公集》卷十四。

明之，則天下貿貿焉，又惡知孔孟之書爲正學之根柢，治道之軌範」，「四先生生東萊之鄉，出紫陽之後，觀感興起，探討服行，師友相成，所得多矣」，「夫正學具於《六經》，原於人心者，其體也；見於治道者，其用也。《六經》既明，則人心以正，治道以順，而正學之功，於斯至矣。然則四先生有功於《六經》，即有功於正學；有功於人心，即有功於治道。」①

世人於四先生之貢獻，仍不無異辭，如吕留良《程墨觀略論文》三則其二云：「程子曰：今之學有三，而異端不與焉，一訓詁，一文章，一儒者。余按：今不特儒者絶於天下，即文章、訓詁皆不可名學，獨存者異端耳。昔所謂文章，蘇、王之類也；訓詁，則鄭、孔之類也。今有其人乎？故曰不可名學也。而有自附於訓詁者，則講章是也。儒者正學，自朱子没，勉齋、漢卿僅足自守，不能發皇恢張。再傳盡失其旨，如何、王、金、許之徒，皆潛畔師説，不止吴澄一人也。自是講章之派，日繁月盛，而儒者之學遂亡，惟異端與講章觭互勝負而已。」②陸隴其《松陽鈔存》卷上引吕氏此説，論云：「愚謂吕氏惡禪學，而追咎於何、王、金、許以及明初諸儒，乃《春秋》責備賢者之義，亦拔本塞源之論也。然諸儒之拘牽附會，破碎支離，潛背師説者

① 商輅《商文毅公集》卷十，明萬曆三十年劉體元刻本。
② 吕留良《吕晚村先生文集》卷五，清雍正三年吕氏天蓋樓刻本。

誠有之，而其發明程朱之理以開示來學者，亦不少矣。」①姚椿《何王金許合論》辯說：「至謂四氏之說，或有潛畔其師者，雖陸氏亦有是言。夫毫釐秒忽之間，誠不可以不辨」，「自漢學盛行，競言訓詁，學使者試士，至以四先生之學爲背繆。夫四先生之學，愚誠不敢謂其與孔、孟、程、朱無絲毫之異，然言漢學者，不敢詆孔、孟，而無不詆程、朱。詆程、朱者，詆孔、孟之漸也。夫既以程、朱爲非，則其于四先生也何有？是視向者觝排之微辭，其相去益以遠矣。夫四家言行，各有所至，要皆力務私淑，以維朱子之緒，其居心不可謂不正，而立言不可謂不公。」②又引許謙《與趙伯器書》「由傳注以求經，由經以知道，蘊而爲德行，發之爲文章事業」之說③，論云「四氏之學，大約盡於此言」④。所言庶幾允當矣。

① 陸隴其《松陽鈔存》卷上，清刻《陸子全書》本。
② 姚椿《晚學齋文集》卷一，清咸豐二年刻本。
③ 許謙《許白雲先生文集》卷三。
④ 姚椿《晚學齋文集》卷一。

四、四先生著述概況

宋元人著述體例，不當以今之標準來衡論。四先生解經，重於義理，自王柏以下，兼重訓詁考據，講求融會貫通。其解經之法，承朱、吕著述之統，諸如編次勘定、標抹點書、句讀段畫、表箋批注、節録音釋，皆以爲真學問，與經傳注疏之學相通。在王柏等人看來，經書篇目勘定次第、去取分合，意義甚而在撰文立説之上，「標抹點書」亦撰著之一體。故王柏《行狀》盛贊何基「無一書一集，不加標注」①，「無一書一集，不施朱抹，端直切要」②。葉由庚《壙誌》稱説王柏「無一書一集，不加標注」，「一言之題，一點之訂，辭不加費而義以著明」。柳貫《金公行狀》載金履祥「無一書不加點勘，鉛黄朱墨，所以發其凡」。黄溍《墓誌銘》謂許謙句讀《九經》《儀禮》《三傳》，鉛黄朱墨，明其宏綱要旨、錯簡衍文。因此，四先生「標抹點書」，當亦列入著述。四先生著述數量，以王柏最富，何基最少，金履祥、許謙數量大體相當。以下分作考述：

---

① 王柏《何北山先生遺集》卷四附録，《金華叢書》本。

② 王柏《何北山先生遺集》卷四附録。

（一）何基著述

葉由庚《壙誌》稱何基「志在尚行，訒於立言」。《金華叢書》本《何北山先生遺集》卷四録王柏《行狀》稱：「先生平時不著述，惟研究考亭之遺書」，編類《大學發揮》十四卷、《中庸發揮》八卷、《易大傳發揮》二卷、《易啓蒙發揮》二卷、《太極通書西銘發揮》三卷，「有力者皆已板」，又有《近思録發揮》未刊定，《語孟發揮》未脱稿，「《文集》一十卷，裒集未備也」。何基次子何鉉《北山先生文定公家傳》稱：「先生不甚爲文，亦不留稿，今所裒類《文集》，得三十卷。從先生遊者，惟魯齋王聘君剛明造詣，問答之書前後凡百數。」①《文定公壙記》又云：「《文集》三十卷，編未就。」②《宋史》本傳稱《文集》三十卷，吴師道《節録何、王二先生行實寄文史局諸公》則曰：「先生集三十卷，而與王公問辨者十八卷。」③王柏撰《行狀》，不見於明刻本《魯齋集》，亦罕見他集載及。《金華叢書》本作「《文集》一十卷」，其「一」字疑爲「三」字之誤。檢萬曆《金華府志》卷十六《人物》之《何基傳》，摘録王柏《行狀》，作「《文集》三十卷」。康熙《金華

① 《東陽何氏宗譜》卷二，清咸豐己未重修本。
② 《東陽何氏宗譜》卷二，清咸豐己未重修本。
③ 吴師道《吴禮部文集》卷二十。

縣志》卷七《雜志類》著録《北山集》三十卷，亦可證之。

何鉉《北山四先生文定公家傳》云：「其他諸經有標題者，皆未就緒，今不復見成書矣。」吴師道《節録何、王二先生行實寄文史局諸公》稱何基：「所標點諸書，存者皆可傳世垂則也。」①以上諸書外，何基尚有「標抹點書」數種：

《儀禮點本》，佚。吴師道《題儀禮點本後》：「北山何先生標點《儀禮》，其本用永嘉張淳所校定者。某從其曾孫景瞻借得之……夫以難讀之書，使按考注疏，切訂文義，以分句讀，非數月之功不可。今蒙先正之成而趣辨于半月之間，可謂易矣。……張淳校本，朱子猶有未滿。今先生間標一二，于字音圈法甚畧，或發一二字而餘不及，蓋使人必其自求之耳。今悉仍其舊，而不敢有所增也。」②

《四書點本》，存佚未詳。吴師道《請傳習許益之先生點書公文》：「何氏所點《四書》，今温州有板本。」又，《題程敬叔讀書工程後》：「北山師勉齋，魯齋師北山，其學則勉齋學也。二公所標點，不止於《四書》，而《四書》爲顯。」程端禮《程氏家塾讀書分年日程》卷一「自八歲入學之後」條言讀《四書》應至爛熟爲止，仍參看「何北山、王魯齋、張達善句讀、批抹、畫截、表

① 吴師道《吴禮部文集》卷二十。
② 吴師道《吴禮部文集》卷十八。

注、音考」①。

何基標抹其他經傳之書，俟再考證。其著述雖少，不計標抹之書，亦逾六十卷。

（三）王柏著述

王柏考訂羣書，經史子集，靡不涉獵，著述逾八百卷。王三錫《題文憲公集後》：「生平博覽群書，參微抉奥，往往發前人所未發，當時著述八百餘卷。」②馮如京《重刻魯齋遺集序》：「闡《六經》，羽翼聖傳，即天文地理，旁及稗史，靡不精究，著述不下八百餘卷。」③吴師道《節録何、王二先生行實寄文史局諸公》詳記王柏著述：「有《讀易記》《讀書記》《讀詩記》各十卷、《讀春秋記》八卷、《論語衍義》七卷、《太極圖衍義》一卷、《伊洛精義》一卷、《研機圖》一卷、《魯經章句》三十卷、《論語通旨》二十卷、《孟子通旨》七卷、《書附傳》四十卷、《左氏正傳》十卷、《續國語》四十卷、《闡學之書》四卷、《文章續古》三十五卷、《文章復古》七十卷、《濂洛文統》二百卷、《擬道學志》二十卷、《朱子指要》十卷、《詩可言》二十卷、《天文考》一卷、《地理

① 黄宗羲等《宋元學案》卷八十七。
② 王柏《魯齋王文憲公文集》。
③ 王柏《魯齋集》，清順治十一年馮如京刻本。

考》二卷、《墨林考》十六卷、《大爾雅》五卷、《六義字原》二卷、《正始之音》七卷、《帝王曆數》二卷、《江右淵源》五卷、《伊洛指南》八卷、《涵古圖書》一卷、《詩辨説》一卷、《書疑》九卷、《涵古易説》一卷、《大象衍義》一卷、《雜志》二卷、《周子》二卷、《發遺三昧》二十五卷、《文章指南》十卷、《朝華集》十卷、《紫陽詩類》五卷、《文集》七十五卷、《家乘》五十卷。又有親校刊刻諸書，無不精善。比年婺屢毀，散落已多。」所載諸書通計七百九十四卷，標抹諸經尚未記。

吴師道《敬鄉録》卷十四又云：「北山所著少，而有諸書發揮，傳布已久。魯齋所著甚多，比年燼於火，傳抄者僅存。」德祐二年以後，王柏著述大都散失。至元二十六年至二十七年間，金履祥募得諸稿，攟同門士各以類集，雜著卷帙少者用《朱子大全集》之例各附入，編爲《王文憲公文集》。履祥《魯齋先生文集目後題》：「今存於《長嘯醉語》者，蓋存而未盡去也」，「間因述所考編，以求訂證，謂之《就正編》。迨至端平甲午，學成德進，粹然一出於正。自是以來，一年一集，以自考其所進之淺深，所論之精粗。自甲午至癸卯，凡五卷，謂之《甲午稿》。其後類述倣此，《甲辰稿》二十五卷、《甲寅稿》二十五卷、《甲子稿》二十五卷。其雜著成編者，《論語衍義》七卷、《涵古圖書》一卷、《研幾圖》一卷、《詩辯説》二卷、《書疑》九卷、《涵古易説》一卷、《大象衍義》一卷、《太極衍義》一卷。其餘編集不在此數也。其程課、交際、出處、事爲、著述前後，則見於《日記》。履祥又嘗集公與北山先生來往問答之詞，爲《私淑編》」，「《就正編》

《大象衍義》，北山先生亦俱有答語，與履祥所集《私淑編》，當依《延平師友問答》之例，别爲一書。但《大象》乃公所拈出，謂爲夫子一經，故其《衍義》亦自入集。講義雖嘗刊於天台而未盡，間亦有再講者，今皆入集。」所述《長嘯醉語》《就正編》《日記》《上蔡書院講義》、履祥所輯王柏與何基往來問答之《私淑編》，皆不見於吴師道《節録何、王二先生行實寄文史局諸公》載記。《詩辯説》二卷，即《詩疑》二卷。《讀易記》十卷、《讀書記》十卷、《讀詩記》十卷不傳，今未詳《詩辯説》《書疑》諸書與之内容重複之況。

今人程元敏撰《王柏之生平與學術》，《自序》云：「王氏遺書，爲世人所習知者，不過《書疑》《詩疑》及《魯齋文集》而已。及檢書目，又得《研幾圖》與後人纂輯之《魯齋正學編》。復於《程氏讀書工程》中，見《正始之音》全文。而《詩準》《詩翼》，諸家目録誤題爲何、倪二氏所作者，亦因考之縣志而正其誤，於是總得七書。然去魯齋本傳所言八百卷之數尚遠。因更考其師友與元明人著作，復得魯齋佚詩文數百條。」①第二編《著述考》，按經、史、子、集詳考王柏著述，今録吴師道《節録行實》列目未書、金履祥《魯齋先生文集目後題》所未載及，鑒采程元敏考據，列之如下，并略作補證：

《易疑》，佚。王崇炳雍正七年序金履祥《大學疏義》：「魯齋博學弘文，著書滿車，今所存

① 程元敏《王柏之生平與學術》，華東師範大學出版社，二〇一一年，第五頁。

亦少，而《大學定本》《詩疑》《禮疑》《易疑》等編，曾於四明鄭南溪家見之。」①

《繫辭注》二卷，佚。《授經圖》卷四《諸儒著述》附歷代《三易》傳注，云：「《繫辭注》二卷，王柏。」然程元敏謂「殊可疑」。

《禹貢圖說》一卷，佚。見《聚樂堂藝文目録》《萬卷堂書目》《金華經籍志》《經義考》。

《詩考》，佚。康熙《金華縣志》著録。

《禮疑》，佚。王崇炳嘗於鄭性家見之。

《紫陽春秋發揮》四十卷，殘。見葉由庚《壙誌》引王柏題《春秋發揮》。

《春秋左傳注》二十卷，佚。《授經圖》卷十六《諸儒著述》附歷代《春秋》傳注著録。然程元敏謂「洵可疑」。

《大學疑》，殘。《晁氏寶文堂分類書目》著録。

《大學定本》，佚。王崇炳嘗於鄭性家見之。

《訂古中庸》二卷，佚。《經義考》著録。

《標抹點校四書集注》，佚。宋定國等《國史經籍志》載王柏「手校《四書集注》二十四册，抄本」。吴師道《題程敬叔讀書工程後》：「某頃年在宣城見人談《四書集注》批點本，亟

---

① 金履祥《大學疏義》，《金華叢書》本。

稱黄勉齋，因語之曰：『此書出吾金華，子知之乎？』其人咈然怒而不復問也。……四明程君敬叔著《讀書工程》以教學者，舉批點《四書》例，正魯齋所定，引列於編首者，而亦誤以爲勉齋，毋乃惑於傳聞而未之察歟？」程端禮《程氏家塾讀書分年日程》卷一言熟讀《四書》，仍參看「何北山、王魯齋、張達善句讀、批抹、畫截、表注、音考」，卷二《批點經書凡例》列《勉齋批點四書例》，即吴師道所言「正魯齋所定」。又，吴師道《請傳習許益之先生點書公文》：「王氏所點《四書》及《通鑑綱目》，傳布四方。」程元敏《著述考》既列此條，又列《批點標注四書》一條：「《批點標注四書》二卷，殘。」《批點標注四書》又見《經義考》《金華經籍志》著録。細察吴師道《題程敬叔讀書工程後》《請傳習許益之先生點書公文》，所標注《四書》，即《四書集注》。

《標抹點校資治通鑑綱目》五十九卷，佚。見葉由庚《壙誌》、吴師道《請傳習許益之先生點書公文》。

《朱子繫年録》，佚。見王柏《朱子繫年録跋》。

《重改庚午循環曆》，殘。見王柏《重改庚午循環曆序》。

《重改石笱清風録》十卷，殘。見王柏《重改石笱清風録序》。

《（魯齋）故友録》一卷，殘。王柏編，見萬曆《金華縣志》存《自序》。

《魯齋清風録》十五卷，殘。見王柏《魯齋清風録序》。

《考蘭》四卷，殘。見王柏《考蘭序》。

《陽秋小編》一卷，佚。見王柏《跋徐彦成考史》。

《天地萬物造化論》一卷，存。王柏撰，明周顒注。

《批注敬齋箴》十章，佚。朱熹箴，王柏批注。金履祥《濂洛風雅》卷一録《敬齋箴》，注云：「王魯齋嘗批注，又講于天台。」

《上蔡書院講義》一卷，殘。金履祥《魯齋先生文集目後題》：「《講義》雖嘗刊於天台而未盡。」吴師道《題程敬叔讀書工程後》篇末注：「魯齋亦有《類聚朱子讀書法》一段，在《上蔡書院講義》中。」

《天官考》十卷，佚。《世善堂書目》著録。

《雅藏録》，佚。見王柏《跋寛居帖》。

《朱子詩選》，佚。見王柏《朱子詩選跋》。

《朱子文選》，佚。見宋濂《題北山先生尺牘後》。

《雅歌集》，殘。見王柏《雅歌序》。

《五先生文粹》一卷，佚。《聚樂堂藝文目録》《萬卷堂書目》《千頃堂書目》著録。

《勉齋北溪文粹》，殘。王柏編，何基增定。見王柏《跋勉齋北溪文粹》。

《詩準》四卷、《詩翼》四卷，存。《四庫全書總目提要》：「舊本題宋何無適、倪希程同撰」，

「疑爲明人所僞托。觀其《岣嶁山碑》全用楊慎釋文，而《大戴禮·几銘》並用鍾惺《詩歸》之誤本，其作僞之迹顯然也。」程元敏考辨以爲臺圖藏明郝梁刻《詩準》四卷、《詩翼》四卷，爲王柏所編集，四庫館臣所見之本乃僞作①。又考何欽字無適，咸淳五年夏卒。倪普字君澤，改字希程，婺州人，淳祐十年進士，歷官刑部尚書、簽書樞密院事。今按：《詩準》《詩翼》，宋本尚存國圖。哈佛燕京圖書館藏明朱紱等編《名家詩法彙編》十卷，萬曆五年刻本（四册），卷九爲《詩準》，卷十爲《詩翼》，卷端皆題：「宋金華王柏選輯，明潛川徐珪校正，潛川談輮編次。」末附王柏淳祐三年《序》、楊成成化十六年《序》、嘉靖二年邵鋭《序》。王柏《序》：「友人何無適、倪希程前後相與編類，取之廣，擇之精，而又放黜唐律，法度益嚴。予因合之，前曰《詩準》，後曰《詩翼》。」是書殆王柏次定之力爲多，《詩準》《詩翼》當題何欽、倪普編類，王柏次定。

程元敏輯考《上蔡師説》《魯齋詩話》等，嫌於牽强，其他大都詳覈，多所發明。

（三）金履祥著述

金履祥著述，按徐袍《宋仁山金先生年譜》：寶祐二年，作《讀論語管見》；咸淳六年，自弱冠以後至是歲雜詩文三册，彙爲《昨非存稿》；德祐元年，自咸淳七年至是歲雜詩文二册，

① 程元敏《王柏之生平與學術》上册，第四二八頁。

自題《仁山新稿》；至元十七年，撰成《資治通鑑前編》，凡十八卷，《舉要》二卷；至元二十八年，自德祐二年至是年雜詩文二册，自題《仁山亂稿》；至元二十九年，是歲以後雜詩文題《仁山噫稿》；元貞二年，編次《濂洛風雅》成；大德六年，《大學指義》成。又有《大學疏義》，早年所作；《尚書表注》《尚書注》《論語集注考證》《孟子集注考證》，不知成於何年；編王柏與何基往來問答之詞爲《私淑編》。

以上通計之，凡十四種。標抹批注又有數種：

《樂記標注》，佚。柳貫《金公行狀》：履祥疑前儒《樂記》十一篇之説，反復玩繹，「則見所謂十一篇者，節目明整，了然可考，而《正義》所分，猶爲未盡，於是一加段畫，而旨義顯白，無復可疑」①。

《中庸標注》，佚。吴師道《讀四書叢説序》：「仁山於《大學》《論》《孟》有《考證》，《中庸》有《標抹》。」②章贊《仁山金文安公傳畧》：「若《大學疏義》《中庸標注》《論孟考證》，我成祖皆載入《大全》，固已萬世不磨矣。」③吴師道《題程敬叔讀書工程後》「金氏《尚書表注》《四書疏義考

① 柳貫《柳待制文集》卷二十。
② 吴師道《吴禮部文集》卷十一。
③ 金履祥《仁山先生金文安公文集》卷五，清雍正九年東藕堂刻本。

證》」注云：「金止有《大學疏義》《論孟考證》。」

《四書集注點本》，佚。吴師道《請傳習許益之先生點書公文》：「金氏、張氏所點，皆祖述何、王。」

《禮記批注》，存。江西省圖書館藏宋本《鄭注禮記》二十卷，顧廣圻《跋》：「此撫州公使庫刻本《禮記》，是南宋淳熙四年官書，於今日爲最古矣。」書中批注千餘條，黄靈庚先生考證謂履祥批注。今按：《禮記》卷四《王制第五》「凡四海之内，九州」以下數章，眉批：「履祥按：方百里，惟以田計。青、兖、徐、豫，山少田多，故疆界若狹。冀與雍，田少山多，故疆界其闊。」可與履祥《答趙知縣百里千乘説》相參證。履祥有《中庸標注》《大學指義》《大學疏義》《樂記標注》，其中《中庸》《大學》無批注，《樂記》僅間有夾批注明數字之音，則不可解。

《夏小正注》，存。國圖藏明刻本楊慎集解《夏小正解》一卷，卷端題：「戴氏德傳，王氏應麟集校，金氏履祥輯。」國圖藏清乾隆十年黄叔琳刻本《夏小正》一卷，卷端題：「戴德傳，金履祥注，濟陽張爾岐稷若輯定，北平黄叔琳崑圃增訂，海虞顧鎮備九參校。」二本所載履祥注，皆録自《通鑑前編》。

《仁山文集》，存。履祥詩文先後自訂爲四稿，集久散落。明正德間，董遵收拾散佚，刻爲《仁山先生文集》五卷，卷一至卷四爲履祥自作詩文，卷五爲附録。正德刻本不存，今傳明萬曆二十七年金應騶等校刻本、明抄本、舊抄本等，雖有三卷、四卷、五卷之異，然皆祖于正德本，僅有篇目多寡、附録增删之異。

（四）許謙著述

許謙著述，按黄溍《白雲先生墓誌銘》：《讀四書叢説》二十卷；《詩集傳名物鈔》八卷；《讀書叢説》六卷；《温故管窺》若干卷；《治忽幾微》若干卷。又有《三傳義例》《讀書記》「皆稿立而未完」；門人編《日聞雜記》「未及詮次」；有《自省編》，「晝之所爲，夜必書之，迨疾革，始絶筆」。載及書名者，以上凡九種。朱彝尊《經義考》卷一百九十四著録《春秋温故管闚》，云：「未見。陸元輔曰：先生於《春秋》有《温故管闚》，又著《三傳義例》。《義例》未成。」①錢大昕《元史藝文志》卷一著録《春秋温故管闚》《春秋三傳義疏》。《義疏》，當即《義例》。以上九種外，黄溍《墓誌銘》載及而未言書名，及所未載及者，又有十餘種：

《假借論》一卷，佚。焦竑《國史經籍志》卷二著録「許謙《假借論》一卷」②。《焦氏筆乘》卷六載及「許謙《假借論》」③。并見《千頃堂書目》《元史藝文志》著録。

---

① 朱彝尊《經義考》卷一百九十四，清乾隆二十年盧見曾續刻本。

② 焦竑《國史經籍志》卷二，明刻本。

③ 焦竑《焦氏筆乘》卷六，明萬曆三十四年謝與棟刻本。

《詩集傳音釋》二十卷，存。《經義考》卷一百十一著録《羅氏復詩集傳音釋》二十卷，存。云：「按：曹氏静惕堂有藏本，乃合白雲許氏《名物鈔》而音釋之。」①《鐵琴銅劍樓目録》卷三著録元刊本《詩集傳音釋》二十卷：「題東陽許謙名物鈔音釋，後學羅復纂輯。黄氏《千頃堂書目》始著於録，流傳頗少。《凡例》後有墨圖記云：『至正辛卯孟夏，雙桂書堂重刊。』猶元時舊帙也。其書全載集傳，俱雙行夾注，音釋即次集傳末，墨圍『音釋』二字以别之」，「蓋以《名物鈔》爲主，更采他説以附益之，與《凡例》所云正合。然此但摘録許書音釋，而其考訂名物則不具載，且音釋亦間有不録者。」②

《絳守居園池記注》一卷，存。《四庫全書總目提要》：「唐樊宗師撰，元趙仁舉、吴師道、許謙注」，「皇慶癸丑，吴師道病其疏漏，爲補二十二處，正六十處。延祐庚申，許謙仍以爲未盡，又補正四十一條。至順三年，師道因謙之本，又重加刊定，復爲之跋。二十年屢經竄易，尚未得爲定稿，蓋其字句皆不師古，不可訓詁考證，不過據其文義推測，鉤貫以求通。」

《四書集注點本》，佚。吴師道《請傳習許益之先生點書公文》：「乃金氏高弟，重點《四書章句集注》。」

① 朱彝尊《經義考》卷一百十一。

② 瞿鏞《鐵琴銅劍樓目録》卷三，清光緒間常熟瞿氏家塾刻本。

《儀禮經注點校》，佚。吴師道《儀禮經注點校記異後題》：「許君益之點抹是書，按據注疏，參以朱子所定，將使讀者不患其難。」①黄溍《白雲許先生墓誌銘》：「於《三禮》，則參伍考訂，求聖人制作之意，以翼成朱子之説」，「又嘗句讀《九經》《儀禮》《三傳》，而於其宏綱要旨，錯簡衍文，悉别以鉛黄朱墨，意有所明，則表見之。其後友人吴君師道得吕成公點校《儀禮》，視先生所定，不同者十有三條而已，其與先儒意見吻合如此。」

《九經點校》，佚。見上引黄溍《白雲許先生墓誌銘》。吴師道《請傳習許益之先生點書公文》稱許謙「重點《四書章句集注》，及以廖氏《九經》校本再加校點。他如《儀禮》、《春秋》《公》《穀》二『傳』並注，《易程氏傳》、朱氏《本義》，《詩朱氏傳》，《書蔡氏傳》，朱子《家禮》，皆有點本，分别句讀，訂定字音，考正謬訛，標釋段畫，辭不費而義明。用功積年，後出愈精，學士大夫咸所推服」。宋末廖瑩中刊《九經》，即《周易》《尚書》《毛詩》《禮記》《周禮》《左傳》《論語》《孝經》《孟子》，有《孝經》，無《儀禮》，有《論語》《孟子》，無《公羊傳》《穀梁傳》。故黄溍《墓誌銘》並舉《九經》《儀禮》《三傳》。許謙校點，除句讀外，尚訂定字音，考正訛謬，標釋段畫。

《三傳點校》，佚。見上引黄溍《白雲許先生墓誌銘》、吴師道《請傳習許益之先生點書公文》。

---

① 吴師道《吴禮部文集》卷十五。

文》。許謙《春秋温故管闚》《春秋三傳義疏》并佚，與《三傳點校》殆各沿其例爲書。

《書蔡氏傳點校》，佚。許謙《回南臺都事鄭鵬南浼點書傳書》：「近辱蕭侯傳示教命，俾點《書傳》。舊不曾傳點善本前輩，方欲辭謝，又恐有辜盛意，遂以己意謾分句讀」，「圈之假借字樣，舊頗曾考求，往往與衆不合，今以異於衆者，具別紙上呈。標上舊題爲《蔡氏書傳》。謹按：古來傳注，必先題經名，然後曰某人注」，「乞命善書者易題曰《書蔡氏傳》，庶幾於義而安。」①又一書云：「某比辱指使點正《書傳》，不揣蕪陋，弗克辭謝，輒分句讀，汙染文籍。」②鄭雲翼字鵬南，延祐二年官南臺都事，延祐六年遷廣東道肅政廉訪使，泰定元年陞兵部尚書。許謙應雲翼之請點校蔡沈《書集傳》，吴師道《請傳習許益之先生點書公文》亦言及是書，今未見傳。

《易程氏傳點校》，佚。見上引吴師道《請傳習許益之先生點書公文》。其不名《程氏易傳》，《回南臺都事鄭鵬南浼點書傳書》已言之。

《易朱氏本義點校》，佚。見上引吴師道《請傳習許益之先生點書公文》。《易朱氏本義》，即《周易本義》。其不名《朱氏易本義》，《回南臺都事鄭鵬南浼點書傳書》已明之。

① 許謙《許白雲先生文集》卷三。
② 許謙《許白雲先生文集》卷四。

《詩朱氏傳點校》，佚。見上引吴師道《請傳習許益之先生點書公文》。《詩朱氏傳》，即《詩集傳》。其不名《朱氏詩傳》，《回南臺都事鄭鵬南凂點書傳書》已明之。

《家禮點校》，佚。見上引吴師道《請傳習許益之先生點書公文》。

《典禮》，佚。許鴻烈《八華山志》卷中《金仁山、許白雲立謚咨文》：「若《三傳義疏》《典禮》《讀書記》，皆未脱稿者也。」末署「元至正七年八月初九日」①。此又見於清宣統三年重修本《桐陽金華宗譜》卷一，題作《爲金、許二先生請謚咨文始末》。黄溍《墓誌銘》僅言「有《三傳義例》《讀書記》，皆稿立而未完」。《典禮》，疑爲《三傳典禮》。許謙熟於古今典禮政事，黄溍《墓誌銘》：「搢紳先生至於是邦，必即其家存問焉。或訪以典禮政事，先生觀其會通而爲之折衷，聞者無不厭服。」今難得其詳，俟再考證。

《八華講義》，佚。許謙《八華講義》：「講問辨析，有分寸之知，敢不傾竭爲諸君言？苟所不知，不敢穿鑿爲諸君誑。」②許謙講學八華山中，四方來學。《八華山志》卷中《道統志》收許謙題《八華講義》及所撰《八華學規》《童稚學規》《答門人問》。《八華講義》蓋爲講義之題，非止一篇題作，未刻行，久佚。明正德間陳綱重刻《許白雲先生文集》，改《八華講義》作《金華講義》。

---

① 許鴻烈《八華山志》卷中，民國戊寅重修本。
② 許謙《許白雲先生文集》卷四。

《歷代統系圖》，佚。戚崇僧《白雲歷代指掌圖説》：「白雲先生《歷代統系圖》，自帝堯元載甲辰，迄至元十三年丙子，總三千六百三十三年，取義已精，愚約爲《指掌》，以便觀玩。」末署「至正乙酉，金華戚崇僧述」①。崇僧爲許謙高弟子，字仲咸，金華人。著有《春秋纂例原指》三卷、《四書儀對》二卷、《歷代指掌圖》二卷等書。雍正《浙江通志》著録《歷代指掌圖》二卷，注云：「金華戚崇僧著，見黄溍《戚君墓誌》。」②《歷代指掌圖》二卷，今佚。按崇僧《序》，其書乃據許謙《歷代統系圖》「約爲《指掌》」。季振宜《季滄葦書目》著録「抄本《歷代統系圖》，一本」③，未詳即許謙之書否。

《許氏詩譜鈔》，存。吴騫《元東陽許氏詩譜鈔跋》：「元東陽許文懿公嘗以鄭、歐之譜世次容有未當，别纂《詩譜》，繫於《詩集傳名物鈔》」，「特所序諸國傳世曆年甚悉，有足資討覈者。爰爲輯訂，附於《詩譜補亡》之後。」④許謙不滿於鄭玄《詩譜》、歐陽修《詩譜》，以爲世次有所未當，别纂《詩譜》，附《詩集傳名物鈔》各卷之末，未單行。吴騫輯訂《詩譜補亡》，從《名物

① 《蓉麓戚氏宗譜》卷二，民國十九年庚午重修本。
② 雍正《浙江通志》卷二百四十三，清文淵閣《四庫全書》本。
③ 季振宜《季滄葦書目》，清嘉慶十年黄氏士禮居刻本。
④ 吴騫《愚谷文存》卷四，清嘉慶十二年刻本。

鈔》採録《許氏詩譜》一書，有拜經樓刻本。

《白雲集》，存。黄溍《白雲許先生墓誌銘》：「其藏於家者，有詩文若干卷。」不言集名。按《八華山志》，東陽許三畏字光大，自幼師事許謙，許謙歿，「乃萃其遺稿，手鈔家藏，待後以傳，賴以不墜」。明人李伸幼時得許謙殘編於祖妣王氏家，皆許氏手稿，明正統間編次《白雲集》四卷。成化二年，張瑄得金華陳相之助，刻行於世。正德間，金華陳綱重刻之，改題《白雲存稿》。

五、關於《全書》整理的幾點説明

四先生自王柏以下貫通經史，考訂羣書，著述弘富。據各類文獻著録可知，王柏著作逾八百卷，金履祥、許謙著作亦多。何基篤守師説，其書題作「發揮」者即有七種，《文集》三十卷裒集未備。惜四先生著述大都散佚，今存不足三十種，多爲精華。如何基著作，胡鳳丹編《何北山先生遺集》四卷，凡詩一卷、文一卷、《解釋朱子齋居感興詩》一卷、附録一卷，篇章寥寥。然四先生解經沿朱、吕之統，若考訂篇目、編類勘定、標抹點校、句讀段畫、批注音釋等，皆爲所重，以爲真學問，可羽翼經傳，有補聖賢之學。此次編纂四先生傳世著述，囊括四部，廣作蒐討，復作甄選，批注、次定之書，亦在收録範圍，冀得四先生著作大全。

前此已述「北山四先生」之目其來有自，故兹編四先生著述名曰《北山四先生全書》（以下簡稱《全書》)。《全書》分爲「何基卷」「王柏卷」「金履祥卷」「許謙卷」凡四編,别附《北山四先生全書外編》(以下簡稱《外編》)一册。收録内容如下:

何基卷:《何北山先生遺集》四卷。

王柏卷:《書疑》九卷;《詩疑》二卷;《研幾圖》一卷;《天地萬物造化論》一卷;《魯齋王文憲公文集》二十卷。

金履祥卷:《尚書注》十二卷;《尚書表注》二卷;《禮記批注》二十卷;《宋金仁山先生大學疏義》一卷;《論語集注考證》十卷;《孟子集注考證》七卷;《通鑑前編》十八卷、《舉要》二卷;《仁山先生文集》三卷;《濂洛風雅》七卷。

許謙卷:《讀書叢説》六卷;《讀四書叢説》八卷;《詩集傳名物鈔》八卷;附《詩集傳名物鈔音釋纂輯》二十卷;《許白雲先生文集》四卷;《絳守居園池記注》一卷。

《全書》并收四先生批注、編類之書,惜所得已尠,僅金履祥編《濂洛風雅》、許謙等人《絳守居園池記注》一卷而已。何基《解釋朱子齋居感興詩二十首》,胡鳳丹已編入《何北山先生遺集》。王柏《正始之音》不分卷,收入《魯齋王文憲公文集》附録。楊慎輯解《夏小正解》一卷、吴騫編訂《許氏詩譜鈔》一卷,分從《資治通鑑前編》《詩集傳名物鈔》中輯録,且有文字改易,雖單行於世,《全書》不重複收録。羅復纂輯《詩集傳音釋》二十卷,亦與《名物鈔》重複,且有改易,然今存《名物鈔》最早傳本爲明抄二種,《詩集傳音釋》存元正至雙桂書堂刊本,可相參證，故附收之。

又有四先生詩文佚篇、講學語録、零句斷章，散見他書。《全書》則廣考方志史料、經史典籍、宗譜家乘、别集總集，勾稽佚篇，以詩文爲主，録爲補遺，附於各集之後。《全書》補遺增至二百餘篇。大略《何北山先生遺集》增《補遺》二卷，凡詩文、語録各一卷，更補附録三卷。《魯齋王文憲公文集》增《補遺》、附録各一卷。《仁山先生文集》增《補遺》二卷、附録四卷。《許白雲先生文集》增《補遺》二卷、附《八華山志》一種、附録五卷。至於王柏、金履祥、許謙語録、雜著，可輯爲條目者尚有不少，因考校非短時可畢功，姑俟將來。

另外，整理者各竭其力，輯録年譜、碑傳志銘、序跋題贈等爲附録，凡一家之資料，分附各卷後，而四先生合評之資料則另編爲《外編》一册，綴於《全書》之末。

本次整理之特點，大體有以下四點：

一是内容全備，首次結集。本書所收四先生著述，盡量蒐羅完備，拾遺補缺，并附研究資料之集成。四先生著作已出整理本數種，《全宋詩》《全宋文》《全元詩》《全元文》各沿體例，收録四先生詩文。《全書》之整理或酌情鑒採前賢時哲已有成果，廣泛蒐討有價值校本，以成新編；或别覓良善底本、校本，新作董理；或未有整理本，首次進行校勘標點。至於蒐輯補遺、編類附録，用力頗勤。故《全書》編校之事可謂首創，求全、求備、求精，雖未臻其目標，然自有新意，覽者可察之。

二是底本、校本良善。在當前條件下，搜集購訪底本、參校本已較過去爲易，然亦非没有難度。先是用時幾近半年進行調查研究，甄選整理底本、參校本。如許謙《讀四書叢説》今傳八卷本，有元刻本、清刻本及抄本多種。國圖藏元刻本八卷，《讀論語叢説》三卷原缺，常熟瞿氏以所得德清徐氏藏元刻本配之，遂爲合璧本。國圖藏清嘉慶間何元錫影抄元本與《宛委別藏》本《讀論語叢説》三卷，并據德清徐氏舊藏本影寫。臺北故宫博物院藏元刻本八卷殘帙，又藏舊抄本八卷，據元刻本寫録，顯非據於德清徐氏舊藏元本。浙圖藏明藍格抄本八卷，有清佚名校注。國圖藏瞿氏鐵琴銅劍樓影元抄本，據合璧本影抄。此外，又有國圖藏嘉慶間何元錫刻本、《經苑》本、《金華叢書》本。今訪得諸本，詳作考訂，乃以元刻八卷合璧本爲底本，參校殘元本五卷、舊抄本八卷、明藍格抄本八卷等本。

三是勾稽拾遺。以四先生著述多散佚，遍檢方志、宗譜、總集等，勾稽佚作，用力仍多在詩文，所得逾二百篇。如《魯齋集》輯佚詩六十六首、詞一闋、文十七篇。《仁山集》輯佚作四十三篇、附存疑六篇，約當本集三之一。《白雲集》輯佚文三十四篇（含殘篇二篇）、佚詩十四首及許謙之子許亨文二篇，約當本集四之一。

四是立足考據。在研究的基礎上進行校點整理，有關考證涉及版本源流、篇目真僞、文獻輯佚等方面。如《仁山文集》，傳世明抄本、舊抄本庶幾見正德本原貌，而抄寫多誤字，萬曆刻本經履祥裔孫校勘，訛誤爲少，勝於後來春暉堂、東藕堂及退補齋諸刻。東藕堂刻本有補苴之功，惜文字臆改居多，徒增歧説，非别有善本據依。《金華叢書》本、《四庫全書》本少有校讎之功，復多擅改之弊，實無足觀。故此次整理，以萬曆刻本爲底本，僅參校明抄本、舊抄本、春暉堂刻本、東藕堂刻本。又如輯佚，翻覽宗譜數千種，所得篇目亦豐。然據宗譜勾稽，可信度下方志一等。宗譜良莠不齊，時見攀附僞托之作，且編集校印多不精，故異姓之譜常見一人同篇，同宗之譜時見一篇分署多人。或一望而知假托，或詳考而始明真僞，採輯遂不得不慎。附録資料亦然，篇目真僞亦需考辨。如《芋園叢書》本《金氏尚書注》集前《金氏尚書注自序》末署「寶祐乙卯重陽日，蘭溪吉父金仁山書」，實宋人方岳之筆，見於《秋崖集》卷四十《滕和叔尚書大意序》，朱彝尊《經義考》作「方岳序」，不誤。《碧琳琅館叢書》本《金氏尚書注》集前亦録此僞作。《芋園叢書》本《金氏尚書注》又有王柏《金氏尚書注序》，并是僞托。《碧琳琅館叢書》本《金氏尚書注》又有《金氏尚書注跋》一篇，末署「歲在丁巳仲春望日，桐陽叔子金履祥書於桐山書軒」，實方時發之筆。署柳貫《書經周書注敘》及佚名《金氏尚書注跋》，皆係僞托。今人蔡根祥、許育龍等已證《芋園叢書》本、《碧琳琅館叢書》本《金氏尚書注》繫僞作。今鑒取相關成果，詳作考辨，盡量避免僞作羼入。

《全書》整理之議，始於二〇一四年。先是浙江師範大學與金華市政協合作編纂《吕祖謙全集》，歷時八年，成十六册，二〇〇八年由浙江古籍出版社印行。繼與金華市委宣傳部合作編纂《重修金華叢書》，歷時七年，彙輯二百册，二〇一三至二〇一四年由上海古籍出版社印行。其時我們以復興浙學爲己任，提倡從基礎文獻梳理與學術史建構兩方面對浙學展開研究，以爲四先生有功浙學匪小，整理四先生之書亟爲當前所需，遂於《重修金華叢書》首發式上，倡議整理《北山四先生全書》。經多方呼籲，金華市委宣傳部於二〇一七年聯合浙師大啓動《全書》編纂，委托我們負責組織團隊，開展整理工作。陳開勇、王錕、慈波、崔小敬、宋清秀教授，孫曉磊、鮑有爲、方媛、李鳳立、金曉剛博士先後參與進來。二〇二〇年，《全書》入選「浙江文化研究工程」重大項目。前後歷時四年，今夏終於完稿。各書整理者名氏已標册端，此不一一介紹。黄靈庚、李聖華擬定體例，通讀全稿，并各自承擔校勘任務。

《全書》整理出版，無疑是浙學研究史上一件盛事。我們參與其中，投入心力，可謂人生之幸事。在此衷心感謝金華市委宣傳部副部長曹一勤女士，浙師大副校長鍾依均教授，上海古籍出版社高克勤社長、奚彤雲編審、劉賽副編審給予大力支持，一編室黄亞卓、楊晶蕾編輯等人悉心校讀全稿，多所訂正，使得《全書》得以減少訛誤，在此一併表示謝意。

由於整理者學識水平所限，《全書》整理定會存在不妥及錯誤之處，祈盼讀者不吝指正。

黄靈庚　李聖華

二〇二一年九月二十日

凡例

一、《全書》所收四先生著述，在廣徵版本基礎上，考訂其源流、異同、得失、優劣，從而裁定底本與校本。金律刻《率祖堂叢書》本、胡鳳丹編《金華叢書》本及文淵閣《四庫全書》本（簡稱「庫本」），皆因擅自改易而慎爲取用。大體庫本在棄用之列；若其他版本難稱良善，始取《率祖堂叢書》本、《金華叢書》本用作底本，或作校補之用。

二、《全書》校勘、輯佚以及各書附録編集，皆留意考證，力求黜僞存真。因補遺之文托名僞作不乏見，且多得自宗譜家乘，慮其編纂校印良莠不齊，故採輯謹慎，以免濫入。

三、《全書》整理成於衆手，分册出版，整理者名氏標於册端。各册均由整理者撰寫前言或點校説明，以述明本册整理情況。底本卷端或標編次、校刊名氏，今均省去，於書前點校説明略載述之。

四、《全書》校勘大體遵循以下規則：一般底本不誤，他本誤者，不出校記。底本文字顯有譌誤，如訛、脱、衍、倒等，宜作改易，撰寫校記。偶有文字漫漶殘損者，用他本校補；無可補者，用缺字符□標識，并出校記。諱字回改，古人刻抄習見己、已、巳不分之類，徑用其正字。異體字、通假字、古今字，均不出校。虚字非關涉文意者，亦不出校。校記不徒列異文，間列考據，庶明其是非、高下。

詩集傳名物鈔

〔元〕許謙 撰

方媛 整理

整理説明

許謙字益之，學者稱白雲先生，元代金華人。其學承北山何基、魯齋王柏、仁山金履祥而來，其源則晦庵朱熹之正統。後世以何、王、金、許並稱「北山四先生」，蓋宋元之際朱學嫡脈。四先生之學遍及經、史、子、集，而以《四書》學爲大端，於五經則各有涉獵。其中《詩》學有論著存世者，唯王魯齋《詩疑》二卷、許白雲《詩集傳名物鈔》八卷（以下簡稱《名物鈔》），皆紹續朱子《詩集傳》而作，後之學者亦多以「翼朱」目之。

南宋中期以降，朱熹《詩》學漸行於世。元代朱學大興，《詩》學多以朱子《集傳》爲宗，兼論宋儒諸家，而創見不及宋世。《名物鈔》行世數百年間，學者以許氏之學賡續朱子，多以此書爲朱熹《集傳》之羽翼。是之者以此，非之者亦以此。是皆以朱氏之學爲先入之見，不能就許氏而論其《詩》學。

許謙《名物鈔》雖大體依《集傳》而敷衍《詩》意，然細繹其意，於朱氏、王氏《詩》説亦有疑者，更有不取者，非可一概以承續張揚《集傳》《詩疑》而論。許氏於書中已多有明言。如《六月》三章，言《集傳》「未詳」；解《東山》不從金氏；解《唐・杕杜》則前三句以朱子、後三句以東萊。其於魯齋《詩》學，有相承者如《二南相配圖》，亦有疑者如存《鄭風》而不削。其間去取，關涉經義、師法，實爲兩難。故同儕如吴師道，於《序》中深非其不删「淫詩」，而後世如錢曾，又譏其「立己見以疑聖人」。四庫館臣以下，尚言「足見其是非之公」(《四庫提要》)，「知師説之不然」(周中孚《鄭堂讀書記》)，而數百年來論《名物鈔》者，則多泛言「其學授受相承如此」(吴騫)，故知於《集傳》、名物之外真見白雲《詩》學者，鮮矣。

北山四先生之學固源出朱氏，而其桑梓、傳道俱在浙東，深得浙東之學沾溉。許謙《詩》學在朱子之外，尤得東萊《詩》學浸染。今《名物鈔》雖無許氏自述撰意，然觀其體例，徑承東萊《讀詩記》而來。如《名物鈔》首列《綱領》，蓋許氏《詩》學所宗大旨，雖多述而不作，然其所標舉進退各家之説，可見《讀詩記·綱領》之舊。而其次序列以毛、鄭、孔、朱諸家，次第釋名物，訓音義，末以「愚案」「竊謂」稍出己意，且較諸家説低寫，則直用《讀詩記》之體例排布。更兼書中稱引「《詩記》」百餘處，其引「子金子」處又多爲史學。訓釋名物與以史解《詩》皆吕氏《讀詩記》精要處，概非朱子所長，則許氏《詩》學受東萊之漸，不言已明。更兼書中不拘師説，朱《傳》不取而許氏以爲有理者，亦兼存之，且言「《傳》雖不用此訓，而此説亦有理，因附見」(《大雅·板》)。則許謙解經不泥門户，於朱門後學尤爲難得。

王柏《詩疑》較朱子行之益遠，而許謙《名物鈔》則有所返正。若以東萊《讀詩記》爲南宋疑《詩》之風之返正，則《名物鈔》爲自朱學内部疑《詩》之風之矯枉。其價值不僅在「翼朱」與名物，更在其對朱學北山一脈之學術統緒，對朱、吕二學在浙東之交匯，及元代朱學大興時

《詩》學之總結與發展，俱有重要意義。

《名物鈔》今未見元刊。黄溍《白雲許先生墓志銘》稱是書八卷，後世各家著録多同，今所見諸本皆八卷。《續文獻通考》所稱十卷、《讀書敏求記》所稱十二卷者，皆未見，不知何據。

今存《名物鈔》最早者爲明抄本二種。其一爲雁里草堂抄本，藏國家圖書館，係出明嘉靖間無錫秦柄。據卷首鈐記可知爲沈德壽抱經樓鑒藏，其間偶見標抹塗改，或即沈筆。其二爲張氏怡顔堂抄本，藏復旦大學圖書館、湖南省圖書館。明抄本二種卷首俱署「東陽許謙」，前有吴師道《序》，無跋，亦無所據底本説明。

清代諸本大略可分爲兩個系統。其中以《通志堂經解》本最早，所行亦最廣。通志堂本有康熙十九年、乾隆五十年、同治十二年三種。今美國國會圖書館、日本宫内廳書陵部所藏俱爲通志堂本，日本文化十年之和刻本亦據康熙十九年本翻刻。同、光間，金華後學胡鳳丹父子編《金華叢書》，收鄉賢撰著，所收《名物鈔》亦據通志堂本校勘後版行，即後世所謂退補齋本或《金華叢書》本。民國二十六年《叢書集成》本則依《金華叢書》本排印。以上俱可視爲通志堂本系統。此外，乾隆間修《四庫全書》，《全書》與《薈要》皆收《名物鈔》，是爲清寫本二種，同爲四庫本系統。

《名物鈔》各本雖皆全本，各系統流衍亦較清晰，唯各自所據祖本來源頗爲模糊。明抄本二種俱不知其所來，通志堂本僅稱據「汲古舊鈔本」，四庫本則稱據「内府藏本」。

比對諸本可知，明抄本爲今見最早之本，雖其間多有手民之誤，版本價值仍不容忽視。二種中又以秦氏雁里草堂抄本爲善。通志堂本所據雖未明言，然文字較二明本爲精善。有鑒於此，本次點校以通志堂康熙十九年初刻本爲底本，秦氏雁里草堂本（下稱秦本）、張氏怡顔堂抄本（下稱張本）爲校本。《金華叢書》《叢書集成》及海外諸本皆自通志堂本而來，四庫本多有删改，故皆不列爲校本。

整理凡例一依《北山四先生全書》體例。本書特例説明如下：毛傳、鄭箋、孔疏，即書中稱「傳」「箋」「疏」者不標書名號。書中又多以「傳」稱朱熹《集傳》，標書名號以别毛傳。餘如《草木疏》等則標書名號。

浙江師範大學人文學院　方媛

詩集傳名物鈔序

白雲先生許公益之《讀四書叢説》，師道既爲之序，其徒復有請，曰：「先生所論著，獨《詩集傳名物鈔》爲成書。嚮聞屢以示子，而一二説亦厠子名于其間，子曷有以播其説？」師道竊惟《詩》之興尚矣。當周盛時，在下則有二《南》之《風》，在上則有《雅》《頌》之作，周公取以列之經。幽、厲之後，《風》《雅》俱變。夫子於諸國之《風》則删其淫邪，於公卿大夫之作則取其可爲訓戒者。東遷之後，王、國並列於《國風》，而於商周之初，考其遺失，又得《商頌》之類。至《魯頌》則因其所用之樂歌以著其實，以是合於周公之所取，而爲三百篇。若「自衛反魯，樂正，《雅》《頌》各得其所」，則指周公之經殘闕失次者爾。是《詩》之爲經，始定於周公，再定於夫子，遂爲不刊之典。不幸厄於秦火中，可疑者多，而諸傳不察。由漢以來，毛、鄭之學專行。歷唐至宋，一二大儒始略出己意，然程純公、吕成公猶主《序》説。子朱子灼見其謬，汎掃廓清，本義顯白。每篇則定其人之作，每章則約以賦、比、興之分。叶音韻以復古，用吟哦上下不加一字之法，略釋而使人自悟。破拘攣，發蒙蔀，復還温柔敦厚、平易老成之舊，自謂無復遺恨。烏乎！《詩》一正於夫子而制定，再正於朱子而義明。朱子之功，萬世永賴，此《名物鈔》之所爲作也。

自北山何先生基得勉齋黃公淵源之傳，而魯齋王先生柏、仁山金先生履祥授受相承。逮公四傳，有衍無間，益大以尊。公念朱《傳》猶有未備者，旁搜博采，而多引王、金氏，附以己見，要皆精義微旨，前所未發。又以《小序》及鄭氏、歐陽氏《譜》世次多舛，一從朱子補定。正音釋、考名物度數，粲然畢具。其有功前傳、嘉惠後學，羽翼朱《傳》於無窮，豈特小補而已哉！

然有一事關於《詩》尤重者，不可默而弗言。王先生嘗謂：「今之三百篇非盡夫子之舊。秦火，《詩》《書》同禍，《書》亡缺如此，何獨《詩》無一篇之失？如《素絢》《唐棣》《貍首》《轡柔》《先正》等篇，何以皆不與，而已放之鄭聲何爲尚存而不削？」劉歆言：「《詩》始出時，一人不能獨盡其經。或爲《雅》，或爲《頌》，相合而成。蓋聞夫子三百篇之數而不全，則以世俗之流傳、管絃之濫在者足之，而不辯其非。」朱子固嘗疑《桑中》《溱洧》諸篇，用之祀何鬼神、享何賓客，何詞之諷，何禮義之正，不得已則取曾氏所以論《國策》者，謂存之而使後世知其非，知所以放之之意。金先生屢載於《論語考證》，謂諸傳皆然。師道嘗舉以告公，公方遵用全經，宜不得而取也。今《鈔》中《二南相配圖》，王先生所定者，蓋合各十有一篇，退《何彼穠矣》《甘棠》於《王風》，而削去《野有死麕》，則公固有取於斯矣。以公之謹重，慮夫啓其末流破壞之弊，然卓然有見，痞疑辨惑，如王先生之言，使淫邪三十五篇悉從屏黜之例，豈非千古一快？朱子復生，必以爲然也。惜斯論未究，而公不可作矣！姑識于序篇之末，以俟後之君子考焉。

至元重紀之五年，歲在己卯，六月戊子朔，友生吳師道序。

詩集傳名物鈔卷第一

綱領〇《大序》孔穎達疏：「嗟歎和續之也。謂發言之後，咨嗟歎息爲聲，以和其言而繼續之也。」和，胡卧反。後凡孔穎達疏，雖引他書，但云「疏」。若今自引它經而下連「疏」字，則它書之疏也。餘所引書皆放孔疏例。〇疏：「亂世，謂世亂而國存，故以世言。亡國則國亡而世絶，故不言世。亂世言政，亡國不言政者，民困必政暴，舉其民困爲甚辭，故不言政也。」〇《傳》：「疏，山於反。數，色角反。」

治世之人安於居處，樂於風化，故發爲歌聲，安舒而樂易。聽其音之安樂，則知其世之治。究其原，則以爲政之和平故也。亂世之人，怨其上之煩苛，怒其上之暴虐，故發爲歌聲，怨恨而忿怒。聽其音之怨怒，則知其世之亂矣。求其本，則以爲政之乖繆於常道故也。亡國之人，哀其危亡，思其愁苦，故發爲歌聲，悲哀而思遠。聽其音之哀思，則知其國之必亡矣。推其因，則以民困窮不堪故也。亡國，謂國雖存，將必亡者也。

疏「莫近於《詩》」，言《詩》最近之，餘事莫先之也。《公羊傳》：「莫近於《春秋》。」何休云：「莫近，猶莫過之也。」〇《傳》：「艾音刈。」〇《朱子語録》：「問：『謂周公爲先王，恐讀者有疑。』曰：『此無甚害。蓋周公實行王事、制禮樂，若止言成王，則失其實矣。』」○《語録》：「風、雅、頌是詩人之格，是樂章之腔調，如言仲吕調、大石調之類。《風》《雅》《頌》名既不同，其聲亦各別。大率《國風》是民庶所作，《雅》是朝廷之詩，《頌》是宗廟之詩。」又曰：「《詩》有是朝廷作者，《雅》《頌》是也。若《國風》，乃采之民間以見四方民情美惡。」○《傳》：「分，扶問反。」○《語録》：「《關雎》《麟趾》皆是興而兼比，然雖近比，其體却只是興。且如『關關雎鳩』，本是興起，到得下面説『窈窕淑女』方是入題説實事。蓋興是以一箇物事貼一箇物事説，上文興而起，下文便接説實事，如『麟之趾』下文便接説『振振公子』，一箇對一箇説。蓋公本是箇好底人，子也好，孫也好，族人也好；譬如麟，趾也好，定也好，角也好。比，則却不入題。如比那一物説，便是説實事。如『螽斯羽，詵詵兮。宜爾子孫，振振兮。』『螽斯羽』一句便是説那人了，下面『宜爾子孫』依舊是就『螽斯羽』上説，更不用説實事。此所以謂之比。」又曰：「比是以一物比一物，而所指之事常在言外。興是借彼一物以引起此事，而其事常在下句。但比意雖切而却淺，興意雖闊而味長。」○《語録》：「三經是賦、比、興，是做詩底骨子，無詩不有，纔無則不成詩。蓋非賦便是比，非比便是興。《風》《雅》《頌》却是裏面横串底都有賦、比、興，故謂之三緯。」緯，于貴反。串，古患反。○子金子：「『下以風刺上』，『風』字只作平聲讀，意好。」○《語録》：「先儒本謂周公制作時所定者爲正《風》《雅》，其後以類附見者爲變《風》《雅》爾，固不謂變者皆非美詩也。」○疏：「動聲曰吟，長言曰詠。」○《書》，子金子：「自『直而温』至『簡而無傲』，教胄子之事；『詩言志』至『律和聲』，典樂之事。然教胄子亦以樂也。」○《周禮・春官》：「太師，下大夫二人，掌六律、六同，以合陰陽之聲。文之以五聲，播之以八音，教六詩。瞽矇掌諷誦詩，掌九德、六詩之歌以役太師。」注疏：「凡樂之歌，必使瞽矇爲焉，命其賢知者爲大師。教之詩，教瞽矇也。無目眹謂之瞽，有目眹而無見謂之矇。無目眹，謂無目之眹脉。矇，謂矇矇然有眹脉而無見也。以其無目，無所覩見，則心不移於音聲，故不使有目者爲之也。」《靈臺》疏：「矇，即今之青盲。」大音泰。矇音蒙。眹，丈忍反。○《史記》：「九九八十一以爲宫；三分去一，五十四以爲徵；三分益一，七十二以爲商；三分去一，四十八以爲羽；三分益一，六十四以爲角。」《漢・律曆志》：「黄鍾三分損一，下生林鍾；三分林鍾益一，上生大蔟；三分大蔟損一，下生南吕；三分南吕益一，上生姑洗；三分姑洗損一，下生應鍾；三分應鍾益一，上生蕤賓；三分蕤賓損一，下生大吕；三分大吕益一，上生夷則；三分夷則損一，下生夾鍾；三分夾鍾益一，上生亡射；三分亡射損一，下生中吕。」西山先生蔡元定季通《律吕本原》：「黄鍾九寸，以三分爲損益，故以三歷十二辰，得一十七萬七千一百四十七，爲黄鍾之實。其十二辰所得之數，在子、寅、辰、午、申、戌六陽，辰爲黄鍾寸分釐毫絲之數；在亥、酉、未、巳、卯、丑六陰，辰爲黄鍾寸分釐毫絲之法。其寸分釐毫絲之法皆用九數，故九絲爲毫，九毫爲釐，九釐爲分，九分爲寸，九寸爲黄鍾之實。由是三分損益以生十一律焉，故黄鍾九寸，林鍾六寸，大蔟八寸，南吕五寸三分，姑洗七寸一分，應鍾四寸六分六釐，蕤賓六寸二分八釐，大吕八寸三分七釐六毫，夷則五寸五分五釐一毫，夾鍾七寸四分三釐七毫三絲，亡射四寸八分八釐四毫八絲，中吕六寸五分八釐三毫四絲六忽。是則宫及黄鍾最長，故聲濁；羽與應鍾最短，故聲極清也。」大音泰。蔟，千候反。洗，穌典反。應，於證反。蕤，如追反。亡音無。射音亦。中音仲。○《周禮》傳：「閒，古莧反。」○《論語》傳：「漬，疾賜反。」○《語録》：問：「『詩可以觀』，《論語集注》：『考見得失』，是自己得失否？」曰：「是考見事跡之得失，因以警自己之得失。」又問：「『可以怨』，《集注》云『怨而不怒』，怒是如何？」曰：「詩人怨辭委曲柔順，不恁地疾怒。」○「三復」之「三」〔一〕，息暫反。妻，七計反。○《語録》：《孟子》説「《詩》要以意逆志，是爲得之」，逆者，等待之意，謂如前途等待一人，未來時且須耐心等待，自有來時。候他未來，其心急切，又要進前尋求，却不是「以意逆志」，是「以意捉志」也。如此只是牽率古人言語入自家意思中來，終無益。○上蔡：「泥，奴計反。掇，都奪反。」

國風一

傳○肆，羊至反。

周南一之一

傳○雍，於用反。辟，蒲亦反。○子金子《通鑑前編》：棄爲唐、虞后稷，佐禹治水，教民稼穡，堯封於邰，世后稷，以服事虞、夏。及夏之衰，不窋用失其官，自竄戎、翟之間。不窋生鞠，鞠生公劉，始遷于豳。《路史》謂稷生斄蠒，生叔均，自后稷至公劉十餘世。而《漢·劉敬傳》亦曰：「后稷十餘世至公劉。」案：《世本》自公劉歷慶節、皇僕、差弗、僞榆、公非、辟方、高圉、侯牟、亞圉、雲都、組紺、諸盩，十有二世而生古公亶父。狄人侵之，去，之岐山之下居焉。自稷至亶父蓋二十餘世矣。《史記》以不窋爲后稷子，而又缺辟方、侯牟[二]、雲都、諸盩四世，遂爲后稷至文王爲十五世。且自夏歷商凡四十五世，而后稷至文王止十五世焉，其亦誤矣。古公復修后稷、公劉之業，積德行義，旁國多歸之。古公生王季歷，王季即位，數伐戎有功，商帝乙賜之圭瓚、秬鬯，爲侯伯。王季薨而文王嗣，爲西伯，伐密須而徙都程，又伐崇，作豐邑而徙都之。邰，湯來反。窋，竹律反。斄與邰同。蠒，吉典反。組，子古反。紺，古暗反。盩，之由反。瓚，才旦反。○王應麟伯厚《詩地理考異》：「《郡國志》：『美陽有周城。』《括地志》：『周城一名美陽城，在雍州武功縣西北二十五里。』《左傳》注：『扶風雍縣東北有周城，即大王城。』《郡國志》：『鳳翔府扶風縣，本漢美陽縣地。武德二年分岐山縣，置漳川縣。貞觀八年改爲扶風。」漳音韋。

愚案：郃在漢京兆武功縣渭水之南，縣西南二十二里有斄城。不窋之居在唐慶州之地，州東南三里有不窋城。豳即邠州，豳之字爲邠，唐開元因改古文而改也。公劉居邠，當夏桀之世。堯之八十一載，治水功成而封后稷，至公劉遷邠，歷四百八十餘年。后稷受封之時，計已年老，而公劉遷後又未知幾何年而終，惟不窋、鞠兩世處公劉、后稷之間，而歷年之久如此，則《史記》之失不言可知矣。古公之遷也，自邠而東南二百五十里至岐，其半有梁山、踰山，而南即渭水也，循水可以達岐。其遷當殷王小乙之世。后稷初封其國則謂之郃，不窋之徙不知何以名其國，公劉之國則謂之豳，至古公遷岐之後始號爲周爾。王季之薨當在帝乙七祀丙子之歲，其明年丁丑，文王之元年也。文王之三十一年，商紂即位。四十一年囚於羑里，四十三年紂釋西伯而使專征伐，四十六年徙都程，四十九年甲子徙豐，是時文王蓋已九十六歲，逾一年而薨矣。然則二《南》之詩正作於都岐之日，而分周、召之治亦在都岐之時，以岐爲周、召采邑，則在都豐之後歟？

《史記》：「周公旦，文王之子，武王次弟。大姒子十人，周公居四。勝殷之後封於魯，留周輔政，食邑於周，而以子伯禽就封。成王十一年，公薨，葬于畢，謚曰文。支子世邑於周。」○召，實照反。蘜音適。采，倉代、此宰二反。鎬，胡老反。筦，古滿反。鄠，侯古反。

關雎《周南》一。 文王宫中之人言文王后妃之德。

經〇東萊先生《讀詩記》：「后妃之德，坤德也。『窈窕淑女，君子好逑』，咏嘆其真王者之良匹也。唯天下之至静，爲能配天下之至健。萬化之原，一本諸此。」

《關雎》之詩，兼美文王、后妃之德，而尤歸重於文王。雎鳩之取興，爲其摯而有别也，關關而和鳴也。既曰摯别而和，則非專指一人而言，固可見其一端矣。君子，有德有位之總稱，意謂吾君子有聖德，惟得有德之女乃可爲配。蓋非文王之聖德，則不能擇后妃之淑女；非后妃之聖德，則不足以配文王之君子。今窈窕之淑女，始可爲君子之好逑。觀此兩詞，則主於文王而言尤可見矣。於其未得之也，寤寐思之至於不遑寢處。夫以宫中之妾御，欲爲君子得配，以爲我之内主，而思之如此其切，是絶無妒忌之萌。是時宫中未被后妃之化，非文王之德有以化之，能如是乎？及既得之也，其容儀性行足以服衆心而副前日之所望，故惟琴瑟鍾鼓以娱悦之。觀友樂之爲言，可見后妃不以崇高之位自亢，有豈弟和柔、欣然逮下之意，故宫中之人得以友之樂之。而上以端莊臨下，下以恭謹事上之心，悠然見於言外。此則后妃之德化於人者，而亦見平日漸漬文王之德之深也。且「寤寐求之」而「輾轉反側」，思之切而近於哀矣。然宫中之人所自哀，娱之以琴瑟不足，而又繼之以鍾鼓，可謂樂矣。然亦宫中之人所自樂，后妃皆未嘗發於情欲之感、燕私之好，於文王無與焉。故孔子曰：「樂而不淫，哀而不傷。」○以「荇」起興，取其柔潔。○或曰：「朱子以《關雎》之詩，文王宫中之人所作，真有合於夫子『樂而不淫，哀而不傷』之旨矣。然《詩》疏以文王娶太姒在十三四時，《大戴禮》亦曰：「文王十五而生武王。」抑文王生知之，聖其德，固足以化於家矣。然年方幼沖，宫中乃先有琴瑟鐘鼓之設，宫妾之盛，而爲君子思其配，至於輾轉反側若不可少緩者，則文王無乃邇聲色之太早乎？」曰：「非然也。《文王世子》篇，文王謂武王曰：『我百爾九十，吾與爾三焉。』文王九十七乃終，武王九十三而終。《武成》曰：『惟九年，大統未集。』説者以虞芮質成爲文王受命，改稱元年。九年而卒，武王繼立，上冒文王之年，至十三年而滅商，又七年而崩。《史記》亦謂『西伯受命稱王而斷虞芮之訟』，故其年數如此。」○歐陽子曰：「古者人君即位必稱元年，常事爾，不以爲重也。」果重事歟？西伯即位已改元矣，中間不宜改元而又改元。武王即位，宜改元反不改元，及滅商而有天下，其事大於聽訟遠矣，又不改元。由是言之，謂西伯以受命之年爲元年者，妄説也。○子金子曰：「年之長短，命也。雖聖人，豈能以與其子哉？且如其言，則文王十五而生武王，前此已生伯邑考矣。武王八十一而生成王，後此又生唐叔虞焉。人情事理所必不然也。《文王世子》合古書數篇爲一篇，其篇目尚在每章之首與其終，而此章於上下文無所繫，此必俗傳之傳會耳。然則史遷、安國同得於西漢之傳聞，而二戴記《禮》同出於未審，疏《詩》者又緣此以爲説也。」今以先儒辯析已定之論，文王未嘗改元，十三年實武王即位之十三年。既滅商，七年而崩，在位共十九年。則是文王二十四而生武王，自可釋文王生子之蚤之疑矣。但武王生子之遲則不可通也。況太公以文王四十三年歸周時，文王年已九十，則武亦六十有七矣。不知復幾年而始娶邑姜，又豈理邪？故《通鑑前編》據《竹書紀年》謂武王五十四而崩，其説必有所自來，爲可信也。曰：「若是則文王六十三而生武王，又有同母弟八人，子何以知其必然，亦他有所證邪？」曰：「以二者之言揆之事理，擇其所長，不得不從《竹書》爾。《大明》之詩，周公所作也，其陳序王季、文、武，前後次弟井然甚明。自三章至六章，皆言文王有國、娶莘、生武王之事。其四章曰『文王初載，天作之合』，初載即文王即位之初年也。蓋上章既言文王小心事上帝而受方國矣，而此章之端則曰『天監在下，有命既集』，繼曰『文王初載』，則所謂天命之集者，正指文王之身也。其下章『親迎于渭，造舟爲梁』，皆其自爲，無受命於王季之意。況周之世，于始爲造舟，其後豈得遂定爲天子之禮乎？是既爲君而親迎，明矣。文王四十七即位，居喪三年，其娶蓋在五十之後。先已生伯邑考，則六十三而生武王，理亦有之。女妻乃能孕字，下又生子八人，則太姒之年少爾。此以經爲證者，一也。《皇王大紀》謂王季百歲，是五十四而生文王也。《通鑑外紀》謂大王百二十歲尚見文王之生，是六十五六而生王季也。則是太王、王季之娶皆遲，又何獨疑於文王邪？此以史爲證者，二也。蓋太王、王季、文王皆賢聖之君，而太姜、太任、太姒又皆賢聖之配。淑女之擇固未易得，所以有是歟。由是觀之，則《關雎》之詩從今説，可以判然無疑矣。」

傳○一章。《語録》：「王雎，見人説淮上有之，狀如此間之鳩，差小而長。雌雄常不相失，亦不曾相近，立處須隔丈來地，所謂『摯而有別』也。一家作猛摯説，謂雎鳩是鶚屬，鶚是沈鷙之物，無和樂意。蓋『摯』與『至』同，言情意相與深至而未嘗狎，便是樂而不淫意。」○鷖，烏兮反。疏：「鳧，似鴨而小，長尾，背有文。」又曰：「青色，卑脚短喙，水鳥之謹愿者，鷖鷗也。」○別，必列反。乘，食證反。閒音閑。疏：「幽閒，幽深而閑靜。」○太姒，有莘國之女。《地理考異》：「故莘城在汴州陳留縣東北三十五里，古莘國。」○處，昌與反。

此句是足興意，非管好逑也。逑，見匡解。

和樂恭敬，只就「摯而有別」説上兩句。○匡衡之言，「形乎動静」以上，專釋「窈窕淑女」：「貞」亦幽閒之意，是窈窕也；「淑」即經「淑」字；「不貳其操」，言常勁貞潔〔三〕而無間也；「情欲之感」，則有褻狎之容而貳於貞；「宴私之意」則生惰慢之氣而貳於淑；「無介不形」則實能致之而不貳其操矣。「夫然後」以下釋「君子好逑」。

《白虎通》：「三綱：君臣、父子、夫婦也。六紀：諸父、兄弟、族人、諸舅、師長、朋友也。君爲臣綱，父爲子綱，夫爲妻綱。敬諸父兄，六紀道行，諸舅有義，族人有序，昆弟有親，師長有尊，朋友有舊。綱者，張也；紀者，理也。大綱小紀，所以張理上下、整齊人道也。六紀爲三綱之紀。師長，君臣之紀也，以其皆成己也；諸父、兄弟，父子之紀也，以其有親恩連也；諸舅、朋友，夫婦之紀也，以其皆有同志爲紀助也。」

二章。李氏樗迂仲《講義》：「荇，黄花，葉似蓴。」《毛氏傳》：「荇菜，以事宗廟。」疏：「《周禮》四豆之實，無荇。」陸璣《疏》：「鬻其白莖，以苦酒浸之，脆美可案酒。」鬻即煮。

詩中託物起興，雖於下言之事多不相關，然凡言采取之物，亦必本自有所用。如采荇，雖不須言薦宗廟，然荇自是可案酒者，故人曾采而詩人亦言之。若無所用而人不采，則詩人亦不言也。後凡釋其物爲其用者，皆謂其物所常用，非必關於詩也。

三章。亨，普庚反。○《詩記》：「芼則以熟而薦之也，芼以薑桂。」嚴粲坦叔《詩緝》：「芼之謂爲羹。《内則》『芼羹』注云：『菜』。」○陳暘《樂書》：「琴，或謂伏羲作，或謂神農作，或謂帝俊使晏龍作。其制長三尺六寸六分，象期之日；廣六寸，象六合；弦有五，象五行；腰廣四寸，象四時；前廣後狹，象尊卑；上圓下方，象天地；暉十三，象十二律，餘一以象閏。蓋長三尺六寸六分者，中琴之度；長八尺一寸者，大琴之度也。」又云：「大琴二十弦，中琴十弦，小琴五弦。舜彈五弦之琴，或謂七弦。自陶唐時有之。或謂文王加少宫、少商二弦，或謂文、武各加其一。」○《樂書》：「瑟，或謂伏犧作，或謂神農、晏龍作。或謂朱襄氏使士達制爲五弦之瑟，鼓叟判爲十五弦；或謂大帝使素女鼓五十弦之瑟，帝悲不能禁，因破爲二十五弦。蓋五十弦，大瑟也；二十五弦，中瑟也；五弦、十五弦，小瑟也。有頌瑟，長七尺二寸，廣一尺八寸，二十五弦，蓋即中瑟也。」〇《樂書》：「黄帝命伶倫鑄十二鍾，和五音。虞夏之時，大謂之鏞，小謂之鍾。周制，大謂之鍾，小謂之鎛。虡縣一鍾謂之特鍾，一虡十二鍾謂之編鍾。堂上擊黄鍾、特鍾，而堂下編鍾應之。」鎛，伯各反。虡，求許反。〇《樂書》：「鼓始於伊耆氏，少皞氏冒革以爲鼓。夏后氏加四足，謂之足鼓；商人貫以柱，謂之楹鼓；周人縣而擊之，謂之縣鼓。《周禮·鼓人》：『教六鼓，以晉鼓鼓金奏。』」晉鼓長六尺六寸，此常樂也，餘五鼓各有所用。

二章謂「本其未得而言」，下云「則當左右流之」「則當寤寐求之」。三章謂「據今始得而言」，下云「則當采擇亨芼」「則當親愛娱樂」。宜去四「當」字，則於「本」「據」二字意爲順。〇題下。匡衡言「品物遂而天命全」，是兼人物而言，謂此效皆原於昏姻之正也。下「理萬物之宜」，上應此句。

序〇姆，莫候反。珩，下庚反。璜，胡光反。琚，紀余反。瑀，于矩反。中節，竹仲反。

朱子分出《大序》而别留《小序》，愚謂自「后妃」至「用之邦國」，下接「是以《關雎》樂得淑女」，是《關雎》正序。「風，風也，教也。風以動之，教以化之」，是《國風》序。「《關雎》《麟趾》」至「王化之基」，是二《南》序。

葛覃《周南》二。后妃自作絺綌，賦其事及歸寧之意。

經○一章。毛氏：「葛所以爲絺綌，女功之事煩辱者。」○二章。毛氏：「莫莫，成就貌。」○《詩緝》：「婦人驕侈之情何極？苟萌厭心，雖窮極靡麗，耳目日新，猶以爲不足。『服之無斁』，可見后妃之德性。後世后妃以驕奢禍其族，皆厭心爲之。」

此詩蓋后妃已成絺綌之服，將歸寧而追賦之也。春葛方盛，未可刈濩之時，后妃已念念于此。往而觀之，見黄鳥飛集和鳴于叢木之上，於以見和氣薰蒸、物各得所之意。及葛之成也，即刈之濩之以爲絺綌。絺綌，夏服也。夏深葛成而方刈，既成服而服之，可見勤於女事，不失其時。及將歸寧，則必謀之姆師、告之夫君。至於澣濯微事，亦且咨詢而不置。其勤儉恭謹之德，備見於詞氣之間，則文王「刑于寡妻」之效，尤著於此矣。

傳○一章。《爾雅翼》：「葛生山澤間，蔓延牽其首至根可二十步。」○疏：「施，移也，言引蔓移去其根也。」○疏：「皇，黄鳥，黄鸝留，一作黄離留。或云黄栗留。幽州曰黄鸎，又名倉庚、商庚、鶩黄、楚雀。齊人曰摶黍。」○摶，徒端反。一鳥十名。○二章。厭，於驗反。垢，古后反。○三章。毛氏：「女師教以婦德、婦言、婦容、婦功。祖廟未毁，教于公宫三月；祖廟既毁，教于宗室。」疏：「姆，婦人五十無子，出而不復嫁，能以婦道教人者。女出嫁，姆從之。女子自少常教習，故曰『女子十年不出』，傅姆教之。但嫁前三月，特就尊者之宫教成之耳。」姆，莫候反。○陸德明《釋文》：「撋，而專反。煩撋，猶挼莎也。」挼，奴禾反。莎，素禾反。去，丘吕反。○《周禮・内司服》：「掌王后之六服：褘衣、揄狄、闕狄、鞠衣、展衣、緣衣。」注：「狄當爲翟。翟，雉名。伊雒而南，素質五色成章，曰翬；江淮而南，青質五色成章，曰摇。闕者，屈也。王后之服，刻繒爲之形而[四]采畫之，綴於衣以爲文章。褘衣畫翬，揄翟畫摇，闕翟刻而不畫。此三者皆祭服，而翟數皆十二。鞠衣，黄桑服也。薦于上帝，告桑事。展衣，以禮見王及賓客。緣衣，御于王及燕居。褘玄，揄青，闕赤，鞠黄，展白，緣黑。公之夫人褘衣，侯伯之夫人揄狄，子男之夫人闕狄。其翟如夫之命數，其下内外命婦。鞠衣則九嬪孤之妻，展衣則世婦卿大夫之妻，緣衣則女御士之妻也。上皆可以兼下。」褘音暉。揄音摇。鞠，居六、丘六二反。展，張彦反。緣當爲禒，吐亂反。翟音狄。翬音暉。

此詩前二章雖各三句連文，而每二句一韻。前二章上二句皆無韻，而每章中二句「萋」「飛」「莫」「濩」「私」「衣」皆是韻，二章、三章下二句「綌」「斁」「否」「母」换韻。惟前章以「喈」叶「雞」連上韻，後章以「歸」連下韻。如此已覺可讀，恐不必叶「綌」「斁」爲「却」「藥」上連「濩」字。

卷耳《周南》三。后妃作，文王拘幽時也。　異古。

經

此詩雖賦體，然皆設辭反覆託意，以見憂思。爲皆直道其事，故不可爲比興。卷耳易得，頃筐易盈，采采非一，而又不盈者，志不在此也。及懷人之深，發爲嗟嘆，則遂不顧而棄之大道之傍矣。思人而不得見，於是欲升高望遠，則馬病而不可升。馬豈果病哉？守禮義之閑，不可得而往也。乃姑酌金罍之酒，聊以自解長念之心耳。其下申此意而甚之之辭也。馬始也病，今則甚而色變矣。酒之在罍，我酌之也猶有度，今以大觴而自酌，憂愈深而驅之欲愈力也。然酒豈果能攄此鬱積之思乎？終欲往望，則併僕夫亦病矣。蓋文王拘幽之際，臣民有奔走之勞，真有至於病者。至此則將云何乎？惟有長吁而已矣。蓋其思雖切而無邪，憂雖深而不過，而一倡三歎之中，至誠惻怛之心、不愆禮義之則，洋溢於言語之表。非德之至，其孰能與於此？

傳○一章。《詩記》：「據《本草》，卷耳即今蒼耳，今人麪蘗中多用之。」○枲，思禮反。○毛氏：「頃筐，畚屬。」《詩緝》：「畚箱，箱之小而偏者。」蓋多口籃。○舍音捨。復，扶又反。○二章。罷音皮。○疏：「罍，以梓爲之，大一碩。」

崔嵬，土山戴石；砠，石山戴土。此從毛氏。《爾雅》：「石戴土謂之崔嵬，土戴石爲砠。」二説正相反。愚恐《爾雅》爲是。蓋崔嵬字上從山，砠字旁從石，有在上、在外之意。

三章。兕，徐履反，紐音切，今更爲序姊反，則易求得音之正。○疏：「爵有五，自一升至五升。觥在五爵之外，其容七升，以兕角爲之。有刻木形似兕角者，蓋無兕角則用木也。」《釋文》：「一云容五升。」《爾雅疏》：「兕角長三尺餘，形如馬鞭柄。」

題下，「貞静」言欲出而不出，「專一」言反覆思文王不置。○羑，與久反。

樛木《周南》四。衆妾稱願后妃。

經○子金子：「上二句興而比，下二句樂而頌。」

傳○一章。疏：「藟，一名巨苽，似燕薁，延蔓生。葉艾，白色，子赤，可食。」《本草》：「名千歲虆，一名虆蕪。蔓延木上，葉似蒲萄而小，冬惟凋葉。」苽，古胡反。薁，於六反。○二章。《詩記》：「荒，芘覆也。」○奄，衣檢反。

螽斯《周南》五。衆妾頌子孫衆多。

傳○《詩緝》：「《爾雅》云：『蛗螽，蠜。』李氏、陸璣、許氏、蔡邕之説，蛗螽即蝗也、蠜也、螣也，同是一物。《爾雅》又云：『蜇螽，蜙蝑。』此別是一物，蝗之類也。螽斯即蛗螽，非蜇螽也。毛氏誤以此螽斯爲蜙蝑，孔氏因之，遂以螽斯、斯螽爲一物。」錢氏云：「阜螽羣飛齊一，故以爲比。斯，語助，猶鸒斯、鹿斯也。」《春秋書》：「螽即蝗也。」吴正傳：「斯螽，股鳴者也。此《傳》謂相切作聲，亦混爲一物之誤。既釋『薨薨』爲羣飛聲，則是飛時其翅有聲。今見蝗羣飛則有聲，不見切股作聲也。」蛗音阜。蠜音煩。螣音特。蜇音斯。蜙，斯容反。蝑，先居反。鸒音預。〇處，昌呂反。

序

序有「言若螽斯不妬忌」一語，鄭氏遂釋云：「物有陰陽情慾者無不妬忌，維蜙蝑不爾。」自後説詩者多爲此所惑。今但以「言若螽斯」絶句屬上文，以「不妬忌」歸之后妃而屬之下文，意自可通，但語拙耳。子金子之意云。

桃夭《周南》六。詩人見親迎者。　異。

經

一章言華，二章言實，三章言葉。自華而有實，又見其葉之盛，蓋自仲春至於春莫，非一時也。而皆曰「之子于歸」，所見非一女矣，「宜其家」之德則同也。可見文王之化行於近遠，女子皆有德之人，則於其室家又胥教訓，風俗安得不厚乎？

傳○一章。少，詩照反。○《詩緝》：「灼灼，鮮明貌。毛以爲華之盛，謂盛故鮮明，非訓『灼灼』爲盛。」

案：《地官·媒氏》：「中春之月，令會男女。若無故而不用令者，罰之。」注：「中春陰陽交，以成昏禮、順天時，故謂喪禍之變。有喪禍者娶，得用非中春之月。」疏：「喪禍之故，月數滿，雖非中春，可以嫁娶。」毛傳《東門之楊》篇，謂「男女失時，不逮秋冬」。彼以刺昏姻失時而作，故謂不及秋冬而至於春時。疏明謂秋冬爲昏，無正文而旁引《荀子》《家語》爲證。賈公彦疏《周禮》破其説而引《豳詩》《殷頌》《易》《春秋》《夏小正》之説，以正毛氏、孔穎達之失甚明。故朱子於此特引《周禮》之文，以見昏姻之正時也。中，直用反。

李氏《禮義明則》：「上下不亂，故男女以正。政事治，則財用不乏，故昏姻以時。」

兔罝《周南》七。詩人美賢才衆多。

經○一章。椓，陟角反。○李氏：「中逵，人所見之地，肅肅可也。中林，無人之地，猶且恭敬，則其人可知矣。」○子金子案：「《墨子》書文王舉閎夭、泰顛於罝罔之中，授之政，西土服。此事於《兔罝》之詩辭意最爲脗合，計此詩必爲此事而作也。夫肅肅，敬也。赳赳，約也。與糾同。罝兔而體貌有肅敬之容，武夫而步武有約束之度，此閎夭、泰顛之所以爲賢，而文王所以取之也。臼季之取冀缺，郭泰之取茅容，皆以是觀之，況文王之取人乎？閎夭、泰顛爲文王奔走疏附禦侮之友，後爲武王將威劉敵之人。信哉其公侯之干城、好仇、腹心者與！」夭，於表反。脗，武粉反。走，子候反。

從金子說，此詩爲賦體。《傳》「肅肅」主罝而言，此「肅肅」主人而言。

傳〇一章。徐鍇〔五〕《說文通釋》：「罟，罔之總名。」〇疏：「杙，橜也。」杙音弋。橜，其月反。

案：《說文》：「椓，擊也。」然當從手。若從木者，是椓黥之刑。今詩字從木，蓋古字通。椓杙，謂擊橜於地而張罝其上也。

芣苢《周南》八。民間婦人。

經〇《詩緝》有言：「采而得之，爲己有也；采而聚之於地，既爲己有，於是就地掇拾之。又捋其子，然後以衣貯之。而執其衽，又扱衽於帶。言之序也。」

傳〇一章。車，尺遮反。

此詩豈后妃逮下，宮中之人有子者衆，同采芣苢以備免身，相與賦而樂之乎？

朱子之説謂「化行俗美，家室和平」。蓋教化流行，風俗淳美。夫夫婦婦，各得其宜；家給人足，繇役不興。莫不遂其生生之道。故婦人以有子爲樂，而同賦此詩也。

三章。貯，展吕反，盛也。袺，入錦反，衣際。扱，初洽反，與插同。

漢廣《周南》九。江漢游人。

經

漢之游女不可求，非必女子之知義端静而人不可求。實見者雖悦其容貌之端静，而自知其於義無可求之理，而賦此詩也。上爲興，「南有喬木」則「不可休思」，比「漢有游女」其「不可求思」。下四句比江漢之永廣，人見之者知其不可方泳而絶，無乘桴潛行之心，固不待即之而知其不可也。後二章之首，興兼比。娶妻必擇其善之至善者，猶采薪者見錯薪固翹翹，而於翹翹之中又欲刈其楚與蔞之美。此游女可謂盡美，其肯歸嫁于我，則言秣其馬駒而親迎之矣。其下復以江漢永廣反覆嘆咏其不可求也。蓋見游女而悦之，男女之欲也；知其不可求而不求，禮義之心也。是則江漢之人被文王之化之效。若曰女子有不可犯之態而不敢犯之，是男子之知義反不及婦人，而文王之化但能及於女子，非詩意也。若《行露》之詩，則專主於女子而言爾。〇漢言廣，謂横渡也；江曰永，謂沿泝也。

傳○一章。竦，息拱反。○《詩緝》：「木下蟠則陰廣，上竦則陰少。喬竦之木，其陰不下及，故不可休息。興女之高潔而不可求。」

《水經》：「漾水出隴西氐道縣嶓冢山，東至武都爲漢水。」酈道元謂：「漢水有東西二源，東源出氐道，東流爲漢；西源出隴西，會泉逕葭萌入漢，始源曰沔。」今案：《漢·地理志》：「隴西郡氐道縣，漾水所出，至武都爲漢。」此《禹貢》「嶓冢導漾，東流爲漢」及《水經》所言者是也，即道元所謂東源也。氐道則宋秦州之地，武都則階州也。又《漢志》：「隴西郡西縣嶓冢山，西漢所出，南入廣漢白水，東南入江。」樂史《寰宇記》：「興元府三泉縣東二十八里嶓冢山，沔水所出，下流爲漢。」杜佑《通典》：「梁州金牛縣有嶓冢山，禹導漾水至此爲漢水，亦曰沔水。今縣南有故白水關。」是西漢水出自西縣，流至金牛，入白水，則名漢矣。《通典》謂「導漾水」者，蓋誤爾。此道元所謂西源也。漢西縣後分爲三泉縣，嶓冢則在三泉界中，今爲興元之境。廣漢即鳳州，金牛即漢葭萌之地，今則屬興元褒城縣也。自秦州至興元，驛程九百餘里，皆云有嶓冢，蓋山勢連亘數州也。然則東源導漾爲漢者，乃漢之經流，其西源則自名爲沔，因下流入漢，始有西漢之名爾。《傳》專指興元之嶓冢，或考之未詳歟？

蔡氏《書集傳》：「大別山在漢陽軍漢陽縣北。」別，必列反。○《漢·地理志》「蜀郡，湔氐道」：「《禹貢》：『岷山在西徼外，江水所出。』」宋歐陽忞《輿地廣記》：「茂州汶山縣本漢汶江、湔氐二縣地。《禹貢》『岷山』在西北。」永康軍乃宋割蜀州之青城、彭州之導江縣置，漢蜀郡之郫、綿虒、江原三縣地也。王象之《輿地紀勝》：「江流東南，經茂州城，下至汶川縣，自汶州經導江至青城。」然則江之始源實在茂州之岷山也，江入海處在通州海門縣。湔，子千反。郫音疲。虒音斯。○《前編》：「岷山數百峰，大西山爲最大，雪山三峰闖其後，冬夏如爛銀山。一谷名鐵豹嶺者，有西嶽廟，廟下名羊膊石，江水正源也。」闖，丑蔭反。○桴，方于反。○疏：「編竹木曰栰，小曰桴。」栰音伐。○「反復」之「復」，方六反。

三章。疏：「蔞蒿葉似艾，白色，長數寸，高丈餘。」今案：長數寸言其葉，高丈餘言其莖。唯其高丈餘，故亦可刈爲薪。傳恐脱「高丈餘」三字，則於「錯薪」之義似有礙。

汝墳《周南》十。汝旁婦人。

經

文王德澤漬人也深，民日游於皥皥之中，蓋不知紂之虐也。及宫室、臺榭、陂池、侈服爲之不厭，徵求繇役，毒痡四海，文王率域中之民以事之。婦人綜理家事，伐枚伐肄，勤勞日久，念其夫君切矣。至其歸也，語王政之酷烈，若火始燄，以彼之甚暴，始知文王之至仁。故其爲辭，道思念之常，無怨悱之意。樂父母在邇之可恃，以虐政在遠而莫我加。昔商民樂湯之仁而不知桀之虐，曰「夏罪其如台」；今周民雖知紂之虐，而曰「父母孔邇」。易地皆然也。漬，疾賜反。

傳〇一章。疏：「墳謂厓岸，狀如墳墓，名大防。」〇疏：「惄本訓思，但飢之思食，意如惄然。故《傳》言飢之意，而非飢之狀。」《小弁》直訓思。〇二章。肄，以自反，紐音，今易羊至反。〇三章。《爾雅》：「魴，魾。」注：「江東呼爲鯿。」疏：「今伊洛濟潁魴魚也。廣而薄肥，甜而少肉，細鱗，魚之美者。遼東梁水魴特肥而厚，尤美於中國魴也。」魾，普悲反。鯿，卑連反。〇疏：「赬，淺赤。」〇而勞，郎到反。

麟之趾《周南》十一。詩人美文王后妃化及子孫。

傳〇一章。麕，俱倫反。長，知丈反。〇疏：「麟，麕身，牛尾，馬蹄，有五彩，腹下黃。高丈二，圓蹄，一角，角端有肉。音中鍾呂，行中規矩，遊必擇地，詳而後處。不履生蟲，不踐生草，不羣居，不侶行，不入陷穽，不罹羅網。王者至仁則出。」中，竹仲反。〇《語録》：「或問：『《傳》以麟興文王后妃，以趾興其子。故曰「麟性仁厚，故其趾亦仁厚；文王后妃仁厚，故其子亦仁厚。」然則下文「于嗟麟兮」爲指誰？』答曰：『正指公子而言。』」

愚案：《傳》自「是乃麟也」以下，正以麟爲公子，與《語録》合。竊謂兩「麟」字説不同，恐微有礙，不如兩「麟」字皆指爲子姓公族，其意重在麟，不須歸重於趾、定、角。大率因趾、定、角之不妄踐、不抵、不觸，則足以見麟性之仁厚。今但以「麟之趾」一句先立於上，却以「振振公子」一句屬下文讀，則意自見。然公子之所以仁厚，豈非文王后妃之化乎？

序

案：《傳》謂「《關雎》之應」一語「得之」，蓋謂文王后妃有關雎之德，故其子姓公族皆有仁厚之應，皆德之盛，不期而然者也。「天下無犯非禮」以下皆失詩意，遂致説者以衰世之公子爲紂時列國之公子。鄭氏及疏謂如上古麟應之時，鄭氏説經却以麟比公子，大率皆爲序所亂。

召南一之二正二

傳○雍，於用反。○召公奭，姬姓，或以爲文王庶子。勝殷後封於北燕，留周佐政，食邑於召。輔成王、康王，卒謚曰康。長子繼燕，支子繼召。○《史記正義》：「召亭在岐山縣西南。」

鵲巢《召南》一。諸侯家人美夫人。

傳〇一章。歐陽文忠公《詩本義》：「今所謂布穀、戴勝者，與鳩絶異。惟今人直謂之鳩者，拙鳥〔六〕也。不能作巢，多在屋瓦間，或於木上架構樹枝，初不成巢，便以生子，往往墜鷇隕雛。鵲作巢甚堅，既生雛，散飛，則棄而去，容有鳩來處彼空巢。」

「諸侯之子嫁於諸侯，送御皆百兩。」此説取《毛傳》，毛亦就此詩而言之於禮，它無所見。愚恐詩人亦攝盛言之爾，諸侯送御車數未必如是之多。《士昏禮》：「從車二乘。」等而上之，亦恐不及百乘。

南軒先生：「維其專静純一，能端然享之，是乃夫人之德也。有所作爲，則非婦道矣。」

〇《詩記》：「鳩居鵲巢，以比天子坐享成業。蓋非有婦德者，殆無以堪之也。」〇三章。媵，以證反。娣，特計反。

采蘩《召南》二。諸侯家人美夫人。

傳〇一章。《爾雅》：「蘩，皤蒿。」注：「白蒿。」疏：「葉似艾，麤於青蒿，葉上有白毛。麤澀，俗呼蓬蒿，從初生至枯，白於衆蒿，可以爲菹。」又曰：「春始生，及秋，香美可烝。」《爾雅》又曰：「蘩之醜，秋爲蒿。」謂春時各有種名，至秋老成，皆通呼爲蒿也。皤音婆。○沼，池之曲者。○《爾雅》：「小洲曰陼，小陼曰沚。」○三章。編，步典反。○被，首服之名，即《周禮》「追師副編次」之「次」。注謂：「次第髮長短爲之，所謂髲髢。」疏謂：「次第髮長短。」鄭氏以意解之。本詩疏：「髲髢者，剪剔取賤者、刑者之髮以被婦人之紒爲飾。」《詩緝》：「凡祭，夫人首當服副，不當服次。或以爲此在商時，故與周禮異。」追，丁回反。編，布眠反。髲，皮寄反。髢，大計反。剔即剃。紒即髻。

今案：「被之祁祁」下，箋云：「祭事畢，夫人釋祭服而去髲髢。」疏謂：「定本『髲髢』上無『去』字。」若是，則鄭意謂祭服則副也，今釋祭服而服髲髢矣。於未祭則被而夙夜在公，既祭則釋祭服，仍服被，舒遲而去。非行禮之時威儀且如此，則敬事不言可知矣。

陶音遥。《禮》注：「陶陶遂遂，相隨行之貌。」思念既深，如覩親，將復入也。○《語録》：「問：『《采蘩》詩若作祭事説自曉，然若作蠶事説，雖與《葛覃》同類，而恐實非也。《葛覃》是女功，《采蘩》是婦職，以爲同類亦無不可，何必以蠶事而後同邪？』曰：『此説亦姑存之而已。』」

草蟲《召南》三。諸侯大夫妻思其君子。　異。

序下《傳》謂「恐亦夫人之詩」。

經

「亦既見」，意之之辭也，猶言若已見，則我心降矣。蓋此詩作於思念之日，非既歸之時也。

傳○一章。子金子：「感草蟲、阜螽以思其夫，故曰賦。」○蠜音煩。疏：「《爾雅》：『草蟲，負蠜。』注：『常羊也，小大長短如蝗，奇音，青色，好在茅草中。』」○二章。蕨，鱉也。《爾雅》作蘩，疏：「江西謂之蘩。」陸璣：「周秦曰蕨，齊魯曰蘩。」《釋文》：「初生似鱉脚，故名鱉。」蘩，并列反。○三章。疏：「薇，山菜也。莖葉皆似小豆，蔓生，其味亦如小豆。藿可作羹，亦可生食，官園種之以供宗廟祭祀。」今詳疏説，薇與《傳》所指物似不同，當考。○《詩緝》：「《風雨・傳》云：『夷，悦也。』人喜悦則心平夷。」其意一也。

采蘋《召南》四。家人美大夫妻能奉祭祀。

經○《詩記》：「采、盛、湘、奠，所爲非一端，所歷非一所矣。煩而不厭，久而不懈，循其序而有常，積其誠而益厚，然後祭祀成焉。季女之少若未足以勝此，而實尸此者，以其有齊敬之心也。大夫之妻未必果少，特言苟持敬，則雖少女猶足以當大事云爾。」

傳〇一章。《詩緝》：「《本草》：『水萍有三種：其大者曰蘋，葉圓，闊寸許，季春始生，可糝蒸以爲茹；其中者曰荇菜；其小者曰水上浮萍，江東謂之薸。』毛氏以蘋爲大萍，是也。郭璞以蘋爲今水上浮萍，即江東謂之薸，是以小萍爲大萍，誤矣。蘋可茹而薸不可茹，豈有不可茹之薸而乃可用以祭祀乎？《左傳》曰：『蘋、蘩，薀藻之菜。』蘋、蘩皆菜，則可茹之物非薸也。今薸止可養魚，薸與瓢同。」薀音蘊。〇陸璣：「藻生水底有二種，一種葉似雞蘇，莖大如筯，長四五尺；一種莖大如釵股，葉似蓬蒿，謂之聚藻，以其聚生故也。二藻皆可食，熟煮，挼去腥氣，米麵糝蒸爲茹，佳美。」挼，奴禾反。〇二章。粗，徂古反。〇菹，側魚反。《周禮·醢人》注疏：「凡醢醬所和，細切爲齏，全物若牒爲菹，切葱若薤，實之醢以柔之，殺其氣也。齏、菹之稱菜肉，通。」今案：牒者，薄切也。此以肉言。若以菜爲菹，則麤切之，以醯和，待其成也。牒，之涉反。〇三章。《儀禮經傳通解》：「別子爲祖，繼別爲宗，有百世不遷之宗。」傳曰：「百世不遷者，別子之後也。宗其繼別子者，百世不遷者也。」注疏：「諸侯之適子適孫繼世爲君，而第二子以下不得禰先君。別於正適，故稱別子也。此別子子孫爲卿大夫，立此別子爲其後世之始祖。又非君之親，或是異姓始來此國者，亦謂之別子。以上注疏言有兩等別子，皆爲後世祖。別子之世世長子，恒繼別子，與族人爲百世不遷之大宗。族人雖五世外與之絶族者，皆爲之齊衰三月。大宗，對小宗而言也。《詩〔七〕傳》惟言大宗，故今止言此。」適音的。禰，乃禮反。○主婦即宗婦。○醓，呼在反，肉醬也。「醓人」注：「作醓，先膊乾其肉，乃後莝之，雜以粱麴及鹽漬，以美酒塗，置甀中百日成。」又曰：「無骨曰醓，凡菹醓皆豆實。」膊，普博反。莝，倉卧反。甀，池爲反，甖也。

甘棠《召南》五。南國民思召伯。

經○魯齋王文憲謂非《召南》詩。

召公，文王時行化。此詩成王分陝後作。

傳○一章。《本義》：「蔽，能蔽風日，人可舍其下。芾，茂盛貌。蔽芾，乃大樹之茂盛者也。」○白棠，子白。○疏：「草舍，草中止舍。」《詩記》：「止於其下以自蔽，猶草舍耳，非真作舍。」○二章。敗，《釋文》有「必邁反」。凡物自毁則如字讀，毁之則必邁反。

行露《召南》六。南國女子守正。

經

江漢之國漬紂之惡已深，雖被文王之化，猶有未能盡革其心。當時蓋强暴之人，有强委禽於女子而不獲，以致於訟者。古者有罪之人不齒於鄉，嫁娶無所售，而强暴之人終必罹於罪戾。當時風化之美，善者多而惡者間見。人知此人它日必將獲罪，不與爲昏，故曰「無家」，謂終不能成家也。〇一章比。謂行道之露厭浥，出行者豈不欲夙夜而行？然畏露之沾濡，終不敢早出。以比强暴之人，罪必累其妻孥，而其惡亦足以移人之善性。夫男女者，人之大倫，豈不願蚤成室家？然畏此，雖有求而終不許。二、三章興。謂雀、鼠本無角、牙，不能穿屋墉；惡人本無家，不可求昏姻。今乃穿屋墉而速我獄訟矣，所以言：誰謂雀、鼠無角、牙，今何以能穿屋墉乎？誰謂惡人無求昏姻之道，今何以强欲求昏而致我於獄訟乎？然雀、鼠終無角、牙，而惡人終無成家之理，故雖速我於獄訟，終不與汝成室家之道而從汝。甚絶之之辭也。

《列女傳》：「《召南》申女者，申人之女也。既許嫁於酆，夫家禮不備而欲迎之。女曰：『夫婦者，人倫之始也，不可不正。夫家輕禮違制，不可以行。』遂不肯往。夫家訟而致之於獄，女終以一物不具，一禮不備，守節持義，必死不往，而作詩云云。」

案：《列女傳》説《詩》多違經意，而説此詩有合於經，劉氏或有傳與？故附見於此，以備參考。

羔羊《召南》七。詩人美南國大夫。

傳○一章。疏：「小羔、大羊，對文爲異。此説大夫之裘，宜直言羔，兼言羊以協句。」○疏：「紽、總皆縫，緎即縫之界。古者織素絲爲組紃，以英飾裘之縫中。《禮》注：『紃施諸縫，若今之絛。』是有組紃而施於縫中之驗，素絲不爲線也。」紃音巡。英如字，又音䩄。○疏：「羔裘，諸侯視朝之服，卿大夫朝服亦羔裘。但君裘則純色，大夫裘則豹袪爲異。」袪，丘於反，袖口也。

節儉謂有節制而儉約，皆不自放之意，非謂用財也。謹身以節儉，處事以正直，則政教行而風俗美。國家閑暇，故大夫退食自公而優游如此，此詩樂道其效也。「衣服有常」總上兩句，「從容自得」總下兩句。節儉即衣服有常之事，而正直則從容自得之本也。

殷其靁《召南》八。大夫、士之妻思其夫。　　異。

經○黄氏櫄實夫《講義》：「安居者遇雨，則思行者之勞，人情之同然者。」朱子曰：「閔之深從事而無怨辭。」《詩緝》：「『歸哉歸哉』，冀其畢事來歸，而不敢爲決辭，知其未可歸也。從事獨賢而無怨，唯信厚者能之。」

摽有梅《召南》九。女子懼其嫁不及時。

經○《語録》：「問：『《摽有梅》之詩固出於正，只是如此急迫，何邪？』曰：『此亦是人之情。』又曰：『如《摽有梅》女子自言昏姻之意，如此看來自非正理，但人情亦有如此者，不可不知。爲父母者能於是而察之，則必使人及時矣。此所謂詩可以觀。』」朱子此言，固亦疑此詩矣。

《摽有梅》之詩，女子守正也。落於地者有梅，而存於樹者其實有七，昏姻之時迫矣。時雖迫，然於衆士之求我者，及其吉士而從之可也。至於落而存者惟三，則時愈迫矣。昏姻之事不可逾，及吉士之求者，今從之可也。謂「之」者，有言辭以相告語也。落於地之梅既以頃筐塈之，是則實之存者絶無，而時逾矣。時雖逾，而禮義不可廢。其庶士之求我者，必其命媒妁通辭意以盡禮儀，然後從之可也，豈因過時之小失而不全昏姻之大禮乎！此則《召南》之風化也。

傳○一章。酢，倉故反，酸也。

古人「酬酢」之「酢」本作「醋」，「醯醋」之「醋」本作「酢」。後人兩易之，莫能辯。《傳》從古。

小星《召南》十。衆妾美夫人。

經○《詩記》：「賤妾得進御於君，是其僭恣可行而分限得踰之時也。乃能謹於抱衾裯而知命之不猶，則教化至矣。」

傳○一章。齊，側皆反，謙愨貌。遬音速，猶蹙蹙也。○《内則》：「妻不在，妾御。」「莫敢當夕」，謂妾避女君之御日，此當日字用彼文，不取其義。○疏：「『古者后夫人將侍君，前息燭，後舉燭，至房中，釋朝服，襲燕服，然後入御於君。雞鳴，大師奏《雞鳴》於階下，然後夫人鳴佩玉於房中，告去。』由此言之，夫人當夕，往來舒而有儀；諸妾不敢當夕，肅肅然疾行，夜晚始往，及早來，皆異於夫人。」○二章。昴，一名留，故叶音留。○禪音單。

江有汜《召南》十一。媵妾自喜。

經○《詩記》：「一章曰『其後也悔』，二章曰『其後也處』，三章曰『其嘯也歌』：始則悔悟，中則相安，終則相歡。言之序也。」

傳〇一章。「復入」之「復」，扶又反。〇疏：「媵，送也。諸侯之娶，二國媵之；夫人自有姪娣，二國之女亦各有姪娣，故一娶九女。大夫有姪娣，士或娣或姪。」〇三章。漗即悶字。

野有死麕《召南》十二。　詩人美女子貞潔。

經〇魯齋有《二南相配圖》，謂《甘棠》後人思召伯，《何彼穠矣》王風也，《野有死麕》淫詩也，皆不足以與此。

此淫奔之詩也，錯簡在此，氣象與二《南》諸詩不同。雖欲曲説歸之於正，終恐有礙。蓋「有女懷春，吉士誘之」兩句是一詩大意。麕之自死者遺於野，人尚以爲可食，以白茅之潔者包之而去。此有女子懷春，則吉士其誘之矣。謂之懷春固非貞静之人，而又曰誘之，非淫辭而何哉？吉士，猶言美男子也。林之有樸樕，野之有死鹿，人尚以白茅包束之而去，況此如玉之女，而懷春之人安得不誘之也？後章則懷春之女戒其淫亂之男曰：「汝當舒徐遲緩而來，勿須相迫近，感佩帨而致尨之吠。」蓋數相親，尨或吠，則必致父母家人之所知而不得遂其亂矣。此其陰邪猾賊形於言辭者也，其鄭衛之風與？然亦詩人斥淫者之辭，非其自作也。

傳○一章。《本草》：「麞類甚多，麕其總名，今陂澤淺草之中多有之。有有牙者，有無牙者，然牙不能噬。」麞與獐同，諸良反。○二章。《本草》：「鹿，陽獸，夏至得陰氣而解角，從陽退象。」

何彼襛矣《召南》十三。美王姬。

經○《語録》：「問：『《何彼襛矣》何以録於《召南》？』曰：『也是有些不穩當。但先儒相傳如此説，只得就他説。如定要分箇正經及變詩，也自難考據。』」○魯齋：「此王風也。」○子金子：「二章男下女，三章女從男。」

傳○一章。戎戎，字韻與茙茙同，厚貌。○襛，本衣厚貌，借作茙茙意。○栘音移，《爾雅》：「唐棣，栘。」注疏：「似白楊，江東呼夫栘，一云薁李。華或白或赤，六月熟，大如李子，可食。」薁音郁。○《詩記》：「肅雝者王姬，而曰『王姬之車』，不敢指切之也。」《詩緝》：「王姬不可見，維見其車，故指車以言車中之人。」朱子：「人望其車而知其敬且和也，則其根於中者深，而發於外者著矣。」○二章。平王，毛氏：「平，正也。」箋：「正，王者德能正天下之王。」

《春秋》書王姬歸於齊者二：其一見莊之元年者，實襄公時。案：桓十四年，齊僖公卒而襄公諸兒立；十五年，平王太子洩父之子桓王崩而莊王立。暨歸王姬，襄立五年而莊王四年矣，安知王姬非莊王之女乎？然則詩當曰齊侯而非「齊侯之子」，當曰桓王之孫而非「平王之孫」也。愚恐從舊説爲是，但正王未必獨指文王爾。○宋彭汝礪奏疏：「王姬下嫁諸侯，猶執婦道。其事在下，然本乃在乎上，故其詩曰『平王之孫，齊侯之子』。惟有平德，故其人化之而有所不能喻；惟有齊德，故其人畏之而有所不敢違。」案：如此言，「齊」字可與「平王」之義相配，且不必詳考其人與時，或爲得之。録此以備參考。

序○傳引「鄭氏曰」至「揄翟」，案：《周禮》「王后之五路」，「厭翟，勒面繢總」居二；「王后之六服」，「揄翟」居二。所以謂「下王后一等」者，乘服此車服也。注疏凡言「翟」者，謂翟鳥之羽以爲兩旁之蔽。厭翟者，次其羽使相迫以厭其本。勒面，謂以如王龍勒之韋爲當面飾也。蓋龍駹也，王之馬，以白黑飾韋，雜色爲勒。此王后之馬則不以飾勒而以雜色韋爲馬當面飾也。凡言總者，謂以總爲車馬之飾；若婦人之總，亦既繫其本又垂爲飾也。繢，畫文也。以繒爲總，著馬勒，直兩耳與兩鑣，其於車之衡輨亦宜有之。揄翟，陳祥道《禮書》：「王姬亦揄狄，特雉數與侯伯之夫人異耳。」餘見《周南・葛覃》。「然則」以下，朱子之自言也。《衛・碩人》：「翟茀以朝。」「翟車，貝面組總，有幄」，亦《周禮》文。翟車，以翟羽飾車之側而不厭。貝，水物，謂以貝文飾勒之當面。組總，以組爲總而施之，如厭翟。此翟車無蓋而施幄於厭上。揄音摇。厭，於涉反。勒，力德反，馬頭絡。繢，户對反。駹，莫江反，雜也。鑣，非驕反，馬銜也。輨，古緩反，轂端鐵也。茀，芳勿反，蔽也。

今案：「翟茀以朝」，謂夫人始來見君所乘之車，是則夫人之盛而在厭翟之下者也。今王姬所乘下后一等，是居重翟之下、翟茀之上，其禮尊於諸侯夫人，所以盛也。

騶虞《召南》十四。美王道成。

經○《語録》：「《騶虞》之詩，蓋於田獵之際見動植之蕃庶，因以贊詠文王平昔仁澤之所及，而非指田獵之事爲仁也。《禮》曰：『無事而不田曰不敬。』故此詩『彼茁者葭』，仁也；『壹發五豝』，義也。」又曰：「《騶虞》詩，仁在『壹發』之前。」

傳○一章。葭，見《秦・蒹葭》。○疏：「騶虞，白虎黑文，尾長於軀，不食生物，不履生草，應信而至。」○二章。陸佃《埤雅》：「蓬，蒿屬。」

題下「化及人深」，「澤及物廣」，只就《麟趾》《騶虞》兩詩上説，而以「至於」「及於」字中間遞過。「薰蒸透徹」，是上之和氣感動於人物者，淪浹而無不備；「融液周偏」，是人物化育於上之德澤者，博洽而無所遺。上句竪説，下句横説。序○《傳》謂與舊説不同。○《語録》：「騶虞看來只可解做獸名，以『于嗟麟兮』類之可見。若解做『騶虞之官』，終無甚意思。」○《射義》注：「『樂官備』者，謂『壹發五豝』，喻得賢者多也；『于嗟乎騶虞』，嘆仁人也。」

《召南》篇下。○《儀禮》經注：「鄉飲酒之禮，鄉大夫三年大比其鄉之賢者能者，而賓興之。主賓介獻酢，工歌笙，入間，歌畢然後合樂。」「鄉射之禮，鄉大夫三年正月獻賢能之書，退而以鄉射之禮詢衆庶。主賓獻酢畢，合樂，不歌、不笙、不間。」「燕禮，君燕羣臣也，亦獻酢，歌笙，間，畢，然後歌鄉樂。」「合樂者，謂歌樂與衆聲俱作也。二《南》，王后、國君夫人房中之樂歌也。《關雎》言后妃之德，《葛覃》言后妃之職，《卷耳》言后妃之志，《鵲巢》言國君夫人之德，《采蘩》言國君夫人不失職，《采蘋》言鄉大夫之妻能循其法度。」「夫婦之道，生民之本，王政之端。此六篇者，其教之原也，故國君與其臣下及四方之賓燕用之合樂也。鄉樂者，風也；小雅爲諸侯之樂；大雅、頌爲天子之樂。鄉飲酒升歌小雅，禮盛者可以進取也；燕合鄉樂禮，輕者可以逮下也。」

二南相配圖　魯齋先生

《關雎》：后妃之德。	《鵲巢》：夫人之德。
《葛覃》：后妃之本。	《采蘩》：夫人之職。
《卷耳》：思其君子。	《草蟲》：思其君子。
《樛木》：逮下也。	《江汜》：美媵也。
《螽斯》：不妬忌。	《小星》：無妬忌。
《桃夭》：及時也。	《摽梅》：及時也。
《兔罝》：賢人衆多。	《羔羊》：在位正直。
《芣苢》：和平之美。	《采蘋》：能循法度。
《漢廣》：無思犯禮。	《行露》：不能侵陵。
《汝墳》：閔其君子。	《殷靁》：閔其勤勞。
《麟趾》：《關雎》之應。	《騶虞》：《鵲巢》之應。

右二《南》各十有一篇

《召南》有《甘棠》，後人思召伯也；《何彼襛矣》，王風也；《野有死麕》，淫詩也：皆不足以與此。

【校記】

〔一〕「之三」，原闕，據張本補。

〔二〕「俟牟」，原作「俟牟」，秦本同，據《世本》改。

〔三〕「勁貞潔」，秦本、張本作「致貞淑」。

〔四〕「而」，原作「如」，據秦本改。

〔五〕「鍇」，原作「鉉」，據秦本改。

〔六〕「鳥」，原作「鳩」，據秦本改。

〔七〕「詩」，原作「時」，據秦本改。

詩集傳名物鈔卷第二

邶一之三變一。

程子：「諸侯擅相侵伐，衛首并邶、鄘之地，故爲變風之首。」

《傳》：「分自紂城，朝歌而北謂之邶，南謂之鄘，東謂之衛。」此從鄭《譜》説也。疏謂此無文，驗其水土之名知之。《傳》又謂「邶、鄘不詳始封。」今案：《史記》：「武王克商，封紂子禄父、殷之餘民。」《漢・地理志》：「河内本殷之舊都。周既滅殷，分其畿内爲三國，邶、鄘、衛是也。邶以封武庚。」《詩傳》既云自朝歌分爲三，則武庚之國似無處所。參以地志之説則若可通，但又以鄘、衛爲管、蔡之所尹，則恐非事實也。

傳〇邶，蒲對反。鄘音容。行，户剛反。〇殷王武乙二祀，自亳遷都朝歌，歷太丁、帝乙而至紂。〇漕音曹。墟，丘於反。澶，時連反。相，息亮反。濮，博木反。

柏舟《邶》一。莊姜不見答。　異。

經

一章言柏舟則宜以載物，乃汎汎於水中而無所用。以此喻己，故耿耿而憂思至於不能寐，如有所隱痛之憂。非無酒以自樂，然此憂非酒之所能遣也。二章承上，言鑒明則可度物，我心憂煩，不能度物，不知何以處此。歸而而告諸兄弟，聊以舒此憤爾。而又逢彼之怒，是兄弟亦不可據憑，而終莫知所以自處也。三章於是自反，平昔我心貞固過於石而不可轉，我心平直過於席而不可捲，威儀動止之間皆無一失而不必選。而不見答於君子，豈我之過哉？石不可轉，是其貞潔自守之操堅；席不可捲，是其公平逮下之心溥也。四章謂我之憂者自揆無過，正以見怒諸妾讒譖而致。然默而思之，無可奈何，惟拊心而已。卒章再言上下失序，所以憂不能解，但恨不能飛去爾。憂之極，止曰「不能奮飛」，可謂正而不深怨矣。

傳〇一章。汎，芳劍反，紐音，今易孚梵反。〇《語録》：「問：『汎彼柏舟，亦汎其流』，注作比義。看來與雎鳩在河洲無異，彼何以爲興？」曰：「『他下面便説淑女，見得是因彼興此。此詩纔説柏舟，下面更無貼意，見得其義是比。』」〇緻，直利反，密也。

此詩舊説男子作，朱子以爲婦人詩，蓋觀其辭氣而得之。以「卑順柔弱」，四言舉一篇大旨。此讀詩凡例也。讀詩者每於一篇，吟哦上下，優游涵泳，以意隨之，而求詩人志之所在，庶不負朱子之教也。

二章。度，待洛反。〇四章。摽，符小反，類隔切，今易並小反。〇卒章。垢，舉后反。憒，古對反，心亂也。眊，莫冒反，目不明貌。

序〇頃，去營反。〇《傳》：强，其兩反。定，丁佞反。傅音附。謚，神至反。斷，都亂反。冠，古玩反。〇《史記》「康叔之子康伯」，六世皆書「伯」，至「頃侯厚賂周夷王，王命爲衛侯」。《索隱》曰：「《康誥》『命爾侯于東土』，又云『孟侯』，則康叔已爲侯也。子康伯即稱伯，謂方伯耳，非降爵也。頃侯德衰，不監諸侯，乃從本爵，非賂王而稱侯也。」〇《謚法》：「甄心動懼曰頃。」甄，之人反，積也。衒音眩。扼，於革反。懟，徒對、直類二反，怨也。

緑衣《邶》二。莊姜歎失位。

經〇疏：「一章以表裏興幽顯，二章以上下喻尊卑。」〇《詩緝》：「『緑衣黄裏』言掩蔽而已，『緑衣黄裳』則貴賤倒置，夫人失位矣。」〇《詩緝》：「『緑兮衣兮』，不可但言是緑色之衣，當玩味兩『兮』字。《詩》有《黄鳥》《白華》不言兮，唯此曰『緑兮衣兮』，蓋『緑』字、『衣』字皆有意義。緑以喻妾，衣以喻上僭，故以二『兮』字點掇而丁寧之。」

三章。緑之所以成緑而爲衣者，人以絲染治而成也；妾之所以上僭者，以君子嬖之而然也。上「緑」字已包前章「衣」字在内。

《語録》：「『我思古人，實獲我心』，言古人所爲恰與我相合，只此便是至善。前乎千百世之已往，後乎千百世之未來，只是此箇道理。孟子所謂『得志行乎中國，若合符節』，政謂是爾。」

首章言己爲賤者所掩蔽，次章則貴賤易位矣，然此但就妾身而言。三章則言妾僭之由皆在於君子，末章則深達乎事逐時變、物隨氣遷，理勢之常，無足怪者，尚何憂悴之有？蓋絺綌，夏服也，今風而淒其，則固宜屏之不服，有如扇捐篋中之言，而又絶無彼留戀恩情之意。故三章之思古人，尚欲得處此之道而效之；末章之思古人，反謂之獲我心。是在我者處之素定，而古人善處此者，反得我心之所同然者耳。至此豈有一毫怨懟不平之氣哉？此莊姜所以爲賢也。

傳〇一章。緑，東方之間色，謂蒼與黄二色相間雜而成緑。〇題下，《春秋·隱公三年》，左氏傳：「衛莊公娶于齊東宫得臣之妹，曰莊姜，美而無子。又嬖於妾而生州吁。」莊，從夫謚，姜姓也。

燕燕《邶》三。　莊姜送戴嬀。

經○一章。泣，無聲出涕也。涕，土禮反，目汁也。

傳○一章。皀，烏拔反。○「之子于歸」，他詩皆言嫁歸之歸，惟此詩謂歸父母之家，故曰大歸。大歸者，不反之辭。○《左氏傳》：「莊公又娶于陳，曰厲嬀，生孝伯，早死。其娣戴嬀生完，莊姜以爲己子。」公卒，完立，是爲桓公。隱公四年，州吁弑桓公，故戴嬀大歸于陳。厲、戴皆謚。嬀，陳姓也。嬀，居爲反。

三章。「上」音時掌反，而「下」字無音。案：《字書》：「元在物下之下則上聲，自上而下之下則去聲。」凡與自下而上之上對義者，皆當作去聲讀，後同。

日月《邶》四。　莊姜不見答。　在《燕燕》前。

經○卒章。畜，許六反。

四「胡能有定」，期之之辭也。謂令其心回惑，何時而能定乎？此莊姜忠厚之意也。

朱子説是已然之辭。

終風《邶》五。莊姜。在《燕燕》前。

經

莊姜，賢夫人也，所思者大矣。國君及夫人，父母一國而國人作則者也。莊公無君人儀度，其曰「終風」，曰「暴」，曰「霾」「曀」「陰」「雷」，曰「謔浪笑傲」。爲君如此，果足以正一國乎？夫人賢而不見答，果足以示人齊家之道乎？國君之家不齊，則一國之家不齊；一國之家不齊，則國殆矣。夫人之中心是悼，悠悠之思，寤而不寐。願言而嚏，而懷所思者大矣，非情欲之謂也。儻莊姜爲思情欲之人，則「謔浪笑傲」而必喜，「陰」「曀」「虺」「雷」而必怒矣。○「顧我則笑」是不禮其夫人，而不能相敬如賓可見。

傳○一章疏：「日出而風爲暴。」又曰：「陰雨不興而大風暴起。」○二章。霾，亡皆反，類隔切，今易謨皆反。○雨，王遇反。霧，謨逢、蒙弄二反。○疏：「風而雨土爲霾。」又曰：「大風揚塵土從上下也。」○三章。《詩記》：「陰風終日，意其止矣，不旋日而又曀焉。厭苦之辭也。」○鼽，巨尤反，病寒鼻窒也。

擊鼓《邶》六。從軍者怨州吁。

經○李氏：「州吁安於用兵，踴躍欣喜不自勝也。」○漕音曹。○《詩記》：「『從孫子仲，平陳與宋』，言所從者乃孫子仲也，輕其帥可知。末章承上章，而足成其義。」

傳○「兵」「行」「馬」「下」本不須叶，欲從上句「鏜」「處」而叶也。然詩中第一句無韻者甚多，末章「闊」「活」正不須叶。「信」字當正作師人切，恐非叶，或本誤爾。○一章。《通典》：「滑州白馬縣，衛國曹邑，戴公廬于曹即此。」○鋒音峯，兵耑也。鏑音滴，矢鋒也。○二章。《左氏傳·隱公元年》：「鄭共叔之子滑奔衛，衛人爲之伐，鄭取廩延。鄭人以王師、虢師伐衛南鄙。」二年，「鄭人伐衛」。三年，「宋穆公疾，召孔父而屬其兄之子殤公，使公子馮出居鄭。公卒而殤公立」。四年，「衛州吁弒桓公而自立，將修先君之怨於鄭，而求寵於諸侯，使告於宋曰：『君若伐鄭，以除君害，君爲主，敝邑以賦與陳、蔡從。』宋人許之。夏，宋、陳、蔡、衛伐鄭，圍其東門，五日而還。秋，四國復伐鄭，敗鄭徒兵，取其禾而衛」。朱子曰：「圍鄭五日而還，出兵不爲久而人怨之如此者，身犯大逆，衆叛親離，莫肯爲之用爾。」

凱風《邶》七。孝子。

經〇三章。浚音峻。子金子：「『爰有寒泉，在浚之下』，言寒泉但在浚之下，而不能上灌注其浚，以比子不能養母，有子七人而反使母受勞苦。」

傳〇一章。疏：「南風長養萬物喜樂，故曰凱風。凱，樂也。」長，知丈反。〇《字書》：「棘如棗而多刺，木堅色赤，叢生，人多取以爲藩。歲久而無刺，亦能高大如棗木。色白爲白棘，實酸者爲樲棘。」〇三章。《通典》：「寒泉，在濮州濮陽縣東南。」《水經注》：「濮水枝津東逕浚城南，而北去濮陽三十五里，城側有寒泉岡，即《詩》『爰有寒泉，在浚之下。』」〇卒章。睍睆，毛氏：「好貌。」箋：「以興顔色悦也。」《詩緝》：「光鮮貌。《檀弓》『華而睆』，睆，明貌。睍，從目從見，亦以色言之，俗訛以爲黄鳥之聲。」

今案：「睍睆」字在「黄鳥」上，其下别言「載好其音」，「睍睆」與「音」字文意似不連，宜《詩緝》説是。

雄雉《邶》八。婦人思其夫。　異。

經〇《詩記》：「凡百君子，我固不知孰爲德行也，但不忮求，則何用不善？」

傳〇一章。遺，以季反。〇二章。下上，見《燕燕》。

匏有苦葉《邶》九。刺淫亂。　異。

經〇三章。箋：「歸妻，使之來歸於己。」

此詩一章以水喻禮。涉是徒步渡水之名。水淺可涉，則是合禮而可行者也；水深險而不可涉，則是非禮而不可行者也。今濟處有深涉，是不可涉者也，況匏尚未可爲浮渡之器乎？以比非禮絶不可行之事，是指淫亂而言也。然於可渡處又當分擇深淺，以厲以揭，比事有合禮可行，而又須擇義。謂雖於禮可成男女之好，又擇義而行之可也。大抵四句作兩截看，深涉之深非深厲之深，深涉是水太深而不可涉者，下面是水可涉而又就其中度淺深而揭厲也。二章正刺不度禮義，非其妃耦，犯禮相求。「濟盈不濡軌」應一章下兩句，「雉鳴求其牡」應一章上兩句。三章言昏禮之正，即深厲淺揭之意，而「濟盈不濡軌」之反。四章言非類不可從，即濟有深淺之意，而「雉鳴求其牡」之反。

傳〇一章。瓠，胡故反。《埤雅》：「長而瘦上曰瓠，短頸大腹曰匏。」毛氏「匏謂之瓠」，誤矣。蓋匏苦瓠甘，復有長短之殊，非一物也。《國語》：「叔向曰：『苦匏不材，於人共濟而已。』」《古今注》：「匏之有柄者曰懸瓠，可用爲笙。」共，九用反。〇《釋文》：「厲，《説文》作砅，云：『履石渡水。』音同。」〇二章。毛氏：「由輈以上爲軌。」《釋文》云：「依傳意宜音犯。『軌，車轍也。從車，九聲。』龜美反。『軓，車軾前也，從車，凡聲。』音犯。」諸家説《詩》皆以爲轍無不濡之理，當作軓字，或爲軋。〇今案：《周禮·輈人》疏：「轍廣謂之軌，轂末亦爲軌。」黄公紹《古今韻會》引《説文》：「軌，車轍也。」又「車軸謂轊頭也」，轊即車軸之耑貫轂者。車輪有高下，有廣狹，皆定於軌。輪中之軌既同，則轍迹亦同，後人因謂車轍亦曰軌。《曲禮》「塵不出軌」，以高下言也；《中庸》「車同軌」，以廣狹言也。蓋兵車、乘車之輪，其崇六尺六寸，軌居輪之中。若濡軌，則水深三尺三寸。孔疏以爲轍迹，非也。以是言之，則此章軌字不必改作軓，但不作轍説可也。輈音舟。轂音穀。轊音衛。耑音端。〇三章。迎，宜慶反。〇卒章。號，户羔反。

谷風《邶》七。婦人見棄於夫。

經〇一章。《詩緝》：「黽勉，猶勉强也。力所不堪，心所不欲而勉强爲之，皆謂之黽勉。」黽，莫尹反。

三章。「逝」有踰越之意。笱置於梁以待魚，發起之則不可得魚矣。「毋逝我梁」謂勿踰越我成家規模，「毋發我笱」謂勿敗我所爲之事。雖去而猶有顧其家之意。

四章。亡與無同。○五章。售，賣物去手也。○卒章。《詩記》：「肆，習也。詒我以武暴忿怒，習以爲常。」

傳○一章。《爾雅》：「東風謂之谷風。」疏：「谷之言穀，穀，生也。谷風者，生長之風也。」○蔓音萬，俗呼作瞞。菁音精，箋：「葑，蔓菁之類。」《釋文》：「今菘菜也。江南有菘，江北有蔓菁，相似而異。」《本草》：「蔓菁即蕪菁，梗短葉大，連地上生，闊葉紅色。春食苗，夏食心，秋食莖，冬食根。河朔尤多。」又曰：「根細於温菘。温菘，今蘆菔也。」菘音嵩。蘆音盧。菔音服，即蘿蔔。○葍音福。疏：「菲似葍，《爾雅》謂之葸菜，河内謂之蓿菜。」《爾雅》：「菲，葸菜。」注：「似蕪菁，華紫赤色，可食。」又「葍蒚」疏：「根如指，正白，可啖。」葸音息。蓿音宿。○二章。「畿，門内」，毛氏説也。疏：「畿者，期限之名，《周禮》『九畿』『王畿』皆期限之義。經云『不遠』，言至有限之處，故知是門内。」《詩記》：「韓愈《遣瘧鬼》詩：『白石爲門畿。』蓋以畿爲門閫，必有所據，可以發明毛氏之説。」○《爾雅》：「荼，苦菜。」疏：「味苦可食之菜，生於秋，經冬歷春乃成。《月令》『孟夏苦菜秀』是也。葉似苦苣而細，斷之有白汁，花黃似菊，堪食，但苦耳。」

案：《傳》「荼，苦菜，蓼屬，詳見《載芟》」，是引「以薅荼蓼」句也，此句在《良耜》，言《載芟》，誤。而荼蓼之荼乃穢草，非菜也。《爾雅》謂之委葉，字作蒤，與苦菜之荼是兩物，《傳》亦誤。薅，呼高反。蒤音荼。

薺，《本草》：「味甘，葉作菹及羹佳。」○更，平聲。○三章。《地理志》：「涇水出安定郡涇陽縣西幵頭山，東南至馮翊陽陵縣入渭，過郡三，行千六十里。」師古曰：「幵音苦見反，又音牽。此山在靈州東南，俗訛謂之汧屯山。」《通典》：「平涼郡原州平高縣，即漢高平縣，屬安定。有笄頭山，亦曰汧屯山，涇水所出。」○《前編》：「渭自鳥鼠至入河一千八百七十里。」○馮，皮冰反。翊，逸織反。堰，於建反。○四章。《語録》：「問：『「就其深矣」四句，《集傳》以爲興體，疑是比體。』答曰：『若無下面四句即是比，既有下四句則只是興。凡此類皆然，非獨此章也。』」○遽，其據反。○五章。女音汝。○《語録》：「問：『育恐育鞠』，張子之説，推之下文『及爾顛覆』，意不甚貫，不若前説爲順。」答曰：「姑存異義耳，然舊説亦不甚明白。」○卒章。項安世《家説》：「洸爲武，取『武夫洸洸』之意。案《説文》：『洸，水涌出也。』引《詩》此句爲證。徐鍇注：『言其勇如水之涌也。』如此説，則武之義明。

式微《邶》十一。黎臣。

經　兩章上二句勸歸之辭，下二句怨辭也。晏子曰：「君爲社稷死則死之，爲社稷亡則亡之；若爲己死己亡，非其私暱，誰敢任之？」今曰「微君之故」，又曰「微君之躬」，似黎侯有爲己亡之意。蓋黎侯必有不君致亂之階而召狄，故其謂所以濡於中露、陷於泥中者，爲君之躬故耳。否則主危臣憂，主辱臣死，又何有「胡爲乎」之怨乎？

傳〇一章。芘，必至反。覆，孚救反。〇黎侯失國，事見《旄丘》序下傳。〇二章。難，乃旦反。

旄丘《邶》十二。黎臣責衛。

經〇一章。誕，徒旱反。

傳〇一章。《詩記》：「葛始生，其節蹙而密；既長，其節闊而疏。」〇三章。《玉藻》：「君子狐青裘豹褎，玄綃衣以裼之。」注：「君子，大夫、士也。」褎與袖同。裼，先歷反。〇女音汝。憒，古對反。〇《左傳》注：「黎，侯國。上黨壺關縣有黎亭。」

序〇箋：「伯者，州伯。」疏：「《王制》：『五國以爲屬，屬有長；十國以爲連，連有帥；三十國以爲卒，卒有正；二百一十國以爲州，州有伯。殷之州長曰伯，虞夏及周曰牧。』周謂之牧，而云方伯者，以一州之中爲長。」此釋《序》文，《傳》不用此。

簡兮《邶》十三。賢者仕於泠官。

經○一章。子金子：「『日之方中，在前上處』，言日正中時在庭前堂上，以俟舞列。」○《詩記》：「『日之方中』，至明而易見之時；『在前上處』，至近而易察之地。於是焉不能察而用，所以刺也。」朱子以「明」「顯」二字該之。○卒章。《詩記》：「山則有榛，隰則有苓，唯西州然後有此人。」

傳○一章。易，以豉反。○疏：「舞謂之『萬』者，何休云：『象武王以萬人定天下，民樂之，故名之。』《商頌》亦曰：『萬舞有奕。』殷亦以武定天下也。」《詩記》：「萬舞，二舞之總名；干舞者，武舞之別名；籥舞者，文舞之別名，文舞又謂之羽舞。」○疏：「言干則有戚，《禮記》：『朱干玉戚，冕而舞大武。』言籥則有羽，《籥師》：『教國子舞羽吹籥。』」○《禮書》：「干，盾也。以革爲之，其背曰瓦。」設錫，朱質而繪以龍，龍之外又繪以雜羽。其繫之也以繡韋，其屬繡韋以紛。戚，斧也。玉戚以玉飾其柄。柯長三尺，博三寸，厚一寸有半。五分其長，以其一爲之首。錫音陽，白金也。紛音分，如綬。○《樂書》：「羽舞者，翟羽可用爲儀，執之以舞，所以爲蔽翼者也。」○疏：「黃帝使泠倫自崐崘之陰取竹，吹之爲黃鍾之宮。周景王鑄鍾而問於泠州鳩，以泠氏世掌樂官，故世號樂官爲泠官。」崐音昆。崙，盧昆反。泠或作伶。○譽音余，稱美也。○二章。韁，居良反。○疏：「御者執轡於此，使馬騁於彼；織組者總紕於此，而成文於彼：皆動於近而成於遠。」○三章。翟，雉屬。○渥，厚漬也，言漬之久厚則有光澤，如厚漬之丹，言赤而澤。○《儀禮》：「公燕羣臣，大夫爲賓，宰夫爲主人。賓與卿大夫入即位，主人獻賓及公卿大夫酢酬。畢席，工于西階上，小臣納工。工四人，二瑟，升自西階，北面坐，歌《鹿鳴》《四牡》《皇皇者華》。卒，歌，主人洗升獻工，工左瑟一人拜受爵。主人西階上，拜送爵，薦脯醢。衆工不拜，受爵，有脯醢。」○題下，《語録》：「問：『《簡兮》詩，張子謂其迹如此，而其中有過人者。夫能卷而懷之，是固可以爲賢，然以聖賢出處律之，恐未可以爲盡善。』曰：『古之伶官亦非甚賤，其所執者猶是先王之正樂，故獻工之禮亦與之交酢，但賢者而爲，此則自不得志耳。』」○侏儒，俳優，蓋亦衰世用之，非樂中所當用者。《樂記》：「今夫新樂，進俯退俯，姦聲以濫，溺而不止。及優、侏儒，獶雜子女，不知父子，樂終不可以語，不可以道古。」此正言後世之樂也。俯，猶曲也。儒即儒。獶，乃刀反，獮猴也，舞者如獮猴戲。

泉水《邶》十四。衛女思歸。

經○《詩緝》：「『不瑕有害』，未爲瑕過而有害也。」子金子：「不爲瑕疵而有害乎？」

《傳》釋諸姬爲姪娣，釋姑姊則曰諸姬。夫姪娣從嫁者也，故可與謀。若姑與姊，則豈亦在所嫁之國而可問之哉？《詩緝》：「既出適於人，則與父母兄弟相遠矣。今父母終，唯姑姊尚存，問其安否，感親之歿而念骨肉之存者也。」當從此說。

傳○一章。泉、淇皆衛水，因思之而起興。○共，居容反。慮，凌如反。○姬，衛姓，故得爲姪娣。○二章。毛氏：「祖而舍軷，飲酒於其側曰餞。」疏：「軷謂祭道路之神。軷本山行之名，道路有阻險，故封土爲山象，伏牲其上。天子用犬，諸侯羊，卿大夫酒脯。既祭，處者於是餞之，飲於其側。禮畢，乘車轢之而去，喻無險難也。」軷，蒲末反。轢音歷。○又《漢書》：「黄帝之子纍祖好遠游而死於道，故後人祭以爲行神。」今案：凡祭，皆祭其神而以人鬼配。如社稷，則祭土穀之神而以后土棄配；然則軷祭，則祭道路之神，或以纍祖配也。○三章。王應麟《困學記聞》：「《隋志》：『邢州内丘縣有于言山。』又，李公緒記云：『柏人縣有于山、言山。柏人，邢州堯山縣。』」

案：毛氏注：「脂舝其車。」疏：「既脂其車，又設其舝。」是注、疏皆以脂、舝兩言之也。《字書》：「舝，車軸耑鍵，今字亦作轄。其物以金爲之，無事則脱，行則設之。」蓋軸穿於轂，而舝則貫於軸之兩耑而鍵夫輪者也。今脂則脂其軸與轂，舝則加其鍵也。鍵，巨展反。

四章。疏：「同出異歸曰肥泉。」○漕，見《擊鼓》。○寫，除也。《詩緝》：「寫謂傾而除之也。《曲禮》：『器之溉者不寫。』」

北門《邶》十五。賢者不得志。

經〇李氏《表記》：「君子不以小言受大禄，不以大言受小禄。以大言受小禄，是不見知於君，所不當受也。」衛臣終窶且貧，不見知於君也，非專較廩禄之厚薄也。

外不見知於君而不得行其志，内爲窶貧之故而有室人之讁，困於内外極矣。乃一歸之於天，非知命樂義之君子，能如是乎？

傳〇題下，懟，見《邶·柏舟》。懟，直類、徒對二反，怨也。

北風《邶》十六。君子見幾而作。

經〇《語録》：「問：『狐與烏以比何物？』曰：『不但指一物而言，當國將危亂之時，凡所見者，無非不好底氣象。』」〇《詩記》：「『同車』不必指貴者，特協韻耳。」

静女《邶》十七。淫奔之男。　異。

經○《語録》：「問：『《傳》以《静女》爲淫奔期會之詩，以静爲閒雅之意。不知淫奔之人相與狎溺，何取乎閒雅？』曰：『淫奔之人不知其爲可醜，但見其爲可愛耳。以女而俟人於城隅，安得謂之閒雅？而此曰「静女」者，猶《日月》所謂「德音無良」也。無良則不足爲德音矣，而曰德音者，愛之之辭也。』」

傳○一章。躑，直炙反。躅，厨玉反，行不進貌。○卒章。牧，見《小雅・出車》。

首言「城隅」，末言「自牧」，蓋不特俟於城隅，抑且相逐於野矣。

新臺《邶》十八。國人惡宣公。

經○《詩緝》：「此詩齊人作。」

傳○一章。囷，區倫反，義見《伐檀・傳》。○二章。洒，《詩記》：「水光中見其臺之高峻。」○三章。《易》：離，麗也。注：「麗猶著也。著，直略反。」

二子乘舟《邶》十九。國人憐二子。

經〇《詩緝》：「自衛適齊必涉河。首章言伋、壽二子乘舟涉河以適齊，其影汎汎然。何所歸乎？爲其將見殺，顧其影而憐之也。我念而思之，中心養養，然憂不知所定也。二章言二子汎汎然從此逝矣，痛其往而不返也。詩人深求其心之無他而恕之，故曰不爲瑕過而有害也。」〇子金子：「『不瑕有害』，謂本無瑕疵而有禍害也。」

傳〇一章。《左氏傳・桓公十六年》：「初，衛宣公烝於夷姜。夷姜，莊公妾，宣公庶母。上淫曰烝。生急子，即伋。爲之娶于齊。而美，公取之，生壽及朔。夷姜縊，失寵故。宣姜與朔構急子。公使諸齊，使盜待諸莘，將殺之。壽子告之，使行。不可，曰：『棄父之命，惡用子矣，有無父之國則可也。』及行，飲以酒，壽子載其旌以先，盜殺之。急子至，曰：『我之求也，此何罪？請殺我乎。』又殺之。」今案：《傳》與此文不同者，《傳》悉從毛氏文也。〇《詩緝》：「衛自宣公殺伋、壽，以朔爲世子代立，是爲惠公。左右公子怨朔之讒殺伋，乃作亂，立黔牟，惠公奔齊。其後諸侯納惠公，黔牟奔周。惠公怨周之容黔牟，與燕伐周。立子頹爲王，惠公奔温。及惠公卒，子懿公立，百姓大臣猶以殺伋之故，皆不服。狄乘其釁，殺懿公而滅衛。嗚呼！衛之亂極矣！父子、兄弟君臣之間相殘相賊，不唯流毒子孫、啓侮夷狄，以之殺身亡國，其餘殃所漸。且稔王室之禍，蓋綱常道盡，天地幾於傾陷矣。推原亂根，始於夫婦之不正，衽席之禍，一至此邪！以是知《詩》首《關雎》，聖人之意深遠矣。」

衛宣淫於上下，父子夷戮，人道絶矣，無足論也，惜乎伋之死未得其所爾。伋非得罪於父，特朔母子之構也。壽既告之，逃以自免，不陷父於惡，斯可矣。而以棄父命爲辭，必於就死，是以從令爲孝而擇義未精者也。或曰：「宣姜，故伋妻也。今欲立其子，非殺伋不可，其譖之也必。誣之以中冓之言，或有今將之意，若驪姬之譖申生者。假使伋子而出，誰許之乎？」曰：「君子之處事，以其有愧於心焉否爾。苟當於理，而於心焉無愧，則何卹於人言？昔者大舜嘗爲之矣。母譖之也，爲象奪嫡也；瞽瞍欲殺之，愛少子也。其事與伋無異焉。完廩浚井，逃而得免，於聖人之德未嘗少損。伋子於此取法焉可也。而守區區一節之義，豈非擇之未精者邪？」曰：「《春秋》書『晉侯殺其世子申生』，直稱晉侯而斥殺，是專歸罪於獻公而不及申生，何也？」曰：「《春秋》，端本澄源之書也。獻公變色愛庶，戕嫡亂國。禍生於君，故專罪晉侯，以爲萬世爲君者之戒。然則成父之惡以致簡書之斥者誰歟？則責申生之意亦在言外矣。古人以申生爲恭世子，故論伋子當與申生同科。」曰：「若是，則父命終可抗邪？」曰：「抗父之命爲不孝，庸人之所能知，君子則有義焉爾。父生之，子事之則宜。致死焉固常道也，而父子主恩，今乃賊恩而殺其子以無罪，尚可謂之人乎？故子從父之逆命爲恭之小，陷其父以滅人倫爲害義之大，是以去彼而取此也。孤竹君嘗以治命立叔齊，而終不從，以失義也。夫廢嫡立庶，與無罪而殺子有逕庭矣。叔齊於其小者不忍累其父，寧困餓而不顧，聖人深許其仁，豈謂之抗父哉？故首止之盟，《春秋》是之。夫天王以愛易子，諸侯以義定之，一舉而父子君臣之道皆正。是故夫子又稱之曰：『管仲相桓公，一匡天下，民到于今受其賜。微管仲，吾其被髮左衽矣。』蓋有父子君臣則爲中國，失則爲夷狄矣。由是觀之，君子以擇義爲大也。」「然則壽之死也，如之何？」曰：「壽知愛其兄而已，不知加父之惡也。」

鄘一之四變二。

柏舟《鄘》一。共姜自誓。

經○箋：「舟在河中，猶婦人之在夫家，是其常處。」○《詩緝》：「父母者，子之天；夫者，婦之天。今父與夫俱不存，惟母是我所天也。何不信我而欲奪我志也？」

它，它適也。慝，邪之匿於心者也。它適而誓之死靡爲之，其事猶顯。至於一念邪思之微，亦誓至死而靡發，可見其心之貞固，而節不可渝矣。○共姜之時，先王遺澤尚在，《關雎》之化猶有存者。故姜之守義，雖或天性貞潔，然教化之道不可誣也。當時衛之風俗固因以厚矣。而先儒説詩者以衛之淫風大行，僅得共姜，故聖人録之以爲《鄘》首，蓋考之未詳爾。衛自康叔傳九世至釐侯，史皆無事可載。釐侯立於厲王二十五年，子武公立於宣王十六年，皆東遷之前。在釐侯時，有共姜暨武公修康叔之政，百姓和集。其終也，謚曰「睿聖武公」，觀於《淇奥》《抑》詩可見。則當時衛俗安有不善者乎？自其子莊公不禮於莊姜，馴致州吁之亂而宣公立，宣淫於上下，而淫風始流行，不可禁矣。但詩各因一事而發，聖人唯欲取之以示勸戒，固不必論時之先後爲次第也。讀者詳之。

傳〇一章。髦，疏：「《禮》注：『兒生三月，翦髮爲鬌，男角女羈。否則男左女右。長大猶爲之飾存之，謂之髦，所以順父母幼小之心。』若父母没，則脱之。諸侯小斂脱髦，士既殯脱髦。若父母有先死者，脱之，至服闋又著。二親並没，則因去之。」夾囟曰角，午達曰羈。《内則》：「櫛，縰，笄，總，拂髦，冠。」是著於冠之内也。髦之制未聞。鬌，徒果反。闋，苦穴反。囟，思晉反。縰，所買反。〇去，起吕反。〇共音恭。共伯，衛釐侯子，名餘，武公兄。〇奪謂奪其守義之心。〇覆，孚救反。

墻有茨《鄘》二。　刺宣姜。

傳〇一章。《詩記》：「《前漢·梁王襄傳》：『聽聞中冓之言。』注：『應劭曰：「中冓，材構在堂之中也。」顔師古曰：「冓，謂舍之交積材木也。」』蓋閫内隱奥之處，『中冓之言』若曰『閨門之言』也。」○惠公名朔，即構伋子者。《左氏傳・閔公二年》：「惠公之即位也少，齊人使昭伯烝於宣姜。不可，强之，生齊子戴公、文公、宋桓夫人、許穆夫人。」昭伯即公子頑，宣公之長庶，伋之兄也。

君子偕老《鄘》三。刺宣姜。

經○一章。副，敷救反。

首章三截。上二句言夫人能與君子偕老，則得有副笄之服。既服此，則宜從一而偕老。中三句正言宣姜威儀容貌稱其象服。下二句言今乃不善，將云何哉？中三句應「副笄六珈」，下二句應「君子偕老」。○象服，與「予觀古人之象」同。○「胡然而天也！胡然而帝也！」謂夫人容貌之美、服飾之盛固無以加，然而無德，則人胡然而尊之如天？胡然而敬之如帝？此則與上下兩章末句皆刺之也。一説容貌服飾如此，胡然而自天降此乎？胡然而鬼神來此乎？此則問辭，後章末則答之，曰：「此邦之媛也。」一説容貌服飾之盛，胡爲而在此乎？其自天而降也。胡爲而在此乎？其鬼神也。此雖疑辭，而却非問辭。上説疑在「胡然」字，此説疑在「天」「帝」字。

傳○一章。《天官·追師》：「掌王后之首服，爲副編次。」注：「副之言覆，所以覆首爲之飾，其遺象若今步繇，服之以從王祭祀。」疏：「步繇，謂在首之時，行步繇動，此據鄭時目驗以曉古，至今去漢久遠，亦無以知之。」追，丁回反。編，步典、必先二反。覆，芳救反。繇與摇同。

今案：鄭説《禮》如此，而箋《詩》亦曰「如步摇」，皆不言步摇之制。毛注：「副者，后夫人之首飾，編髮爲之。」《後漢書·和熹鄧后記》注：「皇后首副，其上有垂珠，步則摇。」然不知步摇之身亦編髮爲之否也？蓋謂之「似步摇」，固已全非步摇之制。自作疏時已不知之，則副之爲物今不可考矣。

《追師》又曰：「追衡笄。」注：「追，猶治也。王后之衡笄皆以玉爲之，唯祭服有衡，垂于副之兩旁當耳，其下以紞縣瑱。」笄，卷髮者。紞，都感反。縣音懸。瑱，他甸反。卷音捲。

今案：鄭説《禮》如此，是以衡、笄爲二物。毛注：「笄，衡笄也。」是以衡、笄爲一物。愚竊以鄭説爲是。蓋副有衡，復有笄，詩言「副則有衡」可知。别舉笄，則謂有六珈，飾之盛也。

疏：「六珈必飾之有六，但所施不可知。」

今案：「珈」字從玉，是以玉加飾於物也。然追者治玉之名，笄既以玉爲，則珈亦未知以何爲飾，而其制爲如何。

紞，織如絛，上屬於衡以懸瑱者也。瑱，以玉爲之，以纊縛之而屬於紞，懸之當耳。縛音篆，卷也。○二章。翟衣，見《葛覃》。○繒，慈陵反，帛也。○髢，益髮。疏：「己髮少，聚他人髮益之。《左氏傳·哀公十七年》：『衛莊公見己氏之妻髮美，使髡之以爲吕姜髢』是也。」揥，他狄反。○三章。袢，《釋文》：「符袁反。」毛注：「是當暑袢延之服。」疏：「袢延是熱之氣。紲袢，去熱之名。」言是當暑紲去袢延之服也，則紲字作泄字意解。今《傳》作「薄慢反」，而云「紲袢，束縛意。」案：《説文》：「袢，博慢反。」而《傳》意「袢」字如「絆」字，意是紲袢爲連綿字，共成束縛意也。然「薄慢反」恐誤，當如《説文》切。

桑中《鄘》四。淫者。　異。

傳○一章。《爾雅》：「唐，蒙，女蘿。女蘿，兔絲。」注：「別四名。」疏：「唐與蒙或并或別。別則四名也。《本草》：「夏生，苗如絲，蔓延草木上。或云無根，假氣而生，實如蠶子。」《爾雅》又出一條曰：「蒙，玉女。」注：「蒙即唐。」尤見唐、蒙之別。《傳》：「唐，蒙，菜也。」從毛注也。但唐非可食之物，不知毛爲何以爲菜名。○姜，大率言貴族，以誦女之美，未必真有姜、弋、庸三姓。○二章。《春秋·襄公四年》：「夫人姒氏薨。」《公羊傳》作「弋氏薨」。《定公十五年》：「姒氏卒。」《穀梁傳》作「弋氏卒」。○題下。比，毗志反，同也。濮音卜，衛水名。○《史記》：「衛靈公之晉，至濮水之上，夜聞鼓琴聲。召師涓，曰：『吾聞鼓琴，狀似鬼神，爲我聽而寫之。』師涓曰：『諾。』去之晉，靈公令師涓援琴鼓之。師曠止之曰：『此亡國之聲，不可聽。師延與紂爲靡靡之樂，武王伐紂，師延東走自投濮水之中，故聞此聲必於濮水之上，先聞此聲者國削。』」

序○譙，以辭相責；讓，以禮辭責之。質者，正也。責，誚也。哇，邪也。哇淫，非正曲也。

鶉之奔奔《鄘》五。刺宣姜子頑。

傳○一章。《爾雅》曰：「鷯，鶉。」注：「鵪屬。」疏：「鶉，一名鷯。」又曰：「鴽，鴾母。」注：「鵪也，青州呼鴾母。」疏：「鴽，田鼠所化；鶉，蝦蟇所化。」《爾雅》又曰：「鶉，其雄鶛，牝痺。」又曰：「鶉子鳼，鴽子鸋。」然則又有雌雄子母，非盡化者矣。鷯音僚。鵪，烏含反。鴽音如。鴾音牟。蝦音霞。蟇音麻。鶛音皆。痺音脾。鳼音文。鸋音寧。

定之方中《鄘》六。美衛文公。

經○《詩記》：「『升彼虚矣』，以領略其大勢；『降觀于桑』，以細察其土宜。」○《詩記》：「建國之初，憂民之不得其所，不敢遑寧。曰『終焉允臧』者，喜其果遂於志願也。」○《詩記》：「淵虛，明如淵也。塞則多不明，塞淵則實而明。」

傳○一章。《晉・天文志》：「營室二星，天子之宮也。一曰玄宮，一曰清廟。又爲土功事。」《爾雅》：「營室謂之定。」注：「定，正也。作宮室，皆以營室之中爲正。」○疏：「《鄭志》：『楚丘在濟河間，疑在今東郡界。』杜預云：『楚丘，濟陰成武縣西南，猶在濟北，故云濟河間。』」○《通典》：「滑州衛南縣，衛文公自漕邑遷楚丘，即此。」○度，徒角反。臬，魚列反。○《冬官》：「匠人建國，水地以縣，置槷以縣，眡以景。爲規識日出之景與日入之景。晝參諸日中之景，夜考之極星，以正朝夕。」注疏：「於造城郭處四角立四柱，於柱四畔縣繩以正柱，柱正然後以水平之法遥望柱高下定，即知地之高下，然後平高就下。地既平，於其中央樹八尺之臬，於四角四中以八繩縣之。臬既正，乃於日出、日入之時，晝記臬景之端，却於中臬。以繩取景，兩端之内一帀規之。規之則遠近定而東西審，度兩交之間，中屈之以指臬，則南北正。恐其不審，猶更以日中之景參之也。朝夕，即東西景也。」《傳》正取此文。縣音玄。槷、臬同。眡、視同。識音志。○《爾雅》：「椅，梓。」注：「即楸。」《説文》亦曰：「椅，梓也。」「梓，楸也。」是爲一物矣。然經言椅，又言梓，故疏云：「楸之疏理而生子者爲梓，梓實桐皮曰椅，則大類同而小別也。」○桐種不一，諸家説亦多相亂，惟寇宗奭《本草衍義》條其狀：「白桐可斲琴，葉三杈，開白花，不結子。梧桐開淡黄小花，如棗花，枝頭出絲，墮地成油，霑漬衣履，五六月結子。」然則白桐即今俗所謂毛桐。《詩》之樹桐爲琴瑟，蓋白桐也。梧桐不堪作琴瑟，《傳》蓋誤。○吴正傳案：《家語》：「山有梓，實而俯。」楸屬亦多喬聳，但以實而俯者，求梓則得之矣。○二章，杏溪傅寅《羣書百考》：「堂當是今博州堂邑，《通典》以爲漢舊縣，則堂邑之稱從來久矣。博、濮二州連境，後衛成公自楚丘徙濮陽。濮陽古屬濮州，則知堂邑亦衛邑也。」○二章。景山，後説爲是。蓋測景之事首章已言之，而於此句之上有「望」字，下有「觀」字，則皆相視地形之意。又毛曰：「景山，大山也。」○三章。非獨訓「匪直」字，以兩句作一連説，「直」如《孟子》「非直爲觀美也」。○《詩緝》：「《左傳》言元年革車三十乘，季年乃三百乘，是實有之數，三百乘計一千二百匹。《周禮・校人》：『邦國六閑，馬四種。』」齊道田馬各一閑，駑馬三閑。閑二百一十六馬，六閑計一千二百九十六馬。「則三百乘正合侯國之數。今云三千者，革車不用牝馬，今併牝馬數之，故爲三千。亦見諸侯各務富强，不守舊制。」○題下。燬，虎委反。○《左氏傳・閔公二年》：「冬十二月，狄人伐衛。衛懿公好鶴，鶴有乘軒者。將戰，國人受甲者皆曰：『鶴實有禄位，余焉能戰？』」《史記》謂「懿公淫樂奢侈」。公及狄人戰于熒澤，衛師敗績。《史記》：「殺懿公。」國人出，狄入衛。遂從之，又敗諸河。宋桓公逆諸河。桓夫人，宣姜女。宵濟，衛之遺民男女七百有三十人。益之以共滕之民，爲五千人。共、滕皆衛別邑。立戴公，以廬于曹。齊侯使人帥車三百乘、甲士三千人戍曹，歸公乘馬，祭服五稱，牛、羊、豕、雞、狗皆三百，與門材。歸夫人魚軒，重錦三十兩。僖公二年，齊桓公合諸侯城楚丘以封衛，衛國亡。○大布，麤布；大帛，厚繒。蓋用諸侯諒闇之服。惠工，加惠百工，賴其利器用。授方，授百事之宜。今詳布衣帛冠，蓋不止用於戴公喪期之中。此正文公貶損自警，如越王卧薪嘗膽之意。

蝃蝀《鄘》七。刺淫奔。

經

此詩前二章刺女子，後章兼刺男女。若果文公時詩，真可見天理民彝，未嘗一日可以泯絶，而感應之速，其效有如此者。然則綱淪彝斁，實自上爲之，非下之罪也。衛因淫邪以致禍敗，其亂極矣。文公一轉移之，民之知義乃如此。且其辭非止論事常言，而達禮知命，真君子之言也。○《禮》曰：「信，事人也，信婦德也。」

傳○一章。遠，于萬反，紐音，今易于願反。○《爾雅》：「螮蝀謂之雩。螮蝀，虹也。蜺爲挈貳。」注：「虹，江東呼雩，俗名爲美人虹。蜺，雌虹也。挈貳，其别名。」疏：「虹雙出，色鮮盛者爲雄，雄曰虹；闇者爲雌，雌曰蜺。」闇音暗。螮即蝃。○二章。《春官》經注疏：「眡祲掌十煇之法，以觀妖祥、辨吉凶。」煇謂日旁之光氣。一曰祲，陰陽氣相侵，赤雲爲陽，黑雲爲陰。二曰象，如赤烏。三曰鑴，日旁雲氣刺日。四曰監，赤雲氣在日旁，如冠珥。五曰闇，日月食。六曰瞢，日月無光。七曰彌，雲氣貫日而過。八曰叙，雲氣次序如山，在日上。九曰隮，虹也。十曰想，雜氣有似可形想。祲，子鴆反。煇音運。鑴，許規反。鄉音向。珥，仍吏反。瞢，母亘反。

相鼠《鄘》八。序以爲文公作。

經○《詩緝》：「凡獸皆有皮、齒、體，獨言鼠者，舉卑汙可惡之物，以惡人之無禮也。」

干旄《鄘》九。詩人美大夫好善。

傳○紕，符至反，類隔切，今易毗至反。○後世或無翟羽，染鳥羽爲之，謂之夏采。夏，上聲。

旄，旗旄。今案：《周禮》《爾雅》《禮書》參比而得其説，曰：凡旗，有杠、有縿、有旒。杠者，旗竿也，其首以旄牛尾注於其上，又以翟五色之羽析之。注于旄之上謂之旌，則旄、旌皆是杠之飾也。旄與氂同。其杠以素錦韜之，然後以縿繫于杠。縿以纁帛爲之。纁，絳色也。旒，赤絳帛而屬於縿之上。以俗言之，則縿是旗身，旒是旗脚，又以組飾旒之邊，又用朱縷縫紕旒縿。或以維持之，不欲令曳地。凡旗則自王以下各有所建，旗上所畫則各有其物。旟，州里所建者也，其上畫鳥隼。鳥與隼二物也，縿及旒皆畫之。或者以爲《大司馬》「百官載旟」，乃卿大夫仲秋教治兵所建，而《司常》「州里建旟」亦大閲時也。見賢載旟，無明文以疑此詩，然《司常》下文明言「賓客亦如之」。而陳祥道曰：「州里建旟者，州里之常；百官載旟者，一時之事。」軍國之容固不同耳。此詩第二章「干旟」，乃是箋所謂「州長之屬」，疏所謂「鄉内州長、黨正，遂内酇長、里宰、鄰長等同建者」也。一章、三章，旄、旌皆因旟而言。紕者，縫之也。組者，飾之也。祝者，維之也。杠音江。縿音衫。旒音流，斿同。韜音滔。屬音燭。

載馳《鄘》十。許穆夫人。

經〇一章。唁，疑戰反。

案：閔公二年，冬十有二月，狄入衛，宋桓公立戴公，以廬于曹，許穆夫人賦《載馳》，是年戴公卒，而文公立，然則戴公之立與卒在一月之間爾。周十二月，今十月也，於是「采蝱」與「麥之芃芃」皆非其時，特託意以言之，如《卷耳》《草蟲》之類，不必以爲實然也。

蓋夫人欲歸唁衛侯，知於義不可，而極其思，託意賦此詩也。言我馳驅「歸唁衛侯」，而「驅馬悠悠」，言必至于漕。今許大夫雖往弔有跋涉之勞，然我心則憂不解也。其不可歸之義，夫人豈不知乎？於是託許人諫不可往之義，而言曰：「汝既不以我歸爲嘉，則信不能旋反而濟。視爾雖不以我爲善，然我之思則不遠也、不止也。亦陟彼阿丘，言采蝱以舒鬱結乎？雖曰女子多思，亦各有其道也。許人皆尤我以思之太過，是直童幼狂妄之言爾。我之所思，豈徒欲往唁之而已乎？許國之小，力不能救，將控告于大國以救之。又設行野見麥之意，且憂控大國誰因誰極乎？大夫君子無以我爲有過，蓋百爾所思，不如我之自往也。」

傳○一章。杜預《春秋世族譜》：「許，姜姓，與齊同祖。堯四岳伯夷之後，周武王封其苗裔文叔于許，今潁川許昌是也。自文叔至莊公十一世，始見《春秋》。」今案：許，男爵。穆公名新臣，見僖公四年。○三章。蝱，《本草》：「貝母，根有瓣，子黄白色，如聚貝子，故名貝母。」《爾雅》作莔，音萌。○少，失照反。

衛一之五變三。

淇奥《衛》一。君子美武公。

經〇《語録》：「問：『《淇奥》一篇，衛武公進德、成德之序，始終可見。一章言切磋琢磨，則學問自修之功精密如此。二章言威儀服飾之盛，有諸中而形諸外者也。三章言如金錫圭璧，則鍛鍊已精，温純深粹，而德器成矣。前二章皆有瑟僩赫咺之詞，三章但言寬綽戲謔而已。於此可見不事矜持，而周旋自然中禮之意。』曰：『説得甚善。武公學問之功甚不苟，年九十五歲猶命羣臣使進規諫。至如《抑》詩，是他自警之詩。後人不知，遂以爲戒厲王。畢竟周之卿士，去聖人近，氣象自是不同。』」〇二章。琇音秀。

武公之所以有德，全在切、磋、琢、磨四字。惟其工夫如此精密，故有瑟僩赫咺之效。存於内者周，故發於外者著。下二句却就他人心上説，謂此君子不可忘。一章總言其講學自修之功，敬德容儀之盛。二章止言正其衣冠，則其德容自充，蓋至此德成矣。三章言守之於心者，貞剛如金錫；施之於四體者，温粹如圭璧。至於倚較則寬綽、戲謔則不虐，蓋動作之間，無所往而非德容之盛也。

傳〇一章。見音現。鑢，良豫反。鍚，它浪反。槌，直追反。復，扶又反。恂音峻。

此章訓詁解義皆不及《大學》詳明。曾子謂：「『瑟兮僩兮』，恂慄也。」是瑟僩以存諸中者言，所以《章句》謂「嚴密武毅貌」。《傳》乃釋爲「矜莊威嚴」，是就外言，則與曾子所謂「赫兮喧兮，威儀」者若有重意。解上文亦詳於此。蓋《大學》，朱子晚年之書，讀此章者當從《大學》。

二章。瑱，它甸反。縫，扶用反。○《夏官・弁師》：「王之皮弁，會五采玉璂，象邸。諸侯及孤卿大夫，各以其等爲之。」注疏：「皮弁之縫中，每貫結五采玉十二以爲飾，謂之璂。五采玉，朱、白、蒼、黄、玄之玉也。邸，下抵也，謂於弁内頂上，以象骨爲抵。侯、伯璂飾七，子、男璂飾五。玉三采：朱、白、蒼。孤則璂飾四，三命之卿璂飾三，再命之大夫璂飾二。玉二采：朱、緑。」璂音其。邸、抵，並丁禮反。○三章。棧，仕限反，牀笫也。笫，壯仕反。比，毗至反。○猗，《釋文》：「於綺反，依也。」只是倚義，今音同。首章而爲歎辭，恐於字義及句義皆若不協，當從《釋文》。○《禮書》輿人之法：「車廣六尺六寸三分，車廣去一以爲隧，則輿深四尺四寸矣。三分其隧，一在前、二在後，以揉其式，則式深一尺四寸三分寸之二矣。以其廣之半爲之式崇，則式三尺三寸矣。以其隧之半爲之較崇，則較出於式二尺二寸矣。式圍七寸三分寸之一；較圍四寸九分寸之八。」《周禮》注：「較，兩輢上出式者。」疏：「較，謂車輿兩相，今人謂之平鬲也。言兩較，謂車相兩旁豎之者。二者既别，而云『較，兩輢上出式者』，以其較之兩頭皆置于輢上，二木相附，故據兩較出式而言之。」蓋天子與其臣乘重較之車，諸侯之車不重較。《詩》疏則曰：「重較，侯、伯之車也。」此二説不同。隧與邃同，車輿深也。揉，汝九反。輢，於綺反。○易，以豉反。中，竹仲反。○題下。長，知丈反。朝，直遥反。舍，始野反。

考槃《衛》二。詩人美賢者。

經○《詩緝》：「『永矢弗諼』『弗過』『弗告』，亦作詩者形容其高舉遠遯，有終焉之意耳。賢者不自言其如此也。」

「考槃在澗」，可謂幽僻；碩德之人，居之則見其寬廣。此「君子居之，何陋之有」之意。於是獨寐於此，寤而自言，誓永弗忘此樂矣。二章同意，歌則長其言也。至曰宿，則惟於此留止。且不以語人，是遯世無悶，自樂於心，并其言忘之矣。

碩人《衛》三。國人閔莊姜。

傳○一章。禪音丹。○褧，《字書》：「絲也。」絲，枲屬。《爾雅翼》：「絲高四五尺，或六七尺，葉似苧而薄，實如大麻子。今人績爲布。」蓋用此布爲禪衣，故謂之褧。《語録》意同。

箋：「夫人翟衣而嫁，今衣錦者在塗之所服。」下章則自近郊正衣服，乘車馬以入。○《春秋》杜預注：「邢國在廣平襄國縣。」《通典》：「邢州龍岡縣，『邢遷夷儀』即此。廣平，唐爲洺州，邢州則鉅鹿郡也。」《考異》：「邢國故城在邢州外城内西南角，殷時邢侯國，周公子封邢侯，居此。」○《春秋》注：「譚國在濟南平陵縣西南，即今濟南府之歷城縣。」○重，直用反。○二章。蝤，《釋文》與《傳》反切同，然字書皆「自秋反」，恐《釋文》誤。《爾雅》：「蝤蠐，蝎。」此蠐螬之類。蝤蠐在木中，蠐螬在糞土中。○比，毗志反。○《爾雅》：「蚻，蜻蜻。」注：「如蟬而小，有文者謂之螓。」蚻音札。蜻音精。○疏：「輔，牙外之皮膚，頰下之別名。」○三章。《釋文》：「鑣馬銜外鐵，一名扇汗，又曰排沫。《爾雅》謂之钀，魚列反。」○翟茀，見《召南·何彼襛矣》。○諸侯三門：庫、雉、路。三朝，路寢在路門内，内朝在路門外，則外朝在雉門外矣。日出而視朝者，内朝也。○諸侯路寢一，在前；小寢二，在後。東西建。○四章。疏：「鱣鮪出江海，三月中，從河下頭來上。鱣身形似龍，鋭頭，口在頷下，背上腹下皆有甲，縱廣四五尺。今於盟津東石磧上釣取之，大者千餘斤，可烝爲臛，又可爲鮓，魚子可爲醬。鮪魚形似鱣而青黑，頭小而尖，似鐵兜鍪。口亦在頷下，其甲可以摩薑，大者不過七八尺。大者爲王鮪，小者爲鮛鮪。肉色白，味不如鱣也。」盟，莫更反。臛，黑各反，羹也。鍪音牟。鮛音叔。○薍，五患反。菼、薍、荻並見《秦·蒹葭》。○佼，古巧反，好也。

氓《衛》四。淫奔被棄自悔。　　異。

經○《詩緝》：「一章述始者已爲男子所誘，而已許之奔。二章述已爲男子所惑而遂奔之。三章述其既奔而悔。四章述其愛弛而見棄。五章述其至家而羞見兄弟。六章述其怨而自解之辭。」○二章。涕，它禮反。《詩緝》：「漣漣，涕出接續之貌。」○四章。箋：「女家乏食已三歲，貧矣。」女音汝。○卒章。《詩緝》：「將與汝偕老，今我未老而已見棄。若我從爾至老，其被暴戾必有甚者，愈使我怨也。舊説以『老使我怨』爲今老而見棄。據此詩言『總角之宴』，則此婦人始笄便爲此氓之婦；又言『自我徂爾，三歲食貧』，又言『三歲爲婦』，是正及三年便見棄，不應便老也。」○下濕曰隰。

傳○一章。朱子：「初言『氓』者，見其來，莫知其爲誰何也。既與之謀則『爾』汝之矣。此言之次第。」○「布訓幣」，毛氏文。疏：「幣者，布帛之名。」今案：《天官・外府》注：「布，泉也。其藏曰泉，其行曰布。」疏：「布、泉，一也，即錢也。」若布作錢説，亦通。○《漢志》：「東郡有頓丘縣。」○狡，古巧反，猾也。○三章。《爾雅》：「鶌鳩，鶻鵃。」注與《傳》同。疏：「春來秋去，一名鳴鳩。《月令》：『鳴鳩拂其羽。』」鶌，居物反。鶻音骨。鵃音嘲。詳見《小雅・小宛》。○四章。疏：「童容，以幃障車之傍，如裳以爲容飾，故或謂之幃裳。此唯婦人之車飾爲然。」○復，扶又反。○卒章。「反復」之「復」，芳服反。○《左氏傳・襄公二十五年》：「衛太叔文子曰：『君子之行，思其終也，思其復也。』」

竹竿《衛》七。衛女思歸。

傳○一章。殺，色界反，衰小之也。長而殺，謂釣竿長而根大，其末漸漸衰小。○二章。遠，見《鄘・蝃蝀》。○四章。毛氏：「檜，柏葉松身。」

芄蘭《衛》六。不知所謂。　異。

經○子金子：「《芄蘭》之詩雖不知作者之本意，大意柔弱之人不稱其服。芄蘭蔓生纏繞，非特達之物；如童子雖有衣服之飾，而『垂帶悸兮』，便有羞澀驚悸之意。」

芄蘭，柔弱之草，其枝葉不足取，以興童子無才智，而居大人之位，不足尚。故雖服成人之佩，而智不足以知我、才不足以長我，猶且不能自省，而舒緩放肆，垂帶悸然以自得。蓋惟知處尊高之位，侈然以樂其身，而不知所以處之之道，故爲人指議如此。蓋人君柔弱不能勝任，大夫以是刺之，但無以見果爲何君而發爾。朱子以爲不知所謂，今依朱子訓詁而爲説如此。子金子之意又有不同者。

傳〇一章。芄蘭，《爾雅》：「一名雚。」陸璣：「蔓生，葉青緑色而厚，摘之，白汁出。食之甘脆，鬻爲茹，滑美。其子長數寸，似瓠子。」雚音貫。鬻音煮。〇啖，徒濫反。〇二章。闓與開同。彄，苦侯反。沓，《釋文》：「待[一]答反。」當作託答反，冒也。將，子匠反。長，知丈反。

河廣《衛》七。宋桓夫人思子。

傳〇一章。《詩記》：「《説苑》曰：『宋襄公爲太子，請於桓公曰：「請使日夷立。」公曰：「何故?」對曰：「臣之舅在衛，愛臣。若終立，則不可以往。」』味此詩而推其母子之心，蓋不相遠。所載似可信也。不曰欲見母而曰欲見舅者，恐傷其父之意也。母之慈，子之孝，皆止於義而不敢過焉。不幸處母子之變者，可以觀矣。」〇「與祖爲體」，以昭穆言也。〇疏：「一葦，謂一束。」〇疏：「文公之時，衛已在河南，適宋不渡河。此假有渡者之辭，非喻夫人之鄉宋渡河也。宋，今睢陽，去衛甚遠。言宋近，猶喻河狹。」

案：《春秋傳》：「莊公十二年，宋桓公立。僖公九年卒，子襄公立。閔公二年，狄入衛，宋桓公逆衛遺民於河，立戴公。是年卒，文公立。」文公元年即僖之元年也。今傳曰

「衛在河北，宋在河南」，是以狄未滅衛之前言之也。而言《河廣》之詩作於襄公即位之後，則衛不在河北矣。其説自相枘鑿。若據經「一葦杭之」爲實，則爲衛在河北而襄公爲太子之時；若以「一葦杭之」爲假設之辭，則可爲襄公即位之後，而衛非河北矣。二者必有一是一非。然觀桓公迎衛之意，似此時未出夫人也。桓公卒於衛文之八年，不知何年出之。然則衛在河北之説爲誤，而此詩作於襄公爲太子時與即位之後，則未可知也。

題下。「衛有婦人之詩」「六人皆止於禮義」，謂共姜也、莊姜也、許穆夫人也、宋桓夫人也、《泉水》之女也、《竹竿》之女也。

伯兮《衛》八。婦人思其夫。

傳〇一章。殳，《説文》：「積竹爲之。」《冬官·廬人》：「殳長尋有四尺。即丈二尺。毄兵同强。殳無刃，可毄打人，故謂之毄兵同强，上下同堅勁也。圍欲細，舉圍欲重。舉謂手所操。五分其長，以其一爲之被而圍之。被，把中也。圍之，圜之也。叄分其圍去一以爲晉圍。晉讀如搢，謂下鐏也，矜所捷也。矜，柄也。鐏，存悶反。五分其晉圍去一以爲首圍。」首，殳上也。注：「圍之大小未聞，其矜八觚。」毄與擊同。被，皮義反。把音霸。矜，渠巾反。觚音孤。〇二章。《戰國策》：「晉豫讓曰：『士爲知己者死，女爲説己者容。』」説，弋雪反。〇三章。思，相字反。〇卒章。

疏：「房室所居之地，總謂之堂。房半以北爲北堂，房半以南爲南堂。」此蓋專指東房而言，此是北階入内寢處。○題下。文王遣戍役，《采薇》《出車》《杕杜》詩。周公勞歸士，《東山》之詩也。

有狐《衛》九。寡婦思婚姻。　異。

傳○一章。妃、配同。○二章。凡帶有二：革帶加裳上，所以懸佩；大帶加衣上，所以束衣。而爲禮申重也，申束衣并革帶而數之也。

序○「會男女之無夫家」，謂未成室家而不得授夫家之田者。

木瓜《衛》十。男女贈答。　異。

經

此雖淫邪相贈答之辭，然推而充之，亦足以爲法。蓋彼施者雖輕，我報者當重，不以彼己相較而效之，此厚之道也。而猶曰「匪報」，蓋如此則可永其好爾。至於以薄加於我者，則當曰：「寧人負我，無我負人。」如張子所謂「不要相學」者可也。

傳○一章。楙音茂。《爾雅》：「木瓜，楙。」疏：「木瓜一名楙。」故《傳》曰「楙木」。○酢，七故反。○李氏：「江左右者名柤。其實如小瓜而有鼻，食之津潤而不香者謂之木瓜。圓而小於木瓜，食之酸澀而香者謂之木桃。似木瓜而無鼻，而其品又爲下，謂之木李。」今案：此言未知是否。○琚者，處佩之中，所以貫蠙珠而上繫於珩，下維璜衝牙者也。蠙，步眠反。○三章。《釋文》：「玖，石黑色。」

衛詩譜

衛自康叔至釐侯九世。釐侯四十二年卒。子武公和立，五十五年卒。子莊公楊立，二十三年卒。子桓公完立，十六年，弟州吁弒之自立。是年，國人殺之，立宣公晉，十九年卒。子惠公朔立，三十一年卒。子懿公赤立，九年，狄滅衛，戴公申立而卒。弟文公燬立，二十五年卒。子成公鄭立，三十五年卒。子穆公遫立，十一年卒。《衛》詩三十九篇，今可譜者二十二篇。自釐侯至穆公十二君，二百六十六年，可見者如此耳。其十七篇不知何世，不可譜。朱子說《詩》與鄭不同，故不從鄭《譜》。

《鄘·柏舟》

右釐一詩。

《淇奥》
右武一詩。
《邶・柏舟》　《緑衣》　《日月》
《終風》　《碩人》
右莊五詩。
《燕燕》　《擊鼓》
右州吁二詩。
《新臺》　《二子乘舟》
右宣二詩。
《墻有茨》　《君子偕老》　《鶉之奔奔》
右惠三詩。
《載馳》
右戴一詩。
《定之方中》　《蝃蝀》　《相鼠》
《干旄》　《河廣》
右文五詩。

《式微》　《旄丘》

右穆二詩。

《簡兮》　《北門》二詩疑莊後。　《凱風》

《匏有苦葉》　《静女》　《桑中》

《氓》　《木瓜》六詩皆淫，疑宣世。

《北風》疑懿世。　《有狐》疑戴、文世。　《雄雉》

《谷風》　《泉水》　《考槃》

《竹竿》　《芄蘭》　《伯兮》

右十七詩。前十詩有所疑而不敢必，後七詩不可知何世。

【校記】

〔一〕「待」，《釋文》作「徒」。

詩集傳名物鈔卷第三

王一之六變四

傳○疏：「《漢·地理志》：『洛邑與宗周通封畿，東西長，南北短，相覆千里。』瓚案：『西周方八百里，爲方百里者六十四；東周方六百里，爲方百里者三十六。二都方百里者百，方千里也。』」○華，胡化反。「太華即華山，在京兆華陰縣南。外方即嵩高，在潁川嵩高縣。」《前編》：「外方非嵩高，今河南府伊陽縣伊闕鎮之西陸渾山，據《唐志》一名方山。蓋古爲外方，春秋時秦、晉遷陸渾之戎居此，因名陸渾云。其山固嵩高之聯峰，然謂爲嵩高則非爾。」○疏：「《左氏傳》：『襄王賜晉文公陽樊、温原、欑、茅之田，晉於是始啓南陽。』杜預云：『在晉山南河北，故曰南陽。』是未賜晉時爲周畿内，故知北得河陽百。」故應劭注漢河内郡修武縣，云「有南陽縣，是晉所啓南陽」。今修武省爲鎮，屬懷州。河陽亦漢河内郡之縣，今爲孟州縣，所謂「漸冀州之南」也。○營洛在成王七年。《周禮》：「以土圭之法測土深，正日景以求地中。日至之景尺有五寸，謂之地中；天地之所合也，四時之所交也，風雨之所會也，陰陽之所和也。乃建王國焉。」正作洛之事也。深，尺鴆反，又尸鴆反。景與影同。○《前編》：「幽王立，褒人有罪，請入女子於王以贖罪，是爲褒姒。幽王三年，王之後宮，見而愛之，生子伯服。五年，廢申后及太子宜臼，以褒姒爲后，伯服爲太子。宜臼奔申。十一年，申侯與繒、西夷、犬戎攻幽王，殺幽王驪山下，虜褒姒。晉文侯、鄭武公、衛武公、秦襄公皆以兵來救，晉、鄭即申，立宜臼，是爲平王。」繒，慈陵反，國在沂州。○戲，許宜反，驪山下地名。○鄭《譜》：「成王欲宅洛邑，使召公先相宅。既成，謂之王城，今河南是也。召公既相宅，周公往營成周，今洛陽是也。」東萊先生曰：「成周乃東都總名。河南，成周之王城也；洛陽，成周之下都也。平王東遷之後所謂西周者，豐鎬也；東周者，東都也。威烈王之後所謂西周者，河南也；東周者，洛陽也。」《地理考異》：「王城本郟鄏，在河南縣北九里。自平王以下十二王皆都此城，至敬王乃遷成周，在洛陽縣東北二十六里。赧王又居王城。」郟，古洽反。鄏，而蜀反。○疏：「《風》《雅》之作本自有體。言作詩不爲《雅》而爲《風》，非謂采得其詩乃貶爲《風》也。張逸問鄭曰：『平王微弱，詩不復《雅》；厲王流彘，幽王滅戲，在《雅》何？』答：『意謂幽、厲以酷虐之政被於諸侯，故爲《雅》；平、桓政教不及畿外，故爲《風》。』」○李氏：「《黍離》以下皆平王之詩，安得謂『《詩》亡然後《春秋》作』乎？孟子蓋謂《雅》《頌》之詩亡也。」

孟子所謂「《詩》亡」，東遷之後，王者迹熄，《雅》《頌》之作亡也。先王之德西都，《頌》之至矣，可無作也。政令不能行於天下，故《雅》亦無所爲而作。西都數百年，非無《風》也。古之録詩，所以示勸戒，有《雅》以道天下之故，則無事於采。《風》《雅》既亡，則取民間之詩以紀政俗。《王風》十篇，《黍離》爲大夫行役，餘皆民間之詩也。蓋《雅》必出於朝廷，《風》則在下之歌詠，古則必有其制。或上可兼下，下不可僭上也。是以東征之事大於玁狁之役，而《東山》勞歸之詩不在《采薇》《出車》之列，雖出於變，亦不與《六月》《采芑》同什也。於此可見《風》《雅》之體不可易置矣。

黍離《王》一。大夫行役，閔周。

經

始視之，謂「黍之離離」；復視之，乃稷之苗爾。蓋心迷意亂，目視不精而致誤也。所以行往而遲遲者，以心之摇摇而不定也，又見惟欲徘徊於此而無意於行也。至於稷之穗，易辨矣，而亦莫辨，則憂之甚。又至於成實，則尤易辨，而亦莫辨，則憂愈極，故心如醉、如噎之辭亦愈重也。此則賦體也。

傳○一章。傍，步光反。徨，胡光反。

愚謂：黍似粱而非粱；稷，今之穄也。二物稍相類，但黍黄而稷黑，黍小而稷大，今中原皆有之。朱子解二物似差互，今以《傳》文兩易之，曰：「黍，穀名，似稷而小，穗黄色。稷亦穀名，一名穄，苗似蘆，高丈餘，穗黑色，實圓重。」云「或曰粟也」四字，如此恐得其實。蓋古之粱即今之粟，古之粟即今之穀。粟，穀實之總名。《説文》：「稷，五穀之長。」謂獨長於衆穀也。《本草》：「稷，今穄也，與黍同類。」穄音祭。

三章。疏：「噎者，咽喉蔽塞之名。」《詩緝》：「食窒也。如噎，謂氣逆而如噎也。」

君子于役《王》二。大夫妻思其君子。　異。

經○一章。箋：「羊牛從下牧地而來。」

賦而興也。上三句謂君子之役，無期可歸；次三句則以家中目前之所睹者以起興。雞則必棲于塒與桀，猶人必當止於家，今乃不得止息；日夕則羊牛必來，猶人出有期必當歸，今乃無期可歸：則思君子之心容可已乎？

傳○一章。畜，許六反。○二章。杙，以即反。○疏：「庶，幸也。幾，覬也。庶幾者，幸覬之意。」覬，几利反。

君子陽陽《王》三。前篇婦人。異。

經○陶，《釋文》：「音遥。」毛義與《傳》同。○《語録》：「問：『《君子陽陽》詩不作淫亂説如何？』曰：『有箇《君子于役》，如何别將這箇做一樣説？「由房」只是人出入處，古人屋於房處前有壁、後無壁，所以通内。所謂「焉得諼草，言樹之背」，蓋房之北也。』」○箋：「君子禄仕在樂官，招我，欲使我俱在樂官也。」

此詩或爲淫亂之辭，而朱子不然者，豈以執翿爲舞器、由敖爲舞位，非淫者之所宜有乎？然則以大夫招其妻入於舞位，亦或有微礙否？竊意此誠賢者仕於伶官，如《簡兮》。比鄭箋，或得其説也，但「招我」之「招」不必作相招禄仕爾。房，毛謂房中之樂。疏：「天子房中之樂以《周南》，諸侯以《召南》。」

揚之水《王》四。戍申之人。

經○疏：「言甫、許者，以其俱爲姜姓，既重章以變文，因借甫、許以言申，其實不成甫、許也。六國時，秦、趙同爲嬴姓。《史記》《漢書》多謂秦爲趙，亦此類也。」○《詩緝》：「楚小於薪，蒲輕於楚。『不流束蒲』，則弱之極矣。」

此詩也，「彼其之子」指留國中不出戍之人而言，猶「莫非王事，我獨賢勞」之意，怨辭也。水本可以載巨舟，今悠揚緩流，乃至不能流一束之薪；以比王本號令天下，今號令不行，至不能保其母家。況賦役不均，而彼其之子乃安處於家，不與我同出戍。思而又思，何日月我得歸哉？平王既不能正王室，又以畿内之民下戍於不共戴天之讎，而且賦役不均，故其民怨之而言如此。

傳◯一章。屯，徒門反。數，色角反。◯三章。疏：「蒲柳有兩種，皮正青者曰小楊，皮紅者曰大楊。其葉皆長，廣於柳葉，皆可以爲箭幹。」毛云：「蒲，草。」◯題下。施，式豉反。

中谷有蓷《王》五。婦人見棄自述。

經

禮義陵遲，風俗澆薄。百姓失其夫夫婦婦之道，以貧而仳其妻，始怨而終悔也。蓋天方旱時，蓷草生於谷中幽陰之地者，遇暵而且乾矣。於是夫豫防食之不足，仳離其妻。婦人乃嘅然而嘆，以遇夫之艱難困厄故也。脩如脯，亦乾之義也。婦人嘆之不足，又歗以發其憂思，以不幸而遇其夫之不善者故也。久而天雨既降，蓷之暵者今則濕矣。是則禾黍復蘇，可以有得食之望。而女之既離者，不能再合，雖泣而嗟嘆，無及深恨，覆水之不可復收也。夫之與婦固當偕老，貧富苦樂皆宜共之而不變。今非有可出之罪，於天之方旱亦未見其黎民靡有孑遺之勢，而輕儇無義，遽仳離之，將豫置於死地，宜其嘆歗涕泣而怨之深也。及其旱之既解，而室家之道已絶，則雖嗟何及哉？于以見上之人教化無素，致下民無道，可以觀東周之風矣。詳味其辭，人在言外。蓋當時君子之言，非婦人之所自作也。

傳○一章。鵻、萑並音隹。《爾雅》：「萑，蓷。」蓋草本名萑，又名蓷。毛氏以「鵻」字代「萑」字，故《傳》從之。「葉似萑」，《爾雅》注及《詩》疏皆作「葉似荏」，今《傳》中「萑」字誤。蓋鵻即萑，不可謂之似萑也。《爾雅》疏：「臭穢草，茺蔚也，又名益母。」荏者，白蘇、紫蘇類也。茺，昌嵩反。蔚，紆勿反。○穀不熟，饑。菜不熟，饉。○二章。《語録》：「『淑善也』三字合移在『歎矣』字下。」蹙，子六反。懟，徒對反。

兔爰《王》六。君子不樂其生。

經○罹音離。吪，五戈反。

傳○一章。難，奴旦反。○庶幾，見《君子于役》。○二、三章。《爾雅》：「繴謂之罿。罿，罬也。罬謂之罦。罦，覆車也。」注：「今之翻車。有兩轅，中施罥以捕鳥。一物五名，展轉相解。」襞音壁。罬音輟。覆，方六反。罥，古縣反。

序○《左氏傳·桓公五年》：「王奪鄭伯政，桓王、鄭莊公。鄭伯不朝。王以蔡、衛、陳人伐鄭，鄭伯禦之。王爲中軍，虢公林父將右，周公黑肩將左。鄭原繁、高渠彌以中軍奉公，曼伯右拒，祭仲足左拒。戰于繻葛，王卒大敗，祝聃射王中肩。」拒，俱甫反。繻音須。聃，他甘反。射音石。中，竹仲反。

葛藟《王》七。民流離失所。　　異。

經　葛藟本生於山谷丘陵，在河之滸，爲非其所，興己之失所也。

傳○一章。遠，見《鄘·蝃蝀》。○《左氏傳·昭三年》：「鄭罕虎如晉，叔向曰：『君若不有寡君，雖朝夕辱於敝邑，寡君猜焉。』」又《二十年》：「齊公孫青聘于衛，衛亂，從諸死鳥。賓將掫，主人辭，賓曰：『寡君之下臣，君之牧圉也。若不獲扞外役，是不有寡君也。』」注：「有，相親有。」掫，祖侯反。○三章。《爾雅》：「夷上洒下曰漘。」疏：「夷上，平上；洒下，陗下。」愚謂：「洒，猶洗也。岸上面平夷而其下爲水洗蕩，齧入若脣也。洒，蘇典反。」

采葛《王》八。淫奔。　　異。

傳○二章。《爾雅》：「蕭，萩。」疏：「萩，一名蕭，今人所謂萩蒿是也。或云牛尾蒿，似白蒿，白葉，莖麤，科生，多者數十莖。可作燭，有香氣，故祭祀以脂爇之爲香。許慎以爲艾蒿，非也。」今《傳》作「荻也」，誤字。萩，雌由反。○焫，如劣反。○三章。艾，《爾雅》：「一名冰臺。」注：「今艾蒿也。」○灸，紀有反。

大車《王》九。淫奔者畏大夫。　　異。

傳○一章。毳衣以宗彝爲首，次藻，次粉米，凡三繢於衣；黼、黻凡二繡於裳；宗彝有虎蜼，毛蟲也，故曰毳。《詩緝》：「王之三公八命，其卿六命，大夫四命。及其出封，皆加一等。八命加一等，即上公九命。其未出封，則與侯、伯同服。公與侯、伯同服，則卿與子、男同服。此詩所謂周大夫者，上大夫、卿也。」蜼，位、柚、壘三音。

丘中有麻《王》十。淫婦。　異。

經〇玖，見《衛·木瓜》。

愚恐「嗟」非其人之字，特歎語爾，以三章之「子」可見。「子國」則所私之人，上下兩章皆異其文也。

王詩譜

《王》詩十篇，惟《黍離》《揚之水》灼知平王之詩，餘皆不知何王之世。鄭從序説，分爲平、桓、莊三王，未詳是否。

鄭一之七變五。

傳〇鄭《詩譜》：「桓公爲幽王大司徒，問於史伯曰：『王室多故，余懼及焉，何所可以逃死？』史伯曰：『其濟、洛、河、潁之間乎？是其子、男之國，虢、鄶爲大。虢叔恃勢，鄶仲恃險，皆有驕侈怠慢之心，加之以貪冒。君若以周難故，寄帑與賄，不敢不許。是驕而貪，必將背君。君以成周之衆，奉辭伐罪，無不克矣。若克二邑，鄢蔽、補丹、依疇、歷莘，君之土也。修典刑以守之，可以少固。』桓公從之。後三年，公死犬戎之難。武公卒取十邑之地，右洛左濟，前莘後河，食溱洧焉。」疏：「謂濟西、洛東、河南、潁北，八國皆在四水之間。」鄶音檜。冒音墨。帑音奴。掘，渠勿反。

文王二弟虢仲封東虢，鄭滅之，即鄭之制，今鄭州滎陽縣也。虢叔封西虢，晉滅之，今陝州是。若虢州，則其竟之所至也。《國語》「虢叔恃勢」、《左氏》「虢叔死焉」者，仲之後也；《左氏》「虢仲爲王卿士」者，叔之後也。

緇衣《鄭》一。周人愛武公。

傳○一章。《考工記》：「三入爲纁，五入爲緅，七入爲緇。」注：「染纁者三入而成，又再染以黑則爲緅，又復再染以黑乃成緇。」《説文》：「纁，淺絳也。」《廣韻》：「緅，青赤色。」緅，緇尤反。○朝，直遥反。稱，昌孕反。更，古行反。餐，蘇尊反。○疏：「退適治事之處爲私，對在天子之庭爲公，此私朝在天子宮内。」○《詩緝》：「天子皮弁，以日視朝。凡朝服，君與卿、大夫同。今天子之卿而服緇衣者，蓋既朝於天子而退治事，則釋皮弁而服緇布衣，以聽其所治之政。其服以緇布爲冠，以黑羊皮爲裘，以緇布爲衣而裼之，其上加朝服，十五升緇布爲之。其裳皆素。」○《詩記》：「諸侯入爲卿士，皆受館於王室。」適子之館，親之也。○鑿，即各反。粟一石得米六斗，爲糲；糲米一石舂爲八斗，爲鑿。糲，郎達反。○朱子：「漢有白粲之刑，給舂導之役是也。」○題下。《詩緝》：「孔子云：『於《緇衣》見好賢之至。』《孔叢子》。又云：『好賢如《緇衣》，惡惡如《巷伯》。』《禮記·緇衣》。《緇衣》之詩，繾綣殷勤，可謂好之至；《巷伯》之詩欲取讒人投畀豺虎，有北有昊，可謂惡之至。《詩》之好賢惡惡多矣，獨舉二詩，以其至者言之也。」

將仲子《鄭》二。淫婦。　異。

經

此詩詞氣類《野有死麕》之卒章，然有畏父母諸兄、國人之言，猶爲善於彼也。此可見理義根於人心，有終不可泯者。身之陷於淫邪，不能禁其欲也。有畏人之意，良心之存也。儻上之教化行而下之風俗厚，若此婦人豈不能修飭而以貞信自守邪？然則小民心術之微，皆上之人有以興喪之耳。

傳○三章。韌音刃。

叔于田《鄭》三。國人愛共叔。

經　二章、三章，《傳》有音釋而無其説，蓋與首章之意同也。無飲酒、服馬，謂無如叔之善飲酒、服馬者。此詩雖段不義得衆而人愛之，然詳味其辭，非小人黨惡者之言，蓋君子知幾者所作也。終篇雖全稱美，略無譏刺之辭，而所美者惟田狩、飲酒之事，舍是蓋無足言者。且公子居大都，專事驅騁、田獵，沈湎于酒，而人心歸仰如此，則將何所不至邪？禍敗之來，豫知之矣。

傳○一章。《左氏傳·隱公元年》：「初，鄭武公娶于申，曰武姜，生莊公及共叔段。莊公寤生，驚姜氏，惡之。愛段，欲立之。請於武公，公弗許。及莊公即位，爲之請京，使居之，謂之京城大叔。既而大叔命西鄙、北鄙貳於己，又收貳以爲己邑，至于廩延。大叔完聚，繕甲兵，具卒乘，將襲鄭。公伐京，京叛大叔段，段出奔共。」共音恭。大音泰。

大叔于田《鄭》四。同前。

經○《通解》：「狩者，捕禽獸以共承宗廟，示不忘武備。因以爲田除害鮮者，何也？秋取嘗也。取禽嘗祭。已祭，取餘獲陳于澤，射宫也。然後卿大夫相與射。命中者雖不中，取也；命不中者雖中，不取也：所以貴揖讓之取而賤勇力之取也。鄉取于國中，勇力之取也；今取于澤，揖讓之取也。所以『襢裼暴虎，獻于公所』。」〇《詩緝》：「組，文五采相間。手執六轡，如組之文，言其齊比。」

傳〇一章。衡，車軛也。〇疏：「澤，水所鍾。水希曰藪。」〇袒即襢字，偏脱衣袖也。疏：「脱衣見體曰肉袒。」凡服，裹有袍襗之屬〔一〕，然後服裘。以同色之衣裼之，裼上加襲衣，襲上加朝服。凡獨言袒者，袒去襲而露裼；言袒裼者，則并袒去裼而露肉也。襗音宅。〇二章。舍音捨。拔音跋，括也，矢銜弦處。〇覆，芳福反，倒也。簫，弓弰也。《禮》疏：「弓頭稍剡差斜，似簫，故謂爲簫。」射者既發矢，則弓隨勢傾倒，直指於前以送矢。弰，師交反。〇二章。箭音同。〇題下。「大叔」之「大」，音泰。

清人《鄭》五。鄭棄其師，鄭人賦之。

經〇三章。陶陶，《釋文》：「徒報反，驅馳貌。」今《傳》無音，必當讀如桃。而解爲樂而自適之貌，則當爲餘招反。〇好，毛、鄭皆釋爲容好，與《傳》同，而《釋文》「呼報反」。此字疑從《傳》，如字讀者是。

傳○一章。重，平聲。○二章。句，古侯反。○三章。凡兵車，執弓矢者在左，主五兵者在右，御者在中。唯將車則鼓懸車中，而將立鼓下，御者在左，車右在右。○題下。《春秋·閔公二年》：「鄭棄其師。」《左氏傳》：「鄭人惡高克，使帥師于河上，久而弗召，師潰而歸，高克奔陳。」《詩》疏：「是時狄侵衛，衛在河北，鄭在河南，恐其渡河侵鄭，故禦之。」

羔裘《鄭》六。美大夫。　異。

傳○一章。「侯，美也。」《釋文》：「《韓詩》訓。」○卒章。英，見《召南·羔羊》。

遵大路《鄭》七。淫婦爲人所棄。　異。

經○二章。好，《釋文》：「二如字，一音呼報反。」《傳》無音而訓爲情好。當從呼報音。

傳○一章。擥與攬同，撮持也。○疏：「《喪服》云：『袂屬幅，袪尺二寸。』則袂是袪之本，袪爲袂之末。」○惡，烏路反。說音悦。○二章。家說，毛注：「魗，棄也。」疏不得其說，遂曰：「魗與醜同，醜惡可棄之物，故《傳》以爲棄。」案：《說文》：「㪪，棄也。」引《詩》此句，則不假醜義矣。㪪即魗字。

女曰鷄鳴《鄭》八。詩人述賢夫婦。　異。

傳〇一章。《周禮・司弓矢》：「矰矢、茀矢，用諸弋射。」注疏：「結繳於矢謂之矰。繳，繩也。矰，高也。言矰高者，取向上射飛鳥之義。茀之言刜也，以弋飛鳥。刜羅之謂結繳以羅，取而刜殺之也。」《説文》：「繳，生絲縷。」蓋用生絲爲繩也。《韻會》：「刜，斷也，斫也。」矰音增。茀，扶弗反。繳，章略反。刜，孚勿反。〇昵，尼質反。二章「中也」之「中」，陟仲反。爲，去聲。〇三章。珩、瑀、琚、璜，音行、禹、居、黄。蠙，部田反，蚌之別名。〇《内則》：「子事父母，左右佩用。左佩紛帨、刀礪、小觿、金燧，右佩玦捍、管遰、大觿、木燧。」注疏：「紛帨，拭物巾。刀礪，小刀及礪礱。小觿，解小結之觿，貌如錐，以象骨爲之。金燧，可取火於日。玦當作決，以象骨爲之，著於右手大指，所以鉤弦開體。捍謂拾也，以皮爲之，著於左臂以遂弦。管，筆彄也。遰，刀鞞也。木燧，鑽火也。晴則取火於日，陰則鑽火。」又：「婦事舅姑，左佩紛帨、刀礪、小觿、金燧，右佩箴管、線纊、施鞶袠、大觿、木燧。」注疏：「鞶，小囊也。袠，刺也。以針刺袠而爲鞶囊，故云鞶袠。餘物不言施，獨于針管、線纊之下而言施鞶袠，明爲四物施也。」帨，始鋭反。礪，力制反。觿，許規反。捍，户旦反。遰，時世反。礱，力工反。著，知略反。彄，苦侯反。鞞，必頂反。鞶，步干反。衺，陳乙反。刺，七亦反。爲，于僞反。○遺，于醉反。

有女同車《鄭》九。淫奔。　　異。

經○子金子：「遠望之，則『有女同車，顔如舜華』；近視之，則『將翺將翔，佩玉瓊琚』；問其人，則孟姜也，『信美且都』矣。此蓋淫人睥睨之詩。」

山有扶蘇《鄭》十。淫女戲所私。　　異。

經

此詩恐是淫女見絶於男子而復私於人，乃思絶者之美好而厭所私者之狂狡也。或曰《有女同車》男戲女，《山有扶蘇》女戲男。其男子之言曰：「有女與我同車同行者，貌如舜華、舜英，我將之以翺翔。佩玉固若美矣，然豈如彼美孟姜？容貌則洵美且都，語言則使人不忘哉。」同車者則所與淫之女，孟姜則戲設之辭也。女則以《山有扶蘇》答之。如《傳》意。

傳○一章。「扶蘇，扶胥，小木。」毛《傳》文。疏謂未詳所出。○二章。《爾雅》：「紅，蘢古，其大者藬。」疏：「紅名蘢古，大者名藬，一名馬蓼，葉大而赤白色。」餘同《傳》。藬，丘軌反。○獪，古外反。

萚兮《鄭》十一。淫女。　異。

經○子金子：「萚木葉之將落者，風吹則落矣。以見人生之易老，故欲且與之相樂也。」今案：此說則當爲比體。

狡童《鄭》十二。淫女見絶而戲其人。　異。

經　恐此爲淫女見絶於人，而思其人之詞，言「既與我絶，爲思子之，故使我不能餐息」，正言而怨之也。

褰裳《鄭》十三。淫女語所私。　異。

經○二章。洧，于軌反。

傳○一章。《地理考異》：「《郡縣志》：『溱水源出鄭州新鄭縣西北三十里平地。』」○二章。《漢・地志》：「潁川郡陽城縣陽城山，洧水所出。東南至長平入潁水，經洧水過新鄭縣南，潧水從西北來注之。」潧、溱同。

丰《鄭》十四。淫女悔不奔。　異。

傳○一章。箋：「有面貌丰丰然豐滿者，待我於巷中。」疏：「巷是門外之道。」○三章。箋：「褧，以禪縠爲之。」詳見《衛・碩人》。○疏：「婦人之服不殊裳，而經『衣』『裳』異文者，以詩須韻句，故别言之耳。其實婦人之服衣、裳俱用錦，皆有褧，故互言之。」

東門之墠《鄭》十五。淫者。

經

此男女相倡和之辭。其事則始相爲亂，久而復會，共道前日之邪思也。一章男道女所居之地，曰：「東門有墠，墠之外阪上有茹藘之草，其地即女之居也。於此而望之室則邇矣，不得見其人而甚遠也。」二章則女自道所居之地，曰：「東門有栗之所，行列之家室即我居也。我豈不爾思乎？但子不就我而不得見爾。」朱子謂刺詩雖有鋪陳其事不加一辭者，而賦之之人常在所賦之外。凡若其自言者，則淫邪之人所自賦也。嘗於《桑中》之序論之，是固然矣。然以後世觀之，爲於放淫之辭深能道狎邪之情狀者，未必皆其所自作，亦當時善爲詞章而深知風俗者爲之。但決非意誠心正之君子，而其言不可以爲訓。洒若勸而非刺者，故不足道爾。人情不大相遠也，何古之邪亂者多長於言，今之邪亂者多不能爲之乎？故愚於《東門之墠》以爲詩人道其男女倡和淫邪之言而成之，非其自作者也。愚觀《詩》此類亦多，非獨此篇，亦非獨淫邪之詩爲然也。

傳〇一章。除地，除草也。町，吐鼎反，町町平意。蒐，所留反。茜，倉甸反。〇《爾雅》：「陂者曰阪。」注：「陂陀不平之貌。」陂陀音坡駝。〇識音志。〇二章。行，户郎反。

風雨《鄭》十六。淫奔之女見所期之人而悦。　異。

經

《小序》以爲亂世思君子，亦通，但不必以雞鳴喻君子之不變。蓋雞專取其夜將旦，司晨之鳴常在昏暗之時，不專取日中之鳴也。「風雨如晦」正不足以取喻，蓋此詩非興體，乃比體也。「喈喈」「膠膠」「不已」皆雞聲紛雜之意。風雨比時之昏，雞鳴比政之亂。

儻於此時得見君子以爲政，則國事安得不平，民疾安得不瘳，人心安得不喜哉？

序○佻，他凋反。

子衿《鄭》十七。淫奔。　　異。

傳○一章。純，至尹反。緣，于絹反。○疏：「衿與襟同，交領也。」○二章。綬，《玉藻》注：「所以貫佩玉、相承受者也。」組、綬一物也。○毛氏：「士佩瓀珉而青組綬。」疏：「《玉藻》：『士佩瓀玟而緼組綬。』此云青組綬，蓋讀《禮記》本與鄭異。」瓀，而兖反，石，次玉。珉、玟同眉貧反，石似玉而非。緼音温，赤黄色。○三章。疏：「《爾雅》：『觀謂之闕。』謂宫門雙闕。此言『城闕』，謂城之上别有高闕，非宫闕也。」○儇，許緣反。

揚之水《鄭》十八。淫者相謂。　　異。

經○一章。楚，見《周南・漢廣・傳》。

鄭君兄弟争國，日尋干戈，民皆化之，骨肉相怨。有兄弟之知義者，人又從而誑惑離間之，於是則自勸而作此詩。言悠揚之水不能流一束之楚，以興宗族微弱不足以禦外患。況我兄弟終少，惟予二人而已。他人離間之言，乃誠無實而迂女，決不可信。苟如此，則骨肉猶可以自相保也。此雖兄弟自保之辭，亦足以風諫其上。

出其東門《鄭》十九。君子見淫奔者而作。　異。

傳◯一章。疏：「縞，細繒，色白。綦，青而微白，爲艾草色。」◯二章。荼，毛云：「英荼。」箋：「茅秀。」疏：「茅草秀出之穗。」

序◯五争，事見《春秋傳·桓十一年》：「初，祭仲爲莊公娶鄧曼，生昭公，故祭仲立之。宋雍氏女於鄭莊公，生厲公，故宋人誘祭仲而執之。祭仲與宋人盟，以厲公歸而立之，昭公奔衛。」是一争也。《十五年》：「祭仲專，鄭伯使雍糾殺之，仲殺雍糾，厲公奔蔡，昭公復入。」是二争也。《十七年》：「高渠彌弑昭公而立公子亹。」是三争也。《十八年》：「齊人殺子亹，轘高渠彌。祭仲立公子儀。」是四争也。《莊十四年》：「厲公自櫟侵鄭，傅瑕殺子儀，納厲公。」是五争也。女，尼據反。

野有蔓草《鄭》二十。男女相遇。　異。

溱洧《鄭》二十一。淫奔自叙。 異。

經○一章。勺，時灼反。

傳○一章。《本草》：「澤蘭及蘭草。」注云：「澤蘭生水澤中及下濕地，苗高二三尺，莖幹方青紫色，作四稜。葉生相對，如薄荷，微香，葉尖有毛，不光潤。花帶紫白色，蕚亦紫色。蘭草大抵相類，葉光潤，尖長有岐，花紅、白色而香，生水傍。」又曰：「澤蘭方莖，蘭圓莖。」○《本草》「芍藥」注：「春生，紅芽作叢，莖上三枝五葉，似牡丹而狹長，高一二尺。夏開花，有紅、白、紫數種。」《古今注》：「將離相別，贈以芍藥。芍藥一名可離，故相贈。」○《詩記》：「蘭即今之蘭，勺藥即今之芍藥。陸璣必指爲他物，蓋泥毛公香草之言，必欲求香於柯葉，置其花而不論爾。」○《通典》：「《周制・春官》：『女巫掌歲時祓除，釁浴。』歲時祓除如今三月上巳如水上之類，釁浴謂以香薰草藥沐浴之。《韓詩》曰：『鄭國之俗，三月上巳之日，溱洧水上招魂續魄，秉蘭草，祓除不祥。』蔡邕曰：「今三月上巳祓於水濱，蓋出此。」凡言祓者，祉也，以爲祈介祉也後漢三月上巳官民皆潔於東流水上，曰：『洗濯祓除，去宿垢疢，爲大潔。』」潔者，言陽氣布暢，萬物訖出，始潔之矣。禊者，絜也，言自潔濯也。○上注字皆《通典》。沈約《宋書》：「魏已後但用三日，不復用巳。」祓，敷勿反。疢，丑刃反。○鄭篇下，衛淫奔之詩：《匏有苦葉》《静女》《新臺》《墻有茨》《桑中》《鶉之奔奔》《蝃蝀》《氓》《木瓜》九篇。鄭淫奔之詩：《將仲子》《遵大路》《山有扶蘇》《蘀兮》《狡童》《褰裳》《丰》《風雨》《子衿》《有女同車》《東門之墠》《揚之水》《野有蔓草》《溱洧》十四篇，自《將仲子》至《子衿》九篇皆女惑男之語。愚竊謂《風雨》爲思君子之詩，《揚之水》謂兄弟相保之詩。

鄭詩譜

鄭桓公友初封，三十六年爲犬戎所殺。子武公掘突立，二十七年卒。子莊公寤生立，四十三年卒。太子忽立，是爲昭公。宋劫祭仲，立莊公子突，是爲厲公。四年出奔，祭仲迎昭公入。厲公居櫟，二年，高渠彌弑昭公，立昭公弟子亹。元年，齊襄公殺子亹，而祭仲立昭公弟子儀。《史記》曰子嬰。十四年，厲公自櫟侵鄭，傅瑕弑子儀，而公入，七年卒。子文公踺立，四十五年卒。鄭詩二十一篇，可譜者四篇。自武公至文公七君，其間凡一百四十三年，可見者三君耳，餘不可知也。

《緇衣》

右武一詩。

《叔于田》　《大叔于田》

右莊二詩。

《清人》

右文一詩。

齊一之八變六。

傳○疏：「《左傳》：『齊晏子曰：「昔爽鳩氏始居此地，爽鳩氏，少皡氏司寇。季萴因之，虞夏諸侯。有逢伯陵因之，殷諸侯。蒲姑氏因之，即周公所滅者。太公封齊，未得其地，後兼有之。而後太公因之。」』《世家》云：『吕尚之先爲四岳，佐禹平水土有功，封於吕，姓姜氏。尚隱於渭陽，西伯獵而遇之，曰：「吾先君太公望子久矣。」故號之曰太公望，載與俱歸，立爲太師。武王平商，封於齊，都營丘。』」《爾雅》：「水出其左營丘。」注疏：「齊郡臨淄縣，淄水過其南及東，而城内有丘，即營丘也。」萴，實側反。○「東至于海，北至于無棣。」《索隱》曰：「淮南有故穆陵門，是楚之境。無棣在遼西孤竹。服虔以爲太公受封境界所至，不然也。蓋言其征伐所至之域。」

雞鳴《齊[二]》一。言古賢妃諷今。

經〇三章。薨薨，見《周南·螽斯·傳》。

古者太師奏《雞鳴》則君起。臣朝君，辨色而入，君日出而視朝。此詩蓋國君昏惰，夫人賢明，相警早出視朝之言，不必爲陳古刺今之作。一章夫人謂：「雞既鳴，則君當起之時，卿大夫之入朝者亦且盈庭矣。然匪維雞之鳴，亦有蠅飛之聲矣。」蓋蠅飛則天明，所以速之也。二章國君謂：「視朝之法，東方明矣，則朝乃昌盛矣。今之明非東方之明，乃月之光耳。」此昏惰之言，所以拒前章夫人之意也。三章夫人又言曰：「雖天明而羣蟲飛，後豈不願與子同夢？然禮不可違，豈可肆其情乎？況今早起會朝，頃刻亦且歸，則大夫退後猶可爲宮中之宴樂。今幸毋遲出，無以予之故，使子爲人所憎也。」此詩之辭，則宮中之史叙述君與夫人之言以成之也。

還《齊》二。獵者相譽。

經〇箋：「『謂我儇』，譽之也。譽之者，以報前言還也。」譽音餘。〇《詩緝》：「『子之還』

『揖我謂我儇』，以子之能尚且見推，此自矜於其黨，以氣陵之之辭。」○《詩記》：「齊以遊畋成俗，詩人載其馳驅而相遇也，意氣飛動，鬱鬱見於眉睫之間，染其神者深矣。夫豈一朝一夕所能及哉？」

傳○三章。《爾雅》并疏：「牡名貛，牝名狼，其子名獥，絶有力名迅。迅，疾也。狼鳴能大能小，善爲小兒啼聲以誘人。去數十步，其猛健者，雖善用兵者不能免。」貛音歡。獥音亦。

著《齊》三。不親迎，詩人設女子言。

傳○一章。疏：「門屏之間謂之宁，謂正門内兩塾間，人君視朝所宁立處。著與宁音義同。」○纊音曠。瑱，土甸反。紞，都覽反。○疏：「紞，用雜綵線織爲之。」箋：「君五色，臣三色。」疏謂：「色無正文，以經素、青、黄，故曰臣三色。人君位尊，備物當具五色。」○《詩記》：「《昏禮》：壻往婦家親迎，既奠雁，御輪，壻乃先歸，『俟于門外，婦至，壻揖以入』。及寢門，揖入，升自西階』。齊人既不親迎，故但行婦至壻家之禮。俟於著，所謂『壻俟於門外，婦至，壻揖婦以入』之時。俟於庭，庭在大門之内、寢門之外，所謂『及寢門，揖入』之時。俟於堂，升階後至堂，所謂『升自西階』之時也。壻導婦入，故於著、於庭、於堂，每節皆俟之。」○二章。道音導。

東方之日《齊》四。淫奔。　異。

經　此詩蓋賦體。女子有早奔從男子而莫歸者，故其人直述其事如此。

東方未明《齊》五。詩人刺興居無節，號令不時。

經　人君勤則國治，惰則政昏，固其理也。未日出而視朝，可以言勤乎，而曰「不夙則莫」，真可見興居無節，號令不時者矣。然視朝之早若無大過者，而其臣遽已怨悱興刺，何歟？蓋天下之道中而止，聖人制禮因人心之所同然，未有不由乎中也。夫人之所自爲不必能合乎中，而見人之失中則未有不能言者，況爲人上者，可不謹乎？《雞鳴》視朝之晚，此詩視朝之早，皆不能中。聖人於《齊》並存之，豈無意哉？君子讀《詩》以自警，則於應事必求合於中，使無可議，則善矣，豈特居人君之位而於視朝之一事爲然哉？

傳〇一章。朝，直遥反。別，必列反。

序〇《周禮》注：「縣壺以爲漏。」疏謂：「懸壺於上，以水沃之，水漏下入器中，以没箭刻爲準法。」縣與懸同。詩意但言興居無節、號令不時，而無明刺挈壺氏之語，故《傳》亦無挈壺之意，而於序下言之。若果刺挈壺氏，則三章是也。

南山《齊》六。刺齊襄公、魯桓公。

經〇蕩，徒黨反。

傳〇一章。魯桓公名軌，一名允，隱公弟。〇箋：「魯桓公夫人，襄公素與淫通。」〇二章。《士喪禮》：「夏葛屨，冬皮屨。」《天官·屨人》有「屨」，有「舄」，有「命屨」「功屨」「散屨」。注：「其色有纁、黄、白、黑。複下曰舄，禪下曰屨。」下，謂底。複，重也。禪音單。〇《禮書》：「二組屬於笄，順頤而下結之，謂之纓。纓之垂者謂之緌。」〇三章。《詩緝》：「《齊民要術》云：『種麻欲得良田，耕不厭熟。』縱横七遍以上則麻生，無葉。『衡從其畝』，蓋古法也。」〇題下。繻音需。濼，盧篤反，又音洛。謫音責。乘，繩證反，又如字。

甫田《齊》七。君子戒訓時人。　異。

經○三章。突，《釋文》：「土活反，又土訥反。卒相見謂之突。」韻中又作陀骨反，犬從穴中暫出也。○《詩記》：「苟由其道而循其序，則小者俄而大，微者俄而著。厥德修罔覺，非計功求獲者所能與也。」

傳○一章。「無田」之「田」與佃同，音電。○《爾雅翼》：「莠草似稷無實，今之狗尾也。」《戰國策》：「幽莠之幼也，似禾。」○張，之亮反。王，于況反。○二章。毛訓「桀桀猶驕驕」。《釋文》：「桀，居竭反。」今《傳》用毛訓，則桀字當從陸音。○三章。强，其丈反。

盧令《齊》八。譽獵者。　異。

經○一章。美、仁，當與《鄭・叔于田》同。

敝笱《齊》九。刺魯莊公不能防閑文姜。

傳○一章。《説文》：「笱，曲竹捕魚。」○魴，見《周南・汝墳》。○疏：「《孔叢子》云：『衛人釣於河，得鰥魚，其大盈車。子思問曰：「如何得之？」對曰：「吾下釣垂一魴之餌，鰥過而不視；又以豚之半，鰥則吞矣。」』是鰥爲大魚也。」《詩緝》：「魴、鱮皆中魚，則鰥亦中魚也。衛人所釣偶得大者，以爲大而詫之。此詩配魴、鱮言之，不必便是大者。」〇二章。鱮，字書皆似吕反，今《傳》從《釋文》，作才吕反，是類隔切，當從，韻讀如叙。〇疏：「鱮之頭尤大而肥者，徐州人謂之鰱，或謂之鱅。」《詩緝》：「今鰱、鱅相似而小别，鰱頭小，鱅頭大。」鰱音連。鱅，與恭、常容二反。〇《詩記》：「『如雲』『如雨』，言從之者衆也。許穆夫人思歸唁其兄弟，許人尤之，終以義不得而止。若魯君剛而有制，使魯人無肯從者如許人焉，則文姜雖欲適齊，尚可得乎？」〇題下。禚，諸若反，齊地。祝丘、防皆魯地。穀，齊地。

載驅《齊》十。刺文姜。

傳〇一章。疏：「簟字從竹，用竹爲席，其文必方，故云方文席。竹革同飾後户，爲車之蔽。」〇三章。《詩緝》：「汶水有二。許氏以爲出琅邪朱虚縣東大山，東至安丘入濰。桑欽以爲出泰山萊蕪縣原山，西南入濟。」曾氏：「入濟者徐州之汶也，入濰者青州之汶也。」今臨清新聞馬之貞記：「汶水東出原山，西流過萊蕪奉高汶陽之南、剛城之北，又西至龍山南分爲四派。其南河至陽城南梁山，東匯爲大澤；其一過壽良北；其一經郈亭南；其北曰坎河，同流至壽張安民亭，與北濟合。凡東蒙徂徠之陰、岱嶽之陽諸山溪澗之水皆滮於汶，魯之大川也。」此蓋專言魯竟之汶。滮，徂紅反。郈，厚、候二音。

猗嗟《齊》十一。刺魯莊不能防閑文姜。

經〇《詩緝》：「文姜之事，齊襄大惡也。詩皆歸咎於它人，蓋不忍斥言其君之惡者，齊臣子之情也。」〇一章。蹌，七羊反。

傳〇一章。《詩緝》：「『抑若揚』，若猶而也，言進退高下不失其宜。」〇二章。《通釋》朱子：「今案：《周禮·梓人》有皮侯、采侯、獸侯。其曰『張皮侯而棲鵠』者，天子大射，三侯用虎、熊、豹皮飾，侯之側而畫以五采之雲氣，號曰皮侯。而又各以其皮爲鵠，綴之中央，三分其侯之一，似鳥之棲，故謂之棲鵠。其曰『五采之侯』者，賓射之侯也。正之方外如鵠，亦三分其侯而居一。中二尺畫朱，其外次白、次蒼、次黄、次黑，充其尺寸，使大如鵠，而亦畫其側爲五采雲氣。三正之侯則去玄、黄，二正之侯則去青、白，直以朱緑也。《射義注》所謂『畫布曰正，棲皮曰鵠』是也。其曰『獸侯』，則燕射之侯，此《記》所謂『天子熊侯白質，諸侯麋侯赤質，大夫布侯畫以虎豹，士布侯畫以鹿豕』者是也。蓋皆用布而皆畫獸頭於正鵠之處，故名獸侯。且天子、諸侯則以白土、赤土塗其布以爲質，士則用布而不塗，其側所畫雲氣采色之數則亦如采侯之差等也。」鵠，古毒反。◯《禮書》：侯制，凡侯道，天子虎九十弓，弓六尺。熊七十弓，豹五十弓。弓二寸以爲侯中，倍中以爲躬，躬，身也，謂中之上下幅。倍躬以爲左右舌，下舌半上舌。左右出於躬者。九十弓者五十四丈，其中方丈八尺；七十弓者四十二丈，其中方丈四尺；五十弓者三十丈，其中方十尺。五十弓者其中方十尺，則上躬、下躬各二丈；上左右舌四丈，而出躬各一丈；下左右舌三丈，而出躬各五尺。綱以持舌，上綱與下綱各出舌一尋而繫於植。故五十弓之侯用布十六丈，七十弓之侯布二十五丈二尺，九十弓之侯布三十六丈。凡布幅廣二尺二寸，兩畔各削一寸爲縫，則幅止二尺。畿外諸侯以熊侯、糝侯、豻侯爲三侯，其數上同于天子。◯三章。《左氏傳・莊公十年》〔三〕：「齊桓公、宋閔公伐魯，戰于乘丘，公以金僕姑射南宮長萬。」金僕姑，矢名。長萬，宋大夫。乘，去聲。長，上聲。

齊詩譜

齊自太公十二世至襄公諸兒，在位十二年。齊詩十一篇，唯《南山》《敝笱》《載驅》《猗嗟》四篇爲襄公詩，餘不可考。◯《南山》《敝笱》《載驅》《猗嗟》四詩皆爲文姜而作，竊疑有魯人之辭焉。《猗嗟》有曰「展我甥兮」，固齊詩也。《南山》前二章刺齊襄，後二章刺魯桓，蓋已難定爲何國之詩矣。至於《敝笱》不能制魚，專比魯莊不能制文姜，「齊子歸止」亦自此以往之辭，《載驅》之「魯道有蕩」亦據魯而言也。意者二篇實魯詩，聖人諱其惡，故附之於齊，是以魯無變風，惟存四頌於後。雖曰美魯君，實亦著其僭矣。《春秋》「卒」，它國之君，於魯則書「公薨」之意一也。

魏一之九變七。

傳○《書》蔡氏傳：「雷首，冀州山。《地志》：『在河東郡蒲坂縣南，今河中府河東縣也。』析城亦冀州山，《地志》：『在河東郡濩澤縣西，今澤州陽城縣。』山峰四面如城。」坂，甫遠反。濩，烏虢反。○枕，之鴆反。解，下買反。○《詩記》：「《水經注》：『故魏國城南、西並去大河可二十餘里，北去首山十餘里，處河山之間，土地迫隘，故《魏風》著《十畝》之詩。』」○嘗考《漢・地理志》，汾水出太原郡汾陽縣北山，西至汾陰入河，汾陰蓋河東之縣也。《通典》：「汾陽即嵐州宜芳縣，汾陰即萬泉縣，隸河中府。」○《詩緝》：「魏、晉皆有儉嗇之風，然其詩若作在獻公并吞以後，則其俗漸已荒侈。此詩每刺勤儉，知其在未并於晉以前也。」○行，户郎反。

葛屨《魏》一。刺儉。

傳〇一章。繚音遼。見音現。〇二章。摘，它狄反。

汾沮洳《魏》二。刺儉。

經〇汾，扶云反。沮，子豫反。洳，如豫反。〇子金子：「此詩無義，興也。」

公路、公行、公族，大夫也；采莫、采桑、采藚，細民之事也。大夫而爲細民之事，是急於利而用心褊也。彼其之子雖美，奈奪民之利何？此其所以興刺也，此則賦也。

傳〇一章。疏：「莫，莖大如箸，赤節，節一葉，似柳葉，厚而長，有毛刺。今人繅以取繭緒，其味酢而滑，始生可以爲羹，又可生食。五方通謂之酸迷，冀州謂之乾絳，河汾間謂之莫。」〇二章。《史記》：「扁鵲姓秦名越人。遇長桑君，曰：『我有禁方，欲傳與公。』乃出其懷中藥予扁鵲，『飲是以上池之水，三十日當知物矣』。扁鵲飲藥三十日，視見垣一方人，視病，盡見五藏癥結。」《索隱》曰：「方猶邊也，言能隔牆見彼邊之人。」〇三章。疏：「藚一名牛脣，如續斷，寸寸有節，拔之可復生。葉如車前，味亦相似。」藚音昔。〇疏：

「《左傳·宣二年》：『晉成公立，宦卿之適以爲公族，又宦其庶子爲公行。』」適，都歷反。

園有桃《魏》三。憂國小無政。

經

此無義，興也。園有桃，則其實之殽矣；心之憂，則歌且謡矣。不我知者見我之歌謡，則以爲傲世陵物也，於是荅之曰：彼爲政者之所行，果爲是乎？子所言何爲如此也？是則我心之憂矣，誰復能知之乎？然初不難知，其莫知者，以不思耳。

傳○一章。疏：「謡既徒歌，則歌不徒矣。故《毛傳》曰：『曲合樂曰歌。』樂則琴瑟也。《行葦·傳》：『歌者，合於琴瑟歌謡。』對文如此，散則歌爲總名，未必合樂也。」

陟岵《魏》四。孝子行役念親。

傳○岵、屺，《傳》訓從毛，而《爾雅·釋山》云：「多草木，岵；無草木，屺。」《説文》：「岵，山有草木也。屺，山無草木也。」疏以爲《毛傳》寫誤。李氏：「初曰陟岵，以草木蔽障，害於瞻望，故中曰陟屺；以屺瞻望有所不見，故卒曰陟岡。蓋所思漸極，則所登漸高，期於瞻望可及也。」

十畝之間《魏》五。　賢者不樂仕於危國。　異。

傳○一章。《釋文》：「還本作旋。」恐不必叶，若如本字讀，則閑亦不必叶。○張子：「周制，國郛之外有聽爲場圃之地者，疑家授十畝以毓草木。」《詩記》：「政使周制果家賦園廛十畝，魏既小，豈容尚守古法？況詩所謂十畝者，特甚言之爾，未可爲定數也。」李氏：「詩中言多則曰『則百斯男』，言少則曰『靡有孑遺』，言廣則曰『日辟國百里』，言窄則曰『一葦杭之』。『十畝』亦此類。」

伐檀《魏》六。　詩人美君子不素食。　異。

經○一章。《釋文》：「貆，貉子也。」貉，户各反。○三章。漘，見《王·葛藟·傳》。

《傳》以詩人見君子伐檀欲以自給，乃寘河干而不用，欲自食其力而不可得；而又述君子之志謂不耕獵則不可得禾獸，可見其守義厲志。於是自贊之，曰：「彼君子是不素餐者。」惟末兩句爲詩人之言爾。愚竊以爲此詩人之所自道也。蓋首三句比也，言伐檀木將以爲輻輪。而車所以行陸者也，今乃寘之河濱，河水之清，將何所用車乎？以比己之勤勞於事，乃屏棄不用也。小人在位，悠悠逸豫，無功受禄而貪得無厭。於是乃問之曰：「爾不稼穡、不狩獵，而禾、獸之多如此。」乃正言之，曰：「彼君子者，則必有功而後食，不素食其禄也。」然則此雖刺貪鄙之小人，而朝廷舉指失宜，必致禍亂，大可見矣。子金子曰：「自叙之詩，不敢自以爲君子，故美他人之不素餐者。」

傳〇一章。《莊子・大宗師》：「子桑户、孟子反、子琴張三人相與友。子桑户，死鼓瑟相和，而歌曰：『嗟！來桑户乎，而已反其真，而我猶爲人猗！』」〇後漢徐穉字孺子，豫章人。家貧，常自耕稼，非其力不食。〇二章。秉，把也。〇三章。鶉，烏含反。〇疏：「飧，水澆飯。」

碩鼠《魏》七。民困貪殘。

經〇一章。貫，毛訓事，故作古亂反。今《傳》訓習，當作古患反。

詩人欲適彼樂土，固畏從政者之貪殘而欲去，然亦未知所去者何土。下言「樂土樂土」，猶是意望料想之辭。得樂土而居之，其得我所乎？次言得樂國而居，其得我養生之直道乎？上二章食黍、食麥固可見其貪殘，至於苗而未秀者亦已食之，則其貪虐尤甚，所以其民尤急於去也。樂土、樂國猶有其所欲去之急，則邑外之郊亦姑往之，惟欲出此境也。然「樂郊樂郊」又將長號，於誰使之極我乎？可見其民窮蹙之甚，進退無據，不聊其生，國其可久存哉？逝，發語辭。

傳○一章。《詩緝》：「陸璣《疏》：『今河東有大鼠，能人立，交前兩脚於頸上跳舞，善鳴，食人禾苗，人逐則走入樹空中，有五技，或謂之雀鼠。』魏國，今河東縣，宜謂此鼠也。」五技：能飛不能上屋，能游不能渡谷，能緣木不能窮木，能走不能先人，能穴不能覆身。《爾雅》字作鼫。

唐一之十 變八。

傳○《詩緝》：「堯都有四。《地理志》：『太原晉陽』太原郡晉陽縣。注云：『故唐國，晉水所出。』一也。『河東平陽』河東郡平陽縣。注云：『堯都也，在平河之陽。』二也。『中山唐縣』中山國。張晏注云：『堯爲唐侯，國於此。』三也。『河東彘縣，順帝改曰永安。』臣瓚於『晉陽』下注云：『所謂唐，今河東永安是也，去晉四百里。』師古云：『瓚説是也。』四也。《詩》之唐國，其説有三。《詩譜》以爲堯始居晉陽，後乃遷平陽，於《詩》唐國爲晉陽。皇甫謐以爲始封於中山唐縣，後徙晉陽，及爲天子，都平陽，於《詩》唐國爲平陽。臣瓚又以唐國爲永安。今考堯都雖有四，而《詩》之唐國當從《詩譜》爲晉陽。蓋成王封叔虞於堯之故墟，曰唐侯，其子燮以晉水所出改爲晉陽。晉陽實晉水所出，則唐叔虞之始封在晉陽矣。唐以堯得名，晉以水得名，其地一也。」○《前編》：「太行在今懷州之北，連亘數州，爲河北脊，以接恒岳。程子謂：『太行山千里片石，衆山皆石山起峰爾。』恒山，北岳，在今定州之北。太行在今太原府榆次縣。高平曰原，河東視天下最高，率多山險，但榆次縣與平定軍諸處爲高平爾。大岳，今晉州霍邑縣霍太山也。」

蟋蟀《唐》一。國人相勸。　異。

經○蟋，斯栗反。蟀，所律反。

傳○一章。疏：「蟋蟀一名蛬，一名蜻蛚，楚謂之王孫，幽州謂之促織。」蛬，俱勇反。蜻，子盈反。蛚，力結反。○疏：「遂者，從始嚮末之言。」○務閒，乎艱反。舍音捨。○三章。《春官·巾車》：「庶人乘役車。」注：「方箱，可載任器以供役。」《詩》疏：「收納禾稼亦用此車。」

山有樞《唐》二。答前篇。　異。

傳○一章。荎，田結反。《爾雅》疏：「刺榆，其針刺如柘，其葉如榆，爲茹美於白榆。」○《詩緝》：「榆有十餘種，葉皆相似，皮及理異。此榆蓋總言榆爾，不知專指何榆也。《爾雅》：『榆，白枌。』孫炎云：『榆白者名枌。』毛於《東門之枌》以枌爲白榆，是也。枌乃榆之白者，榆非白枌也。」〇疏：「走馬謂之馳，策馬謂之驅。」

愚謂此詩固欲廣前詩人之意而寬其憂也。蓋《蟋蟀》以爲不可不樂，而又不可過於樂。不特思其職之所居，而又豫防事變憂患之不測，其憂固已深矣。然其勤儉自守，思患豫防，其言猶可制。而此詩所思又在身後，且「宛其死矣」之言又若朝不謀夕者，故曰憂愈深而言愈蹙也。

二章。疏：「栲生山中，似樗，因名山樗，亦類漆樹，俗語：櫄、樗、栲、漆，相似如一。」又陸璣云：「山樗與下田樗無異，葉似差狹。吳人以其葉爲茗。」方俗無名此爲栲者，似誤。今所云爲栲者，葉如櫟，木皮厚數寸，可爲車輻，或謂之栲櫟。櫄音椿，與杶同。樗，敕居反。櫟音歷。檍音億。《爾雅注疏》：「二月中，葉疏，華如練而細，蘂正白，名曰萬歲。或謂之牛筋，葉新生可飼牛。」筋音斤。

揚之水《唐》三。國人將歸沃。

經〇《左氏傳》《史記》：晉穆侯之大子曰仇，其弟曰成師。穆侯卒後四年，仇立，是爲文侯。

卒，子昭侯立，封叔父成師於曲沃。師服諫曰：「吾聞國家之立也，本大而末小，是以能固。故天子建國，諸侯立家。今晉，甸侯也，而建國，本既弱矣，其能久乎？」成師是爲桓叔。後七年，晉大臣潘父弑昭侯而迎桓叔，晉人敗桓叔，立孝侯，誅潘父。後六十年，桓叔之孫武公終并晉國。○《詩緝》：「子者，設言欲叛之人，如潘父之徒。君子，謂桓叔。言今子欲奉此服於桓叔，我將從子往沃以見之，則如何不樂乎？謂從之則可免禍而無憂也。時沃有篡國之謀，潘父將爲内應而昭公不知。此詩正發其謀以警昭公也。至於『我聞有命』，又以見禍至甚迫，而『不敢以告人』乃反辭以見意。若真欲從沃，則是潘父之黨，必不作此以泄其事，且自取敗也。」自桓叔至武公屢得志矣，而晉人終不服相與攻而去之。其後更六世六七十載，迫於王命而後不敢不聽。在昭公時，晉人豈從沃哉？若助桓叔而匿其情，則此詩不作可也。

傳○一章。鑿鑿，毛氏：「鮮明貌。」李氏：「如『粢食不鑿』之鑿。」○巉，鉏咸反。純，之尹反。○《詩緝》：「素絲也，以素爲衣，謂中衣也。中衣者，朝服、祭服之裏衣也。大夫以上，祭服中衣用素也。曰朱，朱緣也，謂染繒爲赤色，爲中衣之緣。曰襮，領也，謂繡黼領也，繡刺白黑文以褸領也。《玉藻》云：『以帛裏布，非禮也。』注云：『中外宜相稱也。冕服，絲衣也，中衣用素；皮弁服、朝服、玄端麻衣也，中衣用布。』」又疏云：「凡服，先以明衣親身，次加中衣，冬則次加裘，裘上加裼衣，裼衣上加朝服。中衣，其制如深衣，但中衣之袖稍長耳。此以素爲衣，是以素絲爲之，謂冕及爵弁之中衣也。朝燕之中衣皆以布爲之，蓋朝服以布爲也。公之孤及天子、大夫四命，皆爵弁自祭；大夫、士助祭於君，亦服爵弁。以上則中衣亦用素，但不得用朱襮也。」《郊特牲》：「繡黼丹朱中衣，大夫之僭禮也。」大夫僭，知諸侯當服之也。褗音偃。○疏：「《地理志》：『河東聞喜縣，故曲沃也。』」今隸解州。○三章。《左氏傳》：「齊景公無嫡子，鬻姒之子荼嬖。」哀五年，「公疾，使國惠子、高昭子立荼」，諸公子出奔，「陽生奔魯」。六年，陳乞攻敗高、國，「使召陽生」。八月，「夜至於齊，國人知之」。十月立之，是爲悼公。注：「國人知而不言，言陳氏得衆。」

椒聊《唐》四。不知所指，《序》言沃。

經○一章。子金子：「陳與可云：『《序》謂沃蕃衍盛大，此誤看《詩》句。椒謂晉也，「彼其之子」，沃也。聊，粗略之意。以椒之粗略蕃衍不過盈升，而彼沃則碩大無朋，則此之椒聊豈能遠長哉？』」今案：此當爲比體。○李氏：「《本草》：『古升，上徑寸，下徑六分，深八分。』則升小於匊。《漢志》：『千二百黍爲龠。蓋龠爲合，十合爲升。』則升大於匊。陸農師謂：『兩手爲匊，兩匊爲升。』先曰升，後曰匊，互相備。」

傳○一章。比，毗至反。

綢繆《唐》五。詩人叙昏姻夫婦之辭。　異。

經○箋：「三星在天，三月末、四月中；在隅，四月末、五月中；在户，五月末、六月中。」仲春會男女，禮也。今過時之人，自謂昏姻之道失矣，而忽得遂，此所以樂也。詩上四句皆詩人述夫婦之言，下二句皆詩人自道其夫婦之喜。此蓋於六月之時成昏，而作詩者歷叙自仲春以後失時漸久，以至於今也。「今夕何夕」，同一時；「見此」者，同一夫婦；而上二句追叙其失時也。「子兮子兮」，首章指女，卒章指男，二章則兩指之也。

傳○一章。繆，芒侯反，類隔切，今改莫彪反。○心星，東方蒼龍七宿之第五星。○三章。

李氏：「《國語》雖曰『女三爲粲』，而又曰『粲，美物也』，是言美女也。」

杕杜《唐》六。無兄弟而求助。　異。

經○杕，徒細反。○《詩記》：「『豈無他人？不如我同父』，言他人之不足恃。『嗟行之人，胡不比焉？人無兄弟，胡不佽焉』，言苟以他人爲可恃，則彼行道之人胡不自相親比也？凡人無兄弟者，胡不外求佽助也？蓋深曉以行道之人必不相親比，苟非兄弟，必不相佽助。信乎！豈無他人？不如我同父也。」

此詩亦因晉沃骨肉相争，致使民之兄弟欲相棄背，而知理者自相戒之辭，與《鄭風·揚之水》相類。前三句以朱子之意求之，後六句以東萊之意求之，恐得此詩之旨。

傳〇一章。疏：「『赤者爲杜，白者爲棠。』陸璣：『赤棠與白棠同爾，但子有赤白、美惡。子白色爲白棠，甘棠也，少酢滑美。赤棠子澀而酢無味。赤棠木理韌，亦可作弓幹。』」酢，七故反。韌音仞。

羔裘《唐》七。不知所謂。　異。

經〇羔裘豹袪，見《鄭·羔裘·傳》。〇子金子：「婦人留所愛之詞也。『羔裘豹袪』，謂其人也；『自我人居居』，留其人也。『豈無他人？維子之故』二句可見。」

傳〇疏：「袂是袖之大名，袪是袖頭之小稱。」

鴇羽《唐》八。民從征役，不得養父母。

經〇鴇音保。蓺，魚祭反。〇稷、黍，見《王·黍離》。

傳○一章。疏：「鴇連蹄，性不樹止，樹止則爲苦。」《韻會》：「虎文，俗呼爲獨豹。」○疏：「柞櫟，徐州謂爲杼，或謂栩也。」柞，疾各反。櫟，郎狄反。杼，食汝反。○疏：「『不攻緻』，謂不攻牢不堅緻也。」愚謂君子以王事，不可不攻牢堅緻，故盡心竭力在外，而不能蓺黍稷也。緻，直利反。○三章。《埤雅》：「鴇性羣居，如雁，自然而有行列。」《本草》：「粱有青粱、黄粱、白粱，皆粟類也。種蒔多白粱，青、黄稀有。青粱穗有毛，粒青，米亦微青，而細於黄、白粱也。黄粱穗大毛長，殻米俱粗於白粱。白粱穗大，毛多而長，殻粗扁長，不似粟圓也。」

序○朱子曰：「昭公七年，潘父弑昭公而納桓叔，不克，晉人立昭公之子平，是爲孝侯。一世。八年，曲沃桓叔卒，子鱓立，是爲莊伯。十五年，莊伯伐翼，殺孝侯，晉人立其弟鄂侯。二世。六年，莊伯伐翼，鄂侯奔隨。王命虢公伐曲沃而立虢侯之子光，是爲哀侯。三世。元年，翼人復逆鄂侯而納諸鄂。二年，莊伯卒，子稱立，是爲武公。九年，武公伐翼，逐翼侯于汾隰，夜獲之。晉人立哀侯之子，是爲小子侯。四世。四年，武公殺之。明年，遂滅翼。王命虢仲立哀侯之弟緡。五世。二十八年，武公又殺之。自孝侯至是，大亂五世矣。」

無衣《唐》九。武公請命于天子。　異。

傳○一章。《春官·司服》注：「鷩冕七章：一華蟲，二火，三宗彝，畫於衣；一藻，二粉米，三黼，四黻，繡於裳。」鷩，卑列反。○車旗衣服，謂繁纓之就屬。車之乘，旗之斿，服之章，皆以七爲節。繁，蒲官反。屬，之欲反。斿，力求反。○鼇與僖同。○《詩緝》：「武公有無王之心，而後動於惡。篡弒，大惡，王法所不容。彼其請命，豈真知有王哉？正以人心所不與，非假王靈則不能定也。王不命焉而請之，非禮也；不聞朝王而請命于使，尤非禮也。聖人不删者，所以著世變之窮而復周之衰也。」○《詩記》：「以《史記》《左傳》考之，平王二十六年，晉昭侯封成師於曲沃，專封而王不問，一失也。三十二年，潘父弒昭侯，欲納成師，而王又不問，二失也。四十七年，曲沃莊伯弒孝侯而王又不問，三失也。桓王二年，莊伯攻晉，王非特不能討曲沃，反使尹氏、武氏助之。及曲沃叛王，王尚能命虢伐曲沃，立晉哀侯。使其初出於正，豈止於此乎？四失也。十五年，武公弒晉小子侯。明年，猶能命虢仲立緡於晉。又明年，猶能命虢仲率諸侯伐曲沃。至是，武公篡晉，僖王反受賂，命之。五失也。以此五失觀之，則禮樂征伐移於諸侯、降於大夫、竊於陪臣，所由來者漸矣。」○幾，居衣反。

有杕之杜《唐》十。君子好賢。　異。

傳〇一章。疏：「道路，男子由右，女子由左。言左右，據南嚮西嚮爲正。在陰爲右，在陽爲左。」〇二章。疏：「言道之周遶之，故爲曲也。」

葛生《唐》十一。婦人思其夫。

經〇一章。葛，見《周南・葛覃》。楚，見《周南・漢廣・傳》。

傳〇一章。疏：「蘞之子正黑如燕薁，不可食。幽州名烏眼，其莖葉煮以哺牛，除熱渴。」薁，於六反。

序〇程子：「此詩思存者，非悼亡者，《序》誤。」

采苓《唐》十二。戒聽讒。

經〇一章。苓，見《邶・簡兮・傳》。〇卒章。葑，見《邶・谷風》。

傳○箋：「采此苓於首陽山之上，山上信有苓矣。今之采者未必於此山，然而人必信之，喻事有似而非者。」此比説也。《本義》：「采苓者積少以成多，如讒言積漸以成惑。其首陽，蓋興所見也。」此興説也。○《本義》：「聞人之言且勿聽信，置之，且亦勿以爲然。」○疏：「首陽山在河東蒲坂縣南。」今案：首山即雷首山，首陽乃雷首山之南。《地理考異》：「伯夷墓在永樂縣南三十五里，雷首山南。」永樂即蒲坂縣也。○箋：「苟，且也。」《傳》：『姑舍置之。』姑即其義。」○二章。疏：「苦菜，荼也。」見《邶·谷風》。

唐詩譜

案：唐叔虞十一世至昭侯，封成師于曲沃。七年，潘父弑昭侯，子孝侯平立。十五年，曲沃莊伯弑孝侯，子鄂侯郄立。六年卒，子哀侯光立。九年，曲沃武公虜哀侯，子小子侯立。四年，武公弑之，天子立哀侯弟緡爲晉侯。二十八年，曲沃武公滅晉。自昭侯至侯緡，六世六十九年。○成師是爲曲沃桓叔，卒，子莊伯鱓立。卒，子武公稱立。三十七年滅晉，二年而卒，子獻公佹諸立。自昭侯至武公，共七十一年。唐詩十二篇，可譜者四，疑者二，其半不可知也。

《揚之水》《椒聊》

右昭二詩。

《鴇羽》

右在晉沃爭亂五世之間。

《無衣》

右武一詩。

《葛生》《采苓》

右二詩疑在獻世。

【校記】

〔一〕「屬」，原作「厲」，據秦本改。

〔二〕「齊」，原誤作「鄭」，據經改。

〔三〕案：下引文實見莊公十一年。

詩集傳名物鈔卷第四

秦一之十一 變九。

傳○鄭《譜》及疏：「秦者，隴西谷名。《漢·地理志》：『隴西秦亭、秦谷是也。』」鳥鼠與秦谷俱在隴西，故云近。《爾雅》：『鳥鼠同穴，其鳥爲鵌，其鼠爲鼵。』」鵌，大吾反。鼵，徒忽反。○「伯翳佐禹治水土，舜命作虞官，掌上下草木鳥獸，賜姓曰嬴。《秦本紀》：『秦之先，帝顓頊之苗裔孫，曰女修。生大業，大業生大費，是爲伯翳。』《地理志》：『秦之先曰伯益。』又云：『嬴，伯益之後。』則伯翳、伯益聲轉字異，猶一人也。」○「大費生大廉，玄孫曰孟戲、中衍，爲殷太戊御，後世遂爲諸侯。其玄孫曰中潏，保西垂，生蜚廉。子惡來革，子女防，子旁皋，子大几，子大駱。生成及非子，成爲大駱。後周孝王封非子爲附庸，邑之秦，子秦侯立。卒，子公伯立。卒，子秦仲立。厲王無道，西戎反，王室滅，大駱族。宣王以仲爲大夫，誅西戎，死之。王立其子莊公爲西垂大夫，居犬丘。卒，子襄公立。西戎與申侯弑幽王，襄公將兵救周，送平王徙雒邑。王封爲諸侯，於是始國，與諸侯通使，遂有岐豐之地。卒，子文公立。卒，孫寧公立。卒，三父廢太子武公而立其弟出子。後三父復殺出子而立武公。卒，弟德公立。初居雍城。」中音仲。潏，古穴反。以上並《譜》及疏。〇汧，輕烟反。《地理志》：「汧水出扶風汧縣，西北入渭。」〇疏：「『初，洛邑與宗周通封畿，東西長、南北短，相覆爲千里。』《本紀》：『賜襄公岐以西地，文公以岐東獻之周。』鄭言得八百里地，是全得西畿。春秋之時，秦境東至河，《本紀》之言不可信。」〇雍，今扶風雍縣。〇《地理考異》：「犬丘在汧、渭之間，即槐里是也。」以上並疏。

東鄰《秦》一。國人誇美秦君。

經〇一章。寺，《釋文》：「如字，又音侍。」〇二章。毛氏：「陂者曰坂，下濕曰隰。」陂音坡。〇《詩緝》：「《地理志》：『隴西郡有隴坻。』師古云：『隴坻謂隴阪，即今之隴山。此郡在隴之西，故曰隴西。』《三秦記》：『其阪九回，不知高幾許，欲上者七日乃越。高處東望秦川。』然則阪固秦地所有也。」坻，丁計反，又音底。〇《詩記》：「『既見君子，並坐鼓瑟』，簡易相親之俗也。『今者不樂，逝者其耋』，悲壯感嘆之氣也。秦之强以此而止於爲秦者亦以此。」〇吴正傳：「『逝者』謂自此以往。」〇三章。《爾雅》：「楊，蒲柳。」注：「《左傳》所謂『董澤之蒲』。」疏：「生澤中，可爲箭笴。」《埤雅》：「楊有黄、白、青、赤四種。白楊葉圓；青楊葉長；赤楊霜降則葉赤，材理亦赤；黃楊性堅緻難長。」笴，古旱、谷我二反。緻，直利反。「難長」之「長」，知丈反。

「並坐鼓瑟」「鼓簧」，君臣之際、禮儀等威猶未能辨。蓋其習於夷狄之常也，故見寺人之令則驚異而誇之矣。然告其君者，則止曰「不樂」，則耋而止耳。有盈滿之心，無警戒之意，作詩者未爲知義之君子也。其流風日甚，至於始皇，窮奢極欲，宫觀相屬，鍾鼓充之，其漸蓋始於此。而其尊君卑臣，亢抑太甚，遂使上下之情不通而致敗，則又等威無辨之弊而力反，之以至於甚也。秦之亡未必盡因《車鄰》之一詩，然君子立言不可不審也。

傳○一章。《詩緝》：「鄰鄰，密比之意。言車之衆。」○疏：「《天官》內小臣與寺人別官，言『寺人，內小臣』者，謂寺人是在內細小之臣，非謂寺人即是內小臣之官也。」燕禮，諸侯之禮也，云「獻左右正與內小臣」，是諸侯有內小臣也。《左傳》：「齊寺人貂」「晉寺人披」，是諸侯有寺人也。○二章。疏：「《易》注：『耋，年踰七十。』《左傳》注：『七十曰耋。』」愚謂自七十至八十皆可言耋。

駟驖《秦》二。國人美秦君。

經○一章。驖，《釋文》：「又吐結反。」

此但以君所乘車而言。四馬一色，君車之選也。「媚子」，公之御者也。「六轡在手」，在其手也。「公曰左之」，命此人也。「舍拔則獲」，君射之善，又以見御之良也。詠其辭意，則車馬侍從之盛不言而可見矣。

傳○一章。觓與觩同，古穴反，見《小戎·傳》。○二章。毛氏：「冬獻狼，夏獻麋，春秋獻鹿、豕羣獸。」疏：「田獵是虞人所掌，獸人所獻之獸以供膳。毛引《獸人》以證之也。」愚案：疏言如此，故《傳》以「之類」兩字例之而不仍毛，質言之也。又案：《天官·獸人》：「春秋獻獸物。」今毛云「鹿、豕羣獸」，不知何據。《周禮注疏》：「狼膏聚，聚則温，故冬獻；麋膏散，散則涼，故夏獻；春秋寒温適，凡獸皆可獻也，及狐狸。」○「射獸」「射必」之「射」，皆食亦反。中，陟仲反。○「六御」當爲五御。「逐禽」，詳見《小雅·車攻》。○爲，去聲。

小戎《秦》三。婦人誇西征車甲之盛及思其良人。

經○卒章。鏤音漏。

傳○一章。疏：「《考工記》：『國馬之輈，深四尺有七寸。』注：『馬高八尺，兵車、乘車軹崇三尺有三寸，加軫與轐七寸，又并此輈深，則衡高八尺七寸。除馬之高，餘七寸，爲衡頸之間。』是輈在衡上，故頸間七寸也。」愚案：《考工記》又曰：「六尺有六寸之輪，軹崇三尺有三寸也，加軫與轐焉〔一〕，四尺也。」注疏：「此車之高者也。軹是軸頭，處輪之中央。轐，伏兔也。蓋四馬車一轅，車軸上有伏兔，尾後上載車軫，軫始有車輿。則軸去地三尺三寸，上又兼伏兔及軫，并七寸，車輿去地總四尺也。」《詩記》：「輈前駕於服馬之衡上，其後則乘，前軫直逼後軫也。」轐音卜。○《左氏傳・定九年》：「齊伐晉夷儀，王猛曰：『我先登。』東郭書斂甲曰：『曩者之難，今又難焉。』猛曰：『吾從子，如驂之靳。』」疏：「靳，當胷之皮。驂馬之首當服馬之胷，胷上有靳。」《釋文》：「本或作『有靳』者，非。」靳，居覲反。○《詩緝》：「陰，以板橫側，置車之前及左右三面。」○金銀銅鐵鉛，總謂之金。謂「消白金」，未必皆白銀也。○疏：「《左傳・哀二年》：『郵無恤曰：「兩靷將絕，吾能止之。」駕而乘材，兩靳皆絕。』是橫軓之前別有驂馬一靷也。」○輻音福。○疏：「色青黑名綦，馬名爲騏，知其色作綦文。」○二章。疏：「盾以木爲之。」○三章。䩛與閉同。疏：「《儀禮・既反記》說明器之弓云：『有䩛。』」今案：《禮》本作柲，蓋與「䩛」通。

蒹葭《秦》四。不知所指。　異。

經○《詩記》：「此詩全篇皆比。『所謂伊人』猶曰所謂此理也。」○三章。毛氏：「涘，厓也。」

蒹葭蒼蒼而白露爲霜矣，人無百年而良時已邁矣。所謂伊人惟在水一方爾，所謂至道豈遠吾身哉？但遡洄從之，則道阻而且長；用私智求之，則理鑿而且迂獨；遡游從之，則宛在水中央也。惟以樂易公平之心求之，則無所往而非道也。人其可不思日月之易邁，而迪知大道以至其極乎？此或非詩人之本意，亦學者之一義也。

傳○一章。《詩緝》：「小者曰蒹，中者曰萑，大者曰葭，三物共十一名。蒹，水草，一名薕荻，似萑而細，高數尺，牛食之令肥彊。」又曰：「今人以爲簾箔，因此得名。是蒹、薕、荻一物而三名也。初生爲菼，長大爲薍，成則名萑，又名爲騅，是一物而四名也。初生爲葭，長大爲蘆，成則名葦，又名華，亦一物而四名也。郭璞云：『蒹似萑而細。』是蒹小於萑，而萑小於葦也。」《韻會》：「菼中赤，始生末黑，黑已而赤，故謂之菼。其根旁行，牽揉槃互，其行無辨而又彊，故又謂之薍。」江東呼爲鳥蓲，至秋堅成，謂之萑。其初生三月中，其心挺出，本大如箸，上鋭而細。揚州人謂之馬尾。葭、蘆皆葦之未秀者，葦則大葭也。其華遇風則吹揚如雪，聚地如絮。萑音完。薕音廉。菼，吐敢反。薍，五患反。蓲音丘。○二章。《爾雅》：「小渚曰沚，小沚曰坻。」○三章。直音值。

終南《秦》五。國人美其君。

經○一章。梅，見《召南·摽有梅》。

傳○一章。李氏：「終南西距鳳翔、武功，北距萬年、長安。」○毛氏：「錦衣，采色也。狐裘，朝廷之服。」疏：「錦者，雜綵爲文，故云綵衣。白狐皮爲裘，其上加錦衣爲裼，又加皮弁服也。《玉藻》注：『君衣狐白毛之裘，則以素錦爲衣覆之，使可裼也。袒而有衣曰裼。必覆之者，裘褻也。凡裼衣上衣象裘色。』裘是狐白，則上服亦白。皮弁服以白布爲之，衣之白者唯皮弁服耳。《玉藻》又云：『錦衣狐裘，諸侯之服也。』謂在天子之朝服此耳。受天子之賜，歸則服之以告廟，於後不服。其視朝、受聘則服麑裘也。」○箋：「渥丹，言赤而澤也。」○漬，疾賜反。○二章。疏：「黻在裳。言黻衣者，衣大名，與『繡裳』異其文耳。」○刺，七亦反。

黄鳥《秦》六。哀三良。

經○《左氏傳·釋文》：「車音居。鍼，其廉反。」○惴，之瑞反。○《地理考異》：「《括地志》：『秦穆公冢在岐州雍縣東南二里，三良冢在雍縣一里故城内。』今鳳翔府大興縣也。」

傳○一章。貿音茂。殉，辭順反。穆公卒，以三良殉，事見《左氏傳・文六年》。○題下。「以遺」之「遺」，于醉反。「從死」之「從」，才用反。與，羊茹反。

晨風《秦》七。婦人念其君子。　異。

經○二章。櫟，見《唐・鴇羽》「苞栩」注。

傳○一章。疏：「鸇似鷂，青黄色，燕頷勾喙，嚮風摇翅，乃因風飛急，疾擊鳩鴿、燕雀食之。」鸇，張連反。勾音鉤。鴿音閤。○扊，以冉反。扅，弋支反，户扃也。《風俗通》：「百里奚爲秦相，所賃澣婦自陳能歌。呼之，援琴撫弦而歌曰：『百里奚，五羊皮。始别時，烹伏雌，炊扊扅。今富貴，忘我爲？』問之，乃其妻也。」伏，扶富反。○二章。疏：「駮，獸名，似馬，白身黑尾。此『駮』，木名，梓榆也。樹皮青白。駮犖，遥視似駮馬。」崔豹《古今注》：「山中有木，葉似豫章，皮多癬。駮名六駮。」○三章。疏：「木有唐棣、常棣，《傳》必以爲唐棣，未詳聞也。赤羅，今楊檖，又名山梨、鹿梨、鼠梨，實亦有大如梨之美者。」○酢，七故反。

無衣《秦》八。 秦人樂攻戰。 異。

經〇此蓋天子命襄公討西戎時詩，「王于興師」一語可見。

先王之制，民居於近郊者，五家爲比，五比爲閭，四閭爲族，五族爲黨，五黨爲州，五州爲鄉。居遠郊者，則有鄰、里、酇、鄙、縣、遂，而家之數如鄉之數。使之相保相受，救其凶災而賙其不足。其在野，則八家同井，使之友助扶持。有事則會萬民爲卒伍而用之。平居暇日，情意之孚、恩愛之接，固已彼此交得懽心。一旦同在戰陣，晝識面貌，夜記聲音，而左提右挈，協心力戰，可以揚威而制勝。不幸而敗，亦争相爲死。此王者之兵所以無敵也。秦，舊周也，先王遺化猶有存者。其曰「豈曰無衣，與子同袍」者，相賙之意也；「修我戈矛，與子同仇」者，相死之心也。但秦不善用之，一導之以武事而不知以禮，故敦厚之風化爲剛暴之氣，而遂至於不可禁也。此詩之作，君子知其有漸矣。酇，子管反。賙音周。〇西戎乃秦人不共戴天之讎，而又有王命興師，是以同心疾之，謳吟思鬭。雖其風俗所致，然以義動者，人樂爲之死，亦必然之理也。

傳〇一章。疏：「《玉藻》：『纊爲繭，緼爲袍。』注：『緼謂今纊及舊絮。』然則純著新緜爲繭，雜用舊絮爲袍。其制度則一，故云：『袍，繭也。』」繭，古典反。緼，於粉反。〇《詩記》：「《曲禮疏》：『弋，鉤孑戟也。如戟，而横安刃，但頭不嚮戟上爲鉤也。直刃長八寸，横刃長六寸。刃下接柄處長四寸，並廣二寸。』《周禮・冬官》：『戈柲六尺有六寸。』注云：『柲猶柄也。』」孑，居列反。柲音祕。○疏：「《考工記》：『酋矛常有四尺。』注：『八尺曰尋，倍尋曰常。常有四尺。』是二丈也。夷矛則三尋，長二丈四尺。」○二章。澤即襗，蓋古字通也。《説文》：「襗，絝也。」絝即袴。○題下。招音喬，舉也。朝音潮。易，以豉反。

渭陽《秦》九。康公送舅。

傳○一章。疏：「雍在渭南，水北曰陽。晉在秦東，行必渡渭。」《郡縣志》：「京兆府咸陽縣本秦舊縣，渭水南去縣三里。秦咸陽在今縣東二十二里。」○《周禮・巾車》：「金路以封同姓，象路以封異姓，革路以封四衛，木路以封蕃國。皆諸侯也。故人君之車曰路車。」○二章。疏：「瓊者，玉之美名，非玉名也。瑰是美石之名。」瓊，毛氏韻，赤玉。○題下。《左氏傳》及《史記》：「晉獻公佹諸娶于賈，無子。賈，姬姓國。烝於齊姜，武公妾。生秦穆夫人、太子申生。又娶大戎狐姬，生重耳。大戎，唐叔子孫别在戎狄者。小戎子，生夷吾。允姓之戎子女也。伐驪戎，驪戎男女以驪姬，姬姓男爵。生奚齊，其娣生卓子。驪姬嬖，欲立其子。十一年，晉使太子居曲沃，重耳居蒲城，夷吾居屈，羣公子皆鄙。二十一年，驪姬使太子祭齊姜，歸胙于公。姬毒而獻之，太子縊，重耳、夷吾皆出奔，獻公使荀息傅奚齊。二十六年，獻公卒，奚齊立，大夫里克殺之。荀息立卓子，里克又殺之。齊桓公、秦穆公納夷吾，是爲惠公。元年，殺里克，許賂秦伯而不與。六年，秦伐晉，獲晉君，既而歸之。八年，太子圉質於秦。十三年，逃歸。十四年，惠公卒，子懷公圉立。初，重耳之出也，至狄，又過衛、齊、曹、宋、鄭、楚，楚送諸秦。秦伯納，女五人。懷公立之明年，秦伯納重耳，是爲文公。」佹音晷。重，平聲。「女以」之「女」，去聲。子金子：「申生既是世子，則齊姜當是元妃，左氏所載或失其實。」〇《左氏傳·文六年》：「晉襄公卒。靈公少，晉人以難，故欲立長君。公子雍仕秦，襄公庶弟。趙孟使先蔑逆之。趙孟，趙盾。七年，秦康公送公子雍於晉，穆嬴日抱太子啼於朝。穆嬴，襄公夫人。太子夷臯即靈公。宣子患穆嬴，宣子即趙孟。乃背先蔑立靈公以禦秦師，敗之于令狐。八年，秦人伐晉，取武城以報令狐之役。十年春，晉伐秦，取少梁。夏，秦伐晉，取北徵。十二年，秦伐晉，取羈馬。晉人禦之，秦師夜遁。宣元年，晉侵崇，秦與國。二年，秦伐晉，圍焦。」皆因令狐之役而相侵伐之不已也。令音零。

權輿《秦》十。君待賢者有始無終。

傳○一章。《詩緝》：「造衡自權始，造車自輿始。」○二章。疏：「簋是瓦器，亦以木爲之。圓曰簋，内方外圓也，以盛黍稷。方曰簠，内圓外方也，以貯稻粱。皆容一斗二升。公食大夫禮，是國君與聘客禮食，故『宰夫設黍稷六簋』。今惟四簋，蓋謂之『每食』，則燕食耳，非禮食也。」○題下。耆與嗜同。爲，去聲。鉗，巨廉反。强，上聲。

秦詩譜

愚案：秦仲立，爲附庸之君。十八年，宣王命爲大夫。二十三年，死於戎。子莊公立，襄公追稱公。四十四年卒。子襄公立，七年，救周有功，爲諸侯，於是始國，與諸侯通使，十二年卒。子文公立，五十年卒。孫寧公立，十二年卒。三父立少子出子。六年，三父弑之而立寧公之太子武公，二十年卒。弟德公立，二年卒。子宣公立，十二年卒。弟成公立，四年卒。弟穆公任好立，三十九年卒。子康公罃立，十二年卒。十二君二百三十六年，詩十篇，可譜者七篇。《權輿》恐康公以後詩也。

《車鄰》《駟驖》《小戎》
《終南》《無衣》
右襄五詩。《車鄰》，《序》以爲秦仲，愚竊謂秦仲固嘗爲附庸之君，以西戎滅大駱之族，宣王命爲大夫。蓋日與戎戰，六年而死，非可樂時也。詩語不類。然則《車鄰》實襄公詩爾。
《渭陽》
右穆一詩，康公爲太子時作，正穆世也。
《黄鳥》
右康一詩。三良殉穆，則詩作於康世。

陳一之十二變十。

傳○外方，見《王風》。孟諸，《前編》：「在應天府虞城縣西北。」○「虞閼父」至「封陳」，見《左氏傳·襄二十五年》。○閼，於葛反。父，匪武反。大音泰。妻，七計反。○《樂記》：「武王封黄帝之後於薊，封帝堯之後於祝。」《史記》：「封黄帝之後於祝，帝堯之後於薊。」《通鑑外紀》從《樂記》，蘇子由《古史》及《皇王大紀》、鄭漁仲《通志》諸書多從《史記》。薊音計。○疏：「恪者，敬也。王者敬先代，封其後。三恪尊於諸侯，卑於二王之後。」○好，呼報反。樂，魚教反。覡，胡狄反，男曰覡，女曰巫。

宛丘《陳》一。刺歌舞無度。

傳○一章。思，息字反。樂音洛。○二章。疏：「吴揚人謂之白鷺，齊魯謂之舂鉏。頭上長毛，長尺餘。毵毵然與衆毛異好，欲取魚時則弭之。楚威王時，有朱鷺合沓飛翔而來舞，然赤者少。此所持，其白羽也。」毵，蘇含反。○《詩記》：「冬夏，祁寒大暑之時也。人之好樂，於是時必少息焉。今也無冬無夏，則它時可知矣。」○三章。疏：「《離》：『九三，鼓缶而歌。』則是樂器。《坎》：『六四，樽酒簋貳，用缶。』注云：『大臣以王命出會諸侯，主國尊於簋，副設玄酒以缶。』則又是酒器。《左傳·襄九年》：『宋災，具綆缶。』則又是汲水之器。然則缶可以節樂，若今擊甌；又可以盛水、盛酒，即今之瓦盆也。」

東門之枌《陳》二。男女相樂。

經○一章。栩，見《唐·鴇羽》。

傳〇一章。枌，見《唐·山有樞》。〇著，陟略反。〇疏：「婆娑，盤辟舞。」《詩記》：「婆娑不必是舞，但徘徊翱翔之義。」〇二章。疏：「善旦，謂無陰雲風雨。」〇三章。芘芣，音毗浮。疏：「一曰蚍衃，小草，多華少葉，葉又翹起，似蕪菁，華紫緑色，可食，微苦。」〇遺，去聲。

衡門《陳》三。　隱居自樂。　異。

經〇二章。魴，見《周南·汝墳》。〇三章。《本草》：「鯉魚脊中鱗一道，數至尾，無大小，並三十六鱗。有赤鯉、白鯉、黄鯉三種。」

前一章有自足之意，後兩章無外慕之心。此雖賦體，而實似比也。

傳〇一章。《考工記》「門阿」：「注棟也。」疏：「屋脊。」〇《爾雅》：「門側之傍堂謂之塾。」注：「夾門堂。」《顧命》疏：「塾，門内北面。」〇《考工記》「門堂」注：「門側之堂。」引《爾雅》「門側之堂謂之塾」，則堂即塾也。今又案：屋之基亦曰堂，《大誥》「弗肯堂」注：「不肯爲堂基。」如《周禮》「堂崇三尺」「堂崇一筵」，《禮記》「天子之堂九尺」，《史記》「坐不垂堂」，皆指堂基而言也。今《傳》上既有「塾」字，則「堂」字作基説爲長。〇《説文》：「宇，屋邊，即屋四垂也。」

《衡門》之詩，隱士所作。「阿塾堂宇」，《傳》因疏文之舊，亦大約言「門之深者有是名」也。命士之堂三尺，庶人蓋無級門之制，豈復若是巍巍哉？然則衡門固隱士之常爾。

「泌，泉水也」，《毛傳》文。疏：「《邶》有『毖彼泉水』，知泌爲泉。」《詩緝》：「『毖彼泉水』乃毖然流出貌，毛以此『泌』與彼『毖』字異義同，亦當爲泉水之流貌，非謂泌爲泉水也。」

東門之池《陳》四。男女會遇。　異。

傳〇一章。漬，疾賜反。〇晤，毛氏：「遇也。」箋：「猶對也。」〇解，下介反。〇三章。靭，而振反。疏：「菅似茅，而滑澤無毛，根下五寸中有白粉者柔韌，宜爲索，漚乃尤善。」

東門之楊《陳》五。男女期會不至。　異。

傳〇一章。啓明，見《小雅·大東·傳》。〇二章。肺，《釋文》：「普貝、蒲貝二反。」

墓門《陳》六。刺無良。　異。

經〇二章。鴞，于驕反。

傳〇二章。疏：「鴞，一名鵩，與梟一名鴟。陸璣云：『大如斑鳩，綠色，惡聲之鳥也。入人家，凶。賈誼所賦鵩鳥是也。其肉甚美，可爲羹臛，又可爲炙。』」《詩緝》：「鴞，怪鴟也，鵩也，鵂鶹也。即《瞻卬》之『爲梟爲鴟』也。」或曰：「鵩似鴞。」則鴞又非鵩矣。梟，古么反。臛音壑。鵂鶹音休留。

序〇《春秋·桓六年》：「秋八月，蔡人殺陳佗。」《左氏傳》：「陳侯鮑卒，文公子佗殺太子免而代之，蔡人殺五父而立厲公。」五父，陳佗也。免音問。父音甫。

防有鵲巢《陳》七。男女有私，憂間。　異。

傳〇一章。疏：「苕，饒也。幽州謂之翹饒，蔓生。」〇迋，居望反。間，居諫反。〇二章。

疏：「瓴甋，一名甓。郭璞：『甗甎也。』」瓴音零。甋，都歷反。甗音鹿。

月出《陳》八。男女相悅而相念。　異。

經〇《詩緝》：「皎，月光皎潔；皓，月光之白；興佼好之人明豔白皙，如月之初出而皎潔。《神女賦》：『其少進也，皎若明月舒其光。』正用此。」《詩記》：「照，月光之被物。慘，言不舒而幽愁。此詩用字聱牙，意者其方言歟？」

株林《陳》九。刺靈公淫夏姬。

傳〇一章。《寰宇記》：「陳州西華縣西南三十里有夏亭城，城北五里有株林。」《郡縣志》：「宋州柘城縣本陳之株邑，故柘城在寧陵縣南七十里。」〇疏：「徵舒字子南，以字配氏，謂之夏南。」徵，陟陵反。〇靈公名平國，共公子。〇題下。案：《左氏傳》《史記》：「靈公十四年，公與其大夫孔寧、儀行父通於夏姬，皆衷其衵服，以戲于朝。洩冶諫曰：『公卿宣淫，民無效焉。』公告二子，二子請殺洩冶，公弗禁，遂殺之。十五年，公與二子飲於夏氏，謂行父曰：『徵舒似汝。』對曰：『亦似君。』徵舒怒。公出，自其廄射而殺之，二子奔楚。徵舒自立爲陳侯。明年，楚莊王伐陳，殺徵舒，立靈公子午，是爲成公。」父，方武反。衵，汝栗反，婦人近身内衣。射，食亦反。〇御，魚巨反。

澤陂《陳》十。男女相念。

經〇輾轉，見《周南·關雎·傳》。

《月出》，男子思婦人也；《澤陂》，婦人思男子也。

傳○陳國下「錯」，七故反。重，平聲。復，方六反。

陳詩譜

陳詩十篇，惟知《株林》爲靈公之詩，餘不知何世。靈公者，胡公之十八世也。靈公十五年弑，當周定王之八年，魯宣公之十年。

檜一之十三變十。

傳○《左氏傳》：「顓頊氏有子曰犂爲、祝融。」《楚語》：「顓頊命南正重司天以屬神，火正黎司地以屬民。」火當爲北。《史記・楚世家》：「帝顓頊高陽生稱，稱生卷章，《世本》名老童。卷章生重黎，重、黎二人，司馬誤合。爲帝嚳高辛火正，甚有功，能光融天下，帝嚳命曰祝融。祝，大。融，明也。共工氏作亂，帝使祝融誅之而不盡，帝乃誅重黎，而以其弟吴回居火正，爲祝融。吴回亦卷章生。吴回生陸終。陸終子六人，其四曰會人。」《詩》疏：「此即檜之祖也，妘姓。檜本祝融所封之墟，唯妘姓之後處其地。」妘音云。稱，尺證反。○外方，見《王風》。

○《前編》：「滎波，孔氏以爲一水。《周禮·職方》：『其川滎雒，其浸波溠。』則二水也。沛水入河，而南出溢爲滎，今鄭州滎澤是其處。《爾雅》：『水出自洛爲波。』而《山海經》曰：『婁涿之山，波水出其陰，北流注于穀。』二説未知孰是。西漢末，沛水不復南溢，而滎涸。」滎音榮。溠音詐。沛，子禮反。○《家説》：「《公羊傳·桓十一年》：『古者鄭國處于留，先鄭伯有善於鄶公者，通乎夫人，乃取其國而遷鄭焉。』《鄭語》：『桓公光寄帑於號、鄶。』《周語》『鄶由叔妘』注：『鄭武公滅之。』則通乎叔妘者，武公也。」○鄶滅又見鄭《譜》。○爲，于僞反。

愚案：《檜風》急迫褊陋，《鄭風》放蕩淫邪，蘇氏之説恐未然也。以《詩》之次言之，魏列晉前，其意似邶、鄘之於衛；鄭、檜相去遠，恐亦不得爲此例。

羔裘《檜》一。國君好潔衣服遊宴，不彊政治。

經

羔裘、狐裘，國君所得服，非奢也。然羔裘以視朝可也，而以逍遥、翺翔；狐裘朝天子可也，而以自朝其羣臣：則固已失禮之正矣。而又不能彊於政治，惟服其服、尸其位而已。觀「如膏」「有曜」之言，則實有好潔衣服之僻。大夫見其暗弱，必又諫，而不從，故曰：「我豈不於是而思之？然知其終不可格君之心，惟心勞而憂忉忉耳。」久則憂而至於傷，又久則不可形之於言，惟中心自傷悼耳。

傳〇一章。《詩緝》：「狐裘有白、有青、有黄，《玉藻》云：『君衣狐白裘，錦衣以裼之。』此狐白裘也。又云：『君子狐青裘豹褎，玄綃衣以裼之。』此狐青裘也。又云：『狐裘，黄衣以裼之。』此狐黄裘也。鄭氏以狐白之上加皮弁服，天子以日視朝。侯在天子之朝亦服之，以黄衣狐裘爲大蜡之後作息民之祭則服之。《郊特牲》云：『黄衣黄冠而祭，息田夫也。』引此爲證。以狐青爲臣下之服，諸侯不服之。《玉藻》稱『君子狐青裘』，注以君子爲大夫、士也。此詩狐裘不言其色，鄭氏以爲黄衣狐裘，謂檜君以祭服而朝也。蘇氏以爲狐白，謂檜君以朝天子之服而聽其國之朝也。二説不同。狐青爲臣下之服，非檜君所服；檜君好潔，其衣服亦必不服狐黄。當從蘇氏，以爲狐白。」〇卒章。瀆，疾賜反。

素冠《檜》二。 思見三年之喪。

經 舉世不能行三年之喪，有人獨能行之。君子以絶無而僅見，故悲且喜而作此詩也。

一章三句皆言服喪之人，謂今我庶幾見此服素冠者，蓋不特衣冠之合度，抑且急於哀戚而顔容瘦瘠，其心哀苦而憂勞。二、三章首句復言其服，下二句則君子之自言也。「心傷悲」「心蘊結」，悲其盡哀也。「與同歸」「與如一」，喜其盡禮也。上言勞心，下言我心，故所指有彼此之異。

傳○一章。縞，古老反。紕，並移反。「則冠」之「冠」，去聲。○禫，徒感反，除服，祭名。《儀禮》「中月而禫」注：「中猶間也，與大祥間一月，自喪至此凡二十七月。禫之言澹澹然，平安意。」疏：「二十七月禫，徙月樂，二十八月復平常，正作樂也。」間，間厠之間，去聲。○三章。韠，見《曹·候人》。○韍，分物反。○題下。疏：「肖，似也。不有所似，謂愚人也。《檀弓》云：『子夏既除喪而見夫子，予之琴，和之而不和，彈之而不成聲，作而曰：「哀未忘也，先王制禮而弗敢過也。」子張既除喪而見，予之琴，和之而和，彈之而成聲，作而曰：「先王制禮，不敢不至焉。」』彼説子夏之行與此正反，必有一誤，或當父母異時也。毛公當有所據。」今案：劉向《説苑》亦載此事，與《毛傳》同，但以子路爲子貢。然夫子之於門人，未有稱其字者，恐毛公所傳或誤爾。○爲，于僞反。衰，倉回反。見，賢遍反。援，于元反。衎，苦旦反。「夫三」之「夫」，音扶。

隰有萇楚《檜》三。民苦政賦，不如草木。　異。

傳○一章。疏：「《爾雅》：『萇楚，一名銚弋。』《本草》：『一名羊桃。』陸璣：『葉長而狹，華紫赤色。其枝莖弱，過一尺，引蔓于草上。』」銚音遥。○少，詩照反。○二章。累，良僞反。

匪風《檜》四。賢人嘆周室衰。

傳○二章。飄，符遥反，類隔切，今易並遥反。《釋文》：「又必遥反。」○疏：「迴風，旋風也。」○三章。《説文》：「鬵，大釜。一曰：『鼎大上小下若甑，曰鬵。』」

曹一之十四變十二。

傳○鄭《譜》：「曹在濟陰定陶，夾於魯、衛之間。」疏：「曹都在濟陰，其地則踰濟北。魯在其東南，衛在其西北。」○《前編》：「陶丘，在今曹州定陶縣。雷夏，今濮州雷澤縣西北雷夏陂，東西二十里，南北十五里。計古雷澤必大於今。荷澤，在今曹州濟陰縣南三里。」

蜉蝣《曹》一。刺見近忘遠。

經〇子金子：「君子念夫人，雖不知久遠之計，而亦知所以自修。故心之憂之，而欲其以我爲歸也。蓋君子之於人，無不欲其入於善。苟有一毫自治之心，固君子之所欲進之也。」

傳〇一章。疏：「蜉蝣聚生糞土中，似甲蟲，有角，大如指，長三四寸，甲下有翅，能飛。夏月陰雨時地中出，豬好噉之。」蛣，去吉反。蜣，去王反。〇《爾雅》注：「身狹而長，有角。」《傳》當加「有」字。〇三章。掘閱，疏：「此蟲土裏化生，言其掘地而出，形容鮮閱也。閱者，悦懌之意。」朱子不取。《詩緝》：「更閱，謂升騰變化也。」

候人《曹》二。刺君近小人。

經〇一章。戈，見《秦·無衣》。

傳〇一章。疏：「《夏官》：『候人，上士六人，下士十有二人，史六人，徒百有二十人。』則諸侯候人亦應是士，而徒數必少。其職『各掌其方之道治，與其禁令，以設候人』。注：『禁令，備姦寇也。設候人者，選士卒以爲之。』有四方來者，則致之于朝，歸則送之于竟。苟戈兵，防衛姦寇。」○殳，見《衛・伯兮》。○疏：「《玉藻》：『韠之制，下廣二尺，上廣一尺，長三尺。其頸五寸，肩革帶博二寸。』祭服謂之芾，它服謂之韠。緼，赤黄之間色，所謂韎也。珩，佩玉之珩，黑謂之黝，青謂之葱。《周禮》：『公、侯、伯之卿三命，下大夫再命，上士一命。』曹爲伯爵，大夫再命，是大夫以上皆服赤芾，於法又得乘軒，故連言之。軒，大夫之車也。」緼音温。韎音妹。黝，於九反。○晉文公入曹事在《左氏傳・僖二十八年》。○[二]僖負羈，曹賢大夫。○二章。鴮音烏，一作洿。疏：「今鵜鶘也。好羣飛，入水食魚，形似鶚而極大。喙長尺餘，直而廣，口中正赤，頷下胡大如數升囊。若小澤中有魚，便羣共杼水，滿其胡而棄之，令水竭，乃共食魚。」鶘音胡。杼，丈吕反。○《詩緝》：「鵜鶘當入水中食魚，今乃在魚梁之上竊人之魚以食，未嘗濡濕其翼，如小人居高位竊禄，不稱其服也。」○三章。稱，尺證反。

鳲鳩《曹》三。美君子用心均一。　異。

傳○一章。秸，戛、吉二音。鞠音菊。《爾雅》作鵠鵴，又名穫穀。陸璣：「又名擊穀，又名桑鳩。或謂之肩題，齊人名擊正。」案：「戴勝自生穴中，不巢生。」而《方言》云「戴勝」，非。《詩緝》：「凡十一名。」○子金子：「如結，言心不放。」○二章。疏：「《玉藻》：『雜帶，君朱綠，大夫玄華，士緇辟。』是有雜色飾焉。弁類多矣，韋弁以即戎，冠弁以從禽，弁絰以弔凶，不得與絲帶相配。唯皮弁是視朝常服。」

下泉《曹》四。思治。

經○《詩記》：「《匪風》《下泉》雖皆思周道之詩，然《匪風》作於東遷之前，此一時也；《下泉》作於齊桓之後，又一時也。」

泉固以潤物也，然必於春夏之時乃能發生，至於寒則不適於用。而徒以浸彼稂蕭蓍草，而又傷之耳。於以見王澤不下流，而所被之政非澤也。所以寤而即嘆，以念先王之治。寤嘆，則見其憂思之極，嘆之不已，惟寐則已爾。卒章則先王之政也。

傳○卒章。《左氏傳》注：「解縣西北有郇城。」服虔曰：「郇國在解縣東。」○題下。復，扶又反。間，居莧反。治，去聲。

曹詩譜

曹叔振鐸至共公十五世而有《候人》詩，其言與《左氏傳》合，餘三詩莫知其世。

豳一之十五 變十三。

《詩記》：「《豳》居《風》《雅》之間，何也？《風》之所爲終，而《雅》之所爲始也。變《風》終於《曹》，思明王賢伯之不可得。於是次之以《豳》，反之於周公。而後至於《鹿鳴》，言周之所以盛者，由周公也。」○周世次見《周南》。○子金子：「公劉之遷豳也，史謂周道之興自此，則《國語》所謂『十五王而文始平之』者，自公劉數之爾。不然，則以有德之宗數之，猶殷言『賢聖之君六七』，漢言『七制之主』也。讀《篤公劉》之雅，可想見公劉度地建國、和輯人民之規焉。讀《七月》之詩，可想見豳民因天力本孝慈忠愛之俗焉。漢儒舊《序》以《篤公劉》爲召康公之所獻，以《豳・七月》爲周公之所陳。意者《豳》之遺詩歟？召公獻之以備燕享之樂，使成王知立國勤勞之故；周公陳之以爲矇工之誦，使成王知故國衣食之原。故《篤公劉》列於《雅》而《豳・七月》自爲《風》。蓋自三聖相授，其禮樂聲教之盛漸被四海。后稷於此有邰家室，子孫皆有令德。其後雖當夏道衰微，一再轉徙而修其訓典，奕世載德。加以公劉之賢，生聚再繁，邦家再盛。故國人叙其建立之規，道其風土歌謠之美，吹之管籥，和以土鼓。周人世守之，以爲其先公之樂。至有天下，而亦專官掌之，《周官》『籥章之職，掌土鼓、豳籥』是也。土鼓、葦籥，皆堯之遺音也，而豳籥則公劉之遺音也。豳籥所歙之詩則豳詩、豳雅、豳頌也。豳詩，《七月》之詩也。豳頌雖不知其的爲何詩，而《篤公劉》之篇豈非豳雅之詩歟？或者顧謂公劉之時，夏道將墜，國介戎狄之間，計無文物。《篤公劉》《七月》之詩蓋出周、召之筆，追述先公之事爾，是獨不思夏當三聖之後，義理素明，言語素雅，其文章最盛，但載籍失其傳耳。其存者與其雜見傳記者可想見也，豈至周、召之時而後始有如此之文哉？且周詩固有追述先公之事者，然皆明著其爲後人之辭。《生民》之詩述后稷之事也，而終之曰『以迄于今』。《緜》之詩述古公之事也，而係之以文王之事。此皆後人之作也。若《篤公劉》之詩，極道岡阜、佩服、物用、里居之詳；《七月》之詩，上至天文、氣候，下至草木、昆蟲，其聲音、名物，圖畫所不能及，安有去之七百歲而言情狀物如此之詳，若身親見之者？又其末無一語爲追述之意。吾是以知其決爲豳之舊詩也，況史氏已明言『詩人歌樂思其德』乎？雖然，《七月》爲豳之舊詩固也，何以不居二《南》之前而居變《風》之末歟？曰：『詩皆采之當世，而前世之詩存者不可泯也。故《豳·七月》附於十五國風之後，猶《商·那》附於三《頌》之末也。』《七月》既非周公之所自作，何以係周公諸詩？曰：『豳，周公之采邑也。周公食邑於豳、岐之間，以其爲周之舊邑，故曰周公。然周既爲一代有天下之號，則周公之詩不可謂之周而謂之豳焉。《豳》詩既周公之所陳，故凡周公之所作與爲周公而作者，皆附之。』然則《公劉》爲雅，《七月》獨不可爲《雅》歟？曰：『《風》《雅》固各有體也。』」音並見《周南》。

七月《豳》一。周公陳戒成王。

經○一章。《詩緝》：「畝大抵以南爲正，故每曰南畝。」○五章。爲，于僞反。○六章。毛氏：「春酒，凍醪也。」疏：「凍時釀之，即《酒正》『三酒』中『清酒』也。」《詩記》：「《月令》注：『古者穫稻而漬米麴，至春而爲酒。』」○毛氏：「眉壽，豪眉也。」疏：「人年老者必有豪眉秀出。」《詩緝》：「眉壽，衰矣。養氣體焉以助之也。」○斷，絶之之義，當音短。○七章。索，素洛反。○卒章。沖，直弓反。○兕觥，見《周南·卷耳》。

凡事豫則立，《七月》之詩，豫而已矣。有天下國家者，豫其所當豫，則無有不善矣。○詩中以日言者，雖爲建子之義，其實主於陽而言。然止於四之日者，「春日載陽」「春日遲遲」，即辰月也，蠶事必在季春故也，建巳爲正陽之月。不曰六之日而曰四月者，蓋陰陽之生皆以漸。夏至一陰生，非生於夏至之日，謂至夏至之日而成一陰也。其始實自小滿之日，六陽已極，而微陰萌兆，馴致而成。故君子探其理於建巳，惟以月言之也。

傳○一章。放，甫兩反，篇内同。下，去聲。○《晉·天文志》：「東方心三星，天王正位也。中星曰明堂，天子位；前星爲太子；後星爲庶子。」子金子：「《堯典》：『仲夏，火中。』《月令》則『季夏昏，心中；季冬曉，心中』。故周家有『火中，寒暑乃退』之説，謂季夏火昏中，暑極而退；季冬火曉中，寒極而退也。豳公之詩上距堯未遠，歲差不多，故七月之昏則亦見火之西下矣。」○《釋文》：「耜，耒下耓也，廣五寸。耒，耜上句木也。」耜古以木爲之，《易》曰：「斲木爲耜，揉木爲耒。」亦以金爲之，《周禮》注：「古者耜一金，兩人併發之。」耓，他丁反。耒，盧對反。句音鉤。○長，知丈反。○《甫田》箋：「田畯，司嗇，今之嗇夫也。」《韻會》：「《詩詁》云：『《周禮》無田畯之職，蓋六遂中鄰、里、酇、鄙、縣、遂之長，高者爲大夫，卑者爲士，通稱田畯，蓋農田之俊也。』」○瞽矇，見《綱領》。○《周禮注疏》：「諷誦，謂闇讀之，不依琴瑟而詠也。」○二章。倉庚，見《周南·葛覃》。○穉，直利反。○蘩，見《召南·采蘩》。○啖音淡。遠，于願反。○三章。萑葦，見《秦·蒹葭》。○疏：「斨即斧也，唯銎孔異耳。」隋，狹而長也。銎，斧斤受柄處也。」隋，徒禾、湯果二反。銎，曲容反。○疏：「《春秋》：『伯趙氏，司至。』伯趙，鶪也，以夏至來，冬至去。陳思王《惡鳥論》云：『伯勞以五月鳴，應陰氣之動。陰爲殘賊，蓋賊害之鳥也。其聲鶪鶪。』故以其音名云。」《詩緝》：「《月令》：『仲夏鶪始鳴。』蓋至七月則鳴之極而將去矣。」○毛云：「朱，深纁也。」「祭服玄衣纁裳。」○四章。箋：「物成自秀葽始。」《詩緝》：「曹氏曰：『《釋草》：「葽，繞蕀苑。」注云：「今遠志也，其上謂之小草。」《說文》云：「劉向說葽味苦，謂之苦葽。」《本草》：「遠志又有蕀苑、繞葽、細草三名，四月采根葉，陰乾。」參訂諸說，知葽爲遠志矣。四月陽氣極於上，而微陰已受胎於下，葽感之而早秀。』案：嚴粲：

「葽，毛不指爲何草，鄭疑爲王萯，陸璣亦無明説，唯曹氏以爲遠志，證據甚明。」萯音婦。○《詩緝》：「蜩，蟬也，諸蟬之總名。《釋蟲》云：『蜩，蜋蜩、螗蜩。』郭璞引《夏小正》云：『蜋蜩者，五色具；螗蜩者，蝘，俗呼爲胡蟬。』故《爾雅》疏：『蜩者，目諸蟬也。』」蜋音郎。螗音唐。蝘音偃。○《説文》：「草木皮葉落墮地爲蘀。」○疏：「于，往也。于貉言往不言取，狐狸言取不言往，皆是往捕之而取其皮。故毛言：『于貉，謂取狐狸皮。』并明取之意也。」今案：《爾雅》：「貍、狐、貒、貈醜。」是四物同類也。又別條疏：「《字林》云：『貈似狐，善睡，其子名貆。』」詳此，則貉與狐貍非一物，《傳》以爲一物，未詳。貒音湍。貈即貉字。貆音喧。○五章。《爾雅》：「蜤螽，蜙蝑。」注疏：「所謂舂黍也，幽州謂之舂箕，蝗類也。長而青，長角長股，股鳴者也。或謂似蝗而小，斑黑，其股似玳瑁。五月中，以兩股相切作聲，聞數十步。」《詩緝》：「舊説以爲即螽斯者，非。」蜤音斯。蜙蝑音嵩須。○疏：「《爾雅》：『螒，天雞，謂小蟲。黑身赤頭，一名莎雞，一名酸雞，又曰樗雞。』陸璣：『如蝗而斑色，毛翅數重，其翅正赤。六月中，飛而振羽，索索作聲。幽州謂之蒲錯，今絡緯蟲是也。』」螒音翰。○李氏：「《考工記》以股鳴者，以翼鳴者。」以股鳴者，斯螽是也；以翼鳴者，莎雞是也。○蟋蟀，見《唐・蟋蟀》箋。「『在野』至『入牀下』，皆謂蟋蟀也。言三物如此者，將寒有漸，非卒來也。」○疏：「簟户以荆竹織門，以荆竹通風，故泥之。」○愚案：「穹窒」兩句四事，皆治室之事。塞向以禦北方之寒氣，墐户以禦南方之寒氣。謂之穹窒，則南牖亦或塞之矣。〇六章。疏：「鬱，唐棣之類。樹高五六尺，實大如李，正赤，食之甜。《本草》：『一名雀李，一名車下李。』蘡薁亦鬱類而小別。《晉宮閣銘》云：『華林園中有車下李三百一十四株，薁李一株。』車下李即鬱，薁李即薁，二者相類而同時熟，故言鬱、薁也。」蘡，於盈、於耕二反。〇《詩記》：「葵，承露也，大莖小葉，華紫黄色，可茹。公儀休所拔是也。」《埤雅》：「有紫、白二種。」〇《小宛》疏：「『菽，大豆也。采其葉以爲藿，以芼牛。』謂以鼎煮牛，取其骨體置之於俎，其汁則芼之以藿，調以五味，乃盛之於鉶，謂之鉶羹。」鉶音刑。〇釀，女亮反。〇《詩記》：「壺，枯者可爲壺，嫩者可供茹。」疏：「甘瓠，可食，就蔓斷取而食之。」李氏：「壺性蔓生，斬之，故曰斷。」〇荼，見《邶・谷風》。〇少，式照反。長，知丈反。〇七章。秸音戛。《説文》：「禾藁去皮。」〇稻，稌也，性宜水，即今南方所食稻也。稌音杜，又音土，又通都反。秫音述，糯也，又稷之黏者。苽音孤，《韻會》：「雕苽也，亦作雕胡，即枚乘所謂『安胡之飯』，今所食茭苗米也。」粱，粟也。〇愚案：麥非納於十月也，此蓋總言農事畢爾。〇卒章。《左氏傳・昭四年》：「其藏冰也，深山窮谷，固陰沍寒，於是乎取之。」注：「沍，閉也。」必取積陰之冰，所以道達其氣，使不爲災。」道，去聲。〇疏：「沖沖，非貌非聲，故云『鑿冰之意』。」〇《天官》：「凌人掌冰。正歲十二月，令斬冰。」注：「正謂夏正。正歲，季冬。」〇《禮》注：「獻羔，祭司寒也。」〇著，直略反。〇《左氏傳》：「食肉之禄，冰皆與焉。大夫命婦喪浴用冰。」又曰：「自命夫命婦至於老疾，無不受冰。」「冬無愆陽」至「民不夭札」，皆《左氏傳》文。注：「食肉之禄，謂在朝廷治其職事，就官食者。命婦，大夫妻也。老，致仕在家者。愆，過也。愆陽謂冬温，伏陰謂夏寒。苦雨，霖雨爲人所患苦。厲，惡氣也。短折爲夭，夭死爲札。」與音預。札，側八反。○燮，悉協反。○《儀禮·鄉飲酒禮》：「尊兩壺于房户間。」《士冠禮》注：「置酒曰尊。」今《傳》云「兩尊壺」，恐傳寫之誤。○《詩記》：「豳之先公國容未備，無君臣之間，故曰『朋酒斯饗，曰殺羔羊。躋彼公堂，萬壽無疆』。」○題下。中音仲。歙即吹字。

鴟鴞《豳》二。周公遺成王。

經○《前編》：「武王崩，成王立，年十三。周公位冢宰，正百工。成王元年，三叔流言於國，曰：『公將不利於孺子。』周公乃告二公曰：『我之弗辟，我無以告我先王。』於是辭位，出巡狩於邊。鄭康成曰：『周公遭流言之難，避之而居東都。』朱子謂：『弗辟之説宜從鄭氏。蓋是時三叔方流言於國，周公處兄弟骨肉之間，豈應以語言之故，遽興師以誅之？聖人氣象大不如此。且王方疑公，公固不應不請而自誅之。若請之於王，王亦未必見從。當時事勢亦未必然也。』」《前編》又曰：「周公居東二年，則罪人斯得。孔氏以居東爲東征，非也。斯得者邏之之辭也。朱子曰：『管、蔡流言，成王疑之，未知罪人之爲誰也。及周公居東二年，成王悟，乃知罪人在管、蔡也。若曰所謂罪人者，今得之矣。』或問：『居東二年，非東征乎？』朱子曰：『成王方疑周公，周公豈得即東征乎？二年，猶待罪也。』成王三年，周公爲詩以貽王，名之曰《鴟鴞》。後王感風雷之變，迎周公反國。三監及淮夷叛，周公乃作《大誥》，東征誅管叔、殺武庚、放蔡叔、寧淮夷東土，三年而後定。」

○子金子：「《七月》之詩，周公遭變時所陳也。夫成王方有疑於周公，公方避位居東，而顧爲是諄諄幾於强聒者。嗟乎！此周公忠愛之誠也。夫豈以居東而遂忘其君也哉？然亦惟居東，故可以忠告爾。向使居中秉國，則成王益深不利之疑，雖吐赤心，其孰能信之？聖人所處，其脱然無累之心與其拳拳不已之心，並行不悖也。于後公乃爲詩貽王，蓋名曰《鴟鴞》，則《鴟鴞》最後作也，成王之疑亦將釋矣。《鴟鴞》之詩，其情危，其辭急，有以憂武庚之必反，王室之必摇也。夫昔也，武庚以周公利權間三叔；而今也，奄君又以周公見疑誎武庚。則躑躅之變，勢所必至，故周公汲汲爲成王言之。爲鳥言以自喻，或以喻先王也。曰『鴟鴞鴟鴞，既取我子』，謂其已誘管、蔡也。『毋毁我室』，謂其勿更摇毁王室也。『恩斯勤斯，鬻子之閔』，斯傷管、蔡也。二章言先王創業之備固也，今此下民，孰敢侮予？微管、蔡之内叛，武庚之外連，則固未易侮也。三章言先王之勤勞也。四章言王室之孤危、外患之必至，其辭不得不急也。既而成王悟，周公歸，而管、蔡、武庚卒於叛。蓋其參謀造禍非一日矣。」○鴞，于驕反。○「徹」字《釋文》無音，《韻會》「撤」字在「徹」字下，作「敕列反」者，有「剥」訓，則詩中「徹彼」當作敕列反。

愚案：《傳》以《鴟鴞》之詩爲誅武庚後作，蓋以周公居東爲東征也。其原皆因《金滕》「我之弗辟」之「辟」讀爲「致辟管叔」之「辟」，故其説如此。亦朱子早年之説也。及後《與蔡仲默論書手帖》則曰：「弗辟之説只從鄭氏爲是。向董叔重辨此，一時信筆答之，謂當從古注説。後來思之不然。」今《書説》悉已改定，而《詩傳》乃若此者，未及改也。若從避音而以前説求詩，則聖人之心與當時事勢之實皆可見矣。然又知讀書者於字音訓詁不可不致謹也，一字之誤，遂至義理懸絶如此，其可視爲小學之事而忽之哉？○此詩大意，前二章主武庚而言，後二章言已勤勞，以告成王也。首章謂武庚既誘管、蔡流言，而失君臣之義、兄弟之親，爲周家之罪人，所謂「取我子」也。次章言周室經營亦已鞏固，汝武庚者毋徒起覬望之心。三章自言自武王以來至成王初年盡力經營之勞苦。末章謂盡瘁事國，乃未足以定天下。「室翹翹」謂我家管、蔡之内亂也。「風雨飄揺」言武庚之外撓也。則我其能不鳴之急與？所以感悟成王也。

傳○一章。鴟鴞，即《陳·墓門》之鴞也。鵂鶹音休留。攫，俱縛反，爪持也，撲取也。○二章。繆，莫侯反，紐音，今易莫彪反。○三章。疏：「萑苕，亂之秀穗也。」亂，見《秦·蒹葭》。萑，户官反。苕，徒彫反。亂，魚患反。○藉，慈夜反。○四章。殺，所界反。

東山《豳》三。周公勞歸士。

經〇三章。洒，所解反。埽，素報反。

舊説周公東征誅管、蔡歸而作。朱子謂：「成王感風雷之變而迎周公，於是，周公東征三年矣。歸作此詩。」子金子曰：「周公出避居東而歸。其民，周公采邑之民。東征乃東行，非東伐也。若異日東征之事，成王爲主，天子之六師。設有勞歸之詩，則當爲《雅》而不在《豳風》矣。」愚詳味詞意，恐果東伐歸後之詩。其證有三：東征之役固成王親行，而《傳》謂「周公伐奄，三年討其君」，是周公亦行矣，其期正與「于今三年」相應，一也。誅管、蔡，伐奄，蓋嘗有戰陣之勞矣，居東未嘗戰，而此曰「勿士行枚」，二也。先儒謂三代雖改正朔，而月數未嘗易。然則《詩》《書》以月言者，皆夏正之月也。《多方》稱：「五月丁亥，王來自奄，至于宗周。」古者師行日三十里，則行役歸途在三四月間也。成王迎周公，乃在秋熟未穫之時，《詩》稱「十月穫稻」，則周公歸在九月間也。而《東山》草木蟲鳥皆夏月氣象，三也。若成王主兵，勞詩不當在《豳風》，則當時以周公之作倒附之《七月》諸詩，亦未可知也，況風、雅音節各有不同乎！朱子嘗言之矣。但周公居東有二：自流言之行，公則避而居東。二年，有風雷之變而迎公以歸，然後作《大誥》。東征三年而歸。此詩則作於東征而歸之時也。

傳〇一章。慆，《釋文》：「吐刀反。」〇《説文》：「濛，微雨。」〇「士，事。」《毛傳》文，非鄭氏。〇行，户郎反。陳，直刃反。〇箸從竹，遲據反，今俗作筯。繣，《周禮・釋文》：「胡卦、胡麥二反，或音卦。」黴也。〇勞，去聲。「蓋爲」之「爲」，于僞反。〇二章。疏：「栝樓一名天瓜，葉如瓜葉，形兩兩相值，蔓延，青黑色。六月華，七月實如瓜瓣。」〇疏：「鼠婦一名委黍，在壁根下甕底土中生，似白魚。」〇疏：「蠨蛸，一名長踦，小蜘蛛長脚者，俗呼爲喜子。此蟲來著人衣，當有親客至，有喜。」踦音欺，脚也。〇《詩記》：「町畽盧傍畦壠，爲麋鹿之場。」又曰：「《區種法》：伊尹作爲區田，一畝之中地長十八丈，作十五町，町間分十四道，通人行。畽爲田里所聚。」〇三章。疏：「鸛雀，似鶴而大，長頸赤喙，白身黑尾翅，又有負釜、黑尻、背竈、皁裙四名。」《埤雅》：「鸛知天將雨，俯鳴則陰，仰鳴則晴。」尻，苦高反。〇疏：「蚍蜉，大螘也，小者即名螘。此蟲穴處，輂土爲塚以避濕。」蚍音毗。蜉，扶牛反。螘，宜倚反。濕，失入反〔三〕。〇《詩記》：「有陰雨之候，則婦思念其勞而悲嘆。蓋行者於陰雨尤苦，而念之切也。『我征聿至』，謂我之行者，其遂至也。婦人灑掃以待夫之至，顧見苦瓜繫於栗薪，因感其夫久匏繫於外，嘆曰：『自我不見，于今三年矣。』」〇四章。倉庚，見《周南・葛覃》。〇疏：「馬色有黄處有白處曰皇，有騂處有白處曰駁。」騮音留，赤色也。〇褘，許韋反，帨巾也。衿，其鴆反，繫佩帶。《士昏禮》：「母施衿結帨，曰：『勉之敬之，夙夜無違宫事。』」○題下。思，息字反。「望女」之「女」，音汝。「勞苦」「勞詩」之「勞」，皆去聲。鞏，古勇反，固也。

破斧《豳》四。軍士答周公勞己。　異。

經○《語録》：「《破斧》詩看聖人這般心下，詩人直是形容得出。這是答《東山》之詩。古人做事，苟利國家，雖殺身爲之而不辭。如今人箇箇計較利害，看你四國如何，不安也得，不寧也得，只是護了我斨我斧，莫待缺壞了。」又曰：「『周公東征，四國是皇』，見得周公用心始得。」

傳○一章。隋，徒禾、湯果二反。銎，曲容反，義見《七月》。○「勞己」「勞之」之「勞」，皆去聲。被，去聲。○《詩緝》：「詩人言兵器，必曰弓矢、干戈、矛戟，無專言斧斨、錡銶者。斧雖兵器所用，而以斨並言，乃豳民所用以采桑者。又，錡爲鑿屬，銶爲木屬，以類言之，知皆非兵器矣。周公奉王命以討罪，有征無戰。又遲之三年，不爲急攻之計，未嘗從事於戰陣，惟行師有除道、樵蘇之事，斧斨之用爲多。歷時之久則必弊，故此詩言管、蔡之亂，何能爲哉？但能破我斧、缺我斨而已，其兵器元無損也。舊説破斧缺斨爲戰陣殺戮之多至於如此，且《東山・序》謂『一章言其完』。孔子云：『東征無戰陣。』然則破斧缺斨非爲戰也。周公提王師以臨小醜，若用其兵力一鼓滅之，何待三年乎？觀《尚書》所載，周公之化商，勤拳懇惻，如父兄之愛其子弟，真所謂『哀我人斯』也。苟殺戮之多至於破斧缺斨，則是與之血戰而僅勝之，亦疲弊甚矣。故『血流漂杵』，孟子所不信。『揮刀紛紜』，韓氏之陋也。」○《語録》：「陳淳問：『被堅執鋭疑是矗人，如何謂聖人之徒？』曰：『不是聖人之徒便是賊徒，有矗底聖人之徒，亦有讀書識理底盜賊之徒。』」○二、三章。疏：「鑿屬曰錡，木屬曰銶。未見其文，亦不知其狀。」《釋文》：「銶，一解云：『今之獨頭斧。』」○題下。間，去聲。

伐柯《豳》五。東人喜見周公。　　異。

經

伐柯非難事也，然必須斧；娶妻亦非難事也。然必須媒。東人之於周公，被其風而化其德，思慕之極，瞻之固若在前也。然而貴賤之殊，道里之遠，亦未易見也，故其企望如此。及其因事而東，則幸而得見，故喜之而如二章之所言也。子金子：「舊説謂諷成王當使人通周公之意，亦通。」

傳○一章。疏：「《考工記》：『柯長三尺，博三寸，厚一寸有半。五分其長，以其一爲之首。』注：『首六寸，謂今剛關頭斧。柯，其柄也。』」疏：「漢時，斧近刃皆以剛鐵爲之，又以柄關孔。」○二章。《爾雅疏》：「豆，以木爲之，高一尺，口足徑一尺，其足名鐙。中央直竪者名校，校徑二寸，黑漆飾朱。中大夫以上畫以雲氣，諸侯以象，天子以玉，皆飾其口也。其實四升，用薦葅醢。籩，以竹爲之，亦受四升，口有藤緣，形制如豆，盛棗、栗、桃、梅、菱芡、脯脩、膴鮑、糗餌之屬。」鐙音登。葅，臻魚反。膴，呵姑反，腊也。糗，去久反。餌，仍吏反。○《士昏禮》：「親迎之日，初昏，陳三鼎，實特豚合升，舉肺脊二、祭肺二、魚十有四、兔腊一。婦至，布席于室中。夫席在奥，東向，婦席西向，皆設醬、葅、醢，載牲體、魚腊于俎而設之。及黍稷湆，壻揖婦，即對筵皆坐。祭薦黍稷、肺，贊爾黍，授肺脊，皆食。以湆醬祭，舉食，舉三飯。卒食酌酳，然後用巹。」鼎三者，升豚、魚、腊也。特，猶一也。合升，合左右胖升於鼎。舉肺脊者，食時所先舉，下文凡言舉者同。每皆二者，夫婦各一耳。湆，肉汁爾。移也，移置席上。酳，以酒潔口。巹，破匏爲二，各用一。迎，魚覲反。湆音泣。巹音謹。此爲同牢之禮，約《禮經》注大略言之。

九罭《豳》六。東人願周公留。　異。

經○《語録》：「《九罭》詩分明是東人願其東，故致願留之意。公歸豈無所於汝？但暫寓信處耳。公歸將不復來於汝，但暫寓信宿耳。『是以有衮衣兮』，『是以』二字如今都不説，蓋本謂緣公暫至於此，是以此間有被衮衣之人。『無以我公歸兮，無使我心悲兮』，其爲東人願留之詩，豈不甚明白？止緣《序》有『刺朝廷不知』之句，故後之説詩者悉委曲附會，費多少辭語，到底鶻突。某嘗謂：『死後千百年，須有人知此意。』自看來直是盡見得聖人之心。」又曰：「寬厚温柔，詩教也。若如今人説《九罭》詩乃責其君之辭，何處討寬厚温柔之意？」

傳○一章。《爾雅疏》：「九罭，謂魚之所入有九囊。」《詩緝》：「毛以爲小網，諸家或以爲大網。郭璞言有百囊網，則九囊者不得爲大。又有不及九囊者，則九囊亦不爲甚小。蓋常網也。」○鱒音混。《爾雅翼》：「鱒魚，目中赤色一道横貫瞳，魚之美者。食螺蚌，多獨行，見網輒避。」○魴，見《周南·汝墳》。○蜼，位、柚、壘三音。卷音衮。九章之義：龍取其變；山取其鎮；華蟲取其文；火取其明；宗廟之彝取其孝，彝之所以畫虎蜼者，以其義與智也；藻取其潔；粉米取其養；黼取其斷；黻取其辨。

狼跋《豳》七。美周公。

經○《語録》：「『狼跋其胡，載疐其尾』，此與是反説，亦有些意義。『公孫碩膚』，如言幸虜譬及北狩之意。言公之被毀，非四國之流言，乃公自遜此大美耳。此古人善於辭命處。」又曰：「魯昭公分明是爲季氏所逐，《春秋》却書云：『公孫于齊。』如其自出云耳，是此意。」又曰：「狼性不能平行，每行，首尾一俯一仰。首至地則尾舉向上，胡舉向上則尾疐至地。故曰『狼跋其胡，載疐其尾』。」孫，蘇困反。

傳○一章。疐，丁四反，類隔切，今易陟利反。○疏：「跋前行曰躐，跲却頓曰疐。《說文》云『跋，蹎』，丁千反；『跲，躓』，竹二反。躓即疐也。然則跋與疐皆是顛倒之類，以跋爲躐者，謂跋其胡而倒躓耳。老狼有胡，謂頷下垂胡。進則躐其胡，謂躐胡而前倒也。退則跲其尾，謂却頓而倒於尾上也。」○《詩緝》：「狼，猛健之獸，雖善用兵者禦之亦不能免。平時不至跋疐，其老者雖項下垂胡，若在平地，亦無跋之之理。所言『跋胡』『疐尾』者，謂其落機穽之時，進退求脱不能耳。」○跲，極業反。○〔四〕《詩記》：「鄭氏《屨人》注：『王舄有三等，赤舄爲上，冕服之舄。』《詩》云：『王錫韓侯，玄衮赤舄。』則諸侯與王同。複下曰舄。」○又曰：「几，人所憑以爲安，故『几几，安也』。」○〔五〕被，去聲。○二章。聞音問。

《豳》篇下，《周禮注》：「田祖，始耕田者，謂神農也。田畯，古之先教田者。」○《禮記·郊特牲》：「天子大蜡八。歲十二月，合聚萬物而索饗之也。主先嗇而祭司嗇、饗農及郵表畷、禽獸，迎貓迎虎，祭坊與水庸。」注疏：「所祭八神：先嗇一，司嗇二，農三，郵表畷四，貓虎五，坊六，水庸七，昆蟲八。所祭之，神合聚萬物而索饗之，但以此八神爲主。十二月，周之正數，建亥之月也。先嗇，若神農者。司嗇，后稷是也。農，田畯也。郵表畷是田畯於井間所舍之處。郵，若郵亭屋宇處所；表，田畔；畷謂井畔。相連畷於此，田畔相連畷之，所造此郵舍，田畯處焉。禽獸，下文貓虎之外，但有助田除害者悉包之。坊者，所以畜水，亦以鄣水。庸者，溝也，所以受水，亦以泄水。昆蟲，螟螽之屬。」○《周禮》：「息老物。」鄭氏曰：「萬物助天成歲事至此，爲其老而勞，乃祀而老息之。」蜡，仕嫁反。郵，有周反。畷，知劣、知衛二反。坊音房。○鄭氏於二章下曰：「是謂《豳風》。」六章「以介眉壽」下曰：「是謂《豳雅》。」八章下曰：「是謂《豳頌》。」疏：「凡繫水土之風氣謂之風，『女心傷悲』是民之風俗，故知是《豳風》。雅者，正也。王者設教以正民，作酒養老，是美政，故知『穫稻爲酒』是《豳雅》。頌者，美盛德之形容，成功之事，男女功畢，無饑寒憂，置酒稱慶，是功成之事，故知『朋酒斯饗』、『萬壽無疆』是謂《豳頌》。」豳雅、頌說見前，此但存舊說。○剟，株劣反，割聚，又都括反。

豳詩次序

《七月》

豳國舊詩，周公遭變居東時所陳。

《伐柯》

東人喜見周公。

《狼跋》

周公居東，詩人美之。

《鴟鴞》

周公居東二年而遺王。

《九罭》

周公將歸，東人願留。

《東山》

周公東征歸而勞士。

《破斧》

軍士答周公。

十五《國風》，一百六十詩

正《風》二十五詩

《周南》十一詩　《召南》十四詩

變《風》一百三十五詩

《邶》十九詩　《鄘》十詩　《衛》十詩

《王》十詩　《鄭》二十一詩　《齊》十一詩

《魏》七詩　《唐》十二詩　《秦》十詩

《陳》十詩　《檜》四詩　《曹》四詩

《豳》變之正七詩

正詩

正之正二十三

《周南》十一

《關雎》　《葛覃》　《卷耳》

《樛木》　《螽斯》　《桃夭》

《兔罝》　《芣苢》　《漢廣》

《汝墳》　《麟之趾》

《召南》十二

《鵲巢》　《采蘩》　《草蟲》

《采蘋》　《甘棠》　《羔羊》

《殷其靁》　《摽有梅》　《小星》

《江有汜》　《何彼襛矣》　《騶虞》

正之變二

《召南》二

《行露》　《野有死麕》

變詩

變之正七十二

《邶》十四

《柏舟》　《緑衣》　《燕燕》

《日月》　《終風》　《凱風》

《雄雉》　《匏有苦葉》　《式微》

《旄丘》　《簡兮》　《泉水》

《北門》　《北風》

《鄘》六

《柏舟》　《定之方中》　《蝃蝀》

《相鼠》　《干旄》　《載馳》

《衛》七

《淇奧》　《考槃》　《碩人》

《竹竿》　《芄蘭》　《河廣》

《伯兮》

《王》四

《黍離》　《君子于役》　《君子陽陽》

《大車》

《鄭》四

《緇衣》　《羔裘》　《女曰雞鳴》

《出其東門》

《齊》二

《雞鳴》　《甫田》

《魏》四

《葛屨》　《汾沮洳》　《陟岵》

《伐檀》

《唐》八

《蟋蟀》　《山有樞》　《綢繆》

《杕杜》　《鴇羽》　《有杕之杜》

《葛生》　《采苓》

《秦》九

《車鄰》　《駟驖》　《小戎》

《蒹葭》　《終南》　《晨風》

《無衣》　《渭陽》　《權輿》

《陳》一

《衡門》

《檜》三

《羔裘》　《素冠》　《匪風》

《曹》三

《蜉蝣》　《鳲鳩》　《下泉》

《豳》七

《七月》　《鴟鴞》　《東山》

《破斧》　《伐柯》　《九罭》
《狼跋》
變之變六十三
《邶》五
《擊鼓》　《谷風》　《靜女》
《新臺》　《二子乘舟》
《鄘》四
《墻有茨》　《君子偕老》　《桑中》
《鶉之奔奔》
《衛》三
《氓》　《有狐》　《木瓜》
《王》六
《揚之水》　《中谷有蓷》　《兔爰》
《葛藟》　《采葛》　《丘中有麻》
《鄭》十七
《將仲子》　《叔于田》　《大叔于田》

《清人》　《遵大路》　《有女同車》
《山有扶蘇》　《蘀兮》　《狡童》
《褰裳》　《丰》　《東門之墠》
《風雨》　《子衿》　《揚之水》
《野有蔓草》　《溱洧》
《齊》九
《還》　《著》　《東方之日》
《東方未明》　《南山》　《盧令》
《敝笱》　《載驅》　《猗嗟》
《魏》三
《園有桃》　《十畝之間》　《碩鼠》
《唐》四
《揚之水》　《椒聊》　《羔裘》
《無衣》
《秦》一
《黄鳥》

《陳》九

《宛丘》　《東門之枌》　《東門之池》

《東門之楊》　《墓門》　《防有鵲巢》

《月出》　《株林》　《澤陂》

《檜》一

《隰有萇楚》

《曹》一

《候人》

【校記】

〔一〕「焉」，原作「馬」，據秦本改。

〔二〕「○」，原空，據秦本及體例補。

〔三〕「溼，失入反」，秦本作「溼即濕字」。

〔四〕「○」，原空，據秦本及體例補。

〔五〕同〔四〕。

詩集傳名物鈔卷第五

小雅二

傳○鄭氏《詩譜》:「《小雅》十六篇爲正經,《六月》之後謂之變《雅》。」○《釋文》:「從《鹿鳴》至《菁菁者莪》,凡二十二篇皆正《小雅》。六篇亡,今唯十六篇。」○《語録》:「問二《雅》所以分。曰:『《小雅》所繫者小,《大雅》所繫者大。「呦呦鹿鳴」,其義小;「文王在上,於昭于天」,其義大。』問變《雅》,曰:『亦只是變用它腔調。』」○又曰:「《大雅》氣象宏闊,《小雅》所陳各止一事。」○又問:「《詩》亡然後《春秋》作,先儒謂東遷之後《黍離》降爲《國風》而《雅》亡,恐是孔子删《詩》時降之。」曰:「亦是它當時如此。當初在豐鎬時,其詩爲二《南》;後來在洛邑時,其詩爲《黍離》。只是自二《南》進而爲二《雅》,自二《雅》退而爲《王風》。」○又曰:「《雅》蓋是王公大人好生地做,都是識道理人言語。故它裏面説得儘有道理,好子細看。非如《國風》,或出於婦人小夫之口,但可觀其大槩。」○別,彼列反。朝音潮。鼈音僖。説音悦。齊,側皆反。

鹿鳴小一，正一。燕享賓客。

經

鹿見野之有苹而呦呦和聲，呼其羣以共食；以興君有酒食，召集嘉賓而共饗也。燕享之意全在此興中，故下文祇見作樂奉幣耳。「人之好我，示我周行」，冀之之辭也。二章承上章而言，德音者，有德之言即示我之周行也。既足以示民，使不偷薄，則君子所當取則而倣傚之。君子，凡有位者也。〇德音，《邶·谷風》訓爲美譽。《豳·狼跋》云：「猶令聞。」此「德音孔昭」是言其平日德音素甚明也，故足以示民，使不偷薄，而君子當則傚矣。如此，則與上章意不相蒙。上章則求以言語示周行，此章則欲以德行威儀示法則。愚恐二説皆通，讀者擇之。

《詩記》：「燕禮有親疏之義，有尊卑之别，有長少之序，有内外之分，有賓主之位，人倫之道莫有不備。而『我有嘉賓』，踐其禮，安其樂，誠信感於人心，故聞者見者靡不孚而化之。不曰『德音孔昭，示民不恌』乎？觀其禮而知則且傚者，不亦君子乎？」别，必列反。長，知丈反。少，式召反。

此又與前二説不同，記于此以備慎思。蓋《傳》意以嘉賓平日美譽足以示人，《詩記》

以燕禮足以示人，愚則説以旅語之善言足以示人，各有攸當。

又曰：「『式燕以敖』，言其禮之從容也。夫莊而不至於矜，和而不至於流，此其德之純也。」

傳○一章。《爾雅》：「蘋，蕭。」注：「今名蘋蒿。」疏：「葉青白色，莖似箸而輕脆。始生，香，可生食，又可蒸食。」《詩緝》：「苹有二種。《爾雅》：『苹，蓱，其大者蘋。』水生之苹也。又云：『苹，蘋蕭。』陸生之苹，即鹿所食是也。」蘋音賴。脆，七歲反。○使，去聲。○瑟，見《周南・關雎》。○《樂書》：「萬物成乎艮則始作而施生，故其音匏中而爲笙。古者造笙以曲沃之匏、汶陽之篠，列管匏中而施簧管端。有長短之制。法象鳳凰，其形鳳翼，其聲鳳鳴。其長四尺。大者十九簧，謂之巢，以衆管在匏，有鳳巢之象；小者十三管，謂之和，以大者倡則小者和也。」○簧，見《王・君子陽陽・傳》。○箋：「飲之而有幣，酬幣也；食之而有幣，侑幣也。」疏：「《公食大夫禮》『賓三飯之』後『公受宰夫束帛以侑』注云：『束帛，十端帛也。侑猶勸也。主國君以食賓殷勤之意未至，復發幣以勸之，欲用深安賓也。』是禮食用幣之意。《饗禮》亡。而《聘禮》注云：『致享以酬幣。』故知飲之而有幣，謂酬幣也。而所用幣無正文，不過束帛乘馬而已，此諸侯酬大夫禮也。其天子酬諸侯及諸侯自相酬，不必用束帛乘馬。《聘禮》注又曰：『琥璜爵，蓋天子酬諸侯也。』謂以琥璜將幣以送爵。『琥以繡，璜以黼』，此則饗之酬幣。天子食之侑幣無文。」飲、食、乘，並去聲。○疏：「《鄉射記》：『古者於旅也語。』注云：『禮成樂備，乃可以言語先王禮樂之道。』是飲酒至旅酬之禮而語先王之道也。」○分，扶問反。○《緇衣》『私惠不歸德，君子不自留焉』。《詩》云：『人之好我，示我周行。』注疏：『私惠，謂不以公禮相慶賀，時以小物相問遺也。言人以私小恩惠相問遺，不歸依道德。如此者，君子之人不用留意於此等之人，不受其惠也。故文王燕羣臣，惟欲以正道示我，不以褻瀆邪辟之物相遺也。』」○二章。蒿，去刃反，疏：「荆楚之間謂蒿爲蒿。」○疏：「以目視物，以物示人，古同作視字。後世視物示人之字異，由是經傳中二字多相雜亂。」○三章。疏：「苓生澤中下地鹹處，牛馬亦喜食之。」○題下，《學記》：「大學始教，《宵雅》肄三，官其始也。」注：「宵之言小也。肄，習也。習《小雅》之三，謂《鹿鳴》《四牡》《皇皇者華》也。此皆君臣宴樂相勞苦之詩，爲始學者習之，所以勸之以官，且取上下相和厚。」《語録》：「入學之始須教它便知有君臣之義，始得。」肄，羊至反。○「本爲」之「爲」，于僞反。「食之」之「食」，音嗣。「樂之」「樂而」之「樂」，音洛。夫音扶。

四牡小二，正二。勞使臣。

經○三章。栩，見《唐·鴇羽》。

章各五句。一章、二章、五章，賦也，自爲一體。上二句爲一節，下三句爲一節，第二句、第五句用韻，其命辭、用意皆同。三章、四章，興也，亦自爲一體。上三句爲一節，下二句爲一節，第二句、第三句、五句用韻，命辭、用意亦同。一篇之中賦、興既異體，其文又自各爲一體也。

《詩記》：「父至尊也，母至親也。知母之親則知父之尊矣，知父之尊則知君之重矣。卒章及母而不及父，本其恩所起以教愛也。愛母則敬父矣，敬父則尊君矣，未有愛親而不愛其君者也。」○子金子：「卒章獨言『將母』者，父，丈夫也，猶能自養，婦人非子不能自養，此尤人之情也。」

傳○一章。《詩記》：「《説文》：『煮海爲鹽，煮池爲盬。』故安邑之出爲盬。盬苦而易敗，故《傳》以不堅訓之。」○此「勞臣」之「勞」，郎到反。「勞使」「出使」之「使」，去聲。分，去聲。「情思」之「思」，去聲。○二章。嘽嘽，毛氏：「喘息之貌，馬勞則喘息。」李氏：「今之駱馬最耐勞苦。以耐勞苦之馬今則喘息，則其勞可知矣。」○李氏：「『不遑啓處』，大意爲不暇居處之義。」○三章。《傳》「鵻」當作「隹」，《爾雅》作「隹其，夫不」。夫，方于反。不，方浮反，又如字。《爾雅》作「鳺鴀」，音同。《詩緝》：「一鳥十四名。鵻也，隹其也，鴀鳩也，祝鳩也，鳺鳩也，鵓鳩也，鵾鷬也，楚鳩也，鳻鳩也，荆鳩也，乳鳩也，鵴鳩也，䳑鳩也，鶟鳩也。」鴀音浮。鵾音昆。鷬音皇。鳻音汾。鵴音匊。䳑音役。鶟音葵。○養，《釋文》：「以上反。」○四章。枸檵音苟記。《詩緝》：「即枸杞。《本草》：『又名仙人杖，西王母杖。』其根名地骨。其莖榦三五尺，作叢。春作羹，茹微苦。」〇卒章。使，去聲。勞，去聲。〇題下。《魯語》：「叔孫穆子名豹。聘於晉，晉悼公饗之。樂及《鹿鳴》之三而拜樂三，曰：『君之所以況使臣，臣敢不拜？《四牡》，君之所以章使臣之勤也，敢不拜章？』」《左氏傳》在襄四年。〇勞、使皆去聲。「本爲」之「爲」，去聲。

皇皇者華 小三，正三。 遣使臣。

經〇《左氏傳・襄四年》：「穆叔即叔孫豹。曰：『《皇皇者華》，君教使臣曰：「必諮於周。」臣聞之，訪問於善爲咨，咨親爲詢，咨禮爲度，咨事爲諏，咨難爲謀。』」《魯語》：「《皇皇者華》，君教使臣曰：『每懷靡及，諏謀度詢，必咨於周。』臣聞之：咨才爲諏，咨事爲謀，咨義爲度，咨親爲詢，忠信爲周。」二《傳》注皆謂「咨之於忠信之人」。《解頤新語》：「咨者，訪其事也。諏有聚議之意，謀有計畫之意，度有體量之意，詢有究問之意。」〇二章。駒，見《陳・株林・傳》。〇三章。騏，見《秦・小戎》。〇四章。駱，見《四牡・傳》。

傳〇一章。之使，如字，餘皆去聲，下同。〇三章。忍，《釋文》：「音刃。」李氏：「如絲調直也。」〇五章。《爾雅注疏》：「陰，淺黑色。」毛淺黑而白，兼雜毛者名駰，今謂之泥驄。」〇題下。「本爲」之「爲」，去聲。夫音扶。

常棣小四，正四。燕兄弟。　周公。

經〇三章。《詩記》：「此章言兄弟相須之意。急，猶脊令首尾相應，急難之際，其相應如是也。」《詩緝》：「脊令行則摇。在原，是其行時也。行而在原則摇其身，首尾相應，如兄弟急難相救也。」

一章。毛以爲常棣之華鄂然外發之時，豈不韡韡而光明？鄭以爲常棣之華其鄂拊相覆而光明，猶相順而榮顯。疏以爲毛以衆華俱發而光明，興兄弟衆多而和睦；鄭以華喻兄、鄂喻弟，韡韡然光明。愚案：毛以韡韡者在華，鄭以韡韡者在鄂。味經詞氣，毛説爲長。以華、鄂分比兄弟，雖似差勝，然但作無義興。不必如疏家所言，毛意亦可也。拊與跗同。〇後三章謂雖有陳列籩豆之盛而飲酒醉飽，必兄弟具在然後能和樂相慕。謂與人燕樂必得兄弟而後和，雖妻子好合如琴瑟，必兄弟皆翕合，然後和樂可久，豈惟它人？至於妻子之親，苟不好愛於兄弟，則亦不能久也。欲宜室家、樂妻帑，非厚於兄弟，皆不可也。試究之圖之，其信然乎？蓋人於同氣不能厚，是猶薄於親也。人而不知厚其親，而乃厚於妻子及它人，是所謂不知本，此心違於理者遠矣。違於理者遠，則其感召亦有悖於理者及於身矣，雖妻子，其能保乎？

傳〇一章。《爾雅》：「唐棣，栘。常棣，棣。」李氏：「《何彼襛矣》『唐棣之華』與《論語》所舉則所謂栘，此『常棣』與《采薇》言『維常之華』則所謂棣」。《詩記》：「今玉李也，華鄂相承甚力。」〇二章。惡，烏故反。鬭，烏還反。射音石。盾，食準反。〇《東漢·郡國志》：「河南尹中牟有管城，故管叔邑。河内郡山陽有蔡城，蔡叔邑。」《通典》：「管城縣屬鄭州，與中牟縣鄰。山陽即懷州脩武縣。」《尚書》孔傳：「蔡叔所封，圻内之蔡；仲之所封，淮汝之間。圻内之蔡已滅，故取其名以名新國。」今案：《郡國志》所言即圻内之蔡也。〇三章。疏：「脊令，雀屬。大如鷃雀，長脚、長尾、尖喙，背上青灰色，腹下白，頸下黑如連錢，故杜陽人謂之連錢。」《詩緝》：「雪姑也」。〇爲，去聲。分，扶問反。孫音遜。難，去聲。五章同。〇四章。務，《釋文》：「如字讀者，又音侮。」此從《左傳》及《外傳》文。《傳》亦曰：「《春秋傳》作侮，罔甫反。」愚案：此字陸氏、朱子皆作去、上二音讀。〇狠，胡懇反。〇六章。饜，於豔反。〇卒章。帑，《釋文》：「依字，吐蕩反。經典通爲妻帑字。」〇題下。幾音機。復，扶又反。

伐木 小五，正五。燕朋友故舊。

經〇《語録》：「《伐木》大意皆自言待朋友不可不加厚之意，所以感發之也。」〇一章。《詩記》：「興之兼賦比者也。」○《詩記》：「詩人多有相因之辭，如伐木而感鳥鳴。蓋因此以興焉者也，故下章皆以伐木言之。」○友聲，謂應聲。○《語録》：「若能盡其道於朋友，雖鬼神亦必聽之相之，而錫之以和平之福。」○三章。乾，古寒反。○《詩緝》：「『此言無酒，設言之耳。』一詩之内凡言『我』，皆燕朋友者自我也。」

傳○一章。好，呼報反。○二章。《淮南子・道應訓》：「惠子爲惠王爲國法，梁惠王，惠施。此王以示翟煎，曰：『善可行乎？』煎曰：『不可。今夫舉大木者，前呼邪許，後亦應之，此舉重勸力之歌也。豈無鄭衛激楚之音哉？然不用者，不若此其宜也。治國有禮，不在文辨。』」邪，余遮反。○去，起吕反。○毛氏：「以筐曰釃，以藪曰湑。」疏：「筐，竹器也；藪，草也。漉酒者或用筐，或用草。用草者，用茅也。《左傳》：『包茅縮酒。』」藪，素口反。漉音鹿。○《語録》：「古人縮酒用茅，非謂祭時以縮酌求神也。《禮記・特牲》篇：『縮酌用茅。』注謂：『泲之以茅，縮去滓也。』此詩下章注云：『湑，莤之也。』《釋文》謂：『以茅泲之，去其糟也。』如今人或以器或以布帛去酒滓然，想古人不肯用布帛，故用茅。」泲，子禮反。莤與縮同。○《爾雅》注：「俗呼五月羔爲羜。」○殺，所界反。樂音洛，下章同。○三章。餱，《説文》：「乾食。」徐鍇：「今人謂乾飯爲餱。」

天保小六，正六。下報上。

經〇《本義》：「此詩文意重復，以見愛其上深至如此。詩人『爾』其君者，蓋稱天以爲言。」〇《語録》：「皆人臣頌祝其君之言，然辭繁而不殺者，以其愛君之心無已也。」〇一章。《詩記》：「除有消去之義。所稟之薄者，雖小福不能容載。惟其甚厚，故福祉之來，不問多寡，其受之也，皆若消去而未嘗有者，所謂『何福不除』也。」〇卒章。《家説》：「『月弦』『日升』，言其始盛；『南山之壽』，言其久盛也。」

前三章言受福于天，後三章言受福于祖。「單厚」「多益」「戩穀」，乃受福于天之實；「吉蠲」「孝饗」爲受福于祖之實。蓋天將降大任於是人，必使其氣質清明，好善全德，而爲受福之基，故「單厚」「多益」「戩穀」皆言「俾爾」。既有此德，則福之至有不期然而然者，庶則言歸之者衆也。第三第六兩章皆言得福之厚無窮。蓋兩結受福于天與祖之意，各有所指也。君子誠以格天，孝以事祖，故有此效。人而能盡誠孝之道，則其德莫可尚矣。人臣祝其君，容有大於此者乎？

傳〇三章。長，知丈反。卒章同。〇四章。諏，遵須、將侯二反，謀也。〇《周禮・大宗伯》：「以祠，春享先王；以禴，夏享先王；以嘗，秋享先王；以烝，冬享先王。」詩疏：

「若以四時，當云祠、禴、嘗、烝。詩以便文，故不依先後，自殷以上則禴、禘、嘗、烝，至周公則去夏禘之名，以春禴當之，更名春曰祠。」○《前編》曰：「《路史》以稷生漦璽，漦璽生叔均。《史記》謂『不窋卒，子鞠立，鞠卒，子公劉立』，而《路史》又謂『公劉之去后稷已十餘世矣』。《世本》云：『公劉、慶節、皇僕、差弗、僞榆、《史記》作毁隃。公非、辟方、《史記》缺辟方，皇甫氏謂公非字辟方者，非是。高圉、侯牟、《史記》缺侯牟，皇甫氏謂高圉字者，非。亞圉、雲都、《史記》缺雲都，皇甫氏謂亞圉字者，非。《漢書・表》云：「亞圉弟。」太公、組紺、《史記》作公叔祖類，《世表》作祖類，皇甫氏云公祖一名組紺。諸盩、《史記》缺，《路史》號太公。亶父。追王太王。』」子金子案：「《世本》自不窋、鞠、公劉至季歷已十七世。《史記》拘於『十五王，文始平之』之數，遂謂后稷之子爲不窋，曾孫爲公劉。前既缺代，又自公非已後缺四世不書。皇甫氏不得其説，遂以四世爲字，而組紺又自有四名。獨《索隱》覺其非，而不明辨。《路史》已明辨，而不斷十五王之説。今案《國語》『十五王』，蓋自公劉數至文王爾。」音切見《周南》一。

《傳》言「公叔祖類」，據《史記》而言之也。然則自叔均以下、不窋以上，不知其名，所祭者不知幾代。今皆不可考矣。

嘏，舉下反。祝爲尸致告於主人之辭。○五章。遺，唯季反。黔，其淹反，黑色。○六章。恒，《釋文》：「古鄧反，韻同。」無「古登反」，恐此當作協。○《語録》：「承是繼承，自相接續之意。松柏非是葉不彫，但舊葉落時新葉已生。」

采薇小七，正七。遣戍役。

經〇《語録》：「首章略言征夫之出，蓋以玁狁不可不征，故舍其室家而不遑寧處。至二章，則既出而不能不念其家。三章則竭力致死而無還心，蓋不復念其家矣。至四章、五章，則惟勉於王事而欲成其戰伐之功也。卒章則其事成之後，極陳其勞苦憂傷之情而念之也。」〇三章。疚，居又反。

《采薇》以下三詩，雖曰「遣戍」「勞還」，而專主於玁狁，蓋非汎言也。抑當是之時，有玁狁連西戎爲中國之患，命將出師。或周公作此詩而遣勞之，故能深知其情而極道之，而且勸之以義。如此，後凡出師，則皆以此歌之也。

傳〇一章。薇，見《召南・草蟲》。〇玁狁，北狄也。《史記》：「唐虞以上有山戎、獫狁、葷粥，戰國後爲匈奴。」注：「堯曰葷粥，周曰獫狁。」葷，許云反。粥，余六反。獫與玁同。

古者席地跪與坐無大異，大率皆雙膝著地。直其身則爲跪，安其身則爲坐。「啓居」即跪坐也。

舍，始野反。風，福鳳反。愾，口溉反，怒也。《左氏傳》：「敵王所愾。」復，扶又反。中音仲。〇三章。剛，謂薇老而堅也。

「十月爲陽」，《爾雅》文也。「時坤用事，嫌於無陽，故以名此月爲陽」者，鄭氏説也。扶陽抑陰，固聖人之意。陰既極矣，而名其月爲陽，果能扶陽乎？不然，則是以虚言而欲奪造化之實以誑世也。必不然矣。夫陰陽消息自微而著，皆有其漸。一陽之生，至子半而成，其肇基乃在亥半。則小雪之時，正六陽之極，陽絶於上而回於下之幾也。因是而名十月爲陽，正闡幽之意，則其義豈不著明矣乎？

四章。將、帥並去聲。五章同。○五章。《語録》：「問：『「小人所腓」，《傳》：「腓，猶芘也。」又引程子曰：「腓，隨動也。」如足之腓，足動則隨而動也。』案《易・咸・傳》：「腓，足肚。行則先動，足乃舉之，非如腓之自動。」《本義》亦曰：「欲行則先自動。」由程子前説觀之，則腓爲隨足以動之物；由後二説觀之，則腓爲先足而動明矣。不當引之以解此詩之義，不若「猶芘」之云得之。《生民》「牛羊腓字之」，《傳》亦以腓爲芘。若施於此語，與上文「君子所依」意義亦相類也。』答曰：『此非大義所繫。今詳兩説誠不合，當删去。然版本已定，只於補脱中説破可也。又「百卉具腓」又有他訓，不知此字竟是何義也？』」○戴侗《六書故》：「腓，脛後肉，腓腸也。『小人所腓』，言小人卒徒隨車，如腓也。」行音杭。弰，師交反，弓末也。○疏：「魚獸皮爲弓鞬矢服，海水潮及天將雨，其毛皆起水，潮還，及天晴則毛復如故。」鞬，居言反，弓衣也。○難，去聲。○六章。《爾雅注疏》：「蒲柳生澤中，可以爲箭。」《左傳》：「董澤之蒲。」

出車小八，正八。勞還率。

經〇二章。子金子：「『僕夫況瘁』，謂我憂心已自悄悄，僕夫況又勞悴。」〇四章。黍稷，見《王・黍離》。〇子金子：「載訓初亦可。《夏小正》：『寒日滌凍塗。』」〇五章。上六句與《召南・草蟲》同。〇卒章。蘩，見《召南・采蘩》。

一章受命而出，二章臨事戒懼，三章奮揚威武，皆主於出而言也。四章叙其歸期，五章室家之望，六章振旅凱旋，皆主於歸而言也。

傳〇一章。《爾雅》：「邑外謂之郊，郊外謂之牧。」注疏：「邑，國都也。界各十里而異其名。」〇勞，郎到反。還音旋。率與帥同。語，去聲。難，乃旦反。〇二章。「龜蛇曰旐」「鳥隼曰旟」，及下「交龍爲旂」，皆《周禮・司常》文。注：「龜蛇象其扞難避害，鳥隼象其勇捷，交龍一象其升朝，一象其下復。」疏：「龜有甲，能扞難；蛇見人避之，是避害。鷹隼能擊，故云勇；鳥飛疾，故云捷。」又《大司馬》：「諸侯載旂，郊野載旐，百官載旟。」今案：傳意以《曲禮》師行之法爲解，則不用《周禮》意也。〇旟，又見《鄘・干旄》。〇兹，箋：「或作滋，意同。滋益也。」〇幟，昌志、式志二反。〇子金子：「出師以喪禮處之，士泣涕，蓋必死也。惟必死，是以能勝。」〇四章。《語録》：「問：『簡書二説。』曰：『後説爲長。』」當以後説在前。前説只據《左氏》「簡書，同惡相恤之謂」，然此是天子戒命，不得謂之鄰國。○五章。將、帥並去聲。○與，平聲。○《采薇》箋：「昆夷，西戎也。」疏：「西方曰戎，夷是總名。」○卒章。倉庚，見《周南·葛覃》。

杕杜小九，正九。勞還役。

經○《詩緝》：「此詩四章皆不言戍役來歸之事，唯述其未歸之時室家思望之切。如此，則今日之歸，其喜樂爲何如也？所以慰勞之。」○一章。杕杜，見《唐·杕杜》。○三章。杞，《詩緝》：「枸檵也。」見《四牡》。

一章言冬未歸，二章言至春將莫亦未歸，三章言春已莫而未歸，四章言所期俱過而將歸也。

傳○一章。勞，去聲。還音旋。○三章。罷音皮。○四章。灼龜曰卜，揲蓍曰筮。揲，實葉反。蓍，升脂反。○繇，直又反，蓍龜之辭也。○題下。將、帥、勞，並去聲。

南陔小十，正十。笙詩。　　異。

右《鹿鳴之什》

白華小十一，正十一。笙詩。　異。

華黍小十二，正十二。笙詩。　異。

魚麗小十三，正十三。燕饗通用。　異。

經〇二章。魴，見《周南・汝墳》。〇三章。鯉，見《陳・衡門》。

傳〇一章。《埤雅》：「鱨，今黄揚魚，性浮而善飛躍，故一曰揚鯊，性沈，大如指，狹圓而長，有黑點文。常沙中行，亦於沙中乳子，又曰吹沙。長三寸許，背上有刺螫人。」螫音適。〇解，下賣反。鮀，徒何反。〇二章。《詩緝》：「毛氏以鱧爲鮦，《本草》云：『蠡一名鮦，今黑鯉魚，道家以爲厭者也。』郭璞云：『鱧，鮦。』山陰陸氏云：『鱧，今玄鯉，與蛇通氣。』是郭璞、陸氏皆同毛説，以鱧爲今之烏鯉魚也。今不從。舍人云：『鱧名鯇。』陸璣云：『鱧，鯇也。似鯉，頰狹而厚。』」是舍人與陸璣皆以鱧爲鯇魚也。今從之。鮦，同、童二音。蠡音禮。鯇，户板反。〇三章。《詩緝》：「毛氏及前儒皆以『鮎』釋『鰋』，惟郭璞以『鰋』『鮎』各爲一魚。鰋，今偃額白魚也。鮎別名鯷，《本草》：『鮧一名鮎，一名鯷。』是鮧、鮎、鯷爲一魚，不言是鰋，見郭璞與《本草》合。《毛傳》質略，當言『似鮎』耳。」鮎，乃兼反。鯷，大計反。鮧音啼，又延知、在私二反。○五章。《詩記》：「旨即所謂嘉也。物雖嘉旨，然陸産不如水産之盛，澤物不如山物之蕃，猶未可以言偕也。」○六章。《詩記》：「有即所謂偕也。物雖盛多而皆有，必適當其時，然後盡善。所謂時者，不專爲用之時也。苟非國家閒暇、内外無故，則物雖盛，不能全其樂矣。」○題下。閒音諫。

由庚小十四，正十四。笙詩。異。

南有嘉魚小十五，正十五。燕饗通用。

傳○一章。《釋文》：「罩字有張教、竹卓兩音。樂字音洛。協句五教反。」今宜俱讀作入聲，不必協韻。○左太沖《蜀都賦》「嘉魚出於丙穴」注：「丙穴在漢中沔陽縣，北有魚穴二所，常以三月取之。丙，地名也。嘉魚，鱗似鱒魚。」《埤雅》：「嘉魚，鯉質鱒鱗，肌肉甚美。食乳泉，出於丙穴，穴口向丙故也。」鱒，才損反，義見《豳·九罭》。○篧，助角反。《爾雅》疏：「今楚篧也。罩以竹爲之，無竹則以荆，故謂之楚篧。」重，直容反。○二章。箋：「樔者，今之橑罟。」《爾雅》作罺，並側交反。橑，力弔、力條二反。○四章。鵻，見

《四牡》。

崇丘小十六，正十六。笙詩。　　異。

南山有臺小十七，正十七。燕饗通用。　　異。

經○上一截初曰「邦家之基」，以其本而言；次曰「邦家之光」，則發而有光華矣；又次言「民之父母」，則以其效言也；其下則祝其壽而已。眉壽固壽矣，髮白而復黄，面梨而浮垢，又老之甚者也。下一截前兩章祝其壽，就君子之身而言；次兩章曰「德音不已」「是〔一〕茂」，則以及於人者言之；末則又言「保艾爾〔二〕後」，又非一時也。此詩雖各以兩木起興，易韻成文，而其言亦有叙也。

傳○一章。夫音符。道音導。○二章。楊，見《秦・車鄰》。○三章。陸璣：「杞，一名苟骨，山木也。其樹如樗，理白而滑，可以爲函及檢板。其子爲木蝱，可合藥。」○四章。栲杻，見《唐・山有樞》。○五章。枳，諸氏反。陸璣：「枸，木本，從南方來。其木能令酒薄，若以爲屋柱，一室之内酒皆少味。」《語録》：「枸是機枸子，建陽謂之皆拱子，甘而解酒毒。」○著，直略反。楸音秋。

由儀小十八，正十八。笙詩。　異。

蓼蕭小十九，正十九。燕諸侯。　異。

經○三章。《詩記》：「天子之待諸侯，甚燕樂而豈弟也。」○天生烝民，不可以無統，故立之君以主之。其始蓋自下而推之也。德化足以服乎一方者，故共推以爲一方之主。而萬方之主又共推其德之至盛、足以服乎天下者一人，以爲天下之共尊而取法焉。聖聖相繼，於是制爲典禮，定其等衰，上下相維，無相僭僭。然天子雖爲天下之共戴，而其用禮乃與其臣非有大相遼絶之勢。蓋遠則疏而近則親，疏則離而親則合。故天子之禮用十有二，而上公之禮用九，君臣相去之間特三命爾。所以三公坐而論道，更相可否。堯庭之都、俞、吁、咈，虞庭之賡歌，君臣之間雍雍和樂，而敬愛之心未嘗不存乎其中。三代聖君蓋莫不由是道也，觀宴樂羣臣之諸詩可見矣。至於《蓼蕭》之詩，尤見卑孫樂易，直猶賓主相敵，慶幸之辭安有一毫自尊陵下之意？其曰「見君子」而「我心寫」「燕笑語」「是以有譽處」，固備其謙接之語。至曰「爲龍爲光」，則又其卑孫之極者也。上之人禮容揖孫乃如此，而爲下者所以承順悦服又當何如邪？豈弟之氣象盈於朝廷、被於天下，其化安得不至於比屋可封哉？自秦始皇尚氣勢而不知德義，又自尊而卑人，務使君臣之禮懸絶如天地，然後上下之情離，而亂臣賊子、奸名犯分者愈衆矣。衰，初危反。偪，彼即反。孫，易並去聲。○此詩後三章下兩句皆言諸侯，唯首章下句言已。

傳○一章。《詩緝》：「毛云：『蕭，蒿也。』《釋草》：『蕭，萩。』郭璞云：『即蒿也。』陸璣：『蕭，今人所謂萩蒿，或謂之牛尾蒿。似白蒿，莖麤，科生，有香氣，故祭祀以脂爇之爲香者也。』」○朝音潮。○二章。蕃音煩。○三章。易，以豉反。○《左氏傳・宣二年》：「初，麗姬之亂，詛無畜羣公子。」事在僖四年。麗，呂支反。詛，莊助反。○《春秋・昭元年》：「秦伯之弟鍼出奔晉。」《左氏傳》：「秦后子有寵於桓，如二君於景，其母曰：『弗去。』懼選。鍼適晉，其車千乘。司馬侯問焉，曰：『子之車盡於此而已乎？』對曰：『此之謂多矣。若能少此，吾何以得見？』趙孟曰：『吾子其曷歸？』對曰：『鍼懼選於寡君，是以在此。』」鍼，其廉反。蓋鍼，桓公之子、景公之弟也。桓公愛之，是以富至千乘。《史記》謂：「富而或譖之，恐誅，乃奔。」選，數也，恐數其罪而加戮也。○四章。沖，《釋文》：「直弓反，一音敕弓反。」○鑣，悲驕反，義見《衛・碩人》。

湛露小二十，正二十。燕諸侯。

經〇三章。杞，見《南山有臺》。棘，見《邶・凱風》。〇四章。桐椅，見《鄘・定之方中》。

此詩皆無義興。一章以「匪」「不」二字興下「不」「無」二字。二章兩「在」字相應。三章則承上「在彼」二字。卒章則如歐陽公謂「詩人比事多於卒章别引他物」是也。下兩句皆以「莫不」承之，其末章之興尤爲無義者也。

傳〇一章。乾音干。〇疏：「夜飲者，君留而盡私恩之義，故言私燕也。」〇《儀禮・燕禮》曰：「宵則庶子執燭於阼階上，司宫執燭於西階上，甸人執大燭於庭，閽人爲大燭於門外。」注：「宵，夜也。庶子，世子之官也。燭，燋也。甸人，掌共薪蒸者。庭大燭，爲位廣也。閽人，門人也。爲，作也。作大燭以候賓客出。」疏：「凡燕法設燭者，或射之後，終燕則至宵。或冬日則不射亦宵也。燋者，古者無麻燭而用荆燋。未爇曰燋，但在地曰燎，執之曰燭，樹於門外曰大燭，於門内曰庭燎。」甸，大練反。閽音昏。燋，哉約、哉妙二反。共音恭。〇卒章。喪，息浪反。〇題下。見《彤弓》題下。

右《白華之什》

彤弓小二十一，正二十一。錫有功諸侯。

傳〇一章。弛，式氏反。飲，於鴆反。「府藏」之「藏」，徂浪反。分，扶問反。〇疏：「饗者，烹太牢以飲賓，是禮之大者，故曰大飲賓。曰饗，謂以大禮飲賓，獻如命數，殽牲俎豆，盛於食燕。《周語》曰：『王饗有體薦，燕有折俎。公當饗，卿當燕。』是其禮盛也。」〇漢哀帝建平四年，上發武庫兵送侍中董賢及乳母王阿舍，執金吾毋將隆奏：「武庫兵器，天下公用，今便僻弄臣、私恩微妾，而以天下公用給其私門，非所以示四方也。」「毋將」之「毋」，音無。〇《易·屯》：「九五，屯其膏。」注疏：「膏謂膏澤恩惠之類。屯難其膏，不能博施。」〇韓信言：「項羽之爲人也，見人慈愛，言語嘔嘔。至人有功當封爵者，印刓敝，忍不能予。此婦人之仁也。」嘔，凶于反，悦言也。刓，户官反，訛缺也。予，上聲。〇二章。疏：「右，謂設饗禮以勸其功。此勸既非勸酒，故卒章『醻』亦不得爲『醻酒』。」《詩記》：「尊而右之。」《詩緝》：「右與宥、侑通，皆助也。《左傳》云：『王饗醴，命之宥。』注：『以幣物助勸。』是饗禮必有賜以爲宥，而彤弓則宥之大者也。」〇三章。說、悦同。〇疏：「案《燕禮》賓既受獻，『西階上坐，卒爵賓以虛爵降。賓坐取觚，卒盥，揖升，酌以酢主人於西階上。主人拜受，遂卒爵。』是主人獻賓，賓酢主人也。又曰：『主人盥洗，升，媵觚於賓。酌散西階上，坐奠爵，拜賓。賓降筵，答拜。主人坐祭，遂飲。主人酌膳。賓西階上拜，受爵于筵前，反位。主人拜送爵。賓升席，坐祭酒，遂奠于薦東。』是主人又飲而酌賓曰醻也。」媵，以證反，送也。或讀作揚，提舉也。散，悉旦反。

《傳》於右曰「勸也，尊也」，於醻曰「厚也，勸也」，是皆取義於弓而不取義於饗也。蓋此詩專主於錫弓，言錫弓則饗意自見，未有不饗而錫者也。是「醻」字借醻酒之義以爲厚勸之喻，觀《傳》有「猶」字可見矣。

題下。《左氏傳・文四年》：「衛甯武子聘魯，公與之宴，爲賦《湛露》及《彤弓》，不辭，又不答賦。使行人私焉，對曰：『昔諸侯朝正於王，王宴樂之，於是賦《湛露》。則天子當陽，諸侯用命也。諸侯敵王所愾而獻其功，王於是賜之彤弓一、彤矢百、玈弓矢千，以覺報宴。今陪臣來繼舊好，君辱貺之，其敢干大禮以自取戾？』」武子，甯俞也。朝正謂朝而受政教也。愾，苦愛反。玈音盧，黑也。好，呼報反。〇爲，于僞反。〇《詩緝》：「《書・文侯之命》：『彤弓一，彤矢百。』《左傳》：『晉文公敗楚於城濮，獻功於王。王饗醴，命晉侯宥，賜彤弓一，彤矢百。』陳氏曰：『《春秋》所載，皆謂諸侯有功則王賜之彤弓，以旌伐功而已，未嘗謂既賜，然後得專征也。《王制》言：「賜弓矢，然後征。」蓋言天子命諸侯征伐，故賜弓矢以將王靈耳，安得有專征之言乎？鄭氏遽謂得專征伐。由漢而下有無君之心者，徼求弓矢之賜，脅諸侯而肆其姦者紛然。蓋康成啓之也。』」濮音卜。徼音驕。

○《周禮》：「大司馬以九伐之法正邦國。馮弱犯寡則眚之，賊賢害民則伐之，暴内陵外則壇之，野荒民散則削之，負固不服則侵之，賊殺其親則正之，放弑其君則殘之，犯令陵政則杜之，外内亂鳥獸行則滅之。」注及《釋文》：「馮，皮冰反，猶乘陵也，言不字小而侵侮之。眚，所景反，猶人眚瘦，謂四面削其地。伐者，兵入其竟，鳴鍾鼓以聲其罪。壇與墠同音善，謂置之空墠，以出其君，更立其次賢者。負恃險固，不服事大，則侵之。兵加其竟而已正之者，執而治其罪。殘，殺也。犯令者，違命也。陵政者，輕政法，不循也。杜之者，杜塞，使不與鄰國交通。滅，謂誅去之。」○晉穆帝永和七年，荆州刺史桓温屢求北伐，詔書不聽，温拜表輒行。安帝隆安三年，孫恩陷會稽等郡，劉牢之鎮京口，發兵討恩，拜表輒行。

菁菁者莪小二十二，正二十二。燕賓客。　異。

經○二章。沚，見《召南·采蘩》。○三章。陵，見吉日。

傳○一章。疏：「莪，蒿，一名蘿蒿。生澤田漸洳之處，葉似邪蒿而細，科生。三月中，莖可生食，又可蒸，香美，味頗似蔞蒿。」漸，子廉反。洳，如豫反。○三章。疏：「言『古者貨貝』，謂古者寶此貝爲貨也。《漢·食貨志》以大貝、牡貝、幺貝、小貝、不成貝爲五也。

『大貝四寸八分以上，直錢二百一十文；牡貝三寸六分以上，直錢五十文；幺貝二寸四分以上，直錢三十文；小貝一寸二分以上，直錢一十文。以上四種各二貝爲朋。不成貝寸二分，不得爲朋，率枚直錢三文也。』鄭氏因經廣解之，言有五種之貝，其中以相與爲朋，非總五貝爲一朋也。《志》所言，王莽時事。莽多舉古事而行五貝，故知古者貨貝焉。」

愚案：一章曰「興也」，而又著「或曰比，下章倣此」。於下三章則皆曰比，蓋互見也。意四章皆可作興，亦皆可作比也。前三章言莪，而卒章言舟，則與《湛露》同。

六月小二十三，變一。宣王時，詩人叙尹吉甫伐玁狁有功。

《釋文》：「從《六月》至《無羊》十四篇，是宣王之變《小雅》。」朱子不盡從其説。

經○末章。祉音耻。○《詩緝》：「《釋文》云：『合毛炙物曰炰。』鼈可煮不可炰，今云『炰鼈』，謂火蒸煮熟之也。」

此詩蓋從征之君子所作。詳味其辭，若親履其事者。一章總言盛夏出軍之由，二章言車服備而軍出，三章言攻伐之事，四章言玁狁侵地以啓下章驅逐之所至，末章言軍凱旋也。詩前五章皆言車馬之盛，但前四章汎言軍中之車馬，五章乃言吉甫之車馬。一章

「我」，我朝廷也；二章「我」，我軍衆也；卒章「我」，我吉甫也。一章之「服」，軍帥之服也；二章之「服」，軍衆之服也。

傳○一章。疏：「言載之者，以戎服當戰陣之時乃服之，在道未服之。」○《周禮・春官・司服》：「凡兵事，韋弁服。」注：「韋弁以韎韋爲弁。」謂淺赤色韋也。韎音妹，又莫拜反。○弁制見《衛・淇奥》。○成、康、昭、穆、共、懿、孝、夷八王而至厲王。厲王好利，榮夷公爲卿士用事。王暴虐侈傲，使巫監謗者，告則殺之。三十七年，國人叛而襲王，王出奔彘，太子静匿召公家，周、召二相行政，號曰「共和」。共和十四年，王崩于彘，二相立太子静，是爲宣王。○二章。《詩記》：「漢文帝詔：『吉行五十里，師行三十里。』《前漢・律曆志》：『武王伐紂，初發以十月戊子，而戊午渡孟津。孟津去周九百里，師行三十里，故三十一日而渡。』」○「皆中」之「中」，陟仲反。應，去聲。○愾，苦愛反，義見《彤弓》題下。○三章。《詩緝》：「《説文》曰：『顒，大頭也。』脩以言其身之長，廣以言其腹背之充，顒以言其首之大。三者相稱，所以成其大也。」○將、帥皆去聲。○四章。度，徒洛反。○《詩記》：「整居，言無憚也。」○《爾雅》「十藪」：「周有焦護。」注：「扶風池陽縣瓠中是也。」今案：池陽即三原也，但郭注以焦護爲一所。《傳》既引之，而又云：「焦未詳所在。」此意未詳。○疏：「鎬，王肅以爲鎬京，故王基駁曰：『下章云：「來歸自鎬，我行永久。」言吉甫自鎬來歸，猶《春秋》「公至自晉」「至自楚」也。』」《前漢》劉向疏：「吉甫之歸，周厚賜之。其詩曰：『來歸自鎬，我行永久。』千里之鎬，猶以爲遠。」顔師古曰：「鎬非豐鎬之鎬。」○涇，見《邶・谷風・傳》。幟，旗也。毛氏：「鳥章，錯革鳥爲章。」疏：「錯，置也；革，急也；畫是急疾之鳥於縿也。」《詩緝》：「白旆，白帛也。以絳帛爲旆，以帛續旐末爲燕尾，戰則旆之。疏：『白旆謂絳帛，九旗之物皆用絳。』此旗而言旐者，散則通名。」錯，七故反。革音急。縿音衫，詳見《鄘・干旄》。○《詩記》：「軍前曰啓，後曰殿。『元戎十乘，以先啓軍行之前』者，所謂選鋒也。《兵法》：『兵無選鋒曰北。』《史記・三王世家》注：『《詩》：「元戎十乘，以先啓行。」韓嬰《章句》曰：「元戎，大戎，謂兵車也。車有大戎十乘，謂車縵輪，馬被甲，衡扼之上畫有劍戟，名曰陷軍之車。所以冒突，先啓敵家之行伍也。」』」《家説》：「行當音杭，韻協。」縵，莫干反。被，去聲。○五章。《詩緝》：「有文有武之吉甫，乃萬邦以之爲法。辨一玁狁，餘事耳。」

采芑小二十四，變二。宣王時，詩人叙方叔征南蠻有功。

經○《詩緝》：「南征、北伐二詩，皆班師時作。《六月》之詞迫，《采芑》之詞緩。《六月》似討而定，《采芑》似畏而服。」○一章。李氏：「毛以『薄言采芑』爲菜，『豐水有芑』爲草，『維糜維芑』爲穀。王氏皆以爲穀。」《詩緝》：「新田、菑畝、中鄉，不應指菜。」○騏，見《秦・

小戎》。○二章。《詩緝》：「芾與佩皆非軍中之服。路以金路，則非戎路；馬有和鸞，則非戎馬。蓋方叔克壯，其猶如吴起將戰不帶劍，武侯臨陣不親戎服，羊祜輕裘緩帶，杜預身不跨馬。故詩人詠其車服之美而已。」○三章。鴥，疾飛貌。○四章。《詩緝》：「少年輕俊之人勇力求勝，未能深謀遠慮。唯方叔老成，故能尚謀不尚戰。以謀爲壯，不以力爲壯也。《六月》之詩事勢急迫，《采芑》之詩辭氣雍容。以北伐則四夷交侵，初用兵也。南征則北方已服，中國粗定，方叔乘北伐之威以臨蠻荆也。下篇《車攻》則中興之功成矣。」粗，徂古反。

傳○一章。「肥可生食」，疏作「脆可生食」，《詩記〔三〕》同，當以「脆」爲正。○蕢音買。將，子匠反。乘，食證反。背音佩。○《爾雅》：「田一歲曰菑，二歲曰新田，三歲曰畬。」疏：「菑，災也，始災殺其草木，江東呼初耕地反草爲菑。新田，新成柔田也。畬，和柔之意，田舒緩也。」《詩》疏：「《臣工·傳》及《易》注皆與此同，唯《坊記》注云：『二歲曰畬，三歲曰新田。』」當是轉寫誤。《韻會》：「田一歲曰菑，始反草也；二歲曰畬，漸和柔也；三歲曰新田，已成田而尚新也；四歲則曰田矣。」若二歲曰新田，三歲則爲田矣，何名爲「畬」？鄭注《坊記》之説爲是，但於《采芑》《臣工》不暇辨耳。《爾雅》既從毛注之失，孔疏又言鄭注「轉寫之誤」，皆非也。○古者馳車一乘則革車一乘。馳車，戰車；革車，輜車，載器械、財貨、衣裝者也。馳車用四馬，革車用十二牛。《司馬法》：「一車甲士三人，步卒七十二人。炊家子十人，固守衣裝五人，厩養五人，樵汲五人。馳車七十五人，革車二十五人。」○《詩緝》：「路車，金路也，以『有奭』言赤。又巾車鉤樊纓，今有鉤有膺，知其爲金路。」疏：「《春官・巾車》注：『鉤，婁頷之鉤也。以金爲之。』是鉤用金，在頷之飾也。膺，樊纓也，在膺之飾惟有樊纓。『樊與鞶同，謂今馬大帶。纓，今馬鞅。金路其樊及纓，以五采罽飾之而九成。』」罽者，織毛爲之，若今之毛氍毹，以衣馬之帶鞅也。「《巾車》云：『金路鉤樊纓九就，同姓以封。』或方叔爲同姓也。方叔，元老，五官之長，是上公也。上公雖非同姓，或亦得乘金路矣。」樊音盤。頷，户感反。罽音計。氍，極俱反。毹，山于反。○二章。治，去聲。○毛氏：「錯衡，文衡也。」疏：「錯，雜也。雜物在衡，是有文飾。」○鑣，見《衛・碩人》。○朱芾，見《曹・候人》及後《斯干》。○疏：「三命至九命皆葱珩，非謂方叔唯三命也。」○三章。《爾雅》：「鷹隼醜，其飛也翬。」注疏謂：「隼，鷂之屬。鼓翅翬翬然疾飛，是急疾之鳥也。齊謂之擊征，或曰題肩，或曰雀鷹。春化爲布穀者是。」《埤雅》：「鷹之搏噬不能無失，獨隼爲有準，每發必中。或曰：『即今呼爲鶻者。』」○疏：「《周禮》有鐲鐃無鉦。《説文》云：『鉦，鐃也。似鈴，柄中上下通。』然則鉦即鐃也。《説文》又云：『鐲，鉦也，鐃也。』則鐲、鐃相類，俱得以鉦名之。故《鼓人》注云：『鐲，鉦也，形如小鐘。』是鐲亦名鉦也。鐲似小鐘，鐃似鈴，是有大小之異耳。但鐲以節鼓，非静之義，故知『鉦以静之』指謂鐃也。」鐲音濁。鐃，奴交反。○疏：「『出曰治兵，入曰振旅』，莊八年《公羊》文也。《公羊》本曰『祠兵』，《周禮》《左傳》《穀梁》《爾雅》皆作『治兵』，明彼爲誤，故箋改其文而引之。」○四章。與音預。

車攻 小二十五，變三。 宣王會諸侯東都，因田獵選車徒。

傳○一章。《詩記》：「案：字書訓釋、《説文》並以龐爲高屋，蓋馬之高大也。」○「復會」之「復」，扶又反。○二章。李氏曰：「毛氏：『甫，大也。田者，大艾草以爲防。』鄭氏謂：『鄭有甫田。甫草，甫田之草。』案：左氏曰：『鄭有原圃。』則圃者，鄭圃之名。今鄭氏以圃爲甫田，固非其字；又以甫草爲甫田之草，其説爲迂。當從毛氏。」○三章。數，色主反。○《詩記》：「敖，山名。晉師救鄭在敖、鄗之間，士季設七覆于敖前。則敖山之下平曠可以屯兵、翳薈可以設伏，所謂『東有甫草』即此地也。」《括地志》：「滎陽故城在鄭州滎澤縣西南十七里，殷時敖地，周時名北制，在敖山之陽。」鄗，苦交反。覆，夫又反。○四章。《詩記》：「諸侯人君宜朱芾，而此赤芾者，會同故也。治其臣庶則朱芾，君道也。故方叔服其命服，則朱芾會同於王，則赤芾，臣道也。故其『會同有繹』則赤芾也。」○疏：「《天官·屨人》注云：『舄有三等：赤舄爲上，冕服之舄；下有白舄、黑舄。』此云『金舄』者，即《禮》之赤舄也。故箋云：『金舄，黃朱色。』加金爲飾。」○疏：「《大宗伯》

注：『時見者，無常期。』諸侯有不服者，王將有征討之事，則既朝覲，王爲壇於國外，合諸侯而命事焉。殷，衆也。十二歲，王如不巡狩，則六服盡朝。禮畢，王爲壇，合諸侯以命政焉。如是，則會、同禮別，不得並行。蓋會者，交會；同者，同聚。理既是一，故《論語》及此連言之。」○見音現。屬，之玉反。○五章。柴，《釋文》：「又音才寄反。」○著，知略反。○七章。《漢書》：「景帝三年，太尉周亞夫引兵擊吴、楚，深壁而守。夜，軍中驚，内相攻擊擾亂，至帳下，亞夫堅卧不起，頃之復定。」○踐，子淺反。膘，頻小反。射，食亦反，下如字。腢音愚，又五偶反。乾音干。髀，補爾、步未二反。髃，胡了反，字書無此字。中，竹仲反。案：《傳》文與《毛傳》顛倒，今依文取疏及《釋文》解之。面傷，謂當面射之；踐毛，謂在傍而逆射之。二者皆爲逆射。不獻者，嫌誅降之義。不成禽不獻者，惡其害幼少。膘者，脅後髀前肉也。腢，肩前也。自左膘射之，達過於右肩腢爲上殺。以其貫心，死疾，肉最潔美，故以爲乾豆，謂乾之足以爲豆實供宗廟也。「達右耳」本蒙上文，言自左射之，達右耳本而死者，爲次殺。以其遠心，死稍遲，肉已微惡，故以爲賓客也。髀，謂股外。髃，水膁也。射左股髀而達過於右脅髃爲下殺。以其中脅，死最遲，肉又益惡，充君之庖也。凡射獸皆逐後，從左廂而射之。每禽取三十，而宗廟、賓客、君庖各十也。膁，口簟反，腰肉。

吉日小二十六，變四。宣王田獵。

經○《語録》：「問《車攻》《吉日》詩。朱子曰：『好田獵之事，古人亦多刺之。然宣王之田乃是因此見得其車馬之盛、紀律之嚴，所以爲中興之勢者在此。其所謂田，異乎尋常之田矣。』」○二章。差，初佳反。

傳○一章。《晉·天文志》：「房四星，亦曰天駟，爲天馬，主車駕。南星曰左驂，次左服，次右服，次右驂。亦曰天厩。」《爾雅》注：「龍爲天馬，故房謂之天駟。」《詩》疏：「校人春祭馬祖，夏祭先牧，秋祭馬社，冬祭馬步。既四時各有祭，馬祖常祭在春，而將用馬力，則又用彼禮以禱之。」《通典》：「隋制，仲春用少牢祭馬祖於大澤，積柴於燎壇。禮畢，就燎以剛日。」愚案：此雖隋禮，其初必有所考。想三代之禮大略如此。○二章。《禹貢》謂：「東過漆沮。」孔氏曰：「漆、沮，二水名，亦曰洛水，出馮翊北。」《寰宇記》：「漆水自耀州同官縣東北界來，經華原縣合沮水。」沮水，《漢志》：「出北地郡直路縣東，即今坊州昇平縣北子午嶺，俗號子午水。下合榆谷、慈馬等州，遂爲沮水。至耀州華原縣合漆水，至同州朝邑縣東南入渭。洛水出慶州廢洛源縣北白於山，經上郡雕陰縣秦望山，南過襄樂郡，又東南過同州衙縣以入于渭。衙縣即白水縣也。」程大昌泰之《雍録》：「《禹貢》止有漆、沮，秦漢以後始有洛水。所謂洛水者，《地志》：『出北地郡歸德縣，北蠻夷中。』即洛源縣。其水自入塞後逕鄜、坊、同之三州，始入渭。孔安國輩謂『自馮翊褱德縣入渭』者也。漢褱德，唐同州衙縣，亦朝邑縣也。所謂沮水者，《長安志》：『自邠州東北來，至華原縣，南流合漆水，入耀州富平縣石川河。』石川河者，沮水正派也。所謂漆水者，《長安志》：『漆水自華原縣東北同官縣界，東南流入富平縣石川河。』是爲合漆之地。此三水分合之詳也。若槩三水而命其方，則漆在沮東，至華原乃合沮。沮在漆西，既已受漆，則遂南東而合乎洛。洛又在漆、沮之東，至同州白水縣與漆、沮合，而相與南流以入于渭。三水雖分三名，至白水縣則遂混爲一流。故自孔安國、班固以後，論著此水者皆指褱德入渭之水爲洛。而曰『洛即漆沮』者，言其本同也。」《禹貢》「導渭」序漆沮在灃、涇之下。灃之入渭在盩厔縣境，蓋在咸陽西南。涇之入渭在陽陵，則在咸陽之東。漆沮入渭在褱德，又在陽陵東北三四百里也。《地理考異》：「《書》『漆沮』在灃、涇之東，爲渭之下流。《吉日》『漆沮』乃會於東都，維田獵之後，則宜爲下流之漆、沮，於東都爲地近，非《緜》之『漆』『沮』也。」餘見《大雅・緜》。馮，皮陵反。華，胡化反。雍，於用反。鄜，方無反。褱即懷字。邠即豳字。盩，張流反。厔，陟栗反。○三章。趨疾走也。○共音恭。○四章。挾，《釋文》：「子洽、子協、户頰三反。」兕，又見《周南・卷耳・傳》。○中，陟仲反。疏：「小者射中必死，苦於不能射中；大者射則易中，唯不能即死。小豝云發，言發則中之；大兕云殪，言射著即死。異其文者，言中微而制大。」○《周禮》：「酒正五齊：一曰汎齊，二曰醴齊，三曰盎齊，四曰緹齊，五曰沈齊。」注疏：「醴猶體也，此齊熟時上下一體，汁滓相將，故名醴齊。造用秫稻麴蘖。」《詩緝》：「少麴多米，二宿而熟，饗爲盛禮，王饗諸侯則設醴，示不忘古禮之意也。」齊，才細反。緹音體。秫音述。蘖，魚列反。

鴻雁小二十七，變五。　流民喜宣王勞來安集。　以下時世多不可考。

傳○一章。勞來，上力報反，下力代反。還音瓊。○二章。毛氏：「一丈爲板，五板爲堵。」疏：「累，五板也。板廣二尺，故《周禮》説『一堵之牆長丈，高一丈』。」李氏：「案：《公羊傳》：『五板而堵。』何休謂：『堵凡四十尺。』許慎《五經異義》：『《戴禮》及《韓詩》説八尺爲板，五板爲堵，板廣二尺，積五板高一丈。』」愚案：疏説則堵方一丈，李氏説則堵長四丈而高一丈，二説不同。○三章。閒音閑。《傳》有六「知」字，一、二、四音智，三、五、六如字。

庭燎小二十八，變六。　王早起視朝。

經○燎，力召反。

此固王者勤於視朝之詩，而左右之臣設言以述王之意也。王問曰：「夜如何其？」則對曰：「夜未央。」王則意其庭燎已光，君子其至而鸞聲將將矣。頃之，又問：「夜如何其？」則對曰：「夜未艾。」蓋夜亦將盡矣，王則意其庭燎既久而光漸微，君子至之近而鸞聲噦噦矣。既久，又問：「夜如何其？」則對曰：「夜鄉晨。」王則意其天明而見庭燎之煙火相雜，君子皆至而可以辨其旂之色矣。於是出而視朝。可見卧不安席，中夜以思，惟恐時之後也。或曰：「非問答之辭，左右之臣直述其事也。其自言曰：『夜如何其？夜猶未央也，而庭燎已光矣，君子已有至者，而鸞聲將將矣。』既而又言：『夜如何其？夜猶未艾也，庭燎則然之久而明少矣，君子至之多，而鸞聲噦噦矣。』久而又言曰：『夜如何其？夜則鄉晨矣，天漸明而見庭燎之煙矣，君子皆至而可見其旂之色矣，於是王出而視朝也。蓋王勤於政事，及時視朝而號令嚴肅。執事者恪恭，陳列以時。百官之入朝者亦皆先時而至，而車服威儀莫不和整，以俟聽朝。終篇未嘗言王之勤，而勤勞之意自見於言外。』」二者必有一得詩意也。

傳○一章。《周禮·司烜氏》：「凡邦之大事，共墳燭庭燎。」注：「墳，大也。樹於門外曰大燭，於門内曰庭燎，皆所以照衆爲明。」疏：「庭燎與大燭一也，在庭中，故曰庭燎。《郊特牲》曰：『庭燎之百，由齊桓公始也。』庭燎之差，公蓋五十，侯、伯、子、男皆三十，其百者天子禮。庭燎所作，以葦爲中心，以布纏之，飴蜜灌之，若今蠟燭。」《詩》疏：「古制未得而聞，要以物百枚并而纏束之。今則用松、葦、竹灌以脂膏也。」又見《湛露》。烜音毀。共音恭。○并，卑政反。○鸞鑣，見《秦・駟驖・傳》。○三章。煇，《釋文》：「音暉。」

沔水 小二十九，變七。憂亂。

經○一章。鴥，見《采芑》。

末章。飛隼而循中陵，民言訛僞者何乃莫之懲止邪？於是謂其友曰：「當敬以自持，否則讒言其興而見及矣。」憂而戒之之辭也。讒言固可憂，惟敬足以勝之，詩人之學知所本矣。

傳○一章。見音現。疏：「朝，朝也，欲其來之早。宗，尊也，欲其尊王。臣之朝君猶水之趨海，故以水流入海爲朝宗。」「朝也」之「朝」，張遥反。

鶴鳴 小三十，變八。不知所由，必陳善納誨之詞。異。

傳○一章。疏：「鶴形大如鵝，高三尺，喙長四寸餘。多純白，或有蒼色者，今人謂之赤頰。常夜半鳴，高亮，聞八九里。雌者聲差下。」○數，上聲。○蘀，見《豳・七月》。○二章。

疏：「穀，幽州謂之穀桑，荊揚謂之穀，中州謂之楮。殷中宗時，桑穀共生是也。江南人績其皮以爲布，又擣爲紙。其葉初生，可爲茹。」○邵子：「論玉石，又一意也，略與前説不同。」○横，户孟反。

右《彤弓之什》

祈父小三十一，變九。軍士怨久役。《序》以爲刺宣王，未見必然。

傳○一章。疏：「古者祈、圻、畿同字，得通用。」○賁音奔。○《周禮》：「司右上士二人，下士四人，胥八人，徒八十人，凡國勇力之士能用五兵者屬焉。虎賁氏下大夫二人，中士十有二人，胥八十人，虎士八百人。掌先後王而趨以卒伍，軍旅會同亦如之。舍則守王閑，王在國則守王宫。」《詩記》：「禁衛，天子之爪牙。而使之遠戍，是『轉予于恤』也。」愚案：「或曰一説則於『爪牙』二字爲切，而得詩意。○卒章。令音零。養，去聲。○題下。數，色主反。

白駒小三十二，變十。賢者去，不可留。同上。

傳○一章。疏：「苗宜云圃而云場者，以場、圃同地，對則異名，散則通。」○《釋文》：「縶足曰絆。」《左氏傳》注：「在胷曰靷。」絆音半。靷音引。○漢陳遵以列侯居京師，耆酒。每大飲，賓客滿堂，輒關門，取客車轄投井中。雖有急，終不得去。耆讀曰嗜。○三章。《史記》：「田横，故齊王族。楚漢間自立爲齊王，與漢戰，敗而入海，居島中。高帝即位，使使召之，曰：『田横來，大者王，小者迺侯耳。』」

黄鳥小三十三，變十一。民適異國，不得其所。　舊以爲宣王詩。

經○一章。穀字從㱿從木者，木名也；從㱿從禾者，百穀之總名，亦善也。此詩「集于穀」者，木也；「我肯穀」者，善也。二字當辨。○《詩緝》：「興也。民適異國，不得其所，無可告語者。唯黄鳥可愛，平時飛鳴往來於此。故於其將去，呼黄鳥而告之，曰：『爾無集于我之穀，無啄我之粟矣。蓋此邦之人不肯以善道待我，我亦不久於此，將旋歸，復反我邦之宗族矣。』與黄鳥告别之辭也。」○二章。《詩緝》：「『不可與明』，言以横逆加己，不可與之求明白也。」黄鳥本好鳥，非可惡者。以比不善之俗，或不甚切。○恐《詩緝》説爲興者是。

傳○一章。穀，見《鶴鳴》。○二章粱、三章栩，並見《唐・鴇羽》。○黍，見《王・黍離》。

我行其野小三十四，變十二。　民依昏姻，不見卹。　同上。

經○一章。蔽芾，見《召南·甘棠》。○畜訓養，當音許六反。

傳○一章。《爾雅》又曰：「壻之父爲姻，婦之父爲婚。」○二章。陸璣：「羊蹄似蘆菔，而葉長赤。鬻爲茹，滑美也。」鬻即煮。○薞，徒雷反。○三章。疏：「葍一名蕾，河内謂之蒮，幽州謂之燕蕾，一名蕢。其根正白，可著熱灰中温噉之，可蒸茹以禦飢。」蕾音富。蕢音續。○題下。道，徒到反。行，下孟反。「以爲」之「爲」，如字，餘皆去聲。賙音周，振贍也。

斯干小三十五，變十三。　築室既成，燕飲以落之。　舊説宣王。

經○《詩記》：「一章總述其宫室之面勢而願其親睦，二章、三章述其作室之意與營築之狀。至於『風雨攸除』『鳥鼠攸去』，則宫室成矣。故四章言望其外則雄壯軒翥如此，五章言觀其内則高明深廣如此。望其外則未入也，故曰『君子攸躋』，言其方升也；觀其内則已入也，故曰『君子攸寧』，言其既處也。六章以下皆頌禱之辭。」○黄氏：「先言其基址壯厚而不拔，兄弟之安居而不争；次則言其室家之制度，居處之歡悦；又次言垣牆之固，棟宇之麗，堂室之美；末數章則願其男女之衆多，子孫之蕃衍，而禱頌之意盡矣。」○李氏：「宣王之營宮室，可謂得禮。不失之侈，亦不失之陋。如所謂『斯翼』『斯棘』『斯革』『斯飛』等句，不失之陋；然將以除風雨、去鳥鼠，則不失之侈矣。《易》曰：『上古穴居而野處，後世聖人易之以宮室，以待風雨。』然則聖人作宮室之意惟欲待風雨而已。」○一章。毛氏：「幽幽，深遠也。」○二章。百堵，見《鴻雁》。○卒章。罹，力馳反。

傳○一章。《詩記》：「宣王作室，後臨水，前對山。」《詩緝》：「《西京賦》言長安『於前則終南、太一於後則據渭、踞涇』，祖述《斯干》也。鎬在上林苑中，此所謂干，謂大水之傍必鎬水也。」舊以干爲澗者非，澗是水之小者。○南山，見《秦·終南》。○《檀弓》：「晉獻文子成室，晉大夫發焉。張老曰：『美哉輪焉，美哉奂焉。歌於斯，哭於斯，聚國族於斯。』文子曰：『武也得歌於斯，哭於斯，聚國族於斯，是全要領以從先大夫於九京也。』君子謂之善頌善禱。」文子，趙武也。京當爲原。頌謂張老，禱謂文子。○二章。《詩緝》：「美作室而言『嗣續妣祖』者，蓋厲王之亂，百度廢墜，宮室亦壞。宣王既已中興王業，乃築宮室以復舊觀，足以見中興之盛，故曰『嗣續妣祖』。若竟土未復，雖作宮室，不足言『嗣續』矣。」○三章。《詩緝》：「君子雍容於其間，心廣體胖，是以大也。所謂『居移氣』也。」○四章。企，丘豉反。○《詩緝》：「跂，脚跟不著地。翼，若《論語》『翼如』之『翼』。」跟音根。

○五章。奧，室西南隅也。窔音杳，東南隅也。奧窔之間，在户之西而牖之下，正幽暗處也，故曰冥。○六章。箋：「莞，小蒲之席。」疏：「莞、蒲，一草之名，蒲麤莞細。《司几筵》有莞筵、蒲筵，麤者在下，美者在上也。莞細而用小蒲。」《爾雅》：「莞，苻蘺。」注：「西方人呼蒲爲莞蒲。」又《釋文》：「草，叢生水中，莖圓，江南以爲席。形似小蒲而實非。」○《爾雅》：「羆如熊，黄白文。」疏：「有黄羆、有赤羆、大於熊。」○憨，呼甘反。○疏：「虺，細頸大頭，色如文綬，文間有毛似猪鬣，鼻上有針。大者長七八尺，一名反鼻人，亦名曰蝮虺。而非《爾雅》蝮虺也。」蝮，方六反。○七章。《周禮·占夢》：「中士二人，史二人，徒四人。掌其歲時，觀天地之會，建厭所處之日辰。建謂斗柄所建，謂之陽建，故左還於天。厭謂日前一次，謂之陰建，故右還於天。假令正月陽建在寅，陰建在戌。辨陰陽之氣，謂休王前後也。生王者休，王所勝者死，相所勝者囚。春三月木王，火相水休，土死金囚。以日月星辰占六夢之吉凶。日月之行及合辰所在。一曰正夢，無所感動，平安自夢。二曰噩夢，驚愕而夢。三曰思夢，四曰寤夢，覺時道之。五曰喜夢，六曰懼夢。季冬聘王夢，聘，問也。獻吉夢于王。乃舍萌于四方，以贈惡夢，遂令始難敺〔四〕疫。」舍萌，猶《釋菜》「萌菜始生」也。舊歲盡，新年至，於此時贈送去惡夢。噩，五各反。舍讀爲釋。難，乃多反。敺〔五〕同驅。○《禮運》：「宗祝在廟，三公在朝，三老在學。王前巫而後史，卜筮瞽侑皆在左右，王中心無爲也，以守至正。」注疏：「宗，宗伯。祝，太祝。王弔臨，則前委於巫。動則左史書之，言則右史書之。卜筮主決疑。瞽，樂工，主和。侑，四輔，典於規諫。皆所以愼居處也。」臨，力鳩反。○八章。疏：「《典瑞》云：『四圭有邸以祀天，兩圭有邸以祀地，圭璧以祀日月，璋邸射以祀山川。』從上而下，遞減其半。故知『半圭曰璋』。」射，食亦反。○疏：「芾從裳色。祭時服纁裳，故芾用朱赤。但芾所以明尊卑，雖同色而有差降。《乾鑿度》以爲天子之朝朱芾，諸侯之朝赤芾。朱深於赤，天子純朱，明其深也；諸侯黄朱，明其淺也。舉其大色，則皆謂之朱。」餘見《曹·候人》。○三入爲纁，淺絳也。赤與黄爲纁。

初生之子未能勝衣，褓而已。今不獨衣之衣，又必衣之裳者，服之備也。所以期其成人也，故曰「服之盛也」。

九章。褓音保。疏：「縛兒被也。」○婦人所用瓦，唯紡塼而已。《語録》：「瓦，紡時所用之物。舊見人畫引《列女傳》漆室手執一物，如今銀子樣，意其爲紡塼也，然未可必。」紡，妃兩反。○遺，于季反。○《列女傳》：「孟子處齊，閒居，擁楹而歎。孟母曰：『何也？』對曰：『今道不用，願行而母老，是以憂也。』孟母曰：『夫婦人之禮，精五飰，羃酒漿，養舅姑，縫衣裳而已矣。故有閨内之修而無境外之志。』」《易》曰：「在中饋，無攸遂。」《詩》曰：「無非無儀，唯酒食是議。」以言婦人無擅制之義，有三從之道。五飰，《月令》：「天子春食麥，夏食菽食稷，秋食麻，冬食黍。」《周禮》「疾醫掌養萬民之疾」，而曰「以五穀」。疏謂：「依《月令》五方之穀，據養疾而食也，非必入於藥。」則通於上下，皆以是五穀爲飰也。或曰：「闞澤《九章》有粟飦、糲飦、稗飦、鑿飦、御飦，凡五等。」未詳是否。閒，何闕反。夫音扶。冪，莫狄反。「養舅」之「養」，去聲。闞，苦濫反。○子金子：「欲其生男女，固祝願之辭。而熊羆、虺蛇之事，又其設辭形容也。豈當時之人果以夢熊羆爲得男、夢虺蛇爲得女乎？」○題下。圮，部鄙反，字從土、從戊己之己。

無羊 小三十六，變十四。

牧事有成，牛羊衆多。

經○一章。來思，見《白駒·傳》。○二章。餱，見《伐木》。

首章言牛羊而三章獨言羊者，蓋牛服耒〔六〕乘車，動知人意是牛易於馴者。羊負狠好鬭，難於馴擾。今但麾之以肱則畢來，既升其馴可知也。故首章亦言其「戢戢」而和，於牛則惟曰「濕濕」也。羊且能馴，則牛之馴不言自見矣。或曰：「二章乃獨言牛爾，故此章唯言羊也。」

傳○一章。《釋文》：「呞，丑之反。食已，復出嚼之也。江東呼爲齝，音洩。」○二章。揭音竭，擔也。○《説文》：「蓑草雨衣也。笠，簦無柄也。」愚謂：簦即今傘，音登。○三章。愚案：飛曰雌雄，走曰牝牡。此曰禽獸者，大約言之也。○兢兢，與《毛傳》同曰「堅彊」。《釋文》：「兢，其冰反。」當從此音。○牢，防獸閑也。○箠，主水反。策也，楚荆也，皆驅羊之器。○四章。朱子：「占夢之説未詳。」豈古者卜筮之家有是説與？《詩記》：「此牧成而考之之詩，故以吉祥之事終焉。豐年則民閑樂，故以田以魚。夢魚，斯豐年之祥也。旐者、旟者，皆田官所建。旐統人少，旟統人多。今建旐之處乃建旟，則民庶衆矣。」

節南山小三十七，變十五。家父刺王用尹氏致亂。

《釋文》：「從此至《何草不黄》四十四篇，前儒申、毛皆以爲幽王之變《小雅》。」經○《詩記》：「案《左傳》：『韓宣子來聘，季武子賦《節》之卒章。』杜氏謂：『取「式訛爾心，以畜萬邦」之義。』然則此詩在古止名《節》也。」○一章。南山即終南山，見《秦・終南》。○三章。《詩記》：「京室以大族爲氏，朝廷以尊官爲氏。氏者，安危存亡所出也。尹氏，大族也；大師，尊官也。故曰『尹氏大師，維周之氐』。」○四章。《詩記》：「『式夷式已，無小人殆』，謂尹氏所與圖事者也。『瑣瑣姻亞，則無膴仕』，謂尹氏以親暱而置之高位者也。」○五章。《詩記》：「鞠訩、大戾匪降自天，皆尹氏爲之也。民罹其害，無可奈何而歸之於天也。在民視之則難，在王爲之則易。進賢而退奸爲國之至理，而二者之情狀惟平其心者見之。王如幡然用其至，則尹氏必不居位，而民之怨息矣。王如坦然平其心，則尹氏自不能逃其罪，而民之惡怒遠矣。夫何難哉？」愚案：《傳》以此章刺王及尹氏，東萊以此章專刺王。愚恐以爲專刺尹氏亦可通，而與之前、後兩章意貫，尤見詩人忠厚之意。○七章。《説文》：「領，項也。」

此詩刺王用尹氏。前九章惟極言尹氏之罪，而卒章以言歸之王心，則輕重本末自見。此家父之善於辭也。其所以刺尹氏者，大要有二事：爲政不平而委任小人也。一章言尹氏之失民望而致愁蹙；二章言爲政不平而不顧天怒民怨；三章言大師爲國根本，爲政當均平，而其任之重如此；四章言任用小人，連引私黨；五章言君子可消天變；六章承上言尹氏不但不能弭天變，抑且生禍亂，下四句則應前第四章而又起下章欲遁逃之意；七章言欲遁無所往；八章言小人情狀；九章言尹氏自用拒諫；十章歸之於王。

傳○一章。大音泰。父音甫。○二章。荐與薦同音。重，直用反。喪，息浪反。讟，徒谷反，謗也。○三章。《語録》：「均本當從金，所謂『如泥之在鈞』者，鈞只是爲瓦器之車盤也。蓋運得愈急則其成器愈快，『秉國之鈞』只是此義。今《集傳》訓平者，此物亦惟平乃能運也。」○并，去聲。○四章。疏：「兩壻相謂曰亞者，一人取姊，一人取妹，相亞次也。」取，去聲。○五章。夫音扶。○六章。長，上聲。「爲之」之「爲」，去聲。○卒章。適，陟革反。閒，古莧反。當，去聲。

正月小三十八，變十六。大夫刺幽王。

經

此詩大槩刺小人用事，詭僞相挻，變亂是非，己不得志而憂世之必亂也。一章總言其大略，蓋賦而興也。正月而霜，固天示災異。然正陽之時而有窮陰之應，此天氣變亂無常，因以興起下訛言變亂是非之意。終篇未嘗言災變，惟首句言之，故知因以起興也。二章歎己之遭亂。三章憂國必爲人所滅。四章詭僞之勢甚，一時足以勝天。五章言如山之高卑易見者，訛言尚欲亂之；有如指鹿爲馬而上下成俗，不知其非。六章憂身之無所容。七章言用人不常。八章言政事暴惡，其勢若火。九章言不可無君子之輔。十章承上章輔佐而言當謹慎之意。十一章言禍亂之極，無所逃。十二章言小人得志而連其親舊。十三章亦言小人得位而良民受禍也。○五章。有山本卑小者也，今則以爲岡陵，是訛言也。

傳○一章。《詩記》：「凡譸張爲幻以罔上惑衆者，皆謂之訛言。」○《詩緝》：「鼠病而憂在于穴内，人所不知也。」○三章。喪，息浪反。卒章同。被，平祕反。○四章。號，乎刀反。九章同。别，彼列反。五章同。○《史記》：「吳入楚，伍子胥鞭平王尸。申包胥使人謂之曰：『子之報讎，其以甚乎？吾聞人衆者勝天，天定亦能破人。』」○五章。占夢，見《斯干》。○衛侯，慎公頹。○六章。虺，見《斯干》。○《爾雅》：「蠑螈，蜥蜴；蝘蜓，守宮。」注疏：「一物形狀相類而四名。在草澤中者名蠑螈、蜥蜴，在壁名蝘蜓、守宮也。」《詩緝》：「蜥蜴，上音析，下音易。《釋文》：『蜴，星歷反，字又作蜥。』是以蜴爲蜥，誤矣。」《韻會》説同。今當讀蜴音易。蠑音榮。螈音原。蝘音偃。蜓，徒典反。螫音適，蟲毒也。○七章。崎嶇音欹軀，山陰也。墝埆音敲殼，瘠薄也。○易，去聲。九章同。○八章。《史記》：幽王娶申后，生太子宜臼。初，「宣王後宮無夫而生女子，懼而棄之。童謡曰：『檿弧箕服，實亡周國。』王聞之，有夫婦賣是器者，王使執而戮之。逃於道，見後宮所棄子，收之，犇於褒。褒人有罪，入所棄女子於王以贖罪，是爲褒姒。幽王三年，見而愛之，生子伯服。」餘見《王風》。檿，烏簟反，山桑也。檿弧，以檿爲弧也。箕，木名；服，矢房；箕服，以箕爲服也。○《輿地廣記》：「興元府褒城縣即褒國。」○「爲國」之「爲」，于僞反。○九章。難，乃旦反。○十章。數，所角反。○十二章。《孔叢子·論勢篇》：「秦攻趙，魏大夫以爲於魏便。子順曰：『不然。秦勝趙，必復他求，吾恐受其師也。先人有言：「燕雀處屋，子母相哺，呴呴焉相樂也，自以爲安矣。竈突決上，棟宇將焚，燕雀顔色不變，不知禍之將及己也。」可以人而同於燕雀乎？』」子順名斌，孔子六世孫，時相魏安僖王。呴，呼句反。○卒章。窶，郡羽反，貧也。勝音升。

十月之交 小三十九，變十七。 大夫刺幽王。

箋：以此下四篇爲厲王之變《雅》。

經○三章。《史記》：「幽王二年，三川竭岐山崩。」

幽王内有褒姒之邪嬖，外有皇父之貪殘。牽引惡類，相爲表裏。褒姒禍之本，皇父罪之魁，此詩所以刺也。首章言極陰之月，陰壯而日食。二章言日食因不用善人。婦也、臣也、小人也，皆陰類也，相與蠱王心而敗政事，故謫見于天也。三章言又有冬月雷電之異，山川之變。四章言所以致此者，皇父引惡黨而褒姒爲之内主也。五章述皇父采邑民人而言。蓋皇父爲卿士，始固有采邑矣，今則改築于向，遷徙舊邑之民。方當種藝之時，廢其田廬而去。六章言皇父選朝臣以爲其國之臣，然不能選賢，惟取貨賄。七章民人從役，惟恐遭讒被虐。卒章歎邑人及己之勞，而安天命以終之。○二章。「于何不臧」，未知有何災禍之應也。

傳○一章。奇，居宜反。復，扶又反。亢，苦浪反。去，起吕反。參，初簪反。差，叉宜反。背音佩。○四章。予，余吕反。朝音潮。

《常武》之詩曰：「王命卿士，南仲大祖，太師皇父。」是卿士兼太師也。太師，三公之首。而卿士兼之，則非大宰之屬明矣。《常武》之皇父，賢者也，故詳著其官而又本其祖，蓋非《十月》之皇父矣。然足以證卿士或説之未然。

疏：「《周禮·序官》：『趣馬下士。』箋言中士，誤也。」〇六章。箋：「《禮》：『畿内諸侯二卿。』」疏：「皇父封於畿内而立三有事，是增一卿以比列國也。」〇《左氏傳》注：「憖，且也。」〇强，其兩反。〇七章。重，平聲。説、悦同。〇卒章。樂音洛。被，皮義反。

雨無正小四十，變十八。饑饉，臣散，不去者責去者。　異。

經〇一章。駿音俊，又音峻。

一章言昊天降災，雖曰賦而實如比〔七〕，蓋全章皆言王之無德也。二章言人心離散。三章言己之忠言不用，又戒在位者，言：「上雖不道，已則不可不自敬也。」四章言羣臣無忠諫者。五章言惡直好佞。六章言仕之難也。七章責去者。首章雖曰饑饉，而終篇大意皆刺王之不德也。然忠厚惻怛之意、正己勸人之言前後屢見，作詩者蓋暬御之賢者也。

傳〇一章。《爾雅注疏》：「凡草、菜可食者，通名爲蔬。可食之菜皆不熟爲饉。」遽，其據反。題下同。〇二章。長，知丈反。悛，七全反。〇四章。《國語》見《大雅·抑》題下。

○《漢・百官表》：「侍中加官，得入禁中。」應劭曰：「入侍天子，故曰侍中。」《百官志》：「掌侍左右，贊導衆事，顧問應對。」○葸，訖黠反，無憂貌。○五章。惡、好並去聲。○卒章。疏：「泣，無聲出淚也。連言血者，以淚出於目猶血出於體，故以淚比血。」○爲，于僞反。

右《祈父之什》

【校記】

〔一〕「是」，原作「而」，據經改。

〔二〕「爾」，原作「其」，據經改。

〔三〕「記」，原作「緝」。案：引文見《吕氏家塾讀詩記》。

〔四〕「毆」，原作「歐」，據《周禮注疏》改。

〔五〕同〔四〕。

〔六〕「耒」，原作「未」，據秦本改。

〔七〕「比」，原作「此」，據文意改。

詩集傳名物鈔卷第六

小旻

小四十一，變十九。王惑邪謀，不能從善。

經

一章言君邪辟，不用善謀而用不臧。二章言臣阿比，共違善謀而從不臧。一章之「謀猶」，君之謀猶也；二章之「謀猶」，臣之謀猶也。一章「謀臧」之謀指臣之謀，二章「謀之」之謀指衆人之謀也。三章又言臣無有任責而決衆謀。四章又言君臣不法古而無遠慮。五章言天下未嘗無才，但不能用之，則望望而去。六章言爲國者當於事未形者，戒謹恐懼以終之。

傳○一章。辟音僻。斷，丁貫反。○二章。「相和」之「和」，去聲。詆，多禮反。○三章。數音朔。○五章。治，直吏反。○卒章。易，以豉反。喪，息浪反。○題下。別，彼列反。去，起呂反。

小宛小四十二，變二十。遭亂，兄弟相戒免禍。　異。

經

此詩遇亂而戒兄弟修德以免禍。修德當法其親，免禍則謹其德。前四章修德之事，後二章免禍之意。一章。「宛彼鳴鳩」本不能高舉，今乃能飛戾于天，以興人皆可學而進其德也。父母之賢，晝夜思以效之。二章之人即接一章之人，蓋其父實賢者。而敗德賈禍莫甚於酒，故先當慎。三章言不但自敬其身，又當教其子孫亦爲善。四章言脊令飛鳴無有止息，人當視之自力勇往爲善，無辱父母。五章言亂世不能自容如此。卒章戒慎之意，謂温温恭人則可免禍也。下五句皆因「温温恭人」一句而言。

傳○一章。《詩緝》：「鳴鳩，鶻鵰也，即《氓》詩食葚之鳩，郯子所謂『鶻鳩氏司事』，莊子所謂『鷽鳩』也。《爾雅》：『鶌鳩，鶻鵃。』似山鵲而小，短尾，青黑色，多聲。舊説及《廣雅》皆云斑鳩，非也。鳴鳩小物，『決起而飛』，槍榆枋，時則不至，控於地而已矣。今飛戾天，勉强故也。」鶻音骨。鵰鵃並音嘲。郯，徒甘反。鷽音學。鶌，九勿反。決，呼穴反。槍音鏘。枋音方。○二章。《詩緝》：「『齊聖廣淵』『底至齊信』『生而狗齊』，皆言聖人之事。此言『齊』者，止謂整肅也。」○復，扶又反。○三章。菽，見《豳・七月》。○《爾雅》：

「果蠃，蒲盧。」注：「細腰蜂也，俗呼爲蠮螉。」又曰：「螟蛉，桑蟲。」「俗謂之桑蟃，亦曰戎女。」《解頤新語》：「說者考之不精，乃謂蜾蠃取桑蟲，負之七日，化爲其子。雖揚雄亦有類我之說。近人取蜾蠃之巢毀而視之，乃白有細卵如粟，寄螟蛉之身以養之。其螟蛉不生不死，蠢然在穴中，久則螟蛉盡枯。其卵日益長大，乃爲蜾蠃之形，穴竅而出。蓋此物不獨取螟蛉，亦取小蜘蛛。寄卵於蜘蛛腹脅之間，蜘蛛亦不生不死，久之蜘蛛枯而其子乃成。今人養晚蠶者，蒼蠅亦寄卵於蠶之身，久之其卵爲蠅，穴繭而出。殆物類之相似者。」《列子》：「純雄，其名穉蜂。」《莊子》：「細腰者化。」《說文》：「天地之性，細腰純雄無子。」此皆信說《詩》者之言也。蠃與蠃同。蠮，一結反。螉，一紅反。蟃，無販反。○四章。脊令，見《常棣》。○五章。《爾雅》：「桑鳸竊脂。」注：「俗謂之青雀，觜曲，食肉。好盜人脯肉脂膏，因名。」疏：「案：《釋獸》『竊毛』皆謂『淺毛』，此鳥其色不純，故曰竊。八鳸言竊者，皆淺也。且四色已具，則竊脂者淺白也。」《埤雅》：「案：《淮南子》：『馬不食脂，桑鳸不啄粟，非廉也。』蓋桑鳸一名而二種：桑鳸竊脂，鳭鷯剖葦，此一種也；桑鳸竊脂，棘鳸竊丹，此一種也。蓋對剖葦言者，青質觜曲，食肉好盜脂膏者也；對竊丹言者，素質，其翅與領皆鶯然而有文章者也。所謂『交交桑鳸，率場啄粟』者，正以其性之盜竊脂膏者言之，故以啄粟爲失其性。」鳭，丁幺反。鷯，力凋反。○辟音闢。○卒章。隊音墜。

小弁小四十三，變二十一。大子宜臼被廢而作。

經○五章。公是先生《七經小傳》：「鹿足伎伎，顧其子也；雉求其雌，求其妃也。言王放逐太子，曾不如鹿；廢黜申后，曾不如雉。木壞則無枝，無枝則木死，亦若王受讒放逐太子，自殘其嗣。嗣誠殘，王亦且斃踣矣。」

一章總言怨慕之意，二章憂國之將亡，三章言親不我子，四章被黜而無所往，五章無親戚之可依，六章怨其親之忍，七章怨親之信讒，八章雖謹畏而終被黜。篇内五「心之憂矣」。一曰「云如之何」，其詞尚緩；二曰「疢如疾首」，則切於身矣；三曰「不遑假寐」，則晝夜無有休止；四曰「寧莫之知」，則無所告訴；而倉卒急迫，故終之以「涕隕」也。

傳○一章。鷽，匹、卑二音。《爾雅》：「鷽斯，鵯鶋。」注疏：「雅烏也，不反哺，又曰楚烏。」《詩》疏：「此鳥名鷽，而云斯者，語辭，猶『蓼彼蕭斯』『菀彼柳斯』」。以劉孝標之博學，而《類苑・鳥部》立鷽斯之目，是不精也。」鶋音居。閒音閑。○被，平柲反。六章同。○《語録》：「問：『《小弁》詩只「我罪伊何」一句與舜「於我何哉」意同。』曰：『作《小弁》者自是未到得舜地位，蓋亦常人之情耳。只「我罪伊何」上面説「何辜于天」，亦一似自以爲無罪相似，未可與舜同日而語。』」○二章。易，以豉反。慣、眊，並見《邶・柏舟》。○

三章。《孟子》注：「廬井、邑居各二畝半以爲宅，故爲五畝。」疏：「六尺爲步，步百爲畝，畝百爲夫。井方一里，有田九百畝，中爲公田。八家各受私田百畝，公田十畝，餘二十畝爲廬舍。」是一家受二畝半也。又《周禮》：「夫一廛。」注：「一廛，城邑之居。」蓋亦二畝半。田作之時，民皆出居田間之廬，以便耕穫。農事既畢，則入居邑中之廛[一]，以避風寒。兩處皆樹以桑梓也。○遺，于貴反。「末屬」之「屬」，殊玉反。○四章。淠，孚計反，類隔切，今易匹詣反。○萑葦，見《秦·蒹葭》。○五章。《詩緝》：「鹿見人則奔，宜速矣。而伎伎然舒緩者，顧其羣也。」○妃音配。○六章。隕音藴，從《釋文》。據字書，隕當作于敏反。隊與墜同。先，去聲。○七章。箋：「醻，旅醻也。」疏：「醻、酬通用。酬有二等：既酢而酬賓者，賓奠之不舉，謂之奠酬；至三爵之後，乃舉嚮者所奠之爵，以行之於後，交錯相酬，名曰旅酬，謂衆相酬。此喻得讒即受而行之，故知是旅酬，非奠酬也。」○夫音扶，題下同。○卒章。《語録》：「問：『「莫高匪山，莫浚匪泉。君子無易由言，耳屬于垣。」《傳》作賦體，疑莫是。以上兩句興下兩句邪？』曰：『此只是賦。蓋以爲莫高如山，莫浚如泉，而君子亦不可易其言，亦恐有人聞之也。』」○末四句義見《邶·谷風》。○[二]題下。關音彎。射音石。

巧言小四十四，變二十二。大夫傷於讒。

經○吴正傳：「此詩前三章刺聽讒者，後三章刺讒人。」○二章。僭，毛訓數，側蔭反；鄭訓不信，子念反。今《傳》謂「僭始，不信之端」，則當從鄭音。○四章。《語録》：「『奕奕寢廟』一章，本意只是惡巧言讒譖之人，却以『奕奕寢廟』與『秩秩大猷』起興。蓋以其大者興其小者，便見其所見極大，形於言者無非義理之極致。」○尰，當作「瘇」，《説文》引《詩》作「瘇」。

一章呼天而言曰：「天爲民之父母乎？而使天下之無罪者遭暴亂如此之大。」復言曰：「昊天震威已大，使我遭暴亂。而我自審實無罪辜，乃爲人所譖爾。」上四句總言朝廷之事，下四句乃言及己。二章言小人欲行讒言，每以小者試其上，而讒實亂之。階上人當知所好惡。三章言上之人不明理知言而好疑多惑。好疑則信詛盟，多惑則聽詐妄。讒人謬敬而欺，以媚其上，有若盜賊。則明告之王，曰：「是非實「止共」者，止於敬也。」四章言人讒我也，雖詭祕其事，而我之度之也無不知。五章戒人毋用讒。君子樹木，必擇荏染有用者樹之。往來行言，則心必辨之，不可欺也。若碩言則當出諸口，巧言而出諸口，則取羞辱而已。卒章謂讒者居水側，就其實而言之。細弱疾病之人，它無所能，而讒譖之謀亦太多。然物以類聚，末句深慮其徒黨之盛也。夫人既被讒，終篇未嘗有怨懟詆斥之語。拳拳專欲諷上之審聽，而五章且以開讒人之迷。不自憂其身而惟憂天下之亂，不惡怒其人而發其羞耻之心，詩人之忠厚如此。

傳○二章。斷，丁貫反。復，扶又反。○三章。長，丁丈反，類隔切，今易展兩反。數音朔。歃，所甲反。要，平聲，要勒也。《周禮·司盟》注疏：「盟者，書其辭於策，殺牲取血。坎其牲，加書於上而埋之，謂之載書。有疑，會盟者不協也。神謂日月山川：王之盟主日，諸侯之盟主山川；王官之伯會諸侯而盟，其神主月。」《韻會》：「盟者以血塗口旁曰歃。」○李氏：「考之《春秋》，如伯有之亂，鄭伯與其臣下盟。蓋盟者生於君臣相疑而致也。君臣相疑，不能察其實，而但爲盟誓，適所以長亂矣。」○盟，在力反，疾也。○五章。以「口」「厚」協爲「苦」「户」音，此詩前章多兩句换韻，恐此二字不必協。○卒章。惡，烏故反。○疏：「微、尰皆水濕之疾。骭，脚脛也。瘍，瘡也。膝脛之下有瘡腫，是涉水所爲，以此人居下濕之地故也。」骭，户諫反。瘍音羊。脛，形定反。

何人斯小四十五，變二十三。　蘇公刺暴公。

經○二章。唁音彦。○四章。飄，《釋文》：「避遥反，又匹消反。」《爾雅》同上切，又見

《檜・匪風》。○六章。衹，上支反。

傳○一章。疏：「《左傳》曰：『周克商，使諸侯撫封，蘇忿生以温爲司寇。』則蘇國在温，今河内温縣地，在東都之畿内。春秋之世，爲公者多畿内諸侯。偏檢書傳，未聞畿外有暴國，故曰皆畿内國名。春秋蘇稱子，此云公者，子爵而爲三公也。」○「從行」之「從」，才用反。題下同。○二章。女音汝。○四章。《爾雅》：「迴風爲飄。」注：「旋風也。」○五章。左太沖《魏都賦》：「魏國先生盱衡而誥。」注：「盱，張目也。眉上曰衡，謂舉眉揚目也。誥，告也。」○六章。説、悦同。○七章。疏：「塤，燒土爲之，大如雁卵。」又曰：「大如鵝子，小者如雞子。」《樂書》：「包羲氏灼土爲塤。塤，立秋之音也。平底六孔，水之數也。中虚上鋭，如稱錘然，火之形也。塤以水火相合而成器，亦以水火相合而成聲。故大者聲合黄鍾、大吕，小者聲合大蔟、夾鍾，要歸中聲之和而已。《風俗通》謂：『圍五寸半，長一寸半，有四孔，其二通，凡六孔也。』《爾雅》：『大塤謂之嘂，以其六孔交鳴而喧譁故也。』」又曰：「六孔，上一、前三、後二。」塤、壎同。「大蔟」之「大」音泰。嘂音叫。○《樂書》：「箎之爲器，有底之笛也。大者尺有四寸，陰數也；其圍三寸，陽數也；小者尺有二寸，則全於陰數。皆有翹以通氣。一孔上達，寸有二分，而横吹之。《爾雅》：『大箎謂之沂。』」疏：「《廣雅》云八孔，鄭司農注《禮》云七孔，蓋不數其上出者故也。」沂音銀。○《周禮》：「司盟掌盟萬民之犯命者，詛其不信者。」疏：「盟是盟將來，詛是詛過往。」

《釋文》：「以禍福之言相要曰詛。」○屬音燭。應、和並去聲。○卒章。疏：「蜮如鼈，三足。南越婦人多淫，故地多蜮，淫女惑亂之氣所生也。」又曰：「一名射影，江淮皆有之。人在岸上，影見水中，投人影則殺之。或曰：『含沙射人皮肌，其瘡如疥。』」《釋文》：「一名射工，俗呼水弩。」○題下。復，扶又反。

序○韓有將軍暴鳶，秦有將軍暴鷲，漢有御史大夫暴勝之。傳，符遇反。

巷伯小四十六，變二十四。被讒爲寺人。

傳○一章。毛氏：「貝錦，錦文也。」箋：「文如餘泉、餘蚳之貝文也。興者，喻讒人集作已過以成於罪，猶女工之集采色以成錦文。」蚳，直基反。○《爾雅》：「餘貾，黄白文；餘泉，白黄文。」疏：「水介蟲也，龜鼈之屬。其文彩之異、大小之殊甚衆，古者貨貝是也。餘貾黄爲質，白爲文；餘泉白爲質，黄爲文。又有紫貝，其白質如玉，紫點爲文。皆行列相當，其貝大者當有至一尺六七寸者。」貾與蚳同。○被，皮義反。後同。○二章。箋：「箕星哆然，踵狹而舌廣。今讒人因人之近嫌而成言其罪，猶因箕星之哆而又侈大之。」李氏：「上言『成是貝錦』，則以喻讒人織其罪；此言『成是南箕』，因其近似而遂譖之也。」《詩記》：「南箕之星本非箕，張大其口以成其名爾。貝錦、南箕皆曰『成是』者，言我本無是實，因萋斐張大以成之爾。」愚案：三説大率相類而微有不同。鄭以爲箕、踵二星本小舌二星，漸大所以成箕，是己實有小失，而讒者張大之爾。李以爲因近似而譖，則是行己本正，讒者因改易其説爲邪僻以譖之爾。吕以無實而張大，則是己絶無過，讒者架虚搆成其禍也。○《詩緝》：「箕，東方之宿，考星者多驗於南方，故曰南箕。」○閟音祕，幽深也。○三章。《詩緝》：「緝緝，續也。接續增益，緝緝然如女之績；往來輕飄，翩翩然如鳥之飛。相與經營，謀爲讒譖而已。」○四章。儇，虚緣反，輕薄貌。好，呼報反。○五章。樂音洛。○六章。重，平聲。惡、好並去聲。○卒章。寺人，見《秦·車鄰》。○題下。長，知丈反。間音諫。

谷風 小四十七，變二十五。朋友相怨。

經

此詩前二章以習習谷風興朋友相得，雨與頽興朋友相棄。蓋習習谷風，和調之東風也，此和樂之意，「維予與女」「寘予于懷」之氣象也。雨則陰沴，頽則暴疾，此乖刺之意，「女轉棄予」及「棄予如遺」之氣象也。兩「風」字即谷風之風，兩「及」字則謂自風以至於雨、以至於頽也。後章則四句爲興。始則習習谷風，至風之甚，則草木皆萎死，而唯見山之崔嵬爾，此則風之尤暴者也。夫鼓陽氣以生物者莫若風，及其慘急，摧敗亦莫風若也。故以喻朋友之始合而終離。

傳○一章。《傳》意似作無義興。○難，乃旦反。○二章。《爾雅》：「焚輪謂之頹。」注：「暴風從上下。」疏：「迴風從上下。」○卒章。《傳》意謂谷中之風而及於崔嵬之山，是所被者廣矣。風本生物者也，而草木猶不免於萎死，是天地之功亦有所不足也，而況於朋友。豈無小過哉？當存大義而全交道可也。今乃忘我大德而思我小怨乎？此與愚前説意不同。○被，皮義反。

蓼莪小四十八，變二十六。　孝子不得終養。

經○二章。瘁，《釋文·雨無正》「徂醉反」，此詩「似醉反」，皆訓病。《傳》並從《釋文》，字書無「似醉反」。當從《雨無正》音讀。○五、六章。飄，見《何人斯》。

傳○一章。莪，見《菁菁者莪》。○《詩緝》：「《釋草》云：『蘩之醜，秋爲蒿。』釋云：『醜，類也。』言蘩蕭蔚莪之類，春始生，氣味既異，故名不同。至秋老成，則皆蒿也。』此説莪蒿甚明。蓋始生爲莪，長大爲蒿。爲莪猶可食，爲蒿則無用。喻父母生長我身，至于長大，乃是無用之惡子，不能終養。此孝子自怨其身之辭也。」○養，子亮反。重，直用反。○

二章。蔚，去刃反。《爾雅》：「蒿，菣。蔚，牡菣。」蓋蒿之類不一，菣則青蒿，牡菣則其無子者也，一名馬新蒿。○三章。《詩緝》：「缾以汲水，罍以盛水。缾小，喻子；罍大，喻父母。缾汲水以注于罍，猶子之養父母。缾罄竭則罍無所資，爲罍之耻，猶子窮困則貽親之羞也。」○四章。《詩緝》：「鞠、畜、育，皆養也，所從言之異耳。父生母鞠，此總言我身是父母所生養，下乃詳言父母之恩勤也。拊，謂以手摩拊其首而防其驚，是初生之時。初生而言畜養，謂乳之也。長謂養之稍長，則能就口食矣。稍長而言育養，謂哺之也。已而行戲於地，父母或去之，則回首以顧視之。復謂『顧之又顧』，是反覆不能暫捨，愛之之至也。在家容其行戲，或自内而出，或自外而入，未可令其自行，則抱之於懷，此曲盡父母愛子之情也。」「反覆」之「覆」，芳六反。○五章。《詩緝》：「孝子行役，念親之没，瞻南山之烈烈，感飄風之發發，觸目皆悲傷也。」○卒章。養，子亮反。○題下。魏邵陵厲公嘉平四年，詔胡遵、諸葛誕率衆攻吴東興，安東將軍司馬昭爲監軍。吴諸葛恪敗之，死者數萬人，昭問曰：「今日之事，誰任其咎？」司馬王儀對曰：「責在元帥。」昭怒曰：「司馬欲委罪於孤邪？」遂斬之。子裒痛父非命，隱居教授，三徵七辟皆不就。廬于墓側，旦夕常至墓所，拜跪悲號。讀《詩》至此，三復流涕。後司馬昭子炎篡魏爲晉，裒終身未嘗西向而坐，以示不臣。

大東小四十九，變二十七。譚大夫嘆東國困役傷財。

經○二章。糾糾，見《魏·葛屨·傳》。○卒章。挹，酌也。

一章言上不恤下而賦役不均也，興。而言周道既平且直，在位之所行而小人之所效，此蓋借道路以喻王道也。今顧之而出涕者，以路而言則賦役由是而西，以王道而言則非先王之法矣。二章上四句傷於財，下四句困於役。三章欲得休息之意。四章言賦役不均，羣小得志，而中四句有傷財之意。五章言爲西人所虐視而覬天之監。六、七章《傳》言已明。

傳○一章。簋，見《秦·權輿》。○毛氏：「飧謂黍稷。」疏：「禮之通例，皆簠盛稻粱，簋盛黍稷。」○疏：「《雜記》：『匕用桑，長三尺。』喪祭也。吉祭及賓客之匕則用棘。古之祭祀享食，必體解其肉之胖，既大，故須用匕。載之謂出於鼎，升之於俎也。」胖音判，牲之半體。○《尚書》孔傳：「砥，細於礪，皆磨石也。」○「涕下」之「下」，去聲。○譚，見《衛·碩人》。○二章。杼，梭也。緯音渭。勝音升。○三章。幾，平聲。復，扶又反。艾音乂。○五章。《晉·天文志》：「天漢起東方，經尾箕之間，謂之漢津。乃分爲二道，其南經傅說、魚、天籥、天弁、河鼓，其北經龜，貫箕下，次絡南斗魁、左旗，至天津下而合，乃西南行。又分夾瓠瓜，絡人星、杵、造父、螣蛇、王良、傳路、閣道北端、太陵、天船、卷舌而南行。絡〔三〕五車，經北河之南，入東井水位而東南行，絡〔四〕南河、闕丘、天狗、天紀、天稷，至七星南而没。」下凡言星，同出《晉志》。○織女，三星，鼎峙而成三角，在天市垣北。○疏：「《周禮》有市廛之肆，謂止舍處。十二次，日月所止舍，亦肆也。」○更，古行反。○六章。牽牛六星，北方宿。○疏：「《車人》言：『大車牝服二柯，又三分柯之二。』大車謂平地任載之車。柯長三尺，此謂較，長八尺也。兩較之内爲箱，是車内容物處。」柯音哥。較音角。○疏：「庚，續也。日既入，明星長續日之明，故謂明星爲長庚。」○畢八星，西方宿。○疏：「言織之用緯，一來一去，是報反成章。今織女之星，駕則有西無東，不見倒反，是有名無成。」此説與《傳》少異。○卒章。箕四星，東方宿。二星爲踵，二星爲舌。○南斗六星，北方宿，在箕北。北斗七星，其六在紫微垣内，其一在外，運乎天中，臨制四方。○見，賢偏反。粃，卑几反。

四月小五十，變二十八。遭亂自傷。

經○三章。飄，見《何人斯》。○六章。瘁，殂醉反。○箋：「仕，事也。」七章。箋：「翰，高也。」當作去聲讀。

此詩雖遭亂自傷，亦怨役使之不均也。前三章合而言，則自夏至冬，亂無已時。分而言，則首章亂及於身，歷夏三月，無所訴而呼其祖。二章百草皆病，以興無所歸。三章喻嚴暴之極而役使不均。四章山之卉維梅、栗不變，在位者乃化爲惡，何邪？五章水則有清時，我之禍乃無已。上章以山不變反興人之變，此章以水之變反興禍之不變。六章江漢滔滔者，南國且以爲紀；而我躬爲勞瘁，王乃曾不有我。七章非四者，而無所逃。卒章以山隰興君子作歌，以四物興告哀，此興之無義者也。

傳○二章。腓，《釋文》：「房非反。」與《説文》合。《傳》作「芳非反」，恐誤。○六章。江漢，見《周南・漢廣》。○七章。疏：「《説文》云：『鶉，鵰也。從鳥，敦聲。』字異於鶉。」《釋文》：「字或作鷻。」《埤雅》：「鶉能食草，似鷹而大，黑色，俗呼爲皁鵰。其飛上薄雲漢。」○《爾雅》：「鳶鳥醜，其飛也翔。」注：「布翅翱翔。」《埤雅》：「高飛曰翱，布翼不動曰翔。鳶，鈍者也，以風作之則高飛。」今《傳》云「鷙鳥」，本《説文》，又見《大雅・旱麓・傳》。○鱣、鮪，見《衛・碩人》。○卒章。蕨、薇，見《召南・草蟲》。○杞，見《四牡》。枸檵音苟計。○栜，所革反。《爾雅》：「白曰栜，赤栜則楝。」好，呼報反。○輞音罔，車輪之牙。牙音訝。

右《小旻之什》

北山小五十一，變二十九。大夫行役。

經○李氏：「《北山》之大夫不如《北門》之忠臣，《北門》之忠臣又不如《汝墳》《殷其靁》之婦人。」○一章。杞即前篇之杞。○四章。瘁，徂醉反。○五章。李氏：「有棲遲於家而偃仰者。」棲遲，見《陳·衡門·傳》。

傳○卒章。從，七恭反。

無將大車小五十二，變三十。行役勞苦憂思。　異。

傳○一章。疧，《釋文》：「都禮反。」亦訓病。

小明小五十三，變三十一。大夫行役久不得歸。　異。

經○一章。涕，土禮反。○二章。還，旬宣反。譴，詰戰反。○三章。蕭，見《蓼蕭》。菽，大豆也。《詩記》：「采蕭穫菽，冬之事也。蕭所以祭，菽所以畜，不得有備，故憂之而感。」

詩言「其毒大苦」「憚我不暇」，可謂甚矣。其三章乃曰「自貽伊戚」，不敢咎其上而祇自咎。其後二章，且告其友勤職事、親善人以忠其上，詩人之忠厚也。

傳○一章。數，色主反。○疏：「君子舉事尚早，故以朔爲吉。《周禮》『正月之吉』，亦朔日也。」

三章。遺，唯季反。幾，平聲。

鼓鍾小五十四，變三十二。義未詳。或曰：「幽王流連於樂。」

傳○一章。鍾，見《周南·關雎》。○樂音洛。○三章。《樂書》：「鼖鼓有筍簴，中高而兩端下。」○見音現。○卒章。琴瑟，見《周南·關雎》。笙，見《鹿鳴》。○《周禮·考工記》：「磬氏爲磬，倨句一矩有半。其博爲一，股爲二，鼓爲三。參分其股博，去一以爲鼓博；參分其鼓博，以其一爲之厚。」注：「必先度一矩爲句，一矩爲股，而求其弦。既而以一矩有半觸其弦，則磬之倨句也。」疏：「句，據上曲者；股，據下直者；弦，謂兩頭相望者。假令句、股各一尺，今以一尺五寸觸兩弦，其句股之形即磬之倨句折殺也。」股者，磬之上；鼓者，其下所當擊者；博爲一。假如黄鍾之磬股博四寸五分，股爲二，則長倍之，爲九寸；鼓爲三，則鼓長一尺三寸五分。參分其股博，去一以爲鼓博，則三寸也。參分其鼓博，以其一爲之厚，則一寸也。倨音據，句音鉤，參音三。度，特各反。殺，所界反。○籥，瘁舞，見《邶・簡兮》。

楚茨 小五十五，變三十三。公卿有田禄者，力農奉祭。 異。

此下十詩皆正《雅》錯脱。

經○《語録》：「《楚茨》精深宏博，如何做得變《雅》？」○問：「『《楚茨》以下四篇，先生謂即豳《雅》。反覆讀之，其辭氣與《七月》《載芟》《良耜》等篇相類，無可疑。然又以爲述公卿力農奉祭，則恐未然。蓋周自后稷以農事肇祀，其詩未嘗不惓惓於此，今以爲《豳風》《豳雅》者皆是也。古人未有不先於民而後致力於神者，恐不必專指公卿。』答曰：『此諸篇在《小雅》，而非天子之詩，故正得以公卿言之，蓋皆畿内諸侯矣。』」○此詩意趣宏博，辭氣縱逸，語緒參差，非它詩比。讀之茫然不知其際，久之始見其端倪。蓋一章謂勤於稼穡，所入者盛，得以爲祭祀之具。二章言牲體之絜。三章言俎豆之盛，又皆言神享而降福。四章祝致神語。五章送神而起下章燕宗族之端。卒章宗族燕而祝君壽福也。

一章。棘，見《邶・凱風》。○黍稷，見《王・黍離》。

傳○一章。疏：「蒺藜，布地蔓生，細葉，子有三角刺。」○箋：「伐蒺藜與棘。茨言『楚楚』，棘言『抽』，互辭也。」○疏：「庾是未入倉者，故曰露積，言露地積聚之也。」○《儀禮·特牲饋食禮》：「前期三日之朝，筮尸。命筮曰：『孝孫某，諏此某事，適其皇祖某子，筮某之某爲尸，尚饗！』」注：「某之某者，字尸父而名尸。大夫、士以孫之倫爲尸。」疏：「凡尸筮無父者，祭祖用孫列，皆取於同姓之適孫也。天子、諸侯取卿大夫有爵者，謂之公尸。大夫、士皆取無爵者，無問成人與幼，皆得爲之；孫幼則使人抱。」又《少牢饋食禮》：「筮尸命曰：『孝孫某，來日丁亥，用薦歲事于皇祖伯，某妃配某氏，以某之某爲尸，尚饗！』」特牲，士之祭禮也；少牢，大夫之祭禮也。食音嗣。諏，子須反。「適孫」之「適」，音的。少，失召反。○奠，謂祭日主人、主婦陳設實鼎及豆籩盤匜等。○祝迎尸于廟門外，主人降立於阼階東，西面。尸入門左，北面盥，升自西階。主人升自阼階。祝先入，主人從尸。升筵，祝、主人西面立于户内。祝、主人皆拜妥尸，尸不言答拜，遂坐。○尸祭乃食三飯，告飽侑。曰：「皇尸未實侑。」尸又食，不飯告飽。主人不言，拜侑，尸又三飯。此上並《儀禮·特牲》《少牢》二篇，有不同，今約取其文。○「神坐」之「坐」，去聲。○二章。烝嘗，宗廟之祭名。嘗，嘗新穀也。烝，進品物也。《詩記》：「自黍稷成爲酒醴至其爲祭，乃烝嘗之時也。」○《爾雅》疏：「祊本廟門之名，設祭於廟門，因名其祭曰祊。凡祊有二種：一是正祭之時既設於廟，又求神於廟門之内，《郊特牲》『索祭祝於祊』及《詩》『祝祭于祊』是也；二是繹祭之時於廟門外。是廟門内外皆有祊稱。」《詩》疏：「知門内者，以正祭之禮不宜出廟門，門内得有待賓客之處者。聘禮、公食大夫皆行事於廟。其待之迎於大門之内，則天子之禮焉。」《詩記》：「凡祭，裸鬯求諸陰，焫蕭求諸陽。索祭祝於祊，求於陰陽之間。魂氣無不之，無不在，求之不可一所，故祝祭於祊，而祀事所以孔明。」食音嗣。焫，如悦反。○號，去聲。三章。毛氏：「爨，饔爨、廩爨也。」疏：「饔爨以煮肉，在門東南北上。廩爨以炊米，在饔爨之北。」○疏：「燔，火燒之名。炙者，遠火之稱。以難熟者近火，易熟者遠之。」○從，才用反。《詩記》：「『爲俎孔碩』，謂薦熟也；『或燔或炙』，謂從獻也。鄭氏合爲一事，誤矣。」○疏：「從獻，謂既獻酒，即以此燔炙從之，而置之在俎也。」○疏：「《有司徹》云『宰夫羞房中之羞，司士羞庶羞』，注云：『房中之羞，其籩則糗餌粉餈，其豆則酏食糝食。庶羞，羊臐豕膮，皆有胾醢。房中之羞，内羞也。』」徹，直列反。糗，去九反。餌，而志反。餈，作姿反。二物皆粉稻米、黍米所爲，合蒸曰餌，餅之曰餈。糗者，擣粉熬大豆也。爲餌餈之黏著，故以粉糗搏之也。酏，以支反。食音寺。糝，素感反。酏食者，酏餈也。取稻米溲之，小切狼臅膏以爲餈。臅膏，臆中膏也。糝食者，取牛、羊、豕三肉，等分，小切之，與稻米一肉一合以爲餌，煎之也。臐音熏。膮，虚驕反。二物皆臛也，香美之名。臛，羹類也。胾，側吏反，大臠也。醢音海，肉醬也。黏音拈。著，直略反。摶音團。餈與饘同。臅，昌蜀反。臛，黑各反。○盛，平聲。「賓飲」「復飲」之「飲」，去聲。復，扶又反。○少，式照反。長，陟丈反。○四章。《左氏傳·定元年》：「叔孫成子逆昭公之喪于乾侯，子家子不見，叔孫易幾而哭。」注：「幾，哭會也。不見叔孫，故朝夕哭不同會。」○予，羊主反。女音汝。○椵，見《天保》。○五章。注：利，養也。成，畢也。言孝子之養禮畢。養，去聲。○去，起吕反。○卒章。與音預。

信南山小五十六，變三十四。同楚茨。　異。

經○吴正傳：「一章疆理修，二章雨雪時，三章黍稷盛，四章菜菹具，五章犧牲備，六章祀事成。」

傳○一章。終南，見《秦·終南》。○辟音闢。重，直龍反。壟音隴。○《周禮》土田之制，鄉遂用溝洫法：百畝爲夫，夫間有遂，十夫有溝。都鄙用井田法，謂王城二百里至五百里，公卿大夫采地及畿内諸侯也；百畝爲夫，夫間有遂，九夫爲井，井間有溝。凡遂，在田首。鄉遂以東西爲畝，則遂從而溝横。都鄙以南北爲畝，則遂横而溝從。遂則深廣各二尺，溝則深廣各四尺也。此《傳》謂「順其地勢水勢」，則南東之説不盡如《周禮》。○二章。霡，亡革反，類隔切，今易莫獲反。○四章。酢即今醋字，又見《召南·摽有梅》。《説文》徐鍇注：「菹，以米粒和酢，以漬菜也。」漬，疾賜反。○《詩記》：「《後漢》注春秋井田：『記人受田百畝，公田十畝。廬舍在内，貴人也；公田次之，重公也；私田在外，賤私也。』」○五章。《周禮》《禮記》經注疏：「秬，黑黍也，釀以爲酒。鬱金香草葉，十葉爲貫，百二十貫爲築，以煮之鐎中而和秬鬯，謂之鬱鬯。」又曰：「暢臼以椈，杵以梧。」「椈，柏也；梧，桐也。以柏香桐潔白，用擣鬱鬯，於神爲宜。」鐎，子遥反。○疏：「鸞即鈴也，謂刀環有鈴，其聲中節。故《郊特牲》曰：『割刀之用而鸞刀之貴。』貴其義也。聲和而後斷，是中節也。」中，陟仲反。斷，丁亂反。○疏：「膋，腸間脂也。」○焫，如悦反。羶音馨。薌音香。

甫田 小五十七，變三十五。公卿有田禄，祭方社田祖。　異。

經○《詩記》：「此詩後二章皆述前二章之意。三章所言述首章公適南畝勞農之事，故曰『曾孫來止』『田畯至喜』。四章所言述二章以御田祖祈福之事，故曰：『報以介福，萬壽無疆。』自『曾孫之稼』以下，所謂大福也。」○三章。田畯，見《豳·七月》。

傳○一章。箋：「歲取十千，於井田之法則一成之數也。九夫爲井，井税一夫，其田百畝。井十爲通，通税十夫，其田千畝。通十爲成，成方千里，成税百夫，其田萬畝。欲見其數，從井、通起，故言十千。」○疏：「《前漢·食貨志》：『后稷始甽田，以二耜爲耦，廣尺深尺曰甽，長終畝。一畮三甽，一夫三百甽，而播種於甽中。苗生葉以上，稍耨壠草，因隤其土以附苗根。比盛暑，壠盡而根深，能風與旱。』『附根』即『雝本』也。」甽亦作畎。晦，古畝字。上，時掌反。耨，奴豆反，鉏也。壝，愈水、以醉二反。案：《志》本作隤，音頹，注謂：「下之也。」能讀曰耐。雝音壅。○與，去聲。○齊，暱近也。秀民，民之秀出者。賴，恃也。「野處而不暱」，《管子·小匡》篇作「樸野而不慝」，注謂「質朴而野，不爲姦慝也」。○「以食」之「食」，音嗣。腐音父。復，扶又反。勞，去聲。○二章。疏：「社者，五土之神，能生萬物者，以古之有大功者配之。《祭法》：『共工氏之霸九州也，其子曰后土，能平九州，故祀以爲社。』《左傳》：『共工氏有子曰句龍，爲后土。』土，官之名也。死，以爲社神而祭之。』故曰：『句龍爲后土。』後轉爲社，故世人謂社爲后土。后土者，地之大名也。《傳》謂『履后土而戴皇天』是也。句龍職主土地，故謂其官爲后土。」愚案：疏意謂后土有二，名同實異。社則祭五土之神，而以句龍配，非祭天地也。共音恭。句音鉤。○疏：「《曲禮》：『天子祭四方，歲徧。』注：『謂祭五官之神於四郊。句芒在東，祝融、后土在南，蓐收在西，玄冥在北。』又《大宗伯》注：『四時迎五行之氣於郊，而祭五德之帝，亦食五官之神。少昊氏子曰重，爲句芒，食於木。該爲蓐收，食於金。修及熙爲玄冥，食於水。顓頊氏子曰黎，爲祝融、后土，食於火、土。』是黎兼二祀也。后土轉爲社故。《曲禮》言歲徧，常祀也。此秋成報功則總祭，故并言四方。」句音鉤。芒音亡。重，平聲。顓音專。頊，許玉反。○「羅弊，致禽以祀祊」，《大司馬》文。此作「獻禽」，恐誤。彼注云：「羅弊，罔止也。秋田主用罔，中殺者多也，皆殺而罔止。祊當爲方，聲之誤也。秋田主祭四方，報成萬物。」疏：「祊是廟門外。」祊，必彭反。今因秋田而祭，當是祭四方神，故云誤。秋物成，四方神之功，故報祭之。○《禮記》注：「先嗇，若神農者。」疏：「若是不定之辭，以神農比擬，故云若。種曰稼，斂曰嗇。不云稼而云嗇者，取其成功收斂，受嗇而祭也。」斂，去聲。○《周禮》注：「祈年，祈豐年也。田祖，始耕田者，謂神農也。《豳雅》亦《七月》也，《七月》有『于耜』『舉趾』『饁彼南畝』之事。謂之雅者，以其言男女之正。田畯，古之先教田者。」愚案：此傳田畯與經三章田畯不同。傳以神言，經以人言也。《豳雅》説詳見《豳風》總結題。○《禮運》：「蕢桴而土鼓。」注：「蕢讀爲凷，聲之誤也。凷，堛也，謂摶土爲桴也。土鼓，築土爲鼓也。《樂書》謂：『土鼓之制，窪土而爲之。』故《禮運》言土鼓，在乎未合土之前，與壺涿氏炮土之鼓異矣。」愚案：炮土之鼓，瓦鼓也，即《籥章》注杜子春謂土鼓「以瓦爲匡，以革爲兩面，可擊」者也。《禮運》鄭注之意，則謂窪土爲坎，而以土凷築之有聲，以爲歌節，即《明堂位》所謂「土鼓蕢桴葦籥，伊耆氏之樂」者也。伊耆，古天子之號，于時未有炮土之器，故其制如此。此蓋樂之始也。蕢，苦對、古怪二反。桴音浮，讀作乎者。誤凷與塊同，苦對反。堛，普逼反。摶，徒端反。窪，烏瓜反。合音閤。涿，陟角反。○三章。治，直吏反。○卒章。《詩緝》：「未刈之禾曰稼。其稼在田，由高處視之，則稼在下而見其密，故如屋茅；由平處視之，則稼在上而見其高，故如橋梁。若高處見其疏，平處見其低，則禾薄矣。露積之禾曰庾。其庾在野，隨意堆積。有平而高者，如水中高地之坻；有卓絶而高者，如高丘之京。稼則未刈，庾則刈而未入倉。於是求倉貯之，求車載之。」

大田

小五十八，變三十六。農夫頌美其上，答前篇意。異。

傳○一章。「種之」之「種」，去聲，餘皆上聲。○《詩緝》：「多稼者，或宜高燥，或宜下濕，或利先種，或利後種，故擇其種。」先種、後種，去聲；其種，上聲。耜，見《豳·七月》。○二章。疏：「房謂米外之房，米生於中，若人之房舍。孚者，米外之粟皮。甲者，以在米外，若鎧甲也。」孚與稃同。鎧，苦改反。○《釋文》：「童，梁草也。」《説文》：「稂作蓈，云稂，或字也。禾粟之秀，生而不成者，謂之童蓈。」○莠，見《齊·甫田》。○疏：「螟，似蚄而頭不赤，螣蝗也。蟊，或云螻蛄賊，似桃李中蠹蟲。赤頭，身長而細。」蚄蚄音子方。螻蛄音樓姑。○去，上聲。爲、使皆去聲。瘞，於曳反。○三章。《詩記》：「穉，謂穗之低小，刈穫所不及者。穧，謂刈而遺忘，束縛所不及者。秉，謂束而輦載所不盡者。滯，謂成而折亂，秉穫所不通者。」

瞻彼洛矣小五十九，變三十七。　諸侯美天子。　　　異。

經〇《語録》：「問：『《瞻彼洛矣》，傳以爲諸侯美天子之詩。今考其間有作六師之言，則其爲天子之事審矣。然祈頌之語則不過「保其家室」「家邦」而已，氣象頗陋，反若天子告諸侯者。』答曰：『「家室」「家邦」亦趁韻耳。天子以天下爲家，言「家室」何害？又凡言「萬年」者，多是臣祝君之辭，《詩》多有酬酢應答之篇，《瞻彼洛矣》是臣歸美其君，「君子」指君也。想當時朝會于洛水之上，而臣祝其君如此。』」

傳〇一章。《書》蔡氏傳：「地志：『洛水出弘農郡上洛縣冢領山。』《水經》謂之讙舉山，今商州洛南縣也。至河南鞏縣入河。」〇《爾雅》：「茹藘，茅蒐。」注：「今之蒨也，可以染絳。」疏：「一名地血，齊人名茜，徐州名牛蔓。」茹音如。藘音閭。蒐，所留反。蒨、茜，同倉甸反。韎，見《曹・候人》。〇《周禮》：「司服掌王之吉凶衣服，辨其名物與其用事。凡兵事，韋弁服。」注：「以韎韋爲弁，又以爲衣裳，《春秋傳》『韎韋之跗注』是也。」疏：「韎是蒨染，謂赤色也。」〇二章。鞘音肖。毛氏：「天子玉琫而珧珌，諸侯璗琫而璆珌，大夫鐐琫而璆珌，士珕琫而珕珌。」疏：「名爲琫珌之義未聞。天子、諸侯琫珌異物，大夫、士則同，尊卑之差也。天子玉琫，玉是物之至貴者。蜃謂之珧，蜃甲所以飾物也，形似琫。

黃金謂之璗，美者謂之鏐，紫磨金也。白金謂之銀，美者謂之鐐。珕，蜃屬，而不及於蜃。故天子用蜃，士用珕。《毛傳》定本及集本皆以諸侯珌璆，字從玉，又以大夫璆珌，恐非。」愚案：朱子以此詩言天子，則是飾鞞用玉琫珧珌。珧音摇。璗，徒黨反。璆音求，玉也。鐐音遼。鏐音留。珕，力計反。蜃，是忍反。蜯，步項反。

裳裳者華 小六十，變三十八。天子美諸侯，答《瞻彼洛矣》。 異。

經◯一章。轡處，見《蓼蕭・傳》。◯三章。駱，見《四牡・傳》。沃若，見《皇皇者華・傳》。

右《北山之什》

桑扈 小六十一，變三十九。天子燕諸侯。 異。

經◯卒章。箋：「兕觵，罰爵也。王與羣臣燕飲，上下無失禮者，其罰爵徒觩然陳設而已。」◯柔，見《周頌・絲衣・傳》。

一章頌之也，二章戒之也，三章、四章戒而頌也。謙虛逮下之意盈溢於言辭之間，太平盛世之詩也。

傳○一章。竊脂，見《小宛》。○二章。《王制》：「千里之外，十國以爲連，連有帥；二百一十國以爲州，州有伯。」帥，所類反。○卒章。觥，見《周南·卷耳》。

鴛鴦小六十二，變四十。諸侯答《桑扈》。異。

傳○一章。箋：「匹鳥，言其止則相耦，飛則爲雙，性馴耦也。」○疏：「罔小而柄長謂之畢，則執以掩物。鳥罟謂之羅，則張以待鳥。」○二章。倒音到。○三章。莝與摧同。《説文》：「莝，斬芻也。」秣，食馬穀也。食音嗣。

頍弁小六十三，變四十一。燕兄弟親戚。異。

傳○賦而興，章首二句也。比則七八兩句，餘則皆賦也。○一章。皮弁，見《衛·淇奥》。○二章。何期，傳與箋同，云「猶伊何。」《釋文》：「期音基。」○卒章。疏：「《大戴禮》：『曾子云：「陽之專氣爲霰，陰之專氣爲雹〔四〕。盛陽之氣在雨水則温暖，爲陰氣薄而脅之，不相入則摶爲雹也。盛陰之氣在雨水則凝滯而爲雪，陽氣薄而脅之，不相入則消散而下，因水爲霰。」』是霰由陽氣所薄而爲之，故言遇温氣而摶也。」《釋文》：「摶，徒端反。」

車舝小六十四，變四十二。燕樂新昏。　異。

經○二章。《語録》：「《列女傳》引《詩》『辰彼碩女』作『展彼碩女』。」○三章。幾，平聲。○四章。鮮我，見《北山·傳》。○五章。《語録》：「高山、景行便是那人。」

傳○一章。舝，見《邶·泉水》。○迎，魚敬反。○二章。《爾雅》諸雉有「鷮雉」，注：「即鷮雞也。」陸璣疏：「微小於翟，走而且鳴，音鷮鷮然。色如雌雉，尾如雉尾而長。頭上有肉冠，冠上叢毛，長數寸，如雄雉尾角。」《埤雅》：「雉之健者爲鷮，尾長六尺。」翟音狄。○四章。柞，見《唐·鴇羽》。○卒章。好，去聲。鄉音向。《表記》注：「廢喻力極罷頓不能復行，則止也。」罷音皮。

青蠅小六十五，變四十三。戒王聽讒。

經○《詩記》：「蛆蟲所變而成者，青蠅。也其飛則聲營營然，亂人之聽。其止於物則穢敗之，又從而生蛆，復變爲蠅，其穢敗於物無有紀極也。」又曰：「青蠅，穢不潔之物，驅之使去而復還。以比小人態狀可惡，而又難遠。」又曰：「『營營青蠅，止于樊』，行且至于几席盤杅之間矣，蓋憂之也。」

傳○一章。好，呼報反。

營營者，青蠅之聲也；變白黑者，青蠅之性也。見其飛之營營，則知其必變白黑矣；聽小人之讒，則知其亂是非矣。《傳》上言亂人聽，下言變白黑，意蓋如此。

卒章。榛，士巾反，木叢生也。《毛傳》：「所以爲藩也。」《釋文》「一音側巾反」者，誤，小栗也。

賓之初筵 小六十五，變四十四。衛武公飲酒悔過。 異。

經○李氏：「篇首既曰『賓之初筵』，三章又曰『賓之初筵』。首章言古之飲酒，其禮如此，而飲酒之後亦如此。三章言今之飲酒，其禮如此，而飲酒之後不如此也。」○卒章。式，見《邶・式微・傳》。

《傳》謂一章言因射而飲，二章言因祭而飲，是言古飲酒之禮也。三章以下，則今飲酒之失也。三章言飲而未醉，則威儀中適；醉而不止，則喪敗其威儀。四章言飲當知止，而戒其謹威儀。五章言飲不可至醉，而戒其謹言語。

傳○一章。疏：「鋪陳曰筵，藉之曰席。筵、席通也。」○即，就也。○《禮》注：「大射，謂祭祀射。王將有郊廟之事，以射擇諸侯及羣臣與邦國所貢之士可以與祭者，容比禮，節比樂，而中多者得與於祭。諸侯及卿大夫將祭其先祖，亦與羣臣射以擇之。凡大射，各於其射宫。」○《儀禮·大射禮》：「樂人宿縣于阼階東，笙磬西面，其南笙鍾，其南鑮，皆南陳。建鼓在阼階西，南鼓。應鼙在其東，南鼓。西階之西，頌磬東面，其南鍾，其南鑮，皆南陳。一建鼓在其南，東鼓。朔鼙在其北。一建鼓在西階之東，南面。簜在建鼓之間。鼗倚於頌磬西紘。」注疏：「笙猶生也，東爲陽中，萬物以生，是以東方鍾磬謂之笙也。鍾磬同十六枚而在一簴。鑮如鍾而大，奏樂以鼓鑮爲節。建猶樹也，以木貫而載之，樹之跗也。南鼓，謂所伐面也。應鼙，應朔鼙也。先擊朔鼙，應鼙應之。鼙，小鼓也。頌，古文爲庸，言成功曰頌。西爲陰中，萬物之所成，是以西方鍾磬謂之頌。朔，始也。奏樂先擊西鼙，樂爲賓所由來也。鍾不言頌，鼙不言東鼓，義同。建鼓南面者，諸侯軒縣，合有三面，爲辟射位，闕北面，無鍾磬鑮，直有一建鼓而已。簜，竹也，謂笙簫之屬，倚於堂。鼗如鼓而小，有柄。賓至搖之以奏樂。紘，編磬繩也。鼓鼗於磬西，倚于紘也。」縣音玄，鑮音博。應，於證反。鼙，部迷反。簜，待朗反。鼗，徒刀反。紘音宏。簴音巨。跗音夫。辟與避同。今案：大射禮，諸侯禮也，故陳樂皆言諸侯。○《大射禮》：「賓至，主人獻賓，賓酢主人；主人獻公，公酢主人。主人酬賓，坐祭，飲卒爵，降洗，酌膳，送爵。賓坐祭，酒遂奠於薦東。」注：「酬酒不舉，主人宰夫也。」○《禮》注：「侯，所謂射布也。天子中之，能服諸侯；卑者中之，得爲諸侯。」○《通解》：「《鄉射記》：『凡侯，天子熊侯白質，諸侯麋侯赤質；大夫布侯，畫以虎豹；士布侯，畫以鹿豕。』注疏：『此所謂獸侯也，燕射則張之。白質、赤質皆謂采其地。白以蜃灰塗之，赤亦以赤塗之，其地不采者白布也。熊麋、虎豹、鹿豕，皆正面畫其頭象於正鵠之處，君畫一，臣畫二，陽奇陰耦之數也。』」朱子案《周禮・梓人》，有皮侯、采侯、獸侯，説見《齊・猗嗟》。畫，胡卦反。蜃，時忍反。正鵠，上音征，下古毒反。○《禮書・司裘》：「於王共虎侯、熊侯、豹侯，諸侯共熊侯、豹侯，卿大夫共麋侯，皆設其鵠，此大射之侯也。大射，量人量侯道以貍步。大侯九十，參七十，干五十。」《鄉射記》：「侯道五十弓，弓二寸以爲侯中，倍中以爲躬，倍躬以爲左右舌，下舌半上舌。」夫王之虎侯謂之大侯，諸侯熊侯亦謂之大侯。諸侯大侯九十，參七十，干五十。則天子虎九十弓，熊七十弓，豹五十弓可知。豹五十弓，則麋亦五十弓可知。先儒謂弓之下制六尺，則九十弓者五十四丈，七十弓者四十二丈，五十弓者三十丈。弓二寸以爲侯中，則九十弓者中丈八尺，七十弓者中丈四尺，五十弓者中十尺。侯中廣崇方，則五十弓之侯用布五幅，長丈，則中之布方丈矣。倍中以爲躬，則上躬、下躬各二丈矣。倍躬以爲左右舌，下舌半上舌；則上左右舌布四丈，而出躬各一丈；下左右舌布三丈，而出躬各五丈矣。鄭氏謂半者，半其出於躬是也。《鄉射記》曰：「侯道五十弓，射人若王大射，則以貍步，張三侯。大射，量人以貍步量侯道。」蓋貍善搏者也，行則止而擬度焉，其發必獲。大射擇士，欲其能擬度而獲也，故以貍步。非大射則弓而已，弓之下制六尺，貍再舉足亦六尺，其爲步同，其所用異也。古者制度取於身而器用生於類，故侯道生於弓而侯中亦生於弓。十弓者，侯道之所始也。故五十弓之侯，其上則象人八尺之臂，五八四十而用布四丈；其下則象六尺之足，五六三十而用布三丈。中其身也；上下其躬也，躬之左右出者舌也。持舌者綱籠。綱者，縜也，其不及地者，武而已。則下綱其足也，武其足迹也，中人之迹尺二寸。則侯之制度取於身，可謂備矣。共音恭。參讀爲糝，雜也。干讀爲豻，豻飾也。胡，大也。「擬度」之「度」，待洛反。縜，于貧反，持綱紐。○又曰：《射義》：「天子將祭，必先習射於澤。澤者，所以擇士也。已射於澤，而后射於射宮。射中者得與於祭，不中者不得與於祭。」天子澤宮，西郊小學也；諸侯澤宮，郊之大學也。《司裘》：「天子大射三侯：虎侯侯道九十弓，侯中道丈八尺，鵠方六尺；熊侯侯道七十弓，侯中丈四尺，鵠方四尺六寸有奇；豹侯侯道五十弓，侯中十丈，鵠方三尺三寸有奇。」鄭氏謂：「王之大射，王射虎侯，諸侯助祭者射熊侯，卿、大夫、士助祭者射豹侯。天子、諸侯與其臣大射，賓射皆異侯，而燕射與其臣則同侯。異侯所以辨等，同侯所以一驩也。凡侯面北，西方謂之左，其張而未射也。不繫左下綱，中掩束之，及射則說束，遂繫左下綱。」與音預。奇音羈。「侯中」之「中」如字，餘並張仲反。說音脱，下同。○《大射禮》：「司射告曰：『大夫與大夫，士御於大夫。』誓曰：『公射大侯，大夫射參，士射干。

卑者與尊者爲耦，不異侯。』遂比三耦。」注疏：「御，侍也。大夫與大夫爲耦，不足，則士侍於大夫以備賓。耦，與君爲耦，同射大侯；士與大夫爲耦，同射參侯；别侯則非耦也。比，選次之也。大射、賓射，天子三侯六耦，畿内諸侯二侯四耦，畿外諸侯三侯三耦。諸侯畿内外各有一申一屈也。燕射則天子、諸侯同一侯三耦，以燕私屈也。若卿、大夫、士例同，一侯三耦。」○「上耦出次，西面揖。進並行。當階北面揖，及階揖。升堂履物，而射拾發以將乘矢。卒射，揖，降。《釋弓》説決拾，襲，反位。三耦卒射，亦如之。遂比衆耦，命衆耦，如命三耦之辭。」注疏：「凡射者皆袒、決、拾，故畢而説之。」「拾發」之「拾」，其劫反，更也。乘，時證反。乘矢，四矢也。○「射畢，設豐于西楹西。勝者之子弟洗觶，升酌散，奠于豐上。三耦及衆射者勝者皆袒、決、遂，執張弓。不勝者皆襲，説決拾，卻左手，右加弛弓於其上，遂以執弣。一耦出，揖如升射。勝者先升堂，不勝者北面坐，取豐上之觶，興〔五〕，立卒觶，坐奠于豐下。不勝者先降，反位。至衆耦皆如之。」觶，支義反，三升爵。弣音撫，弓把中。○今案：大射禮，諸侯之禮也。凡天子、卿、大夫，皆諸儒推言之。○「其中」之「中」，如字，餘並陟仲反。比，毗志反。○二章。籥，見《邶・簡兮・傳》。○疏：「尸，尊神之象，子孫敢獻之，是其能也。」○《釋文》：「斞音俱，挹取酒也。」○疏：「『佐食，賓佐尸食者也。』謂於賓客之中取人，令佐主人爲尸設饌食之人，名曰佐食。《特牲》佐食一人，《少牢》佐食二人，未知天子、諸侯當幾人也。」○復，扶又反。○疏：「《特牲》三獻之後，長兄弟洗觚爲加爵。」又曰：「衆賓長爲加爵。」注云：「大夫三獻而禮成。多之者爲加。」是賓手挹酒，室人復酌爲加爵也。「復酌」，《傳》作「復爵」，恐誤。○《明堂位》注疏：「崇，高也。康，舉也。爲高坫，受賓之圭，舉於其上也。」○三章。數音朔。媟，息列反。○四章。讙，呼端反。○五章。解，居隘反。「反爲」之「爲」，去聲。女音汝。

魚藻小六十七，變四十五。天子燕諸侯而諸侯美天子。　　異。

經

「豈樂飲酒」「飲酒樂豈」，固易韻以反覆其辭，然其意亦疑有異。上章樂而飲酒，樂四方和平、諸侯賓服也。下章飲酒而樂，樂禮儀既備、人情洽和也。

傳○一章。《地理考異》：「今京兆長安縣昆明池北鎬陂。」《郡縣志》：「周武王宫即鎬京也，在京兆府長安縣西北十八里。自漢武帝穿昆明池，鎬京遺址淪陷焉。」

采菽小六十八，變四十六。天子答《魚藻》。　　異。

經

首章總言其來朝，二、三章叙車馬衣服之盛，四、五章則頌之也。一章車馬衮黼，封爵所命者也。二章車旂和鸞，今所乘而來者也。三章則言謹其禮服，肅其儀度，而天子予之。予之，猶言稱許之也；既與之，則復命之，而申其福禄矣。四章言柞之有榦而枝，有枝則蓬蓬其葉，猶天子之有諸侯也。故此可樂之君子，則爲天子鎮守邦國之臣，而萬福之所同集。君既忠其上，則左右之人亦平平相率而從其君矣。又言汎汎楊舟則以紼而纚維之，可樂之君子，則天子必揆度而厚其福禄，則其君優游於是爲至矣。後兩章皆期望以慰其心，誘掖以堅其志也。屢言天子者，非天子所自言，主於歌者而言之也。

傳〇一章。菽，見《豳·七月》。〇《禮》注疏：「金路、象路，以金、象飾諸末。」謂「凡車上之材，於末頭皆飾之」。〇畫，胡卦反。刺，七亦反。鷩，必列反。毳，尺鋭反。絺，陟里反。盛，平聲。好，去聲。〇二章。疏：「正出，涌出也，水泉從下上出曰涌泉。」〇《埤雅》：「芹，水菜，一名水英。《爾雅》謂之楚葵，潔白而有節，其氣芬芳。而味不如蕁之美。故《列子》以爲客有獻芹者，嘗之，蜇於口、慘於腹也。」蜇音浙。〇三章。脛，胡定反。縢，徒登反。齊，側皆反。〇疏：「《乾鑿度》注云：『古者田漁而食，因衣其皮。先知蔽前，後知蔽後。後王易之以布帛，而猶存其蔽前者，重古道，不忘本也。』」餘見《曹·候人》及《斯干》。〇卒章。繂音律。度，徒各反。

角弓小六十九，變四十七。　刺王不親九族，好讒佞。

經〇五章。《詩緝》：「讒人乘間而入，指馬爲駒，顛倒是非，不顧忌其後。讒言無實，久則自敗，而小人不恤也。」〇六章。《詩緝》：「讒人爲惡如猱升木，本自能之，無所事教。王又信任之，是教猱升木也。」《詩記》：「小人樂於不善，而王又益之以不善之教，是以塗。」塗，附也。〇末章，《詩記》：「粲然有文以相接，驩然有恩以相愛，中國之道也。中國道盡，則『如蠻如髦』，是謂大亂，故『我是用憂』也。」

前四章刺不親九族，後四章刺好讒佞。　二章二「民」字所指微有不同，上「民」字即兄弟昏姻也，下「民」字衆民也。　王既遠其兄弟昏姻，則彼亦如是而遠王矣。　王以薄德教其下，則下民莫不傚傚，皆各遠其兄弟昏姻矣。　然民之上智不可移，故兄弟之令善者不變，其質之不善者則又習於不善而交相爲病矣。　四章謂民之不善也，各持其一偏以相怨悔，不能存恕自反。　專以恕爲己任，爲之而不疑，若酬酢之受爵而不加遜讓。　怨人者人亦怨之，怨之所歸，禍之所集，故至於亡身也。　五章言讒人顛倒是非，固無所顧忌，而王聽之無厭，惟恐不言。　猶之食，食之必宜於飽，如酌之甚取其多，則讒者計行而愈有以增益其勢，故下章有教猱塗附之説也。　「式居婁驕」者，謂用此以居之，則婁生其驕慢耳。　婁驕之辭氣猶《論語》言屢憎也。

傳○一章。疏：「《冬官》以六材爲弓，謂幹、角、筋、膠、絲、漆也。又曰：『角之中，恒當弓之隈。』隈謂弓之淵。角之中央與淵相當。」○好，去聲，下同。○五章。勝音升。僪，蒲拜反。○六章。獼猴音彌侯。著，直略反。○七章。「瀌，符驕反」，從《釋文》。此類隔，而訛者今改必驕反。○長，上聲。

菀柳小七十，變四十八。王者暴虐，諸侯不朝。

傳○一章。幾音機。朝音潮。○《戰國策》：「魯仲連曰：『齊威王率天下諸侯而朝周。周貧且微，諸侯莫朝，而齊獨朝之。居歲餘，周烈王崩，齊後往。周怒，赴於齊，曰：「天崩地坼，天子下席，東藩之臣因齊後至，則斮。」』」斮，側略反，斬也。○二章。分，扶問反。

右《桑扈之什》

都人士小七十一，變四十九。亂後思昔日都邑人物之盛。　異。

傳○一章。《詩記》：「都人士，《喪服傳》所謂都邑之士，所以別野人也。」《詩緝》：「士，對女而言，謂男子也。」○疏：「狐邑不等，若狐白，非君不服；狐青及小而美者，可以供公子；若黄狐及麤惡者，庶人亦服之。《玉藻》：『犬羊之裘不裼庶人無文飾也此狐裘亦不裼，故曰狐裘色也。』」○復，扶又反。○夫音扶。○箋：「以臺皮爲笠。」疏：「笠本禦暑，因可禦雨。前裘則冬所衣，此笠則夏所用。」衣，去聲。○疏：「《玉藻》云：『始冠緇布冠，自諸侯下達，冠而敝之可也。』此應始冠而敝。今都人以爲常服者，士以上冠而敝之，庶人則雖得服委貌因而冠之，而儉者服緇布。」○《説文》：「綢，密也。」《詩緝》：「言其髮美。」《解頤新語》：「其首飾綢直，一如髮之本然，謂不用髮髢爲高髻之類。」○三章。充耳琇，見《衛·淇奥·傳》及《鄘·君子偕老》。○瑱，吐電反。○姞，巨乞反。○疏：「《節南山》：『尹氏大師。』《常武》：『王謂尹氏。』昭二十三年，尹氏立王子朝。是其世爲公卿。《韓奕》：『爲韓姞相攸。』宣三年《左傳》云：『姬、姞耦，子孫必蕃。姞，吉人也，后稷之元妃也。』言姬、姞耦，明爲舊姓，以此知尹亦有婚姻矣。既世貴舊姓，昏連於王室，家風不替，是有禮法矣。」○四章。疏：「厲，垂帶貌。《禮》：『大帶垂三尺。』」○《釋文》：「長尾爲蠆，短尾爲蝎。」蠆音釋。○揵，丘言、渠焉、巨偃三反，舉也。

采緑小七十二，變五十。婦人思其君子。　異。

經〇疏：「婦人怨曠，非王政，而録之於雅者，以怨曠爲行役過時，是王政之失，故録以刺王。」〇三章。韔，見《鄭・大叔于田・傳》。

傳〇一章。《詩緝》：「王芻，易得之菜，即菉蓐也。陸璣：『其莖葉似竹，青緑色，高數尺。今淇奥傍生，如草，澀礪，可以洗笏及盤枕。利於刀錯，俗呼爲木賊，彼土人謂爲緑竹。』」〇卷音權。舍音捨。〇三章。「狩，尺救反。」從《釋文》，恐誤。當作舒救反。爲，于僞反。〇卒章。疏：「上章兼有狩，此偏言釣者，因上章釣文在下，接而申之。」

黍苗小七十三，變五十一。宣王時召穆公爲申伯，營城邑。行者作。　異。

經〇《詩記》：「天子，子萬姓者也；大臣，慮四方者也；方伯，分一面者也。申伯之體勢不重，則無以鎮定南服。召穆公身爲卿士，豈得辭其憂責哉？宣王雖深居九重，固未嘗一日忘之也。必待召公告厥成功，而王心始寧焉。此真知職分者也。」

上公則下説。蓋申伯誠有功於天下，而封之誠當矣。故民雖勞無怨，而且樂道其事也。其末章既喜謝邑之平治，頌召伯之成功，而歸重於王心之寧。忘己之勞以奉其上，惟欲得王心之安爾。此見忠實之情，太平之氣象也。

傳○二章。輓音晚。○三章。從，才用反。○末章。治、相並去聲。

隰桑小七十四，變五十二。喜見君子，不知所指。　異。

經○《釋文》：「幽，於糾反。」○疏：「難爲葉之茂，沃言葉之柔，幽是葉之色。言桑葉茂盛而柔輭，則其色純黑。故三章各言其一也。」輭，乳兗反。

白華小七十五，變五十三。申后怨幽王。

經○五章。子金子：「『鼓鍾于宮，聲聞于外』，謂宮中鼓鍾，聲必外聞，宮中嫡庶之亂，外人豈不知哉？」○七章。戢，莊立反。

全篇比體，而四六八章正比，餘皆反比。一章言物必相須爲用，今王不然而棄我。二章言天澤必普及微物，今王乃不圖其大者。三章言小水潤澤，尚能浸灌稻田，有用之美物；王之尊大，反不能施澤於所當施。四章言物之貴者用之輕，位之尊者降而賤。五章言有感則必有應，今念者固至而不見答。六章言近惡而遠美。七章言物皆有常，而王心無常。八章言褻於卑者，身亦自卑也。

傳○一章。疏：「白華，茅類，漚之柔韌。異其名謂之爲菅，因謂在野未漚者爲野菅。」漚，於候反，漬也。韌，而振反，堅柔也。○申后、褒姒事見《正月》及《王風》。○二章。被，皮義反。○三章。滮，符彪反，類隔切，今易皮休反。○四章。毛氏：「煁，烓竈也。」疏：「烓者，無釜之竈，其上然火謂之烘。本爲此竈止以然火照物，若今之火爐也。」烓，於季反。○飪，如甚反。○六章。《埤雅》：「鶖性貪惡，狀如鶴而大，長頸赤目，其毛辟水毒。青色，頭高八尺，善與人鬪，好啗蛇。」○間音諫。○卒章。《釋文》：「扁，邊顯反。底，都禮反。」恐誤。

序○《前漢·班倢伃傳》：「顔師古注曰：『《白華》，《小雅》篇，周人刺幽王黜申后也。』」

緜蠻小七十六，變五十四。微賤勞苦。　異。

經　此詩恐是興體。

瓠葉小七十七，變五十五。　燕飲之詩。　異。

傳〇一章。毛氏：「瓠葉，庶人之菜。」箋：「亨以爲飲酒之菹。」〇二章。箋：「凡治兔之宜，鮮者毛炮之，柔者炙之，乾者燔之。」《詩緝》：「凡肉置火中曰炮，熱之曰燔，近火曰炙。」〇數，色主反。〇三章。炕，苦浪反，乾也。

漸漸之石小七十八，變五十六。　出征勞苦。

傳〇一章。將、帥並去聲。〇卒章。毛氏：「畢，噣也。陰星。」《尚書》孔傳：「畢星好雨，月離之則多雨。」噣，直角反，又音晝。〇《詩緝》：「豕性負塗，常時雖白蹢者亦汙。今羣然涉水，濯其塗而見白。是久雨，停潦多故也。停潦尚多，雨歇未久，而月離畢，則又將雨矣。不遑它事，惟雨是憂耳。」

序〇箋：「荆謂楚也。舒，舒鳩、舒鄝、舒庸之屬。」《地理考異》謂：「《地理志》：『丹陽郡丹陽縣，楚之先熊繹所封。』《左傳》：『熊繹辟在荆山。』《括地志》：『歸州巴東縣東南四里，歸故城，熊繹之始國也。』《輿地志》：『秭歸縣東有丹陽城。』春秋有舒，在今廬州舒城縣。

舒鳩，今無爲軍巢縣。舒蓼，在安豐縣。舒庸，東夷國。謂之羣舒，皆偃姓，皐陶之後。」

鄝與蓼同。

苕之華 小七十九，變五十七。傷周衰，自憂不久。

經〇芸，多貌。

何草不黄 小八十，變五十八。征役不息。

傳〇二章。樂音洛。〇三章。兕，徐履反，紐音切，今易序紫反。〇卒章。《詩緝》：「《巾車》云：『士乘棧車，庶人役車。』注：『棧車不革，輓而漆之；役車方箱，可載任器以共役。』毛氏以爲此有棧之車，役車也。疏申毛氏義，以爲此棧是車狀。其説不分曉，不若徑以爲士之棧車也。」輓，謨干反。

右《都人士之什》

小雅譜

文王年四十七即位，在位五十年，蓋立於殷王帝乙之七祀。文王元年，帝乙之八祀也。薨於王紂之二十祀，而武王立。武王十三年滅殷，又七年而崩。子成王誦立，三十七年崩。子康王釗立，二十六年崩。子昭王瑕立，五十一年崩。子穆王滿立，五十五年崩。子共王緊扈立，十二年崩。子懿王囏立，二十五年崩。共王之弟辟方立，是爲孝王，十五年崩。懿王之子燮立，是爲夷王，十六年崩。子厲王胡立，三十七年出奔彘，五十一年崩。子宣王静立，四十六年崩。子幽王涅立，十一年弑。子平王宜臼立。

《鹿鳴》　《四牡》　《皇皇者華》
《伐木》　《采薇》　《出車》
《杕杜》　《南陔》　《白華》
《華黍》　《魚麗》　《由庚》
《南有嘉魚》　《崇丘》　《南山有臺》
《由儀》　《菁菁者莪》

右十七詩，文王、武王時詩。蓋夫子之删詩主於周，而周之盛德莫如文王，故四詩皆始於文王也。況《雅》《頌》皆周公所定，則《小雅》之端《鹿鳴》諸詩皆文王之詩，明矣。以下或亦有出於武王時者，故不敢獨言文王也。

《天保》　《蓼蕭》　《湛露》

《彤弓》

右《天保》，諸侯羣臣報上；餘三詩皆天子燕諸侯之詩；蓋武王、成王時詩也。

《楚茨》　《信南山》　《甫田》

《大田》　《瞻彼洛矣》　《裳裳者華》

《桑扈》　《鴛鴦》　《頍弁》

《車舝》　《魚藻》　《采菽》

右十二詩列於變《雅》。朱子以爲自《楚茨》至《車舝》十篇，乃正《雅》之錯脱，又以《魚藻》《采菽》與《楚茨》等篇相類。然則亦皆武王、成王時之詩也。

《常棣》

右成王時詩。

《六月》　《采芑》　《車攻》

《吉日》　《黍苗》

右五詩宣王。

《節南山》　《正月》　《十月之交》

《小弁》　《鼓鍾》　《白華》

右六詩幽王。

《賓之初筵》

右衛武公作。武公即位於宣王之十六年，卒於平王之十三年。然則此詩作於宣王、幽王、平王之時皆不可知，未可以「東遷《雅》亡」之説斷之也。

《鴻雁》　《庭燎》　《沔水》

《鶴鳴》　《祈父》　《白駒》

《黄鳥》　《我行其野》　《斯干》

《無羊》　《雨無正》　《小旻》

《小宛》　《巧言》　《何人斯》

《巷伯》　《谷風》　《蓼莪》

《大東》　《四月》　《北山》

《無將大車》　《小明》　《青蠅》

《角弓》　《菀柳》　《都人士》

《采緑》　《隰桑》　《緜蠻》

《瓠葉》　　《漸漸之石》　　《苕之華》
《何草不黄》
右三十四詩，時世不可考。

【校記】

〔一〕「廛」，原作「廬」，據秦本及體例改。
〔二〕「○」，原空，據秦本補。
〔三〕「絡」，原作「路」，據秦本、《晉書》改。
〔四〕同〔三〕。
〔五〕「雹」，原作「雹」，據下文及《毛詩注疏》改。
〔六〕「興」，原作「與」，據《儀禮注疏》改。

詩集傳名物鈔卷第七

大雅三

鄭氏《詩譜》，《大雅》十八篇爲正經，《民勞》之後謂之變《雅》。

文王大一，正一。周公追述文王之德，戒成王。

經〇一章。子金子：「『文王在上，於昭于天』，謂文王之德首出庶物，昭徹于天，故千餘年之侯國，一旦受命，達于天下。」〇又曰：「『有周不顯，帝命不時』，王文憲作『丕顯』『丕時』，如《詛楚文》『敢昭告于不顯大神』。蓋『不』字乃『丕』字也，豈有告神而謂之不顯乎？」

傳〇一章。自后稷始封至文王即位，一千九十七[一]年；武王即位，一千一百四十七[二]年；滅商，一千一百五十九[三]年。〇昭七年，衛襄公卒，王使如衛弔，且追命曰云云。〇三章。《韻會》：「築牆具題曰楨，兩頭橫木也，旁曰榦。」〇五章。《詩記》：「祼謂以圭瓚酌鬱鬯，始獻尸也。宗廟之祭以裸爲主。」○毛氏：「黼，白與黑也。」《詩記》：「黼繡於裳，雖章數不同，皆以黼爲裳也。」○毛氏：「冔〔四〕，殷冠也。夏后氏曰收，周曰冕。」○《左氏傳》虞人之箴有曰：「獸臣司原，敢告僕夫。」注：「告僕夫，不敢斥尊。」○喟，苦愧反。○卒章。聞，去聲。度，待洛反。○題下。監，去聲。朝，直遥反。

大明大二，正二。周公陳文武受命，戒成王。　異。

經○一章。子金子：「挾，如『挾泰山』之挾，謂提挾而有之也。」○二章。《詩記》：「『摯仲氏任』，繫其夫而言；『大任』，繫其子而言。」○三章。《詩緝》：「文王之德不回邪，故受此四方侯國之歸也。有一毫覬倖之心，則邪矣。」○四章。監，去聲。載，子亥反。○箋：「天於文王，爲之生配於氣勢之處。」疏：「名山大川皆有靈氣。《嵩高》曰：『維嶽降神，生甫及申。』詩人述其所居，是美其氣勢。」○六章。燮，蘇接反。○《詩記》：「書『燮友柔克』，有和順之意。」《詩緝》：「保，安之；右，助之；而命之以伐商。以順而動，因天人之所欲，是之謂『燮伐』。」《詩記》「言『大商』，乃所以大文武之德。以爲商大矣，非德大不能伐之也。」

傳○二章。中，陟仲反。○嬀，匊爲反。汭，如鋭反。○四章。郃，户答反。○五章。疏：「比其舟而渡曰造舟，中央左右相維持曰維舟，併兩船曰方舟，一舟曰特舟。」又曰：「維舟，連四舟。維舟以下，皆水上浮而行之。」○比，毗志反。○六章。長，丁丈反，類隔切，今易張丈反。○七章。朝歌，見《邶風·傳》。○卒章。疏：「騮，赤色黑鬣也。《檀弓》亦言：『戎事乘騵。』明非戎事不然。因此武王所乘，遂爲一代常法。」騮音留。○題下。間，去聲。

緜大三，正三。周公述大王，文王戒成王。

傳○一章。蔓音萬。○《山海經》：「羭次之山，漆水出焉，北流注于渭。」郭氏注：「今漆水出岐山，《詩》云『自土沮漆』是也。」《水經注》：「北流者，蓋自北而南也。」《漢志》：「右扶風漆縣有漆水，在縣西。」《寰宇記》：「鳳翔府普潤縣，漆水源出縣東南漆溪。唐普潤縣即漢漆縣地也。」《雍録》：「案《水經》，渭水自雍縣東下，至岐山與岐水、漆、渠水會。三水大小相敵，故渭不能獨擅其名，是以猶得名漆也。此水東及周原之北、岐山之南，是爲大王之邑，故《詩》曰『居岐之陽，在渭之將』。其地山固名岐，而山南有水亦名岐也。岐、漆、渭三水同流，則岐水之陽亦漆水之陽也。故《頌》曰『猗與漆沮，潛有多魚』。毛氏釋之曰：『漆、沮，岐周之二水。』其説確也。但《詩》兼漆、沮言之，而諸書止言漆，不言沮，不敢强通。」然則《緜》詩、《潛》頌之謂漆沮者，普潤之漆水也。大王、文王之都在岐，而普潤者岐地故也。《地理考異》引段氏云：「漆沮有二，皆出雍州，皆東入于渭，特有上流、下流之别。《詩》『自土沮漆』在岐周之間，是渭之上流也；《書》『東過漆、沮』叙于灃、涇之下，是渭之下流也。」羭音俞。　雍，於用反。　餘見《小雅・吉日》。

今案：《寰宇記》：「鳳翔府東至長安三百一十九里，長安東至同州二百八十里。」則二水入渭之地東西相去六百里，非一漆沮明矣。　雖岐下入渭之沮不可考其源委，然决非至華原合漆之水也。

豳，見《周南》及《豳》傳。○疏：「年世久，故稱曰古公，猶云先公也。」○「大王」之「大」音泰，後並以意求之。○窑，餘招反。　重，直容反。　疏：「陶，瓦器，竈也。　復者，地上爲之，取土於地，復築而堅之。　穴者，鑿地爲之，土無所用，直去其息土而已。」○二章。　難，去聲。○《詩記》：「『來朝走馬』，形容其初遷之時，略地相宅精神風采也。　鄭氏以爲避惡早且疾，苟如是之迫遽，則豈杖策去邠雍容之氣象哉？」○《語録》：「舊嘗見横渠《詩傳》中説，周至大王辟國已甚大，其所有地皆是中國與夷狄夾界所空不耕之地，今亦不復見此書矣。　意者周之興與元魏相似，初自極北起來，漸漸强大，到得後來中原無主，故遂被他取了。」○《地理考異》：「《郡縣志》：『岐山亦名天柱山，在鳳翔府岐山縣東北十里。』」○相，《釋文》：「息亮反。」屬音燭。　○《雍録》：「邠在岐西北二百五十里。　自邠而南一百三十里爲奉天縣，有梁山。　渭水在梁山之南，踰梁山，循水可以達岐。　所謂『率西水滸，至于岐下』也。大王都岐，在今鳳翔府西五十里，是爲岐周。岐水之南今有周原，南五十里又有周城，云此周公采邑。」○三章。《語録》：「荼恐是蓼屬，故詩人與堇並稱。堇乃烏頭，非先苦而後甘也。」又云：「荼毒，蓋荼有毒，今人用以藥溪魚。荼是堇類，則宜亦有毒，而不得爲苦苣矣。如薺如飴，乃詩人甚言周原之美，非荼實能甘也。」○餳，夕清反，乾糖。○疏：「《春官》：『菙氏掌共燋契，以待卜事。』注云：『《士喪禮》云：「楚焞置于燋，在龜東。」』楚焞即契所用灼龜者也。燋謂炬，其存火也。《士喪禮》注云：『楚，荆也。』然則卜用龜者，以楚焞之木，燒之於燋炬之火，既然，執之以灼龜也。焞龜開兆，故曰楚焞。」菙，時髓反。燋，哉約反。焞，土敦反。○《語録》：「『爰契我龜』，乃刀刻龜也。古人符契亦是以刀刻木而合之。」○五章。度，待洛反。○六章。應，去聲。重，平聲。○堵，見《小雅·鴻雁》。○樂音洛。○七章。「王之郭門曰臯門」，疏「宫之外郭門」。「王之正門曰應門」，疏謂朝門也。朱子曰：「《書》天子有應門，《春秋》書魯有雉門，《禮記》云魯有庫門，《家語》云衛有庫門，皆無云諸侯有臯、應者。則臯、應爲天子之門明矣。意者大王之時未有制度，特作二門，其名如此。及周有天下，遂尊以爲天子之門，而諸侯不得立也。」○「大社」之「大」音泰。○疏：「『起大事』至『謂之宜』，《爾雅》文。大事，兵事也。有事，祭也。宜祭名。以兵凶戰危，慮有負敗，祭之以求福宜，故謂之宜。」○八章。聞，去聲。○《詩緝》：「柞，柞櫟也，即《唐·鴇羽》所謂栩也。」櫟音歷。○

桵音綏。《爾雅》注：「叢生，有刺，實如耳璫，紫赤，可啖。」《詩》疏：「棫即柞也，其材理全白無赤心者爲白桵。直理易破，可爲犢車輻，又可爲矛戟矜。今人謂之白梂，或曰白柘。」二説未知孰是。矜音芹，柄也。梂音求。○鮮，上聲。○《詩記》：「此章或以爲專指大王或以爲專指文王，義皆未安。《孟子》曰：『文王事昆夷。』文王猶事昆夷，則大王安得有『昆夷駾矣，維其喙矣』之事乎？《皇矣》之詩曰：『帝省其山，柞棫斯拔，松柏斯兑；帝作邦作對，自大伯王季。』然則『柞棫拔矣，行道兑矣』安可專指以爲文王之詩乎？蓋叙周家之業積，施屈伸之理，始於大王而終於文王耳。」○卒章。朝，直遥反。○疏：「選士爲大夫，選大夫爲卿，則各以德而相讓也。」○閒音閑。凴，皮冰反。○《語録》：「蹶，動也。生是興起之意。當時一日之間，虞芮質成，而來歸者四十餘國。其勢張盛，一時見之如忽然跳起也。」又曰：「《麤説如今人言軍勢益張。」○相、道並去聲。○疏：「臣能曉喻天下以王德，宣揚王之聲譽，令天下皆奔走而歸趨之，故曰『奔走』。有武力之臣，能折止敵人之衝突者，是能扞禦侵侮，故曰『禦侮』。」○殺，所界反。

棫樸大四，正四。 詠歌文王之德。 異。

自此至《假樂》，疑多周公作。

經〇一章。棫，見《緜》。〇趣，七喻反。〇四章。《語録》：「『倬彼雲漢』，則『爲章于天』矣，『周王壽考』則『何不作人』乎？此等語言，自有箇血脉流通處，但涵泳久之，自然見得條暢浹洽，不必多引外來道理言語，却壅滯詩人活底意思也。周王既是壽考，豈不作成人材？此事已自分明，更著箇『倬彼雲漢，爲章于天』，唤起來便愈見活潑潑地，此所謂興也。興乃興起之義，凡言興者，皆當以此例觀之。《易》以言不盡意而立象以盡意，蓋亦如此。」〇「『遐不作人』，古注并諸家皆作『遠』字，甚無道理。《禮記》注訓『胡』字最好。」〇卒章。《語録》：「『遐不作人』，却是説他鼓舞作興底事，工夫細密處又在後一章。如曰『勉勉我王，綱紀四方』，便都在他線索内，牽著都動。問：『「勉勉」即是「純亦不已」否？』曰：『然。如「追琢其章，金玉其相」，是那工夫到後，文章真箇是盛美，資質真箇是堅實。』」

竊謂卒章爲有義之興，言文王之德之純也。文之見乎外者，固若金玉之追琢；質之存乎中，則實金玉也。表裏如一，豈致飾於外而已？故勉勉其德之我王，能綱紀乎四方也。〇首章「左右趣之」，總下兩章。二章以處言，三章以出言，四章言興善人，卒章言定四方也。

傳〇一章。迮，側格反。著，直略反。〇二章。圭瓚，見《旱麓》。〇箋：「璋，璋瓚也。」疏：「《玉人》云『大璋、中璋、邊璋』，皆是璋瓚。祭之用瓚，唯裸爲然。《祭統》云：『君執圭瓚祼尸，大宗伯執璋瓚亞祼。』」《詩緝》：「璋以爲瓚柄，所以祼也。」

案：圭之制，其廣三寸，其厚半寸。其頭斜鋭，寸半。其長則天子尺有二寸，公九寸，侯伯七寸。半圭曰璋，言其廣之度也。

三章。涇，見《邶・谷風》。櫂，直教反。《釋文》：「楫謂之橈，或謂之櫂。」《釋名》云：「在傍撥水曰櫂。」○四章。天漢，見《小雅・大東》。○卒章。《語録》：「問：『傳言美其文、美其質，不知所美之人爲誰？』曰：『「追琢」「金玉」，以興我王之勉勉爾。』又曰：『須是有金玉之質，方始琢磨得出。若是泥土之質，假饒如何裝飾，只是箇不好物事。』」

旱麓大五，正五。咏歌文王之德。　異。

經○四章。清酒、騂牡，見《小雅・信南山・傳》。○卒章。葛藟，見《周南・葛覃》。樛木、條枚，見《汝墳・傳》。

此詩五章有「豈弟君子」一語者皆興，其一章無此語者爲賦，其意則在各章末句，相次爲義。一章君子以豈弟之道干禄，二章福禄自降，三章德及乎人，四章德感乎神，五章神降之福，六章謂德既格乎上下矣，而所以求福者未嘗少懈。此緝熙之工夫也，此所以爲文王也。

傳○一章。《地理志》：「漢中郡南鄭縣旱山，池水所出，東北入漢。」○疏：「楛，莖似蓍，上黨人織以爲牛筥箱器，又屈以爲釵。」○樂音洛。易，以豉反。○二章。縝，止忍反。○疏：「瓚者，盛鬯酒之器。以圭爲柄，以黃金爲勺，青金爲外。朱中央，有鼻，口〔五〕爲龍口，鬯酒從中流出。漢禮：瓚槃大五升，口徑八寸，下有槃口徑一尺，則瓚如勺爲槃以承之。天子之瓚，其柄之圭長尺有二寸，其賜諸侯蓋九寸以下。」○疏：「黃流，秬鬯也。釀秬爲酒，以鬱金之草和之，則黃如金色。酒在器流動，故謂之黃流。」鬱鬯，見《小雅·信南山》。○三章。鳶，見《小雅·四月》。○五章。《釋文》：「熂，許氣反，芟草燒之也。」

思齊大六，正六。歌文王之德，而推本言之。

經

首章專主於大任而言，謂大任有齊莊之德，故能生文王。其德之本則上繼於大姜，其德之化則下及於大姒。此四句因及大任之德之本效，以著其所以成文王之聖也。二章言文王事神接人，各得其道。三章言存諸身者，純亦不已。四章言見諸事者，性與天合。卒章言作成人材之盛。

傳〇二章。子金子：「御，迎也，以此道迎接於家國也。」〇《詩緝》：「鬼神歆之，無有怨恚而不滿者，無有痛傷而降禍者。」〇四章。難，乃旦反。羑音酉。〇卒章。《詩記》：「聖人澤流萬世者，莫大於作人，所以續天地生生之大德也，故此詩以是終焉。文王之無斁，孔子之誨人不倦，其心一也。《典》《謨》作於虞夏，其稱堯、舜、禹、皐陶已曰『若稽古』，則此詩追述文王，以爲古之人，復何疑哉？」

皇矣大七，正七。　叙大王、王季之德及文王伐密、崇。

經〇《語録》：「《詩》稱文王之德處，是從『無然畔援，無然歆羡』上説起，後面却又説『不識不知，順帝之則』，見得文王先有這箇工夫此心無一毫之私。故見於伐崇、伐密，皆是道理合著恁地，初非聖人之私怒也。問：『「無然畔援」「歆羡」，恐是説文王生知之資，得於天之所命，自然無畔援、歆羡之意。後面「不識不知，順帝之則」乃是文王做工夫處。』曰：『然。』」〇又曰：「周人詠文王伐崇、伐密事，皆以『帝謂文王』言之，若曰此蓋天意云耳。」〇問：「文王於君臣之義豈不洞見？而容有革商之念哉？」曰：「此等處難説，孔子謂『可與立，未可與權』，到那時事勢自是要住不得。後來人把文王做一箇道行看，不做聲，不做氣，如此形容文王，都没情理。如《文王有聲》，亦説文王出做事。且如伐崇，不是小小侵掠，乃是大征伐。『詢爾仇方，同爾兄弟；以爾鉤援，與爾臨衝，以伐崇墉』，此見大段動衆，此處要做，文王無意出做事不得；又如說『侵自阮疆，陟我高岡。無矢我陵，我陵我阿。無飲我泉，我泉我池』，這看見都自據有其土地，這自是大段弛張了。蓋當商之季，七顛八倒，上下崩頹。忽於岐山下突出許多人也，是誰當得？」〇一章。子金子：「耆音嗜，謂上帝愛好之也。」〇卒章。拂，符弗反。

傳〇一章。「耆致」之「耆」，音旨。〇二章。檿，《詩》《書》釋文及韻並烏簟反，《傳》作烏劒反，恐本誤。〇去，丘呂反。〇疏：「自斃，謂木自倒而枝葉覆地者。非人斃之，故曰自斃。」〇行音杭。〇疏：「河柳，謂河傍赤莖小楊也。皮正赤，如絳。一名雨師，枝葉似松。」〇樻，去軌、去愧二反，又音匱。長，張丈反。〇「串夷載路」，《詩緝》：「串，習也。夷，平也。載，語助也。即《周頌》所謂『岐有夷之行』，謂民歸之者衆，串習其平夷而成大路。」也此說亦可備一義。〇爲，于僞反。〇三章。兑字，毛氏於《緜》曰「成蹊也」，於《皇矣》曰「易直也」。《釋文》於《緜》「吐外反，又徒外反」，於《皇矣》「徒外反」。是義不同，而音亦不一也。今《傳》於《緜》「吐外反」訓通以拔兑爲木拔道通；於《皇矣》則「徒外反」，亦以拔兑爲木拔道通。是音異而義同也。校之毛詁，俱當作吐外反。〇四章。貊，武伯反。長，丁丈反。皆類隔切，即陌音掌音。〇問，去聲。〇五章。子金子：「畔、援兩字相反。歆、羨只是一意，但有淺深。歆，心動貌，羨慕也。歆淺羨深。」〇舍音捨。〇《左氏傳·昭十五年》："密須之鼓，與其大路，文所以大蒐也。"注："密須，姞姓國，在安定陰密縣。文王伐之，得其鼓路以蒐。"案：安定郡即涇州，兩漢、晉《志》注皆引爲密國所在，則是密在涇州明矣。若寧州，則北地郡也。而朱子之言如此，又以阮爲涇州故國，皆不知何據。○六章。鄉，許亮反。○《詩記》："用兵必有根本之地。文王駐兵於國都，以爲三軍之鎮，故曰『依其在京』。"○《通鑑外紀》："西伯自岐徙鮮原，在岐山之陽，不出百里。"○七章。《詩記》："『不長夏以革』，雖難强通，然與『不大聲以色』立文既同，訓詁亦當相類。聲以色，謂聲音與笑貌也；夏以革，爲侈大與變革也。不大聲以色，則不事外飾矣；不長夏以革，則不縱私意矣。無外飾、無私意，此明德之實也。"○子金子："不大聲以色，則是不言而信、不動而化；不長夏以革，凡事不自高、不自大、不輕改作，皆不爲已甚之意。不識不知，全不用其私智。"○鄠音户。閎音宏。夭，《書·釋文》："於表、於驕二反。"鈇音夫。○子金子："横渠嘗言：『殷自中世棄西方之地不顧，又昆夷玁狁爲患，非王季不足當之。故自帝乙之時，王季以九命作伯，使專征伐。』"九命作伯，見《孔叢子》。○卒章。屬音燭。○《禮》疏："非時祭天謂之類，類雖非常祭，亦依正禮爲之。"○《通典》："禡，師祭也，爲兵禱也，其禮亡。其神蓋蚩尤，或云黄帝。"子金子："禡，一説祭馬祖。"降，户江反。夫音扶。

靈臺大八，正八。　民樂文王有臺池、鐘鼓之樂。　　異。

經○疏：「靈臺，無正文，諸儒説多異義。鄭玄意謂大學，即辟雍也。靈臺與辟廱同在西郊，靈臺、辟廱、明堂、宗廟，皆異處。《大戴禮》、盧植《禮記注》、蔡邕《月令論》、穎子容《春秋釋例》、賈逵、服虔注《左傳》皆以廟學、明堂、靈臺爲一。」袁準《論》云：「明堂、宗廟、太學，禮之大物也，事義不同，各有所爲。論者合以爲一，失之遠矣。夫明堂者，大朝諸侯、講禮之處。宗廟，享鬼神、歲覲之宫；辟廱，大射、養孤之處；大學，衆學之居；靈臺望氣之觀；清廟，訓儉之室。各有所爲，非一體也。古有王居明堂之禮，《月令》則其事也。天子居其中，學士處其内，君臣同處，死生參並，非其義也。大射之禮，天子、大侯九十步，辟廱處其中。今未知辟廱廣狹之數，但二九十八加之，辟廱則徑三百步。公卿大夫諸侯之賓、百官侍從之衆，非宗廟中所能容也。明堂以祭鬼神，故亦謂之廟。明堂大廟〔六〕者，明堂之内太室，非宗廟之太廟也。於辟廱獻捷者，謂鬼神惡之也。或謂之學者，天子〔七〕之所學也。《春秋》『君行告宗廟，反獻於廟』。《王制》『釋奠於學，以訊馘告』。則太學亦廟也。穎氏以『公既視朔，遂登觀臺』，以其言遂，故謂之同處。夫遂者，遂事之名，不必同處也。『明堂在南郊，就陽位』，而宗廟在國外，非孝子之情也。『告朔行政，謂之明堂』，夫告朔行政，上下同也，未聞諸侯有明堂之稱也。齊宣王問孟子毀明堂，孟子曰：『夫明堂者，王者之堂也。王欲行王政，則勿毀之。』夫宗廟之設，非獨王者也。且説諸侯而教毀宗廟，爲人君而疑於可毀與否，淺丈夫未有是也。準之此論，可以申明鄭意。廟與明堂不同，則靈臺又且別處。故靈臺、辟廱皆在郊也。」説音税。《月令論》：「取其宗廟之清貌則曰清廟，取其正室之貌則曰太廟，取其堂則曰明堂，取其四門之學則曰太學，取其周水圓如璧則曰辟廱。異名而同耳。」《釋例》：「太廟有八名，其體一也。肅然清静謂之清廟，行禘祫、序昭穆謂之太廟，告朔行政謂之明堂，行饗射、養國老謂之辟廱，占雲物、望氛祥謂之靈臺，其四門之學謂之太學，其中室謂之太室，總謂之宮。」因附見于此。

靈臺乃占侯遊觀之地，辟廱乃行禮作樂之宮，非一所明矣。作詩者頌文王之美而併數之，未嘗以爲一處也。説者合之，然後其論膠矣。○辟雍，《禮》注：「以辟爲明，雍爲和。」《詩》注：「辟，水旋丘如璧。雍，節觀者。」是《禮》注釋其義而《詩》注釋其形也。自唐虞以來之學未聞有水，而周之學有水，此蓋因文王一時之制，子孫遂承之以爲定法耳。如曰「乃立皋門」「乃立應門」，古未有此名也，大王始爲之，後增益以爲天子五門、諸侯三門之制。如曰「造舟爲梁」，古未有此名也，文王始爲之，後遂定爲天子造舟、諸侯維舟、大夫方舟、士特舟之制。愚意辟雍亦猶是爾。築城伊淢，文王營豐之事也。營建城邑且因一時溝洫之舊，蓋尚儉而惜民力也，安知辟雍之創非因郊外田間溝澮以爲之乎？築其地爲學宮，仍不廢其水道，蓋亦一時之儉制。也武王鎬京之辟雍因之，故後世遂以爲定法耳。

傳〇一章。度，徒洛反。〇疏：「《左傳》：『秦伯獲晉侯，乃舍諸靈臺。』注：『在京兆鄠縣，周之故臺也。』」《三輔黄圖》：「在長安西北四十里，高二十丈，周百二十步。」在豳水東。〇《釋文》：「祲，子鴆反。陰陽氣相侵，漸成祥。」〇《孟子集注》：「經，量度也；營，謀爲也。」則經、營皆圖度之意。《詩記》：「經謂制其廣深，營謂定其基址。」〇令，吕真反。樂音洛。題下同。〇李氏：「民謂其臺曰靈臺，非文王自名之也。」〇二章。《詩記》：「『麀鹿濯濯』者，行止自若也；『白鳥翯翯』者，飛鳴自適也；『於牣魚躍』者，魚驚則潛，今牣而躍者，習於仁而自遂也。」〇《周禮·韗人》：「鼓長八尺，鼓四尺，中圍加三之一，謂之鼖鼓。」注疏：「鼓四尺者，謂鼓面革所蒙者廣四尺也。中圍加三之一者，謂將中央圍加於面之圍三分之一也。面四尺，其圍十二尺，加以三分一爲四尺，總十六尺。徑五尺三寸，三分寸之一也。」韗音運。鼖、賁同。〇卒章。矇，見《綱領》。

下武大九，正九。　美武王纘三王之緒。

經〇二章。求，匹也，即一章「配」字意。〇四章。應，去聲。此詩美武王：一章言繼三后之緒而有天下；二章言繼先王之德，上合天命而信於天下；三章言德爲天下法；四章言天下法武王；五章言子孫能繼武王之德，則能永久；六章言永久之效。

傳○一章。子金子：「或疑『下』字誤，然周素非尚武之國，謂之下武亦可。」《詩緝》：「以武爲下者，周之家法也。」○《語録》：「問：『「三后在天」，傳言既没而其精神上合于天，如何曰便是又有此理？』曰：『恐只是此理上合于天耳。』曰：『既有此理，便有此氣。或曰：「想是聖人稟得清明純粹之氣，故其死也，其氣上合于天。」』曰：『也是如此，這事微妙難説，要人自看得。世間道理有正當易見者，又有變化無常不可窺測者，如此方看得道理活。如云「文王陟降，在帝左右」，如今若説文王真箇在上帝之左右，有箇上帝如世間所塑之像，固不可。然聖人如此説，便是有此理。』」○五章。荷，胡可反。○六章。朝，直遥反。○《史記》：秦孝公二年，天子致胙。十九年，天子致伯。二十年，諸侯皆賀。

文王有聲大十，正十。文遷豐，武遷鎬。異。

傳○二章。鄠音户。○三章。淢與洫同。稱，昌孕反。○五章。《地理志》：「酆水出扶風鄠縣東南，北過上林苑，入渭。」《郡縣志》：「灃水出京兆府鄠縣東南終南山，自發源北流，經縣東二十八里，北流入渭。」《禹貢》：「灃水攸同。」傳：「終南，今永興軍鄠縣山也。東至咸陽入渭。」酆、灃、豐同。○六章。邰，湯來反。「而王」之「王」，于況反。○卒章。

遺，于貴反。愚謂當以或説爲正。〇題下。《語録》：「問：『文王更在十三四年，將終事紂乎？抑爲牧野之舉乎？』曰：『看文王亦不是安坐不做事底人。《詩》言武功，皆是文王做來，載武王武功却少，但卒其伐功耳。觀文王一時氣勢如此，度必不終竟休了。一似果實，文王待他十分黄熟，自落下來，武王却似生擘破一般。』」

右《文王之什》

生民大十一，正十一。周公尊后稷配天，推本言之。

經〇一章。「歆」字絶句，毛氏讀；「敏」字絶句，鄭氏讀也。〇子金子：「姜嫄，有邰氏女，見地有巨人之跡，履之而敏然歆歆若人道之感。此是「歆」字絶句。於是即其攸介攸止之處，而震動夙肅。震、肅，即孕也。由是有娠而生后稷也。《魯頌》亦云『上帝是依』，謂天之神憑依姜嫄之身而生后稷也。」〇又曰：「介，助也。於神所助之處，身所止之處，便初震動、初肅然，而有娠也。」〇《前編》：「案：《史記》：『姜嫄，帝嚳元妃。』蘇氏《古史》因之，遂以后稷爲帝嚳之子。嫄果元妃，何嫌於不夫而棄其子？稷果嚳元妃之子，何爲舍嫡不立而别立堯？周郊太祖，何爲祖稷而不祖嚳？周祀姜嫄，何爲舍祖而獨祀妣？命禹治水之時，堯之年已七十有餘矣，而禹猶曁稷、嚳之遺，嫡何其少？堯之嫡兄弟何其賢勞也？

堯有嫡兄弟，不能立，又不能舉，待舜而後舉之，則堯何足以爲堯乎？鄭康成知《史記》之說爲不通，則謂姜嫄當堯之時，爲高辛氏世妃，蓋其世胄之妃也。二王之後得用天子之禮，故有郊禖弓韣之禮焉。其說固足以濟《史記》之不通矣。抑以世胄之妃生子，又何嫌疑而棄之哉？然則嫄、稷母子，果若何人邪？曰：『證諸《詩》而已矣。《生民》之詩謂姜嫄履帝武而敏歆，《閟宮》之詩謂上帝依姜嫄而生稷，則固不必捨二詩而他考也。朱子曰巨跡之說云云。即《傳》一章「巨跡之說」至「何足怪哉」。故今以《詩》爲斷，不復上附於嚳焉。』」

○《語録》：「履巨跡之事，有此理。如漢高祖之生亦類此。此等不可以言盡，當意會之可也。自歐公不信祥瑞，故後人纔見說祥瑞者，皆闢之。後世祥瑞固多是僞妄，豈可因後世之僞妄而併真實者皆以爲無？『鳳鳥不至，河不出圖』，孔子之言也。不成亦以爲非。」

「弗無」之爲言有也，「弗無子」即有子也。如「莫匪爾極」者，皆是爾極也；「求福不回」者，求福之正也；「方社不莫」者，祭之早也；「其則不遠」者，則之近也。此類皆詩人之反辭。他書如「不有君子」者，無君子也；「無非事」者，皆是事也。其類不一。謂弗無爲有，何不可者？自毛氏以弗爲去，鄭氏以弗爲祓，皆主於祭祀而言。故諸儒之說始膠，而后稷之生終不得其實。《玄鳥》之詩曰：「天命玄鳥，降而生商。」則契因祀郊禖而生，固經意也。而此經唯曰「克禋克祀」，何所據而遂亦以爲祀郊禖邪？夫禋者，精意以享神，不必附會爲何神也。蓋姜嫄者，姜姓之處女，其性好事鬼神，能精意享祀，正猶陳大姬好巫覡禱祈鬼神之類。爲其能禋祀也，故鬼神依之而生神子。於是因出郊，履大人之跡而生稷焉。「克禋克祀」，非求子也；「以弗無子」，神之異也。且克者已然之辭，非致力於此之謂。如成湯之「克寬克仁」、王季之「克明克類」。凡《詩》《書》言克，類皆謂其能若是爾。今試徐誦其文，而以意隨之，謂姜嫄能禋能祀，是以有子，則辭甚順，理甚明。若曰禋祀以祓去無子之疾，則二克字爲不辭甚矣。以是求詩，庶幾得詩人之意。

二章。子金子：「達，如字亦通。『先生如達，不坼不副，無災無害，以赫厥靈。』詩人異之也。異之者，神之也。『上帝不寧，不康禋祀，居然生子。』姜嫄疑之也。疑之者，恥之也，恥之故棄之。」〇又曰：「上帝不安享我之禋祀乎？胡爲使我不夫而育也？起下章棄、寘之意。」〇三章。呱音孤。訏，況于反。〇子金子：「不夫而育，疑而棄之。其異如此，神而收之。」〇四章。毛氏：「幪幪然，茂盛也。唪唪然，多實也。」〇五章。褎，《釋文》：「徐秀反。」案：字書當作「余救反」。若徐秀反，則袖字也。〇子金子：「后稷之穡，凡上章荏菽、禾麥、瓜瓞之類，但后稷所種斂，則各有助其成實之道。蓋知其性及其漬種之法，與地之宜、天之時，故實有以方苞、種褎、發秀、堅好、穎栗之也。至下章秬秠、穈芑，則又自后稷而始種之爾。堯以棄教民稼穡、有功生人，故封之；又以其母感化而育、不由有父，故使其繼母氏之國祚之土，而命之曰姬氏。邰在武功，有后稷祠、姜嫄祠。」又見《周南》。「漬種」「種褎」之「種」，支勇反。○子金子又案：「《易大傳》曰：『神農氏作，斲木爲耜，揉木爲耒，以教天下。』則耕稼之利，其來久矣。《書》曰：『播時百穀。』《詩》稱『誕降嘉種，貽我來牟』，則百穀之備自稷始也。趙過曰：『后稷始甽田。』則甽壠之法自稷始也。晉董氏曰：『辰以成善，后稷是相。』則農時之節自稷始也。大哉，后稷之爲天下烈矣！其流慶子孫，光有天下，宜哉！」○《詩緝》：「首章述姜嫄禱而生后稷，次章述稷生之易，三章述稷生而見棄，四章述稷幼好種植，五章述稷掌稼穡而封邰，六章述稷教播種，七章述稷祭祀，末章言尊稷配天。」

傳○一章。祓音弗。韣音獨。疏：「『玄鳥至』以下至『郊禖』之前，《月令》文。玄鳥，燕也。燕至在春分二月之中，感陽氣而來，集人堂宇。其來主爲産乳蕃滋，故王者重其初至之日，用牛羊豕之太牢，祀於郊禖之神。敬其事，故天子親往。后妃率九嬪從之而往，侍御於祭焉。天子内宫有后也、夫人也、嬪也、世婦也、女御也，獨言九嬪，舉中而言。天子所御，謂已被幸有娠者也。使太祝酌酒，飲之於郊禖之庭，以神之惠光顯之。既飲之酒，又帶以弓之韣衣，授以弓矢，使執之於郊禖之前。弓矢，男子之事，冀其所生爲男也。」

愚案：《傳》但舉周之禮以解《詩》，上古禮未必盡然。況前言高辛世妃，則非高辛帝矣，亦不得用此禮也。今若以愚之前説求《詩》，則此説自不必用。

嬪音頻。拇，莫后反，足大指。娠音身，懷孕也。〇二章。副，孚逼反，此類隔切，今易拍逼反。〇疏：「羊初生達，小名羔，未成羊曰羜，大曰羊。」〇易，以豉反。〇三章。《六書故》：「腓，脛後肉，腓腸也。」牛羊腓字之，嬰兒不能跂乳，牛羊俯傴而乳字之，在其腓間，故曰腓字。〇藉，慈借反。〇四章。「好種」「好耕」之「好」，呼報反。〇五章。《詩緝》：「他人之穡則任其自然，惟后稷之穡則盡人力之助，有相之之道焉。贊化育之一端歟？」〇漬，疾賜反。「其種」「爲種」之「種」，支勇反，後章「是種」同。秕，補履反，不成粟也。〇六章。秠，孚鄙反，類隔切，今易鋪鄙反。〇《爾雅》疏：「秬是黑黍之大名，黑黍之中一稃有二米者，別名爲秠。」稃音孚，穀皮也。〇七章。抒，食汝反。疏：「抒臼，抒米以出臼也。《蒼頡》云：『抒，取出也。』」〇疏：「蹂踐其黍，然後舂之。」〇淅，星歷反。疏：「洮米也。」洮音陶。〇蕭，見《小雅·蓼蕭》。〇膟音律。膋音遼。皆腸間脂。〇軷，如劣反。〇疏：「軷謂祭行道神。《秋官·犬人》：『凡祭祀，供犬牲，伏瘞亦如之。』注：『伏謂伏犬，以王車轢之。』此用羝，亦伏體軷上。」今案：《月令》注：「行在廟門外之西爲軷壤，厚三寸，廣五尺，輪四尺。北面設主于軷上而祭之。」又《夏官》：「大馭掌馭王路以祀及犯軷。」注：「行山曰軷，犯之者，封土爲山象，以菩芻棘柏爲神主。既祭，以車轢之而去，喻無險難也。」疏：「菩芻棘柏，三者但用其一爲神主則可也。」轢音歷。廣，古曠反。

東西曰廣，南北曰輪。菩，負、倍二音。難，乃旦反。○《詩緝》：「内言炳蕭，外言軷，則羣祀皆舉矣。」○傳音附。○卒章。葅，側魚反。醢，呼改反。○疏：「大羹，肉汁。大古之羹也，不調以鹽菜，以其質，故以瓦器盛之。」大音泰。○題下。鼇音僖。

行葦大十二，正十二。祭畢而燕父兄耆老。　　異。

傳○一章。葦，見《秦・蒹葭》。疏：「葦初生爲葭。此禁牛羊勿踐，則是春夏時事。而言葦者，此愛其爲人，用人之所用在於成葦，故以成形名之。」《傳》謂「勾萌之時」，正此意。○毛氏：「戚戚，内相親也。」疏：「親親起於心内，故言内相親。」《詩記》：「唯體之深者爲能識之。」○《詩記》：「肆之筵，所以行燕禮也。授之几者，優尊也。」○二章。重，直容反。疏：「既言肆筵，上又設席，故知重席也，不過下莞上簟而已。」《禮》注：『筵亦席也。鋪陳曰筵，藉之曰席。』以在下爲鋪陳，在上人所蹈藉，故在下稱筵，在上稱席。」莞，故歡反。○李氏：「緝御，即所謂更僕。」○醻，市流反。醆，阻限反。○疏：「以肉作醬曰醓。醓，肉汁也。用肉爲醓，特有多汁，故以醓爲名。其無汁者，自以所用之肉魚雁之屬爲之名也。」○殽字本當作肴，《說文》：「啖也。」徐鍇謂：「已脩庖之，可入口也。」疏：「燔炙是正饌，以脾與臄爲加助，故謂之嘉。」○比，毗志反。○三章。鍭音侯，則下句字不必協。○疏：「《弓人》爲弓，唯言用漆，不言畫，則漆上又畫之。其諸侯公卿宜與射者，自當各有其弓，不必畫矣。」李氏引《荀子》云：「天子彫弓，諸侯彤弓，大夫黑弓。」《公羊傳》注亦云：「天子彫弓，諸侯彤弓，大夫嬰弓，士盧弓。」○鏃，作木反，矢鋒也。疏：「《爾雅》：『金鏃翦羽謂之鍭。』注：『金鏑斷羽，使前重也。關西曰箭，江淮曰鍭。』則鍭者，鐵鏃之矢名也。」鏑音滴，即鏃也。○「參亭」之「參」，七南反；「參分」之「參」，蘇甘反。中，陟仲反。○純音全。奇，紀宜反。案：《儀禮・大射儀》：「公及諸公卿大夫射畢，司射視筭。二筭爲純，一筭爲奇。司射取賢獲，執之告于公。右勝則曰右賢於左，左勝則曰左賢於右。以純數告，若有奇者亦曰奇，若左右鈞則左右各執一筭以告，曰左右鈞。」注：「純猶全也，耦陰陽也。」又案：《禮記》投壺之禮：「賓主黨卒投，司射請數。二筭爲純，一筭爲奇。遂以奇筭告曰：『某黨賢於某黨若干純。』奇則曰奇，鈞則曰左右鈞。」疏：「二筭合爲一純，一筭謂不滿純者，故云奇。以左右數鈞等之餘筭，手執以告勝者。若雙數則曰若干純，隻數則曰若干奇。猶十筭則云五純，九筭則曰九奇。鈞等則左右各執一筭以告，曰左右鈞。」朱子曰：「恐或是九筭，則曰四純一奇也。」○搢音晉。疏：「搢，插也。挾謂手挾之射，用四矢，故插三於帶間，挾一以扣弦而射也。此謂卿大夫，若君，則使人屬矢，不親挾也。」《詩緝》：「案：《儀禮》鄉射、大射皆云搢三挾一个，又云：『挾，乘矢。』注：『方持弦矢曰挾，弦縱而矢橫爲方。』『凡挾矢，於二指之間橫之。』謂左手執弓把，見矢鏃於把外，右手大指鉤弦，二指挾持其矢，故弦縱而矢横。弦與矢作十字，故方也，凡兩物夾一物曰挾，此矢在弦之外、二指之内，故曰挾。」乘，時證反。縱，子容反。見音現。○憮，好吳反。敖，五報反。偝音佩。投壺令，弟子辭曰：「毋憮，毋敖，毋偝立，毋踰言。」注：「弟子，賓主黨年穉者。爲其立堂下相褻慢，司射戒令之毋憮敖慢也。偝立，不正鄉前也。踰言，遠談語也。」鄉，許亮反。○雋，祖峻反。○《詩記》：「『四鍭既鈞』，泛言射者也，故繼之曰『序賓以賢』。『四鍭如樹』，專言勝者也，故繼之曰『序賓以不侮』。」○又曰：「此章鄭玄以爲將養老，大射擇士。王肅以爲燕射。以詩之所叙考之《儀禮》，王肅之説是也。然學者讀此詩，當深挹順弟和樂之風以自陶冶，若一一拘牽《禮》文，則其味薄矣。」又曰：「孔穎達難王肅燕射之説，謂『燕射旅酬之後乃爲之，不當設文於「曾孫爲主」之上，豈先爲燕射而後酌酒哉？』遂從鄭氏以爲大射。抑不知此篇乃成周燕宗族兄弟之詩，非大射擇士時也。」案：《儀禮》燕射如鄉射之禮，射雖卑而飲未終，舉觶無筭爵，獻酌尚多言酌大斗，祈黄耉於既射之後，亦豈不可乎？○卒章。疏：「醹，酒之醇者。」○黄耉，又見《小雅·南山有臺·傳》。○識音志。蘄與祈同。○鮐，魚也，湯來反。

既醉大十三，正十三。父兄答《行葦》。　異。

傳〇二章。疏：「歸俎者以牲體實之於俎，故又謂之俎實。」〇三章。《詩記》：「周之追王止於大王，則宗廟之祭，尸之尊者乃公尸也。」〇毛氏：「公尸，天子以卿。」疏引《白虎通》：「王者宗廟以卿爲尸，射以公爲耦。三公尊近，天子親稽首拜尸，避嫌故不以公爲尸。」〇嘏，古雅反，見《小雅・天保》。〇四章。籩豆，見《豳・伐柯》。〇《詩記》：「靜，言其滌濯且敬也。嘉，言其新美而時也。」〇五章。《特牲饋食禮》：「嗣舉奠，盥入，北面再拜稽首。尸執奠進受復位，祭酒啐酒。尸舉肝舉奠，左執觶，再拜稽首，進受肝，復位坐食肝，卒觶，拜，尸備答拜焉。舉奠，洗酌入，尸拜受。舉奠答拜，尸祭酒啐酒。奠之，舉奠出，復位。」注疏：「嗣，主人將爲後者。舉猶飲也，謂舉而飲之。奠者，奠於鉶南。備猶盡也。」愚案：自「尸執奠」至「尸備答拜焉」，舉之事也。自「舉奠，洗酌入」至「出復位」，奠之事也。前言「祭酒啐酒」，嗣子也；後言「祭酒啐酒」，尸也。四言「舉奠」，皆稱嗣子也。食音寺。盥音管。稽音啓。啐，取内反。觶，支義反。鉶音刑。〇《詩記》：「祭祀之終，有嗣舉奠，所以致其傳付祖考德澤之意深矣。」〇八章。媛，于眷反。

鳧鷖大十四，正十四。繹而賓尸。　異。

經〇二章。《詩緝》：「來而宜之，謂樂之也。」〇三章。湑，息汝反。〇《本義》：「鳧鷖在涇、在沙，謂公尸和樂，如水鳥在水中及水旁，得其所爾。在沙、渚、潨、亹，皆水旁爾。鄭氏曲爲分别，以譬在宗廟等處者，皆臆説也。」

傳〇一章。《爾雅》注：「鳧似鴨而小，長尾，背上有文，今江東亦呼爲鸍。」陸璣疏：「大小如鴨，青色，卑脚短喙，水鳥之謹愿者也。」《廣韻》：「野鴨也。」鸍，施、彌二音。〇疏：「鷖一名水鴞。」《埤雅》：「鳧好没，鷖好浮，故鷖一名漚，漚即鷗也，形色似白鴿，小而羣飛。」〇箋：「祭祀既畢，明日又設禮而與尸燕。」疏：「言『公尸來燕』，則是祭後燕尸，非祭時也。燕尸之禮，大夫謂之賓尸，即用其祭之日，今《有司徹》是其事也。天子諸侯則謂之繹，以祭之明日。」《春秋・宣八年》言「辛巳有事於大廟，壬午猶繹」，是謂在明日也。〇三章。潨，子禮反，見《小雅・伐木》。〇四章。疏：「潨字從水、衆，知是水會聚之處。」〇卒章。《漢・地理志》：「金城郡浩亹縣。」注：「浩，水名也。亹者，水流峽山間，兩岸深若門也。」浩音誥。

假樂大十五，正十五。公尸答《鳧鷖》。　異。

經○《語録》：「《嘉樂》詩次章不説其他，但願其子孫之多且賢耳。此意甚好，然此亦理之常。若堯舜之子不肖，則非常理也。」又曰：「『十禄百福，子孫千億』，是願其子孫之多。『穆穆』至『舊章』，是願其子孫之賢。」又曰：「此詩末章即承上章之意，故上章云『四方之綱』，而下章即繼之曰『之綱之紀』。蓋張之爲綱，理之爲紀。下面『百辟卿士』至於庶民，皆是賴君以爲綱。所謂『不解于位』者，蓋欲綱常張而不弛也。」

傳○一章。重，直龍反。○二章。適，丁歷反。

公劉大十六，正十六。召康公戒成王。

經○一章。干，見《周南・兔罝・傳》。戈，見《秦・無衣》。○詩中十「迺」字、三「乃」字，義皆同。○二章。瑶，見《衛・木瓜・傳》。○三章。《詩緝》：「百泉，衆水也。」案：《通典》：「漢安定郡朝那縣地，唐爲原州百泉縣，蓋因《詩》『百泉』而得名。」○五章。「隰原」即《禹貢》「原隰」，在邠州。○徹，尺列反。

傳○一章。公劉，世次見《周南》。○《釋文》：「王肅云：『公號劉名。』《尚書傳》：『公爵劉名。』王基云：『公劉，字也。周人以諱事神，王者祫百世，召公不當舉名。』」子金子曰：「周家稱公自公劉始，然則《書傳》之説爲是也。」○《詩緝》：「埸、疆皆田之界畔，然《詩》言『迺埸迺疆』，當有小別。疆如封疆，所包者廣，故王氏於《信南山》言『疆者爲之大界』。然則埸是小界，今之小田塍也。」塍，食乘反。○餱，見《小雅・伐木》。糧，《説文》：「穀食。」糗，去九反。《説文》：「熬米麥。」徐鍇曰：「煼乾米麥也。」熬音遨。煼，初爪反。乾音干。○疏：「戚、揚皆斧鉞之別名，鉞大而斧小。《六韜》云：『大柯斧重八斤，一名大鉞。』」召音邵。康公名奭，音適，見《召南》。○二章。《釋文》：「相，息亮反。」○鞞琫，見《小雅・瞻彼洛矣》。鞘音肖。○《語録》：「容糗，如今之香囊。」○三章。朱子：「『嬪于京』『依其在京』，則岐周之京也；『王配于京』，則鎬京也；《春秋》所書京師則洛邑也。皆仍其本號而稱之。猶晉之云新絳、故絳也。」《詩記》：「洛邑亦謂之洛師，正京師之意也。」○論、難，並去聲。度，徒洛反。○四章。筵，見《行葦》。○疏：「饗禮當享太牢以飲賓，此唯用豕者，《周禮》：『凡禮賓客，國新殺禮。』公劉新至豳，殺禮也。」享音烹。殺，所界反。○《語録》「『君之宗之』，只是公劉自爲羣臣之宗主。」○宮室成而祭之曰落，《左氏傳》：「願與諸侯落之。」○勞，郎到反。屬音燭。○《左氏傳・哀四年》：「楚襲蠻氏，蠻氏潰，蠻子赤奔晉。晉執蠻子與五大夫，以畀楚師。司馬致邑立宗焉，以誘其遺民，而盡俘以歸。」注：「楚復詐爲蠻子作邑，立其宗主。」○五章。疏：「東西爲廣，南北爲長。」○辟音闢。○測景，見《鄘·定之方中》。○背，蒲昧反。○箋：「大國三軍，以其餘卒爲羨。今公劉遷於豳，民始從之。丁夫適滿三軍之數。單者，無羨卒也。」疏：「凡起徒役，無過家一人，以其餘爲羨。羨謂家之副丁也，三單則是單而無副。三軍三萬七千五百人，從遷之家不滿此數。故通取羨卒始滿。」今案：《傳》謂「三單，未詳」，蓋不取鄭説也。今姑記此以備訓詁。○《孟子集注》：「周時一夫授田百畝，鄉遂用貢法，十夫有溝，都鄙用助法，八家同井。耕則通力而作，收則計畝而分，故謂之徹。」《語録》：「徹，通也。」乃是横渠説。然以《孟子》考之，只曰「八家皆私百畝，同養公田」。又《春秋傳》云：「公田不治則非民，私田不治則非吏。」似又與横渠之説不同，蓋未必是計畝而分也。○疏：「山西夕始得陽，故曰夕陽。」○疏：「夕陽者，總言豳人一國之所處。其界在山之西，不知是何山也。《書傳》説『大王去豳，踰梁山』，注云：『梁山在岐山東北。』然則豳國之東有大山者，其唯梁山乎？」○卒章。《詩緝》：「鍛，打鐵也。嵇康好鍛是也。」○鄉，許亮反。○《地理志》：「吴山在扶風汧縣西，即岍山，又謂之吴嶽。」

泂酌大十七，正十七。召康公戒成王。

經○一章。挹，酌也。豈，苦亥反。○二章。罍，見《周南·卷耳》。

傳○一章。疏：「行者，道也。潦者，雨水也。行道上雨水流聚，故云流潦。」○《詩記》：「雖行潦汙賤之水，苟挹而注之，則遂可以餴饎。《孟子》曰：『雖有惡人，齊戒沐浴，則可以祀上帝。』此所以爲戒成王也。」○毛氏：「樂以彊教之，易以説安之。」疏：「樂者人之所愛，當自彊以教之。易謂性之和悦，當以安民，故云悦以安之。一人而云父母，故云『有父尊，有母親』。」今《傳》用《表記》本語。樂音洛。易，羊豉反。

卷阿大十八，正十八。召康公戒成王。

經○《七經小傳》：「召康公何以不欲成王似先王，而曰似先公？曰：『成王之時，周之先王惟有文、武，皆聖人，不可似也。欲成王似其可及者，莫若先公也。召公戒成王，作《公劉》之詩；周公戒成王，作《大王》之詩。所以不及文、武，意皆可知矣。』」○一章。飄，避遥反。○六章。顒，魚容反。卬，五岡反。○七章。藹，於害反。

二、三、四章上二句皆言已有之福，戒辭唯在第四句。彌者，益也，終也。欲王充益，而終德性之所固有也。俾爾者，謂天錫爾。上二句之福所以使汝彌其性，果能若是，則有下句之效矣。○「顒顒卬卬，如圭如璋」，以德言也，「令聞」以聲譽言也，「令望」以威儀言也。内外兼備，則爲四方之綱矣。○七、八章上三句與第四句，「鳳凰」與吉士、吉人，「止」與「天」則興王也。○九章。惟梧桐之生「菶菶萋萋」，則鳳凰之鳴「雝雝喈喈」。以興下章君子之車馬庶多而閑習，則吉士之來者衆矣。蓋賢者之進必以義，上之人致敬以有禮，則興者多也。

傳○三章。昄，符版反，類隔切，今易部版反。《釋文》又有「方滿反」，即類隔切版字。○五章。相，息亮反。行，下孟反。○七章。疏：「《説文》：『鳳，神鳥也。其像鴻前麐後，蛇頭魚尾，鸛顙鴛思，龍文龜背，燕頷雞喙，五色備舉。出於東方君子之國，見則天下安寧，飛則羣鳥從以萬數。』《山海經》：『狀如鶴，五彩而文。首文曰德，翼文曰順，背文曰義，膺文曰仁，腹文曰信。飲食自歌自舞。』京房《易傳》：『高丈二。』《漢書》：『高五六尺。』」麐，麟同。○九章。疏：「《爾雅》：『櫬，梧。』注：『今梧桐。』又曰：『榮桐木。』注：『即梧桐。』然則梧桐一木耳。」《埤雅》：「以其皮青，號曰青桐。華淨妍雅，極可愛。橐鄂皆五，其子似乳，綴於橐鄂。」櫬，初覲反。橐音羔。○卒章。《尚書》孔傳：「賡，續也。載，成也。」

民勞大十九，變一。厲王時，同列相戒。

經〇《語録》：「問：『第二章末謂「無棄爾勞，以爲王休」，蓋以爲王者之休莫大於得人，惟羣臣無棄其功，然後可以爲王之休美。至三章謂「敬慎威儀，以近有德」，蓋爲既能拒絶小人，必須自反於己；能自反於己，又不可以不親有德之人。不然，則雖欲絶去小人，未必有以服其心也。後二章「無俾正敗」「無俾正反」，尤見詩人憂慮之深。蓋正敗則惟敗壞吾之正道，而正反則全然反乎正矣。其憂慮之意，蓋一章切於一章也。』先生頷之。」〇二章。惛音昏。〇三章。《釋文》：「近，附近之近。」〇卒章。繾綣，《釋文》：「上音遣，下起阮反。」字書：「又上去戰反，下丘願反。」

此詩每章皆以「無縱詭隨」「式遏寇虐」對言。蓋詭隨，柔惡也；寇虐，剛惡也。人無正直之德，則柔者便辟側媚以容身，剛者强暴横虐以立威，情之常也。有國家者於此二者無縱而式遏之，則所進者皆正直之人矣。〇「無縱詭隨」，所謹者自輕以至重，惟繾綣者有遲回顧戀、漸漬謟巧之意。所以固結者深。是則小人詭隨之尤，而人少有覺之者。故於篇終言之，而與「無俾正反」同戒也。

傳〇一章。幾，《釋文》：「音祈，近也。」〇《詩緝》：「遠謂夷狄，邇謂中國。治道略外而詳内。夷狄則撫柔之而已，中國則禮樂之治甚詳，故必能其事也。」○「專爲」之「爲」，去聲。

疏引《左傳》服虔注：「穆公，召康公十六世孫。」今案：《史記》但云「召公以下，九世至惠侯」，而不著其年、謚，謂「惠侯當厲王奔彘之時，下至十五世則爲繆侯。繆侯七年爲魯隱公元年」，與疏不合。蓋國微史失，不可考信，故《傳》但曰「康公之後」。

疏：「成、康、昭、穆、共、懿、孝、夷、厲，凡九王。不數成王，懿、孝兄弟同世，故曰七世。」今案：「懿、孝」當云「共、孝」。○二章。讙，喧、歡二音。惛怓，毛氏：「大亂也。」今《傳》從箋。韻書：「惛，不明也。」《説文》：「怓，亂也。」當訓爲昏亂，近毛意。○四章。女音汝。○箋：「『戎雖小子，而式弘大。』《易》曰：『君子出其言善，則千里之外應之。況其邇者乎？出其言不善，則千里之外違之，況其邇者乎？』是以此戒之。」

板大二十，變二。同列相戒。　異。

經○五章。殿，都練反。○六章。李氏：「苟能順天之理以牖民，則其教不肅而成，其政不嚴而治。益者言其無求多也，特言攜者，以帶上文言之爾。今之民既多邪僻矣，而又爲邪僻，何以牖民哉？」《詩緝》：「如往取物之必得，如手攜物之必從也。攜而必從，非别立一道以增益之也，因其所固有耳。牖民之道甚易也，今民雖多邪僻，而本然之天自若，亦唯因其固有而開明之耳。勿自立法以彊之，自立法則是益也，非天也。」〇卒章。毛氏：「戲豫，逸豫。馳驅，自恣也。」《詩緝》：「戲豫，即《無逸》所謂耽樂，馳驅即《無逸》所謂遊田也。」

此詩雖同列相戒之言，而後三章實君之任。蓋責同列以道其君，使知此也。一詩之意在「出話不然，爲猶不遠」兩語，故於首章見之。而猶又話之本也，故下唯言「猶之未遠」。二章戒其出話之必合於道也。三、四、五章戒其當遠猶也。三章言不聽己之謀，四章言用事者皆年少而無老成，五章言善人見亂而緘默。「小子蹻蹻」「善人載尸」，雖各止一句言及，而意全在此二語。後三章正言以告之，使道王也。六章當順天以教民，七章當修德以安衆，八章戒謹恐懼以終之。

傳〇一章。《詩緝》：「管，小物也。蔑棄聖人而管管然，自用其私智，其所見亦小。」〇箋：「凡伯，周同姓，周公之胤，爲王卿士。」疏：「凡，蓋畿内之國。杜預云：『汲郡共縣東南有凡城。』共縣漢屬河内郡，在周東都之畿内。」〇女音汝。夫音扶。四章並同。〇二章。沓，徒合反。〇三章。囂，《釋文》：「五刀反。」毛氏：「囂囂猶謷謷也。」謷，五報反，音與五刀近。今《傳》「囂，許驕反」，字書「囂，聲也」，與自得之意不類，當從《釋文》音。〇芻蕘，毛氏及箋皆作「薪采者」。疏：「芻者，飼馬牛之草；蕘者，供然火之草。蕘是薪，以薪亦是采取，故連言薪采。」今案：疏意薪主蕘，采主芻。若言采薪，則疑專主於薪，言薪采則采芻。薪、蕘兩意備，當從薪采爲是。○四章。熇，《釋文》：「許酷反，一許各反。」不必言叶，恐叶字誤。○少，施照反。○五章。毛氏：「夸毗，以體柔人。」疏：「屈己卑身，求得於人，曰體柔。然則夸毗者，便僻其足，前却爲恭，以形體順從於人也。」《傳》雖不用此訓，而此説亦有理，因附見。○度，徒洛反。○六章。壎篪，見《小雅·何人斯》。○和，胡卧反。○璋、圭，見《棫樸》。○道，去聲。○卒章。《語録》：「渝，變也。渝未至於怒，亦大槩相似。」○又曰：「旦、明祇一意，這箇豈是人自如此？皆有來處，則纔有少肆意，他便見。」又曰：「這裏若有些違他理，便恰似天知得一般，所以説『日監在茲』。」監，去聲。○又曰：「天體物而不遺，指理而言；仁體事而無不在，指心而言。天下一切事皆此心發見爾。」又曰：「『昊天曰明，及爾出王。昊天曰旦，及爾游衍。』言人之所以爲人者，皆天之所爲。故雖起居動作之頃，而所謂天者未嘗不在也。」

右《生民之什》

蕩大廿一，變三。託紂刺厲王。

經○一章。蕩，唐黨反。鮮，息淺反。○五章。號，户刀反。呼又火胡反。○六章。蜩音條。○卒章。沛音貝。○《語録》：「首章前四句有怨天之辭，後四句乃解前四句。謂天之降命本無不善，惟人不以善道自終，故天命亦不克終，如疾威而多邪僻也。此章之意既如此，故自次章以下託文王言紂之辭，而皆就人君身上説，使知其非天之過。如『女興是力』『爾德不明』與『天不湎爾以酒』『匪上帝不時』之類，皆自發明首章之意。」

首章言人之多辟，非天命之本然，實自失其初爾，以起後章之意。二章言用暴虐聚斂之臣，「天降慆德」指三四句，「女興是力」指五六句。三章「而秉義類」，謂女以爲善類而秉之者，乃下文「彊禦」之類。蓋心德不明，以不義爲義也；流言者便佞辯捷，如水之流也。「侯作侯祝，靡屆靡究」，言任用非人，致民之怨謗無所不至。此兩章皆用人之失。四章言尚氣陵物，不知修德，而惡人以類而聚，五章沈湎於酒。此兩章皆修己之失。六章言政事亂，七章言棄舊。典此兩章皆爲政之失。卒章言君自絶於天，則必亡之兆，以終首章之意。〇此詩賦體，而未嘗一及當時之事，皆以殷紂言之，雖謂之比可也。

傳〇一章。《詩記》：「受天地之中，一也，則『靡不有初』。敗以取禍者衆，則『鮮克有終』，則命靡諶矣。」〇二章。《詩緝》：「契始封於商，其地在上洛。湯受命於亳殷，其地在蒙。故後世或謂之殷，今曰殷商，并舉之也。」〇斂，去聲。〇《詩緝》：「君子小人之生，昔人以爲各有天命。將治，則生君子；將亂，則生小人。『天降慆德』，是將亂而生小人，然亂世未嘗無君子也。厲王之世，天非獨生榮夷、衛巫也，凡伯、召穆之徒皆在焉，奈王不用何？」〇三章。應，去聲。〇四章。疏：「陪，貳，謂副貳王者，則三公也。」〇五章。《詩緝》：「湎酒不義，非天使之，是汝自爲惡也。言此以發首章『靡不有初，鮮克有終』之意。」○六章。蜩、螗，見《豳・七月》。○幾，平聲。○《文選》注：「《世本》注曰：『鬼方，於漢則先零戎是也。』」○卒章。拔，皮八、本末二反。蹶音厥。○《孟子》注：「夏禹之世號夏后氏。后，君也。禹受禪於君，故夏稱后。」

抑大廿二，變四。衛武公自警。

經○四章。洒，色懈反。埽，素報反。○《詩緝》：「庭，宮中也；廷，朝廷也。『廷內』指宮庭，而字作廷。《易》『揚于王庭』指朝廷，而字作庭。古字通用。」○五章。玷，《釋文》：「又丁念反。」○六章。朕，直稔反。繩繩，見《周南・螽斯・傳》。○八章。辟音璧。

此詩前八章皆兩章相與爲義，九章以後則四章相與爲義。德者，得之於心，外不可見，維發於威儀言語乃可見爾。故專致謹於此，制於外，所以養其中也。一、二章言人不可不謹威儀，以起下章。謂威儀抑抑，是德之廉隅見於外者也。德雖人所固有，而氣質則有愚哲之不齊，然生民有欲，不學則無有哲而不變爲愚者矣。衆人而愚，固有氣質之病；若哲人而愚，則亦不能自强，而反戾其常德爾。是以君子莫强於盡人道，則四方皆以爲訓。大其德行，審其謀，猶慎其威儀，則民皆法之矣。三、四章始及於自警，曰「在于今」，則指己而言也。謂亂政敗德，莫甚於酒，今雖縱欲而惟湛樂之從，獨不念其紹繼之緒乎？不知廣求先王之道，而能執其法以守行之也。故皇天之所以厭棄之者，爲不能脩德而趨下如泉之流也。則又戒之曰：「無淪陷相與而敗亡，宜先齊其家，次及於國與天下也。」五、六章戒其慎言謹行。五則歸重於言，六則歸重於行。又言感應之理，謂能惠于朋友、庶民、小子，則子孫繩繩百世，而萬民無有不承之者。七、八章慎德之要以及其效，此即《中庸》戒慎、恐懼之工夫。謂「視爾友於君子」之時，和柔爾之顔色，固無過矣。然於人所共見，或勉强而爲之，相爾在室中屋漏、不與物交之際，庶幾亦戒懼而無愧於心，則盡善矣。暗室屋漏無以爲不顯，而人莫我見。人雖不可見，鬼神其見之矣。鬼神無所不在，不可厭也。此武公精密工夫，作聖之具。下遂言爾君之爲德，必使極於善。止者静也，未動而接物之時，即上文戒懼於屋漏者也。淑慎於所止，以爲之本；及其發也，則不愆于儀，無僭差害理，人豈不爲之則哉？後四章皆言受教納諫之事。九章謂質之美者則可進德，德之進在乎聽善言。十章能聽言之人，順德之行者也。十一章拒諫之人覆謂我僭者也。謂昊天之理甚明，人之生非爲縱欲爲樂也，在於脩德而盡人道爾。視爾乃夢夢不明，故我慘憂諄復以誨汝。而爾忽略其聽，反以我爲虐。此章自警之尤甚者。十二章又叮嚀以戒其納誨。謂告爾小子久矣，非今始言之也。宜聽用我謀，庶幾行無悔也。而又以不能進德，則至喪國以終之。○《衛世家》：「釐侯卒，太子共伯餘立。

共伯弟和有寵於釐侯，多與之賂。和賂士以攻共伯，共伯自殺。衛人因立和，是爲武公。」蘇子由《古史》曰：「武公賢者，衛人謂之睿聖，武公奪適之事未可誣之。且《詩序》言共伯蚤死，初無簒奪之文，故史遷所載疑而不録。」魯齋王子曰：「武公少年奪適之罪，晚年進修之功，功過自不相掩。然武公少時必有俊邁之姿，鍾愛於父，好施養士。士以是致共伯於死，以成武公之立，則或有之。爲法受惡，武公不能無罪。其後有修革之學，復康叔之政，輸定難之忠。晚年所至，稱爲睿聖，是真有不可及者。君子尚論，固難以老少相掩。」愚案：武公之詩見於經者三：《淇奥》，人頌之之辭；《賓之初筵》《抑》則其自作也。其自作者皆有戒醉酒、謹威儀、慎言語之意，豈武公少年之失在此乎？以其縱酒，故有失其威儀。言語之間及聞君子之言，幡然悔悟而自勑，乃能深造，而致戒懼於不睹不聞之際。故晚年自爲箴戒之辭，必惓惓致謹於威儀、言語，而其亂政、覆德必始於酒也。所以工夫能及於聖賢者，乃受教聽言之功。其十章之言，是其成德之所自乎？其次第先後，味詩可見。而人頌之者，亦以盡力於學問而成德也。由是觀之，《史記》之事或不爲無，而魯齋之言爲得當時之事實矣。於此見人之性本善，欲固易戕，而德亦易復也。以一人之身前後懸絶如此，學問之道其可誣哉？武公身親履之，故言之沈著而有味也。

傳○一章。「哲知」之「知」，音智。夫音扶。七章、十二章同。○二章。「遠謀」當作「遠圖」，恐本誤。○四章。易，以豉反。○五章。鑢，良豫反。摩，錯也。三，息暫反。妻，七計反。○六章。爲，于僞反。○八章。《詩緝》：「虹謂幻惑也，如蝃蝀，不正之氣暫見于天，須臾散滅。」○九章。《釋文》：「忍音刃，本亦作刃。」○疏：「綸者，繩之別名。『言緡之絲』，正謂以絲爲繩，被之於木。」○十章。令，力丁反。○卒章。女音汝。○題下。相，息亮反。長，丁丈反。朝音潮。舍音捨。賁音奔。宁，直呂反。暬，私列反。箴，之林反。道音導。矇音蒙。《國語》注：「師長，大夫。士，衆士。旅賁，勇力之士，掌執戈楯，夾車而趨。車正則持輪規規諫也。中庭之左右謂之位，門屏之間謂之宁。誦訓，工師所誦之諫，書之於几也。暬，近也。事，戎祀也。瞽樂，大師，掌詔吉凶。史，大史，掌詔禮事。師樂、師工、瞽矇，誦箴諫也。」○《困學紀聞》：「《隋・經籍志》：『《韓詩翼要》十卷，侯包撰。』然則包學韓《詩》者也。」○離，力智反。

桑柔大廿三，變五。芮良夫刺厲王。

經○一章。倬，陟角反。○二章。騤，求龜反，見《小雅・采薇・傳》。旟音璵，見《鄘・干旄》。旐音兆，見《小雅・出車》。燼，徐刃反。○四章。慇音殷，見《小雅・正月・傳》。○五章。毖音秘。逝，語辭。○六章。遡音素。○七章。蟊賊，見《小雅・大田》。○十五章。背音佩，下章同。遹，余律反。

此詩前八章刺王，後八章刺臣。故前以桑爲比，而後再以鹿起興。然用臣不當亦君之過，故總言刺王也。一章總言暴政虐民。二章因王政不綱，諸侯更相征伐，民受軍役之暴。三章憂迫之甚，去留無歸。「秉心無競」者，實君子之道也。今乃不能無競，而致怨厲之端至今不已。四章亦上章之意，而歸之于天。五章言救亂當用賢。六章承上章，言賢者不願仕而甘於農畝。七章承上章，併稼穡而敗之，欲自食其力亦不可得。喪亂之極，天亦不可問。八章順理之君必任良輔，不順理之君則任己謀。九章言在朝之人皆不信。十章言愚者無遠慮。十一章用惡人而民化爲惡。十二章君子小人各有道。十三章貪夫用事，不受善言。十四章承上章，言同僚勿以我誦言爲妄作。十五章民之亂皆上所致。十六章言惡類或有羞惡之心發見者，然其心不治，言行相違，而其情終不可揜，故曰「既作爾歌」以終之。

傳○一章。悅，許往反。○箋：「芮，畿内諸侯，王卿士也，字良夫。」疏：「周同姓國，在馮翊臨晉縣，在西都畿内。」《解頤新語》：「芮伯，周之世卿。《史記》以芮良夫爲厲王大夫。前乎厲王，『芮伯作旅巢命』，武王時也；《顧命》『召六卿』，芮伯在焉，成王時也。後乎厲王，魯桓九年，王使芮伯伐曲沃，桓王時也。」○陰，於鴆反。號，平聲。○三章。《士昏禮》：「婦疑立于席西。」注：「正立自定之貌。」○四章。瘖，武巾反，類隔切，今易彌鄰反。疏：「瘖字從病，而以昏爲聲，是昏忽之病。」○五章。别，彼列反。長，知丈反。○六章。鄉，許亮反。唈，烏合反。疏：「嗚唈，短氣也。」○七章。屬音燭。○厲王三十七年，國人畔，襲王，王出奔彘。召公、周公二相行政，號曰共和。共和十四年，厲王死而宣王即位。○八章。度，徒洛反。○十章。幾音機。○十一章。重，平聲。○十二章。《解頤新語》：「或用不順之人，則民之所行皆垢穢之事。曰『中垢』者，由中而發也。」○十三章。圮，皮鄙反。眊音冒，説音悦，夫音扶。好、難並去聲。與音餘。○十四章。中，陟仲反。○十五章。惡，烏故反。○卒章。荏，而甚反。文音問。

雲漢大廿四，變六。仍叔美宣王。

經○一章。《釋文》：「倬，陟角反。」著，大也。○饑音飢。饉，渠吝反。義見《小雅·雨無正》。○《詩緝》：「左氏謂天災有幣無牲，此諸侯之禮耳。若《祭法》，禳祈於坎壇。雩禜，祭水旱。皆用少牢，天子則有牲矣。」禜，榮敬反。少，失照反。少牢，羊、豕。○二章。瘞，於例反，埋也。○三章。孑，居熱反。○七章。疚音救。

一章總言天旱人窮，索祭鬼神而無應。二章言其詳而欲引災歸己，若成湯自責。三章言民困之極，恐墮先王之業。謂自厲王之亂，周民已少，而遺民今又將盡。四章祈望於祖禰先正。五章欲避位逃禍而不可得。六章責事神之或失。七章君臣救災之勤。八章勸率其臣以終之。總而言之，宣王遇災憂懼，始祈於外神，次祈於宗廟。既而無驗，則自揆事神之誠或未至誠。既盡，則又盡人事以聽天命也。其恐懼修省之意、仁愛惻怛之誠，反覆淫溢於言辭之間。宣王之所以賢，仍叔之善於知德立言，皆可見矣。

傳○一章。疏：「河精上爲天漢。」《詩緝》：「或謂水氣在天爲雲，水象在天爲漢。或謂其斗間爲漢津，雲出漢津，謂之雲漢。皆非也。夫雲合散不常，漢則隨天而轉。漢之在天，似雲而非雲，故曰雲漢也。史遷云：『漢者，金之散氣，其本曰水。』張衡云：『水精爲漢。』《左傳・昭十七年》：『星孛及漢。梓慎云：「漢，水祥也。雨者，水之施也。天將雨，其兆先見於漢。」』」又見《小雅・大東》。○荐、薦同音。重，直用反。○疏：「《周禮・大司徒》：以荒政十有二聚萬民。其十有一曰索鬼神。注：『索鬼神者，求廢祀而脩之，《詩》所謂「靡神不舉」也。』故毛傳亦云：『國有凶荒，則索鬼神而祭之。』」○疏：「《周禮》：『以蒼璧禮天，以黄琮禮地，以青圭禮東方，以赤璋禮南方，以白琥禮西方，以玄璜禮北方。四圭有邸以祀天，兩圭有邸以祀地，祼圭有瓚以祀先王，圭璧以祀日月星辰，璋邸射以祀山川。』皆祭神所用。圭璧爲其總稱。三牲用不可盡，故言『無愛』；圭璧少而易竭，故言『既盡』。」琮，才宗反。琥音虎。邸，丁禮反。祼音灌。瓚，才旦反。射，食亦反。○箋：「烈，餘也。」疏：「撥，治也。」裁、災同。行，下孟反。去，起呂反。三章同。

復，扶又反。○箋：「仍叔，周大夫。」疏：「仍，氏；叔，字。」○二章。疏：「奠謂置之於地，瘞謂埋之於土。禮與物皆謂爲禮事神之物。」○《詩緝》：「在宫之神莫尊於后稷，非不臨顧我，力不足以勝旱災。在郊之神莫尊於上帝，力足以勝旱災，而不肯臨顧我。」○四章。雩音于。辟音必。○疏：「正，長也，先世爲官之長。《月令》注：『百辟卿士，古之上公以下，若句龍、后稷之類。』凡有采地，皆稱曰君。舉衆言之，故曰百辟。」句音鉤。○五章。疏：「《神異經》：『南方有人長二三尺，袒身而目在頂上，走行如風，名曰魃。所見之國大旱，赤地千里，一名旱母。遇者得之，投溷中即死。旱災消。』此言旱神蓋鬼魅之物，不必生南方，爲人所執。」○六章。《月令》注：「祈穀于上帝，謂以上辛郊祭天，祈農事也。上帝，大微之帝也。」疏：「大微爲天庭，有五帝座，是既靈威仰、赤熛怒、白招拒、汁光紀、含樞紐。郊天之時，各祭所感之帝。殷人則祭汁光紀，周人則祭靈威仰。以其不定，故總云大微之帝。」又注：「天宗，謂日月星辰也。」大音泰。坐，去聲。熛，卑遥反。汁音協。○方、社，並見《小雅・甫田》。○度，徒洛反。○七章。長，知丈反。秣音末。縣音玄。徹，直列反。○疏：「登，成也。祭祀之事不縣其樂，左右之官布列於位，不令有所脩造。」○無俚，見《漢書・季布傳・贊》。俚音里。

崧高大廿五，變七。尹吉甫送申伯。

經○二章。亹，亡匪反。○箋：「于，往。于，於也。」○召，是照反。○四章。功，事也。○藐，莫角反。○鉤膺，見《小雅·采芑》。○五章。《詩緝》：「賜以路車，即上文鉤膺、金路也；乘馬，即上文四馬也。申伯以異姓受金路，異恩也，故侈君之賜而申復言之。」疏：「異姓得此賜者，命爲侯伯故也。」

《史記》謂「四嶽佐禹有功，虞夏之際或封於申」，然則申舊國，非宣王始封之也。謝非申國之舊，宣王改封申伯於此爾。觀「我圖爾居，莫如南土」之言可見矣。申之舊國莫可考，知今南陽之申因申伯而名謝地也。厲王之亂，申伯失其國。宣王以元舅之親，故録其功而改封於謝歟？申故侯爵，今又以其賢加命爲方伯也。《詩》曰「四國于蕃，四方于宣」，「揉此萬邦」，見其功也。「南國是式」「式是南邦」「亹亹番番」「柔惠且直」「聞于四國」，見其賢也。○一章神生申伯，所以輔周。二章定封于謝。三章先正經界而後遷民。四章有城郭宫室而後錫命。五章遣申伯之國。六章祖餞委積之勤。七章豫誦民之喜其來。八章頌其德以送之。

傳○一章。疏：「羣書多言五嶽，毛傳唯言四嶽者，以堯之建官，立四伯主四方之嶽而已，不主中嶽，故不言五也。」○疏：「毛傳：『南嶽衡山。』《爾雅》及諸經傳多云霍山爲南嶽者，山有二名也。然《爾雅》云：『江南衡。』《地志》：『衡山在長沙湘南縣。』《廣雅》：『天柱謂之霍。』《地志》：『天柱在廬江灊縣。』則在江北矣。而云一山二名者，本衡山一名霍山。漢武帝以衡山遼曠，移其神於天柱，又名天柱，亦爲霍。故漢魏以來衡、霍别爾。」○華，胡化反。○《詩記》：「甫、申，意者皆宣王時賢諸侯，同有功於王室者。甫雖不見於經，以文意考之，蓋當如此。鄭氏乃遠取於訓夏贖刑之甫侯，殆非也。」○三章。長，知丈反，七章同。○五章。箋：「圭長尺二寸謂之介，非諸侯之圭，故以爲寶。」《詩記》：「介圭在《周官》雖天子所服，韓奕以其介圭入覲于王，則當是謂諸侯之瑞圭。蓋介之爲言大也，詩人美大其圭而稱之，非《周官》之介圭。」○六章。郿，芒悲反。芒音忘，類隔切，今易作忙悲反。○《詩緝》：「王至豐，册命申伯於文王之廟，故行餞送之禮于郿。」○數音朔。○《地官・遺人》：「凡賓客、會同，師役掌其道路之委積。凡國野之道，十里有廬，廬有飲食；三十里有宿，宿有路室，路室有委；五十里有市，市有候館，候館有積。」注疏：「倉人主穀，廩人主米。計足國用，以其餘共委積。少曰委，多曰積。宿，可止宿；候館，樓可以觀望者也。一市之間有三廬一宿。」遺，維季反。委，於僞反。積，子賜反。○七章。女音汝。

烝民大廿六，變八。尹吉甫送仲山甫城齊。

經○一章。監，去聲。○七章。「四牡彭彭」，見《小雅・北山・傳》。「八鸞鏘鏘」，見《小雅・采芑・傳》。○卒章。「四牡騤騤」，見《小雅・采薇・傳》。毛氏：「喈喈猶鏘鏘，遄疾也。」

宣王之所以中興者，得賢才之多也。尹吉甫、召穆公、方叔、張仲、皇父、申伯、韓侯皆賢人也，而樊仲山甫之德爲盛。宣王任之，各當其才，而德之盛者乃居位之右，是又專以德命也。《烝民》之詩反覆讚詠，雖兼職業事功言之，大率主於德爾。八章之間，凡言仲山甫者十有二，於以見惓惓尊慕之意。蓋詩人之情與作詩之體，於所愛者，則喜其名而道之詳；於所惡者，則不欲舉其名而言之甚略也。故《出車》之於南仲，《采芑》之於方叔，《六月》之於吉甫，《江漢》之於召公，《崧高》之於申伯，《韓奕》之於韓侯，皆屢言之；而《何人斯》之暴公則維一言也。然則尹吉甫可謂知德而善言德行者歟？其首章且言天命之原、人心之本，則當時仲山甫之下，吉甫又最賢歟？○一章言天生仲山甫以助周。二章言山甫之德。三章言山甫之職。四章又言其職。蓋於朝廷、四方之事無所不掌也。將王命者，行於朝廷，明若否者。掌四方之事，蓋若舜以百揆兼四岳，周公爲冢宰而兼東方諸侯伯，召公爲冢宰而兼西方諸侯伯也。五章言其有中和之德，而善撫其民。六章言其德之全而善事其君。七章言出而城齊。八章勸其早歸也。○「既明且哲，以保其身」，非外國家而自爲身謀也。事君致身，以死效官，人臣之常也。惟大臣則不然，大臣而惟以效死爲事，則國殆矣。夫任調燮之職者，消禍亂於未萌，召禎祥於無形，握斡旋之機，致天人之和，而措天下於泰山磐石。然後其身安富尊榮，進退優游，天下後世不可得而指議，豈非保身之大者？然惟明且哲者，能之也。苟昧於幾微而致禍敗，諉曰「我殺身報國」而已，尚何取於大臣哉？其殺身不足以報敗國之責。雖有善者，亦無如之何矣。故「明哲保身」非爲身謀，乃所以定國也。○三言「四牡者」，先四句惟言車馬、征夫之盛而未行；次四句言「彭彭」「鏘鏘」，則往於齊也；下四句則道其歸時之盛也。

傳○一章。疏：「仲山甫，樊國君，侯爵。《周語》稱『樊仲山甫諫宣王』，韋昭云『食采於樊』。《左傳》：『晉文公納定襄王，王賜之樊邑。』則樊在東都畿内也。杜預云：『經傳不見畿内之國稱侯者，天子不以此爵賜畿内也。』如預之言，畿内本無侯爵。傳言樊侯，不知何據。」今案：《左傳》注：「樊一名陽樊，野王縣西南有陽城。」懷州河内縣，本野王。《困學紀聞》：「《權德輿集》云：『魯獻公仲子曰山甫，入輔於周，食采于樊。』」○骸，雄皆反。藏，才浪反。長，知丈反。監，古暫反。○朱子：「『昭假于下』，言周能以明德感格于天而在下。」○而爲，于僞反。○二章。《詩緝》：「山甫『令儀令色』，則動容周旋中禮矣。

猶曰『威儀是力』，何也？有德者固威儀之所自形，而謹其威儀者，亦所以檢攝而養其德也。外貌斯須不莊不敬，則慢易之心入之矣。大臣以道事君，而曰『天子是順』，何也？順者，臣道也，坤道也。坤元承天，順也；六二直方，亦順也。事君盡禮，順也；有犯無隱，亦順禮也。將順正救，皆出於忠愛，無往非順也。《周語》稱『樊仲山甫諫宣王』，然則『天子是若』，非面從容悦之謂也。」○《語録》：「問：『「柔亦不茹，剛亦不吐」，此言仲山甫之德剛柔不偏也。而二章首舉仲山甫之德，獨以「柔嘉維則」蔽之；《崧高》稱「申伯番番」，終論其德，亦曰「柔惠且直」。然則入德之方其可知矣。』曰：『如此，則乾卦不用得了。人之資稟自有柔德勝者，自有剛德勝者。今仲山甫「令儀令色，小心翼翼」却是柔，但其中自有骨子，不是一向如此柔去。人看文字要得言外之意，若以仲山甫「柔嘉維則」，必要以此爲入德之方，則不可。人之進德，須用剛健不息。』」○《語録》：「『仲山甫之德，柔嘉維則，令儀令色』，則大賢成德之行，而進乎此者。夫子之『逞顔色，怡怡如也』。乃聖人動容周旋中禮之事，又非仲山甫之所及矣。至於小人，訐以爲直，色厲内荏。則雖與巧言令色者不同，然考其矯情飾僞之心，實巧言令色之尤者。故聖人惡之。」又曰：「仲山甫『令儀令色』，此德之形於外者如此，與『鮮矣仁』者不干事。《論語》、詩人之意各異，當玩繹上下文意，不可只摘出一兩字看。」○三章。女音汝。與，平聲。應，於證反。○四章。《語録》：「『肅肅王命』以下四句，便是明哲。所謂明哲，只是曉天下事理，順理而行。自然災害不及其身，可以保其禄位。」○六章。度，徒洛反。易，以豉反。○七章。行祭，見《生民》。○隘，烏懈反。○《齊世家》：「太公封齊，都營丘。至五世胡公，徙都薄姑。子獻公徙治臨菑。」《正義》：「薄姑城在青州博昌縣東北六十里。」營丘、臨菑見《齊風》。

韓奕大卄七，變九。　韓侯初立來朝，受命而歸，詩人送之。　　異。

經○一章。倬，陟角反。共音恭。○二章。綏，如誰反。○茀音弗。箋：「簟茀，漆簟，以爲車蔽，今之藩也。」疏：「茀者，車之蔽；簟者，席之名，用席爲蔽。」○錯衡，見《小雅·采芑》。○玄衮，見《豳·九月》及《小雅·采菽·傳》。○赤舃，見《豳·狼跋》。○鈎膺，見《小雅·采芑》。○三章。箋：「祖將去而祀軷也。」詳見《生民》。○炰鼈，見《小雅·六月》。○鮮魚，新殺中膾者也。中，陟仲反。○路車，見《秦·渭陽》。○籩豆，見《豳·伐柯》。○四章。《詩記》：「古者任遇方面之臣，既盡其禮，復恤其私，使之内外光顯，體安志平，然後能展布自竭，爲王室之屏翰。詩人述王錫命諸侯，而因道其娶之盛，其意蓋在於此。而王室尊安，人情暇樂，亦莫不在其中矣。」○百兩，見《召南·鵲巢》。○「彭彭」及「八鸞鏘鏘」，見前篇。○五章。魴，見《周南·汝墳》。鱮，見《齊·敝笱》。麀，見

《靈臺・傳》。熊羆，見《小雅・斯干・傳》。○卒章。《釋文》：「追，如字，又都回反。」○疏：「毛赤文黑謂之赤豹，毛白文黑謂之白豹。有黄羆，有赤羆，大如熊，其脂如熊，白而麤，理不如熊白美也。」

一章韓侯來朝受命。二章錫予之儀。三章餞送之禮。四章韓侯娶妻。五章韓國富樂而室家和。卒章爲北方伯。○詩人言國之富樂，必道其禽獸魚鼈之盛。蓋日用之所須者，未嘗言及金玉也，是亦性情之正之一端也。五章言韓國之樂，與《衛・碩人》之四章同意。

傳○一章。《地理志》：「在馮翊夏陽縣，故少梁，梁山在西北。」《地理考異》：「在同州韓城縣東南一十九里。」《爾雅》：「梁，晉望。」李氏：「韓滅之後，故以爲晉之望。」○箋：「韓侯爲晉所滅。」李氏：「非韓趙魏之韓，乃武王之後，左氏所謂『邘晉應韓』者也。」邘音于。○見音現。朝音潮。三章同。○二章。介圭，見《崧高》。旂，見《小雅・出車》。○疏：「綏，即《王制》所謂『天子殺下大綏』者也。《天官・夏采》注云：『徐州貢夏翟之羽，有虞氏以爲綏。後世或無染鳥羽，象而用之。或以旄牛尾爲之，綴於幢上，所謂「注旄於竿首」者。』然則綏者，即交龍旂竿所建，與旂共一竿，爲貴賤之表章，故云『綏章』。」○疏：「揚者，人面眉上之名，則馬之鏤錫施鏤於揚之上矣。當盧者，當馬之額盧，在眉眼之上也。」○疏：「虎是獸中之最淺毛者，故知淺是虎皮。」○去，起吕反。較，訖岳反。覆，孚救反。搤，於革反。○三章。《困學紀聞》：「屠，潏水。李氏以爲同州郃谷。案：《說文》

有左馮翊鄜陽亭，馮翊即同州也。」潏，古穴反。鄜音同屠。○疏：「蔌，菜茹之總名。對肉殽，故云菜殽，謂爲葅也。」○疏：「筍始出地，長數寸，鬻以苦酒，豉汁浸之，可以就酒及食。蒲始生，取其中心入地蒻大如匕柄正白，生噉之，甘脆。鬻而以苦酒浸之，如食筍法。是筍、蒲葅之法也。」鬻音煮。蒻音弱。○四章。疏：「彘，於漢則河東永安縣，永安西臨汾水。」○《解頤新語》：「晉侯居翼，謂之翼侯；納諸鄂，謂之鄂侯。鄭叔段居京，謂之京城大叔；出奔共，謂之共叔。其汾王之類乎？說者以莒君爲比，非也。莒夷無謚，於是有黎比公、郊公、玆丕公、著丘公，皆以號爲稱，與汾王以地爲稱不類矣。」比音毗。著，直居反。○《釋文》：「妻之女弟曰娣。」《公羊傳》：「媵者何？諸侯娶一國，則二國往媵之，以姪娣從。姪者何？兄之子。娣者何？女弟也。」箋獨言娣，舉其貴者。媵音孕。○靚音静，又才性反。○卒章。疏：「《爾雅》：『貔，白狐，其子豰。』注：『一名執夷，虎豹之屬。』陸璣：『似虎，或曰似熊，一名白狐，遼東名白羆。』」豰，呼木反。○「衆爲」之「爲」，去聲。長，知丈反。

江漢大廿八，變十。美宣王命召公平淮南之夷。

經○一章。江漢，見《周南・漢廣》。旟，見《鄘・干旄》。○三章。徹，尺列反。○四章。毛氏：「敏，疾也。」○祉音恥。○五章。圭瓚，見《旱麓》。○箋：「秬鬯，黑黍酒也。謂之鬯者，芬香條鬯也。」疏：「黑黍之酒自名爲鬯，不待和鬱。《春官·鬯人》注：『秬鬯不和鬱者。』是黑黍之酒即名鬯也。和者，以鬯人掌秬鬯，鬱人掌和鬱鬯，明鬯人所掌未和鬱也。」

一章師出，二章功成，三章疆理旁國，四章宣布王德，五章錫賚比康公，卒章召公祝壽勸德。皆詩人道當時事實，而託爲召公之辭。○三言「四方」，皆指淮夷左右而言，非天下之四方也。上章言「江漢湯湯」，而曰「經營四方」「四方既平」；下章言「江漢之滸，王命召虎」，而曰「式辟四方」，辭旨可見也。「于疆于理，至于南海」，亦溢美之辭爾。詩人「南海」，蓋指當時頻海者爲海耳，非廣〔八〕。

傳○一章。《詩記》：「徐州在淮北，徐州有夷，則淮夷之在北者也。揚州在淮南，揚州有夷，則淮夷之在南者也。《江漢》《常武》皆宣王之詩，而同言淮夷，召虎既告成于王矣。《常武》又曰：『鋪敦淮濆，仍執醜虜。』故知淮夷之地不一。以地理考之，曰『江漢之滸，王命召虎』者，是淮南之夷也。若在淮北，則江漢非所由入之路矣。曰『率彼淮浦，省此徐土』者，是淮北之夷也。若在淮南，則徐土非聯接之地矣。」疏：「於《世本》，穆公是康公十六世孫。」○二章。洸，見《邶·谷風》。○四章。奭音適。女音汝。○五章。《爾雅》：「彝、卣、罍，器也。」又曰：「卣，中尊也。」疏：「尊，彝爲上，罍爲下。卣居中，不大不小，在罍、彝之間。」案：《禮圖》：「六彝爲上，受三斗；六尊爲中，受五斗；六罍爲下，受一斛。」《詩》疏：「案《鬱人》：『掌和鬱鬯以實彝而陳之。』則鬯當在彝，而此及《尚書》《左傳》皆云『秬鬯一卣』者，當祭之時乃在彝，未祭則在卣。賜時未祭，故卣盛之。」○卒章。《薛尚功鍾鼎彝器款識》：「郱敦銘，惟二年正月吉，王在周邵宫。丁亥，王格于宣榭。毛伯内門立中廷，佑祝郱。王呼内史册命郱。王曰：『郱，昔先王既命汝作邑，繼五邑祝，今余惟嚑京，乃今錫汝，赤芾、彤冕、齊黄、鑾旂用事。』郱拜稽首，敢對揚天子休命。郱用作朕皇考龔伯尊敦。郱其眉壽，萬年無疆，子子孫孫永保用高。銘文一百七字，敦蓋及器皆有之。」案歐陽《集古録》：郱，周大夫也，有功，錫命，爲其考作祭器也。宣榭，蓋宣王之廟。榭，射堂之制，其堂無室，以便射事，故凡無室者謂之榭。宣王之廟制如榭，故謂文宣榭。古者爵有德、禄有功，必賜於廟，示不敢專也。祭之日〔九〕獻，君降立于阼階之南，南鄉，所命北面。史由君右，執策命之，再拜稽首，受書以歸，而舍奠于其廟。毛伯内門立中庭，右〔十〕祝郱者，毛伯，執政之上卿也，入廟門，中其庭立，祝與郱皆在其右〔十一〕也。「王呼内史策命郱」者，内史，掌諸侯孤卿大夫之策也。王曰者，史執策，贊王命以告郱也。赤芾、彤冕、齊黄、鑾旂，所錫車服也。郱拜稽首，用作皇考龔伯尊敦者，所謂受書以歸，舍奠于其廟也。識音志。郱，皮變反。敦，都外反。

常武大廿九，變十一。美宣王平淮北之夷。

經○二章。父音同上章。省，息井反。處，上聲。○五章。《地理志》：「臨淮郡徐縣，故徐國，嬴姓，蓋伯益後也。」一章命皇父主兵，二章命休父爲副，三章言天子自將，四章言戰伐，五章言軍勢之盛，卒章歸美於王。○三章。箋：「紹，緩也。」蓋「王舒保作」，不疾也；「匪紹匪遊」，不徐也。此言王師之節制。○「徐方繹騷」，言徐方之亂也。「震驚徐方」，言亂者震驚徐方之民也。「如雷如霆」，六軍之威也。「徐方震驚」，言亂者之畏懾也。

傳○一章。卿士，見《小雅·十月之交·傳》。○將，子匠反。三章同。箋：「南仲，文王時武臣。」○二章。疏：「《内史職》云：『凡命諸侯及孤卿大夫則策命之。』」此當是尹吉甫爲卿而兼内史。○疏：「《楚語》：重黎氏世叙天地。其在周，程伯休父其後也。當宣王時，失其官守而爲司馬氏。」韋昭云：「程國，伯爵。休父，名也。」案：父宜是字，而昭以爲名，未能審之。○《郡國志》：「河南雒陽縣有上程聚，古程國，伯休甫之國也。」○疏：「《周禮》：『三農，生九穀。』注：『原隰及平地。』」○四章。陳，直刃反。○卒章。朝音潮。復，芳六反。

瞻卬大三十，變十二。刺幽王嬖褒姒、任奄人。

經〇一章。卬音仰。〇二章。上四句，箋：「此言王削黜諸侯及卿大夫無罪者。」〇四章。鞫，居六反。〇六章。幾，居希反。〇卒章。藐，莫角反。鞏，九勇反。

一章言國無定法，下蠹於民；二章言用刑不當；三章言嬖褒姒及用奄寺；四章婦寺之邪態；五章善人去國；六章承上章；七章言已逢禍患，又勸改過免禍。

傳〇一章。蟊賊，見《小雅·大田》。〇疏：「蟊賊者，害禾稼之蟲，蟊疾是害禾稼之狀。」〇褒姒，見《小雅·正月》。〇奄人，《周禮·司刑》注：「《書》傳：『男女不以禮交者，其刑宮。』宮者，丈夫割其勢。」《酒人》注：「奄，精氣閉藏者，內門則用奄以守之。」奄，《釋文》：「於檢、於驗二反。」《說文》作「閹」，英廉反。與此通用。〇三章。知音智。下章同。〇《說文》：「梟，不孝鳥，日至捕梟磔之。從鳥頭在木上。」《詩緝》：「鴟有二：『鳶飛戾天』者，鷹類也，亦單名鴟也；惡聲之鳥者，怪鴟也，此配梟言之，謂怪鴟也。又見《陳·墓門》。」磔，陟格反。〇四章。朝音潮。夫音扶。下章同。與音預。舍，上聲。下章同。〇五章。《晉語》：「史蘇曰：『夫有男戎，必有女戎。』注：『戎，兵也。女兵，言其禍猶兵也。』」夫音扶。〇六章。重，平聲。〇卒章。《爾雅》：「正出，涌出也。」〇濆，甫問反。

召旻大三十一，變十三。刺幽王任用小人，以致饑饉侵削。

經〇一章。饑饉，見《小雅・雨無正》。〇二章。蟊賊，見《小雅・大田》。遹音聿。〇五章。疏：「山於反。」〇六章。溥音普。〇《語録》：「問：『《召旻》六章作賦體，疑是比體。』答曰：『作比爲是。』」

一章怨亂，二章用羣小致亂，三章小人排黜君子，四章凋瘵無生意，五章歎小人不知退，六章慮害及己，卒章有舊德不能用。

傳〇二章。椓，丁角反，類隔切，今易陟角反。喪，息浪反。〇四章。苴，水中浮草。《釋文》：「士加反。」字書：「與楂同音。」傳誤。〇五章。箋：「米之率：糲十，粺九，鑿八，侍御七。」疏：「其術在《九章》粟米之法。彼云：『粟率五十，糲米三十，粺二十七，鑿二十四，御二十一。』言粟五升，爲糲米三升。以下則米漸細，故數益少。四種之米，皆以三約之，得此數。」糲，闌末反。鑿，子落反。〇怳，許往反。爲，于僞反。下章「專爲」之「爲」同。〇六章。頻字本從涉從頁，是水之厓也。

右《蕩之什》

大雅譜

《公劉》

右豳國舊詩，成王時召公所獻。

《文王》 《大明》 《緜》

《棫樸》 《旱麓》 《思齊》

《皇矣》 《靈臺》 《下武》

《文王有聲》 《生民》 《行葦》

《既醉》 《鳧鷖》 《假樂》

《泂酌》 《卷阿》

右十七詩，成王時。

《民勞》 《板》 《蕩》

《桑柔》

右四詩，厲王時。

《雲漢》 《崧高》 《烝民》

《江漢》　《常武》

右五詩，宣王時。

《瞻卬》　《召旻》

右二詩，幽王時。

《抑》

右衛武公作。《國語》謂武公年數九十五，猶箴儆於國，以求交戒，於是作懿戒以自儆。此蓋武公晚年之詩。而武公卒于平王之十三年，則此詩乃平王時詩也。

《韓奕》

時世不可考。

【校記】

〔一〕「七」，秦本作「三」。

〔二〕同〔一〕。

〔三〕「九」，秦本作「六」。

〔四〕「尋」，原作「哻」，據《毛詩注疏》改。

〔五〕「口」，原作「寸」，據秦本改。

〔六〕「廟」，秦本作「學」。
〔七〕「子」，秦本作「下」。
〔八〕「非廣」二字於文意似礙，疑衍。
〔九〕「旦」，原作「日一」，據《集古録》改。
〔一〇〕「右」，原作「古」，據《集古録》改。
〔一一〕同〔一〇〕。

詩集傳名物鈔卷第八

頌四

清廟《頌》一。祀文王。

經○駿音峻。○《語録》：「問：『或疑《清廟》祀文王之樂歌，然初不顯頌文王之德者，何也？』某應之曰：『文王之德不可名言，凡一時在位之人所以能敬且和，與執行文王之德者，即文王盛德之所在也。必於其不可容言之中，而見其不可掩之實，則詩人之意得矣。讀此詩者，想當時；聞〔一〕其歌者，真若「洋洋乎如在其上，如在其左右」。又何待多著言語，委曲形容而後足哉？妄意如此。』答曰：『此説是。』」○又曰：「『對越在天』便是顯處，『駿奔走在廟』便是承處。」○毛氏：「顯於天矣，見承於人矣，不見厭於人矣。」

「秉文之德」總承上二句，其助祭能敬和明顯之諸侯及濟濟之多士，皆執行文王之德也。「對越在天」，内敬也；「駿奔走在廟」，外恭也。其心足以對在天之神明，方可以盡駿奔走之職。其助祭之臣且如是，則主祭之君可知。文王之德化於後世如此，則「無射於人」可知矣。

傳○與音預。朝音潮。○題下。騂，息營反。愀，七小反。復，扶又反。疏，山於反。乾音干。「豆上」之「上」，時掌反。筦、管同。

維天之命《頌》二。祭文王。　異。

經○《釋文》：「假音暇。溢音逸。」毛氏：「假，嘉。溢，慎也。」箋：「溢，盈也。」○駿音峻。曾音增。

傳○簡，古莧反。

維清《頌》三。祭文王。　異。

經　維清明而緝續其光明者，文王之常也。既曰「緝熙」，又曰「文王之典」，是極贊文王之純德不已爾。所以自文王始嗣位、主祭祀以來，積而至於今日乃有成。今周之所以致太平者，實文王爲之禎祥也。

烈文《頌》四。獻助祭諸侯。　異。

經○祉音耻。

傳○殖，丞職反。大音太。樂音洛。

天作《頌》五。祭大王。　異。

傳○朱子《韓文考異》：「岨與阻同。」則此「徂」字當從阻音。據、據同。辟、僻同。易，羊豉反。

昊天有成命《頌》六。祀成王。　異。

傳○《周語》：「晉叔向曰：『《昊天有成命》，頌之盛德也。其詩曰：「昊天有成命，二后受之。成王不敢康。夙夜基命宥密。於〔二〕緝熙，亶厥心，肆其靖之。」是道成王之德也。成王能明文昭、能定武烈者也。夫道成命者而稱昊天，翼其上也。「二后受之」，讓於德也。「成王不敢康」，敬百姓也。夙夜，恭也。基，始也。命，信也。宥，寛也。密，寧也。緝，明也。熙，廣也。亶，厚也。肆，固也。靖，龢也。其始也，翼上德讓而敬百姓；其中也，恭儉信寛，帥歸於寧；其終也，廣厚其心以固龢之。始於德讓，中於信寛，終於固龢，故曰成。』」向，許丈反。龢、和同。

我將《頌》七。祀文王於明堂，配上帝。

經○疏：「《禮》稱郊用特牲，《祭法》云：『燔柴於泰壇，祭天用騂犢。』則明堂祭天，亦當特牛矣。而得有羊者，其配之人自當用太牢。」○《詩緝》：「『儀式刑』，猶《書》云『嚴祇敬』。累言之者，謂法之不已也。」○《語録》：「問：『右作左右之右，與舊不同。』曰：『《周禮》有「享右祭祀」之文，如《詩》中此例亦多，如「既右烈考」「亦右文母」之類。此詩作保佑説更難，方説「維羊維牛」，如何便説保佑？到「伊嘏文王，既右享之」，也説未得右助。』」

愚案：此詩「右」字無音，而釋曰「尊也」。神坐東向，在饌之右，所以尊之也。是則「左右」之「右」爲上聲字。《時邁》亦釋曰尊而無音，亦當作上聲讀。《雝》詩「既右烈考」「亦右文母」亦釋曰「尊也」，而音「又」，下引《周禮》「享右祭祀」以證之，均訓曰尊，而有上聲、去聲之不同。《語録》却引「享右祭祀」以證爲「左右」之「右」，而《周禮》音義皆作侑。三詩音既不同，義亦似異，而《雝·傳》及《語録》引用《周禮》亦覺不同，未詳如何。

傳○題下。《語録》：「問：『《傳》謂祀明堂，周公以義起。不知周公以後將以文王配邪？以時王之父配邪？』曰：『諸儒正持此二議，至今不決。看來只得以文王配。且周公所制之禮，不知在武王之時，在成王之時？若在成王，則文王乃其祖也，亦自可見。』」

時邁《頌》八。巡守祭告。

經

巡守諸國，出以時而動，以禮昊天，其必子愛我矣。天之「實右序有周」，何以見之？巡以警諸侯，則諸侯震懼而畢朝；巡以祀鬼神，而鬼神感格以致享。若是，則天實右序之，而王信爲天下之君矣。又言我周之德昭明，燭下無隱，慶讓黜陟，式序在位，皆得其當。故戒征伐而不用，敷德教於中國。若是，則王信能保守天命而無失矣。「薄言震之，莫不震疊」，朝會之事也；「懷柔百神，及河喬嶽」，望祭之事也；「載戢干戈，載櫜弓矢」，偃武也；「我求懿德，肆于時夏」，修文也。

傳○守，式又反。朝音潮。

執競《頌》九。祭武王、成王、康王。　　異。

思文《頌》十。后稷配天。

經○吳正傳：「天之於民，育之以全其生，教之以全其性而已。所以命聖人者以此也，聖人所以配天者亦以此也。文者，總言后稷之德。『莫匪爾極』，以全民之生者言也；『陳常于時夏』，以全民之性者言也。立我者，稷也；命之者，帝也。後言『陳常』者，富而教之也。」

傳○遺，惟季反。

右《清廟之什》

臣工《頌》十一。戒農官。

經　前四句美之，後則戒之也。「嗟嗟臣工」，能「敬爾在公」之事。王已賜爾成法，而又來咨度，可謂敬其事也。於是重歎以告之，曰：莫春之時，將何所求乎？惟當言如何用力於新畬耳。於此時見來牟之美而歎之，知其必有成而將受上帝之明賜矣。以來牟之美，則可以卜上帝之必賜以豐年也。蓋歲之豐歉主於秋，而麥則以濟一時之食，故以此卜之也。今既得豐年之兆，惟宜命農人具農器以盡其力，則將忽見收成之不遠矣。

傳〇重，直用反。度，待洛反。女音汝。爲，于僞反。〇朱子曰：「鄭氏據《月令》『天子親載耒耜，措之于參保介之御間』，以爲車右衣甲持兵，故曰『保介』。案：《吕氏春秋》亦有此文，高誘注云：『保介，副也。』鄭氏之説迂晦，不若高誘之明白。」衣，去聲。〇新畬，見《小雅·采芑》。〇銚，七遥反，字與鍬同。疏：「古田器。」《韻會》：「江淮謂之臿。」臿，楚洽反。

噫嘻《頌》十二。戒農官。　　異。

經〇駿音峻。〇《解頤新語》：「周人以諱事神，『駿發爾私』『克昌厥后』皆不諱，何也？蓋周之前無諱，至《書》稱『元孫某』，則諱之始也。然不以其名號之耳，不指其人則亦不諱。如穆王名滿，後有王孫滿；襄王名鄭，後有衛侯鄭；匡王名班，《春秋》書曹伯班；簡王名夷，《春秋》書晉夷吾。皆周之故實也。」

傳○奇，居宜反。○箋：「據《周禮·遂人》：『凡治田野，夫間有遂，遂上有徑。十夫有溝，溝上有畛；百夫有洫，洫上有涂；千夫有澮，澮上有道；萬夫有川，川上有路。』計此萬夫之地，方三十三里少半里也。」疏：「萬夫之地廣長各三十三里，餘百步。既三分里之一爲少半里，是三十三里又少半里也。《遂人》注：十夫二鄰之田，百夫一鄼之田，千夫二鄙之田，萬夫四縣之田。遂、溝、洫、澮皆所以通水於川。遂廣深各二尺，溝倍遂，洫倍溝。澮廣二尋，深二仞[三]。徑、畛、涂、道、路，皆所以通車徒於國都。徑容牛馬，畛容大車，涂容車一軌，道容二軌，路容三軌。遂、洫，從，溝、澮横，九澮而川周其外。如是者九，則爲方百里之同。」畛，之忍反。洫，況域反。涂，塗同。澮，古外反。廣，去聲。鄼，祖管反。○雨，去聲。

振鷺《頌》十三。二王之後來助祭。

經○戾，至也。○斁音亦。○《語録》：「問：『《振鷺》詩非正祭樂歌，乃獻助祭之臣，未審如何。』曰：『看此文意都無告神之語，恐是獻助祭之臣。古者祭祀，每一受胙，主與賓尸皆有獻酬之禮。既畢，然後亞獻。至獻畢，復受胙。如此禮意甚好，有接續意思。』」

傳○鷺，見《陳·宛丘》。○朱子：「先儒多謂辟雝在西郊，故曰西雝。」○《地理志》：「陳留郡雍丘縣，故杞國。周武王封禹後東樓公。先春秋時徙魯東北。」〇宋，見《商頌》。〇《左氏傳》注疏：「有事，祭宗廟也。膰，祭肉。尊之，故賜以祭胙。以敵體待之，故拜其來弔，其餘諸侯則否。」

豐年《頌》十四。秋冬報賽田事。

經〇廩，《説文》本作亩，「穀所報入宗廟粢盛，或作廩」。

傳〇秭，見《王·黍離》。〇百考毛氏曰：「數萬至萬曰億，數億至億曰秭。」疏：「定本、《集注》云：『數億至萬曰秭。』案：甄氏曰：『黄帝爲法，數有十等。及其用也，乃有三焉。十等爲億、兆、京、陔、秭、壤、溝、澗、正、載也；三等者，上中下也。下數十萬曰億，十億曰兆，十兆曰京；中數萬萬曰億，萬萬億曰兆，萬萬兆曰京；上數萬萬曰億，億億曰兆，兆兆曰京。』毛氏『數萬至萬曰億』者，舉中數也。又云『數億至億曰秭』，則有可疑。蓋黄帝數術，中數交之上，萬萬京曰陔，萬萬陔曰稀。此應云『數萬至陔曰秭』，而言『數億至億曰秭』者，有所未詳。」今以甄氏所舉而下數計之，十萬曰億，十億曰兆，十兆曰京，則百億也；十京曰陔，千億也；十陔曰秭，萬億也。豈毛下數言之，而今本轉寫誤曰「數億至億」乎？「數萬」「數億」之「數」，色主反。〇方社，見《小雅·甫田》。

有瞽《頌》十五。 始作樂而合乎祖。

經○《釋文》：「應，應對之應。」

傳○《周禮・瞽矇》：「上瞽四十人，中瞽百人，下瞽百有六十人，掌播鼗、柷、敔、塤、簫、管、弦、歌，鼓琴瑟，眡瞭三百人，凡樂事，相瞽。」矇音蒙。 塤音諠。 眡瞭音視了。 ○箋：「合者，大合諸樂而奏之。」疏：「合諸樂器於太祖之廟，太祖謂文王也。」○朄音胤。 ○《樂書》：「少昊氏冒革爲鼓，夏后氏加四足。 商楹鼓，爲一楹而四稜貫鼓於其端，猶四植之桓圭也。 縣鼓，周人所造之器，始作樂而合乎祖者也。」《禮》曰：「縣鼓在西，應鼓在東。以應鼓爲和終之樂，則縣鼓其倡始之鼓歟？ 宮縣設之四隅，鞉與鼗同，所以兆奏鼓也。有雷鼗、靈鼗、路鼗。」○挏，杜孔反，動也。 令，力呈反。 ○敔音同圉。 鉏音阻。 鋙音語。櫟音歷。 所櫟之木名曰籈，音真。 ○《樂書》：「簫編竹而成，長則聲濁，短則聲清。 其狀鳳翼，其音鳳聲。 中呂之氣，夏至之音也。 火生數二，成數七，而夏至又火用事之時。 二七十四，則簫之長尺有四寸，蓋取諸此。《爾雅》：『大簫謂之䇾，小者謂之筊。』郭璞謂『大者長尺四寸，小者尺二寸』是也。 然尺四寸者二十四管，無底而善應，故謂之䇾； 尺二寸者十二管，有底而交鳴，故謂之筊。 蓋應十二律，正倍之聲也。」中音仲。 䇾音言，今《爾雅》本作言。笅，胡交反。〇《爾雅》：「大管謂之簥。」注：「長尺圍寸，併漆之。有底如篪，六孔。」《周禮・小師》注：「如篴而小，併兩而吹之。」《樂書》：「簥者，以其聲大而高也。」簥音喬。篴與笛同。〇闋，若穴反，曲終也。

潛《頌》十六。季冬薦魚，季春薦鮪。

經〇毛氏：「漆、沮，岐周二水也。」詳見《大雅・緜》。〇鱣、鮪，見《衛・碩人》。鱨、鰋，見《小雅・魚麗》。鯉，見《陳・衡門》。〇《解頤新語》：「魚喜潛，取者必求之深，故曰『潛有多魚』。」

傳〇槮，《釋文》：「霜甚、疏廕、心稟三反。」〇《埤雅》：「鰷，形狹而長若條，性浮，似鱨而白。」〇箋：「冬魚之性定，春鮪新來。」疏：「冬月既寒，魚不行孕，性定而肥充，故薦之。河南鞏縣東北崖上山腹有穴，舊説云此穴與江湖通，鮪從此穴而來，北入河，西上龍門，入漆、沮。」

雝《頌》十七。武王祭文王。　異。

傳〇《周禮・大祝》注：「右讀爲侑，謂祭祀侑勸尸食而拜。」大音泰，下同。〇題下。「及徹，帥學士而歌《徹》。」「樂師」文云「大師」，誤。「說者」則康成也。蓋「徹祭」下詳《禮》疏，恐當有「器」字。

載見《頌》十八。諸侯助祭武王廟。

經○鞗革，見《小雅・蓼蕭・傳》。

傳○旂，見《小雅・出車》。○箋：「鶬，金飾貌。」○朝音潮。

有客《頌》十九。微子來見祖廟。

經○黃氏：「周人愛微子也，見其所乘之馬亦愛之，見其所御之僕亦愛之。馬有潔白之色，人有萋且之敬，旅有敦琢之容，則周人之於微子，無所不愛也。」○箋：「縶，絆也。」

傳○箋：「選擇卿大夫之賢者，與之朝王〔四〕。言『敦琢』者，以賢美之，故玉言之。」疏：「敦、雕，古今字。《爾雅》：『玉謂之雕。』又曰：『玉謂之琢。』是雕、琢皆治玉之名。」○《爾雅》：「有客宿宿，再宿也。有客信信，四宿也。」○疏：「古之朝聘，留停日數不可得而詳，不知於信信之後幾日乃可去。」○從，才用反。見，賢遍反。易，去聲。

武《頌》二十。周公爲大武之樂。

右《臣工之什》

閔予小子《頌》二十一。成王免喪朝廟。

傳○疏：「《烈文》箋云：『新王即政，必以朝享之禮祭祖考，告嗣位。』然則除喪朝廟，亦用朝享之禮祭於廟。」○朝音潮。○《語録》：「『陟降庭止』，《傳》注訓庭爲直，而説之云：『文王之進退其臣，皆由直道。諸儒祖之，無敢違者。』而顔監於《匡衡傳》所引，獨釋之曰：『言若有神明臨其朝廷。』蓋衡時未行毛説，顔監又精史學，而不梏於專經之陋。故其言獨能如此，無所阿隨，而得經之本指。」○《後漢書・李固傳》：「昔堯殂之後，舜仰慕三年，坐則見堯於牆，食則見堯於羹。」

訪落《頌》二十二。成王延訪羣臣。

經○上，時掌反。下，遐嫁反。○《詩記》：「『保其身』，無危亡之憂；『明其身』，無昏塞之患。」

「紹庭上下」，欲法武王之正朝廷也；「陟降厥家」，欲法武王之齊其家也；「保明其身」，欲賴武王助其修身也。成王之學有本末先後矣。

傳○《庭燎·傳》：「艾，盡也。」則此「朕未有艾」謂未能盡率昭考之道也。但《傳》於《庭燎》則「艾音乂」，而此音「五蓋反」，未詳。朝音潮。强，巨兩反。

敬之《頌》二十三。羣臣戒成王，王答之。異。

經○監，去聲。

「陟降厥士」，天無事而不在也；「日監在兹」，天無時而不在也。君子所以無不敬也。

傳○荷，合可、何佐二反。

小毖《頌》二十四。亦廷問之辭。

經○毖音祕。○《詩緝》：「人近蜂則被其螫，信小人則受其惑。蜂不可使，前日之事無人使，蜂螫我乃我自取其辛螫也。我今始信桃蟲之微，能翻飛爲鳥。言小物之能成大，不敢不毖也。」〇又曰：「『莫予荓蜂』，猶云莫予毒也已。古文莫予、莫我之類，皆倒提予、我以便文耳。『莫我肯德』，言無肯德於我；『莫予荓蜂』，言無荓蜂於我。他如『莫我知』『莫予云覯』之類，皆倒辭也。」

「莫予荓蜂，自求辛螫」，在我有間，物得以乘之。「肇允彼桃蟲，拚飛維鳥」，事機不謹，變必至於大。

傳〇疏：「《爾雅》：『桃蟲，鷦鷯。』注：『鷦鷯，桃雀也，俗呼爲巧婦。鷦鷯小鳥，而生鵰鶚者也。』陸璣：『今鷦鷯也。微小於黄雀，其雛化而爲鵰，故俗語云鷦鷯生鵰。』」《埤雅》：「《説苑》云：『鷦鷯巢於葦苕，繫之以髮。』鳩性拙，鷦性巧，故鷦俗呼巧婦。一名工雀〔五〕，一名女匠。其啄尖利如錐，取茅莠爲巢，巢至精密。以麻紩之，如刺韈然，故一名韈雀。其化輒爲鵰鶚。」鷦鷯音焦苗。鷯，力幺反。紩音秩，縫也。《詩記》：「一説猶言『初爲鼠，後爲虎』，不必謂桃蟲化爲鵰。」

載芟《頌》二十五。未詳所用，疑與《豐年》同。

經〇耜，見《豳·七月》。俶，尺叔反。〇《説文》：「飶，食之香。」

疏：「椒是木名，非香氣。但椒木之氣香，作者以椒言香。」《詩緝》：「飶、椒皆酒醴芬芳之氣，椒之氣烈，故古者謂椒酒，取其香且烈也。」○《釋文》：「厭，於豔反。且，七也反，又子餘反。」

傳○解音蟹。去，丘呂反。長，知丈反。甿音萌。閒音閑。勞，去聲。「露積」之「積」，如字。共音恭。養，去聲。○《遂人》注：「疆予，謂民有餘力，復予之田，若餘夫然。」○《大宰》：「以九職任萬民，九曰閒民，無常職，轉移執事。」疏：「其人爲性不營己業，爲閒民而好與人傭賃，非止一家。轉移爲人執事，以此爲業。」○《詩緝》：「前曰『千耦其耘』，則既耕而耘，反土之後，草木根株有芟柞不盡者，則耘之。今曰『緜緜其麃』，則既苗而耘也。」○李氏：「『胡考』者，老人也。《禮・士冠禮》：『祝云：永受胡福。』注云：『胡，遐也。』」

良耜《頌》二十六。同前。

經○筐筥，見《召南・采蘋・傳》。○饟與餉同。《廣韻》：「饋也。自家之野謂之饟。」○箋：「豐年，雖賤者猶食黍。」疏：「少牢特牲，大夫士之祭食有黍，明黍是貴。《玉藻》：『子卯，稷食。』爲忌日貶，是稷爲賤食。」「有稷食」之「食」，音嗣。○積，子賜反。○箋：

「捄，曲貌。」

傳○刺，七亦反。去，起呂反。辣，盧達反。○《説文》：「櫛，梳篦之總名。」○《詩緝》：「百室，在六卿爲族，而族師掌以歲時校登其夫家之衆寡。在六遂爲酇，而酇長掌趨其耕耨與其戒令。政事莫不同之，故使之同時納穀，所以示親睦、均有無也。」趨音促。○題下。「籥章」至「息老物」，見《豳風》之末。

絲衣《頌》二十七。祭而飲酒。異。

經○鼒音兹。○「兕觥其觩」，見《小雅·桑扈·傳》。胡考，見《載芟》。

傳○疏：「爵弁之服玄衣纁裳，皆以絲爲之，故云絲衣也。」《詩緝》：「餘衣皆用布，惟冕與爵弁服用絲。大夫以上祭服謂之冕，士祭服謂之弁。其首服弁，則其衣服用絲，故知絲衣爲士助祭之服。」○《詩緝》：「《雜記》云：『大夫冕而祭於公，士弁而祭於公。』注云：『弁，爵弁也。爵弁，冕之次，其色赤而微黑，如爵頭然。』」○塾，見《陳·衡門》。○《爾雅》「鼎圜弇上謂之鼒」，注：「斂上而小口者。」圜音圓。弇，古掩字。○《特牲饋食禮》：「先夕，陳鼎于門外，有鼎。牲在其西，設壺、禁在東序，豆、籩、鉶在東房。主人即位于門外，西面入，即位于堂下。宗人升自西階，視壺濯及豆籩，反降。東北面告濯具。主人出，復外位。宗人視牲，告充。宗人舉鼎鼏，告潔。」《詩疏》：「《特牲》雖則士禮，而士卑，不嫌其禮得同君，故準《特牲》爲説鼏與冪同，莫狄反。鉶音刑。」

酌《頌》二十八。頌武王。

傳○題下。勺音酌。《祭統》：「舞莫重於《武宿夜》。」黄震東發《日抄》：「《武宿夜》，武曲名，即《大武》之樂。武王伐紂，至於商郊，停止宿夜，士卒皆歡樂歌舞以待旦，因名焉。」

桓《頌》二十九。頌武王。

經○《釋文》：「閒，閒厠之閒。」

傳○題下。類禡，見《大雅・皇矣》。禡，馬嫁反。

賚《頌》三十。封功臣。

般《頌》三十一。薄寒反。巡守柴望。

經○箋：「敷，徧也。」

傳○守音狩。朝音潮。

右《閔予小子之什》

頌譜

《時邁》　《雝》

右二詩，武王時。

《清廟》　《維天之命》　《維清》

《烈文》　《天作》　《我將》

《思文》　《臣工》　《噫嘻》

《振鷺》　《豐年》　《有瞽》

《潛》　《載見》　《有客》

《武》　《閔予小子》　《訪落》
《敬之》　《小毖》　《載芟》
《良耜》　《絲衣》　《酌》
《桓》　《賚》　《般》

右二十七詩，周公所定，皆成王時作。

《昊命有成命》

右康王以後詩。

《執競》

右昭王以後詩。

魯頌

傳〇《禹貢》：「海岱及淮惟徐州。」蒙、羽，二山名。蔡《傳》：「《地志》：『蒙山在泰山郡蒙陰縣西南，今沂州費縣。羽山在東海郡祝其縣南，今海州朐山縣。』」費，兵媚反。朐，權俱反。〇《前編》：「武王滅商，封周公於魯，都曲阜少昊大庭之墟。留相周。武王崩，成王立。元年，周公攝政，命伯禽代，就封於魯。」鄭《譜》：「魯者，少昊摯之墟，國中有大庭氏之庫。」疏：「曲阜在魯城中，委曲長七八里。」○《明堂位》曰：「成王以周公有勳勞於天下，命魯公世世祀周公以天子之禮樂。是以季夏六月，以禘禮祀周公於太廟。牲用白牡，尊用犧象、山罍，鬱尊用黄目，灌用玉瓚大圭，薦用玉豆、雕篹，爵用玉琖，仍雕，加以璧散、璧角，俎用梡嶡。升歌《清廟》，下管《象》，朱干玉戚，冕而舞《大武》。皮弁，素積，裼而舞《大夏》。」犧，素何反。瓚，才旦反。篹，素緩反。籩屬，以竹爲之。雕，刻飾其直。散，先旦反。梡，苦緩反，虞俎名。嶡，居衛反，夏俎名。梡，始有四足，嶡爲之距。○孔子曰：「魯之郊禘，非禮也。周公其衰矣！」○程子曰：「周公之功固大矣，皆臣子之分所當爲，魯安得獨用天子禮樂哉？成王之賜、伯禽之受，皆非也。」○《通鑑外記》：「初，魯惠公使宰讓請郊廟之禮於天子。王使史角往，魯公止之。」陳傅良《春秋後傳》：「諸侯之有郊禘，東遷之僭禮也。史曰：『秦襄始列於諸侯，作西畤，祠白帝。』僭端見矣。位在藩臣而臚於郊祀，君子懼焉。則平王以前未有也。魯之郊禘，惠公請之也，惠公雖請之，而魯郊猶未率爲常也。僖公始作《頌》，以郊爲夸焉。記禮者以爲魯禮皆成王賜之，以康周公。」案：衛祝鮀之言曰：「周公相王室，以尹天下，於周爲睦。分魯公以大路、大旂、夏后氏之璜，封父之繁弱，殷民六族，以昭周公之德。分之土田陪敦，祝、宗、卜、史，備物、典册、官司、彝器。」則成王命魯不過如此。隱公考仲子之宫，問羽數於衆仲。周公閲來聘，饗有昌歜，白、黑、形鹽，周公閲以爲備物，辭不敢受。衛寧武子來聘，宴之，賦《湛露》及《彤弓》。武子不答賦，曰：「諸侯朝正，於王於是乎賦《湛露》。諸侯敵王所愾而獻其功，於是乎賜之彤弓。」假如記禮之言得用郊禘，兼四代服器官，祝鮀不應不及。況魯行天子之禮久矣，隱公何以始問羽數？閔何以辭備物之享？甯武子何以致譏於《湛露》《彤弓》？于以見魯僭未久，上自天子之宰。至于兄弟之國之卿，苟有識者，皆疑怪遜謝，而魯人並無一語及成王之賜以自解。故郊禘之説當從劉恕。分，扶問反。父音甫。衆音終。歜，徂感反。○疏：「伯禽卒，次考公酋、煬公熙、幽公宰、魏公濆、厲公擢、獻公具、真公濞、武公敖、懿公戲及伯御，又孝公稱、惠公弗湟、隱公息姑、桓公允、莊公同，閔公開卒而僖公申立。從周公數之，故爲十九世。」濆音沸。真音慎。濞，匹位反。○《解頤新語》：「《魯頌》之異於《商》《周》者四：《商》《周》，天下頌之，《魯》，國人頌之，一也；《商》《周》以告神明，而《魯》用以燕樂，二也；《商》《周》子孫頌其先，《魯》臣下頌其君，三也；《商》《周》多事實，魯多禱頌，四也。」

駉《魯》一。僖公富盛。　異。

經○《詩緝》：「薄言，發語辭。薄言，聊言之而已。」疏：「『薄言駉者』，有何馬也？乃有驈、皇之類。」○二章。騂，息營反。騏音期。○三章。駱、雒並音洛。駵音留。

每章之意惟在第七句。「無疆」者，廣大也；「無期」者，不苟於近利也；「無斁」者，持之能久也。唯所思者如此，故久而有富盛之效，正「秉心塞淵，騋牝三千」之意。其富盛非特馬也，因馬可以見其他爾。然思之「無疆」「無期」「無斁」，猶未知所思者當邪？否邪？至其卒章辭曰「思無邪」，則見其心之正。取於民者有制，其富盛皆所當得，非掊克苛斂以致之者。詩人一字之妙而意有餘，此孔子所以取之以蔽《三百篇》也。但此則人頌其君之辭，未必僖公能然也。

傳○一章。疏：「腹謂馬肚，幹謂馬脅。」○邑外至郊謂之坰。《爾雅》文注云：「邑，國都也。假令百里之國，五十里之界，界各十里。」疏：「大判而言，則野者，郊外通名。」故毛氏傳：「坰，遠野也。」○驪，黑色。跨，髀間所跨據之處。白跨，髀間白也。騂，赤色。黄騂謂黄而雜赤者。跨，苦化反。髀音陛。○皇，見《豳・東山》。○二章。「駓，符悲反。伾，符丕反。」二「符」字誤。《釋文》：「駓，府悲反。伾，敷悲反。」皆類隔切，今並易作攀悲反。○疏：「駓，今之桃華馬。騅、駓皆云『雜毛』，是體有二種之色相間雜。如『黄白曰皇，黄騂曰黄』，止一毛色之中自有淺深，與此二色者異。騂爲純赤色，言赤黄者，謂赤而微黄，其色鮮明者也。上云『黄騂曰黄』，謂黄而微赤。騏謂青而微黑，今之驄馬也。」○三章。驎，良忍、良辰二反。駮，北角反。鬛，力輒反，馬騣也。騣，子紅反。○卒章。駰，又見《小雅・皇皇者華》。疏：「彤，赤色。騢，今赭白馬。骭，膝下之名，脚脛也。」豪骭，豪毛在骭而白長也。」骭，户晏反。

有駜《魯》二。燕飲頌禱。　異。

經○一章。《詩緝》：「有駜然而肥强者，維何乎？其駜然肥强者，是彼一乘之黄馬也。連言『有駜』，非一馬也。」

馬雖起興，亦以富盛者言之也。「在公明明」者，事上盡職也；「在公飲酒」者，撫下以恩也。「載燕」則又言夙夜無所事，惟燕樂耳。故上言樂舞容節，而後惟頌禱也。

傳○一章。治，去聲。樂音落。○三章。遺，去聲。

泮水《魯》三。飲於泮宫而頌禱。　異。

經○一章。旂，見《小雅・出車》。○鸞，見《秦・駟驖・傳》。○二章。藻，見《召南・采蘋》。○三章。茆音卯。○五章。陶音遥。○六章。箋：「訩，訟也。」○七章。斁音亦。○八章。箋：「懷，歸也。歸就我以善言，喻人感於恩則化。」○魯齋：「此頌伯禽詩。平淮夷，獻馘泮宫而作。」

一章言公至泮宫而羣臣從。二章言飲羣臣而恩意洽。三章既飲酒而祝其壽，且告以順大道而行則有服人之效。四章以後皆祝頌之辭，而各有所指。曰「敬明其德」，是告之以明德工夫也。内則敬以明其德，外則敬以慎其威儀，則「維民之則」矣。是以見於事業者，「允文允武」。有孝而假烈祖，求福祜也。五章曰「克明其德」，是已能明其德也，故有「作泮宫」以下之效。六章言軍師和而軍旅之盛也。七章言勝淮夷。八章言淮夷服。上三章道其所已然，後五章祝其所未然也。

傳○一章。毛氏：「天子辟廱，諸侯泮宫。」箋：「辟廱者，築土雝水之外，使圓如璧，四方來觀者均也。泮之言半也。半水者，蓋東西門以南通水，北無也。」疏：「辟廱者，築土爲堤，以壅水之外，使圓如璧。璧體圓而内有孔，此水亦圓而内有地，是其形如璧也。言四方來觀者均，則辟廱之宫，内有館舍外無牆院也。泮宫必疑南有水者，以行禮當南面，而觀者北面故也。」雝、壅同。○芹，見《小雅・采菽》。○三章。疏：「茆與荇菜相似，葉大如手，赤圓。有肥者，著手中滑不得停。莖大如匕柄。葉可以生食，又可鬻，滑美。江南謂之蓴菜，或謂之水葵。」○五章。《禮》疏「在學謀論兵事，其謀成定，受之於學。征伐還反，釋奠於學，以可言問之訊，截左耳之馘，告先聖先師。」訊馘，又見《小雅・出車》及《大雅・皇矣・傳》。○七章。疏：「荀卿《論兵》云：『操十二石之弩，負矢五十个。』是以一弩用五十矢。荀則毛氏之師，故從其言，以五十矢爲束。鄭注《大司寇》：『一弓百矢。』

則鄭竟以百矢爲束。《尚書》《左傳》皆云『彤弓一，彤矢百』，故束矢當百个。而在軍之禮，重弓以備折壞，或亦分百矢以爲兩束歟？」○卒章。魋，尸荏反，誤，當作時審反。○鴞，見《陳・墓門》。○遺，于醉反。○疏：「《禹貢》：『荆、揚貢金三品。』鄭注：『銅三色，青、白、赤也。』王肅以爲金、銀、銅。」

閟宮《魯》四。僖公修廟而祝頌之辭。

經○《孟子》：「『戎狄是膺，荆舒是懲』，周公方且膺之。」子金子曰：「王文憲嘗言：『《閟宮》之詩蓋有錯簡，當從《孟子》爲正。』蓋第一節説姜嫄、后稷，第二節説大王、文、武，第三節當説周公之功。而今詩但説成王封周公之子，似逸一節。下文『公車千乘』『戎狄是膺，荆舒是懲，則莫我敢承』，當是第三節，言周公四征弗庭，伐淮踐奄之功。周無徐州，故淮夷爲荆州之界，而舒在今淮西也。第四節始及『王曰叔父』至『乃命魯公』。第五節方説『周公之孫，莊公之子』，方頌僖公。第六節説饗祀降福，而『俾爾』之祝，以類相從，已後皆祝頌之辭。如此則孟子之時詩未錯簡，而《孟子》所引正是『周公』也。」○黍稷，見《王・黍離》。○重穋，見《豳・七月・傳》。○菽，見《小雅・小明》。○稻，見《唐・鴇羽・傳》。○秬，見《大雅・生民》。○三章。龍旂，見《小雅・出車》。○騂，赤也。色純曰犧。○四章。《釋文》：「楅音福。犧，素何反。」○籩豆，見《豳・伐柯》。○五章。台背，見《大雅・行葦・傳》。○八章。祉音耻。○卒章。桷，方椽也。○舄音昔。

傳○一章。疏：「《晉語》及《書傳》説天子廟飾，『斲其材而礱之，加密石焉』。諸侯斲而礱之，天子加密石也。」礱，盧紅反。○疏：「重穋、稙穉，生熟早晚之異稱，非穀名。先種曰稙，後種曰穉。當是先種先熟，後種後熟。傳略而不言。」○邰，湯來反。○二章。斷音短。○豳、岐，見《大雅・緜》。○與，羊恕反。

實始翦商，謂周之所以滅商者，自此基之爾。大王非有翦商之謀也，蓋古公遷岐，人從之如歸市。而《吴越春秋》謂「古公居三月成城郭，一年成邑，二年成都，而民五倍其初」，此彷彿帝舜氣象。則德化及於民，其勢固不可遏也，但遷岐在殷王小乙之時。後高宗立，傅説爲相，中興，在位五十九年。次祖庚立，七祀。次祖甲，二十八祀而文王生。《書》稱：「祖甲不義，惟王知小人之依，能保惠庶民，不敢侮鰥寡。肆祖甲享國三十三年。」自遷岐至文王之生已九十餘年，古公壽百二十歲，後不知的於何年卒。計在文王生一二年之後，則古公始終正居商。令王有道之世，翦商之志何自而生邪？《孟子》曰：「由湯至於武丁，賢聖之君六七作，天下歸殷久矣。久則難變也。武丁朝諸侯有天下，猶運之掌也。紂之去武丁未久也，然而文王由方百里起，是以難也。」古之君子以事實論商周者蓋如此，求《詩》之過者多失其實。故《傳》止曰「蓋有翦商之漸」，謂其國自是而漸大，真得詩人之意矣。而《論語集注》之云則未及改定也。

四章。畫，胡卦反。燭，似鹽反，湯中瀹肉。去，起呂反。大音泰。鉶音刑。湆音泣。和，胡臥反。盛，平聲。○《爾雅》：「瓦豆謂之登。」○跗，方于反。○疏：「《周語》：『禘郊之事則有全烝，王公立飫則有房烝，親戚宴饗則有殽烝。』如彼文次，全烝謂全載牲體，殽烝謂體解節折，則房烝是半體可知。此云房，故知是半體之俎。」○五章。將，子亮反。○奇，紀宜反。英，又見《鄭・清人・傳》。疏：「絲纏而朱染之，以爲矛之英飾。《小戎》：『竹閉緄縢。』傳：『緄，繩。縢，約也。』此縢亦謂約之以繩也。」○二矛又見《鄭・清人・傳》。疏：「貝者，水蟲，甲有文章。胄謂兜鍪，貝非爲胄之物，故知以貝爲飾。」兜，當侯反。鍪，迷浮反。○疏：「朱綅赤綫，謂以朱綫連綴甲也。」綫即線字。荆舒，見《小雅・漸漸之石》。○艾音乂。○六章。疏：「泰山在齊魯之界，其陽則魯，其陰則齊。」《書》蔡傳：「泰山在今襲慶府奉符縣西北三十里。」○《郡國志》：「泰山郡博縣有龜山，齊歸龜陰之田。」杜預曰：「田在山北，即襲慶府奉符縣也。」《地理志》：「泰山郡蒙陰縣，蒙山在西南。」《書》蔡傳：「在今沂州費縣。」○七章。《地理考異》：「鳧山在兖州鄒縣東南三十八里。嶧山一名鄒山，在鄒縣南二十二里。其山東西二十里，南北十三里，高秀獨出，積石相臨，殆無土壤。」○應，去聲。屬，之玉反。○八章。疏：「常，魯南鄙。許爲西鄙。」○朝音潮。○卒章。《地理考異》：「徂來山亦曰尤來，在兖州乾封縣，今爲奉符縣。」《水經注》:「山在兖州梁父、奉高、博城三縣界。」後魏魯郡汶陽縣有新甫山,汶陽故城在兖州泗水縣東南。○教護屬功,課章程,疏:「教令工匠監護其事,屬付功役,課其章程也。」屬音燭。

魯頌譜

《駉》《有駜》《泮水》

右三詩不知何世。《駉》本傳雖以爲僖公詩,而總説則以爲無所考。

《閟宫》

右一詩僖公。

商頌

傳○契十四世至湯。案:《史記》:契一、昭明二、相土三、昌若四、曹圉五、冥六、振七、微八、報丁九、報乙十、報丙十一、主壬十二、主癸十三、湯十四,皆父子相傳。契音泄。○其自成湯至于紂二十八世。其二世太甲,受伊尹之訓,反善修德,諸侯咸歸,是爲太宗。其後殷衰，至七世大戊，伊陟爲相，殷復興，是爲中宗。其二十世武丁舉傅説爲相，殷道復興，是爲高宗。所謂三宗也。〇武王滅紂，封其子武庚于殷。成王三年，武庚叛，周公東征，誅武庚而封紂庶兄微子啓於宋。〇《書》蔡傳：「泗水出魯國卞縣桃墟西北陪尾山，源有泉四，四泉俱導，因名。西南過彭城，又東南過下邳入淮。」卞縣，今襲慶府泗水縣也。宋即漢唐睢陽，宋應天府，今歸德府，其境東接泗濱。〇《書》蔡傳：「孟豬在梁國睢陽縣東北，今應天府虞城縣西北孟豬澤是也。」孟與盟同。〇《史記·宋世家》：「微子卒，弟衍立，是爲微仲。卒，子宋公稽立。卒，子丁公申立。卒，子湣公共立。卒，弟煬公熙立。湣公子鮒祀弑煬公自立，是爲厲公。卒，子釐公舉立。卒，子惠公覸立。卒，子哀公立。卒，子戴公立。」自微子至戴公十一君，《傳》謂「七世至戴公」者，蓋父子相傳爲一世。微子、微仲兄弟，當自宋公稽始。煬公亦以弟襲位，故自宋公至哀公爲七世而戴公仍在七世之外也。鮒，符遇反。釐音僖。覸，古莧反。〇正考甫，宋大夫，微子之後，孔子七世祖。强，其兩反。〇《史記正義》：「《括地志》：『宋州穀熟縣西南三十五里，南亳故城即湯都也。宋州北五十里大蒙城爲景亳，湯所盟地，因景山爲名。所謂北亳。河南偃師爲西亳，帝嚳及湯所都，盤庚亦徙都之。湯即位，都南亳，後徙西亳。』」

那《商》一。祀成湯之樂。

經○鞉，見《周頌・有瞽》。○鼓，見《周南・關雎》。○衎，苦旦反。嘒，呼惠反。○管，見《周頌・有瞽》。○萬舞，見《邶・簡兮》。

傳○「衎樂」之「樂」，音隆〔六〕。閿，苦穴反。齊，側皆反。「所樂」之「樂」，五孝反。爲，于僞反。僾音愛。愾，開代反。○朱子曰：「張子云：『玉磬，聲之最和平者，可以養心。其聲一定，始終如一，無洛殺也。』」殺，色界反。○鏞，見《大雅・靈臺・傳》。○《魯語》注：「馬父，魯大夫，言勉聖人行此恭敬之道久矣，不敢言創之於己，乃云受之於先古也。」父音甫。○題下。《魯語》注：「名頌，頌之美者也。輯，成也。凡作篇章，義既成，撮其大要以爲亂辭。詩者，歌也，所以節舞。曲終乃更，變章亂爵，故謂之亂。」

烈祖《商》二。同上。

經○祜、酤，本皆候五反，《傳》於酤有叶字，恐誤。○眉壽、黄耇，見《小雅・南山有臺・傳》。○溥音普。

傳〇定，丁佞反。

玄鳥《商》三。 祭宗廟。

經〇《釋文》：「員音圓，又音云。」

鄭氏謂此爲祫祭之詩，宜誠然也。蓋詩敘歷世之君之德，不可奏于一廟故也。「天命玄鳥」至「宅殷土芒芒」，言契；「古帝命武湯」至「奄有九有」，言湯；「商之先后」至「在武丁孫子」，言羣后；「武丁孫子」至「大糦是承」，言諸侯之從；「邦畿千里」至「來假祁祁」，言善政自内及外，而其效如此；「景員維河」以下又總言殷之受禄于天也。

傳〇鳦，烏拔反。燕色黑，故謂之玄鳥。〇毛氏：「春分，玄鳥降。湯之先祖有娀氏女簡狄配高辛氏帝，辛率與之祈于郊禖而生契。」箋：「鳦遺卵，簡狄吞之而生契。」《史記》：「簡狄爲帝嚳次妃。三人行浴，見玄鳥墮卵。簡狄吞之，因孕生契。長而佐禹治水，有功。帝舜乃命契爲司徒，封於商，賜姓子氏。」《索隱》曰：「契生堯代，舜始舉之，必非嚳子。以其父微，故不著名。其母有娀氏女，與宗婦三人浴於川，則非帝嚳次妃明矣。」老泉蘇氏曰：「《史記》載簡狄行浴，見燕墮卵，取而吞之，因生契，爲商始祖。神奇妖濫，不亦甚乎？使聖人而有異於衆庶也，天地必將儲陰陽之和、積元氣之英以生，又焉用此微禽之卵哉？燕墮卵於前取而吞之，簡狄其喪心乎？史遷之意，必以《詩》有『天命鳦鳥，降而生商』而言之，此遷求《詩》之過也。毛公之傳《詩》也，以鳦降爲祀郊禖之候。及鄭之箋，而後有吞踐之事。遷之説出於疑《詩》，而鄭之説又出於從遷矣。甚矣！遷之以不祥誣聖人也。」子金子案：「《史記》自謂以《頌》自次契事，然不得《頌》之意。《玄鳥》之頌曰：『天命玄鳥，降而生商。』蓋古人以玄鳥至之日祠于高禖，以祈子也。簡狄以是日祈焉而孕，故傳述其感生之祥。《史》以行浴墮卵之事附之，幾於罔矣。《長發》之頌，禘祫之詩也。推其祖之所自出者，不過叙禹敷土之時有娀外氏之盛，而契始受封有國，是開有商一代之基，而未見其爲嚳子也。豈以太史克有『高辛氏才子』之言，傳者有『殷人禘嚳』之説，遂繫之嚳與？然以《頌》次之，則史傳之言爲不可信矣。」娀，夙中反。禖音梅。喪，息浪反。○竟、境同。○旂，見《小雅・出車》。○《語録》：「『景員維河』一句不知説甚麽，想當時有此語，人都曉得，今不可曉。」○《家説》：「毛氏諸詩注，景訓大，員訓益。《釋文》：『河本作何。』若依此訓，此文則是『大益維何』，問辭，下則應辭也。」○《家説》：「《那》與《烈祖》二詩皆五章，章四句，以韻考之可見。獨第五章各加『顧予烝嘗，湯孫之將』二句以爲亂辭。據他詩例，當稱五章、章四句，一章六句。何不可者而必欲準之《周頌》？以爲一章則失之牽合矣。《國語》稱《那》之末章爲其『輯之亂』，則元非一章明甚。又，『長發』『殷武』皆名，著章數不應一《頌》，自爲二體也。《玄鳥》一章亦當分四章，章皆五句，獨第三一章七句。此詩每章之首皆承上章末字發辭，正與《文王》《下武》等詩相類，此皆其分章處也。要之，《商》《魯》二《頌》自與《周頌》不同，其詞義深淺較然可見，烏得以一律並言之哉？」今案：《商頌》皆毛、鄭章句而朱子從之，今著項氏之説于此，以存異義。

長發《商》四。祫祭之詩。

經○三章。躋，子兮反。祇音支。

傳○一章。知音智。見音現。竟、境同。

《史記正義》：「有娀當在蒲州。」今河中府。○二章。應，去聲。三章同。與，平聲。卒章同。○四章。屬音燭。縿，所銜〔七〕反，見《鄘·干旄》。著，直略反。荷，上、去二音。○五章。鄭氏：「共音拱，下同。」珙亦同駹，音厖。○六章。《地理考異》：「韋顧、昆吾皆祝融後。滑州韋成縣，古豕韋國。顧城在濮州范陽縣東二十八里，夏之顧國。濮州濮陽縣即昆吾之墟，亦曰帝丘。古昆吾國故城在縣西三十里，昆吾臺在縣西百步。」○己音紀。《寰宇記》：「解州安邑縣，桀所都。」○卒章。《尚書》孔傳：「阿倚衡平，言倚以取平，亦曰保衡。」○題下。與音預。

殷武《商》五。祀高宗。

經〇二章。羌，去羊反。〇卒章。斲，斫也。桷，見《魯・閟宮》。楹，柱也。

高宗中興之功，必以伐荆楚爲大，故作頌者惟言此，以見殷之復治者在是。蓋蠻夷猾夏，聖人所憂；四夷來王，盛德所及也。一章伐楚而楚人服。二章楚既服而可繼成湯。三章諸侯皆從。四章爲治有道而天降之福。五章中興之盛。卒章廟成而祭也。

傳〇一章。疏：「周有天下，始封熊繹爲楚子。於武丁之世，不知楚君何人。」《史記》：「熊繹，成王所封。」〇二章。疏：「《周禮・大行人》：『九州之外謂之蕃國，世一見。』其國父死子繼，及嗣王即位，乃來朝也。」見音現。朝，直遥反。

商頌譜

《那》《烈祖》

右太甲以後作。

《殷武》

右祖庚以後作。

《玄鳥》《長發》

右二詩不知何世。

詩總圖

周 衛 鄭 齊 唐 秦 陳 曹 魯

文王

《周南·關雎》

《葛覃》

《卷耳》

《樛木》

《螽斯》

《桃夭》

《兔罝》

《芣苢》

《漢廣》
《汝墳》
《麟之趾》
《召南·鵲巢》
《采蘩》
《草蟲》
《采蘋》
《行露》
《羔羊》
《殷其靁》
《摽有梅》
《小星》
《江有汜》
《騶虞》
文王
武王

《桑扈》
《大田》
《采薇》
《出車》
《杕杜》
《南陔》
《白華》
《華黍》
《魚麗》
《由庚》
《南有嘉魚》
《崇丘》
《南山有臺》
《由儀》
《菁菁者莪》

武王在位七年。

康叔封武王元年封。

太公吕尚武王元年封。

胡公嬀滿武王元年封。

叔振鐸武王

元年封。　文公旦武王元年封。

《頌・時邁》

《鴛鴦》

《頍弁》

《車舝》

《魚藻》

《采菽》

成王在位三十七年。　叔虞成王元年封。其子改爲晉。

《豳・七月》舊詩，周公陳。

《鴟鴞》

《東山》

《破斧》

《伐柯》

《九罭》

《狼跋》

《小雅・常棣》

《大雅·文王》

《大明》

《緜》

《棫樸》

《旱麓》

《思齊》

《皇矣》

《靈臺》

《下武》

《文王有聲》

《生民》

《行葦》

《既醉》

《鳧鷖》

《假樂》

《公劉》舊詩，召公陳。

《泂酌》
《卷阿》
《頌·清廟》
《維天之命》
《維清》
《烈文》
《天作》
《我將》
《思文》
《臣工》
《振鷺》
《豐年》
《有瞽》
《潛》
《載見》
《有客》

《武》
《閔予小子》
《訪落》
《敬之》
《小毖》
《載芟》
《良耜》
《絲衣》
《酌》
《桓》
《賚》
《般》
康王在位二十六年。
《頌・昊天有成命》
《噫嘻》康王以後。
昭王在位五十一年。

《頌・執競》昭王以後。
穆王在位五十五年。
共王在位十二年。
懿王在位二十五年。
孝王在位十五年。
夷王在位十六年。　非子孝王七年封爲附庸。
厲王在位五十一年。
《大雅・民勞》　釐侯厲王二十五年立。
《板》
《蕩》
《桑柔》《鄘・柏舟》
宣王在位四十六年。
《小雅・六月》　武公宣王十六年立。　桓公友
《采芑》
《車攻》《淇奧》宣王二十二年封。
《吉日》

《黍苗》

《大雅·雲漢》

《崧高》

《烝民》

《江漢》

《常武》

宣王

幽王

平王

《小雅·賓之初筵》

幽王在位十一年。

《車鄰》

《小雅·節南山》

《正月》

《十月之交》

《小弁》

襄公幽王五年立。

《駟鐵》

《小戎》

《終南》

《無衣》

《鼓鍾》
《白華》
《大雅・瞻卬》
《召旻》
平王在位五十一年。
《國風・黍離》 莊公平王十四年立。 武公 昭侯平王二十六年立。
《揚之水》
《大雅・抑》 《邶・柏舟》
《緑衣》 《揚之水》
《日月》 《椒聊》
《終風》 莊公平王二十八年立。
《碩人》
《叔于田》
《大叔于田》
桓王在位二十二年。 州吁桓王元年弑君自立。 襄公桓王二十二年立。
《南山》

《燕燕》　《敝笱》
《擊鼓》　《載驅》
《宣公》桓王二年立。　《猗嗟》
《新臺》
《二子乘舟》
惠公桓王二十一年立。
《墻有茨》
《君子偕老》
莊王在位十五年。　《鶉之奔奔》　武公僖王二年始并晉。
僖王在位五年。　《無衣》
惠王在位二十五年。　戴公惠王十七年立。　文公惠王五年立。　獻公惠王元年立。　穆公惠王十八年立。　共公惠王二十五年立。　僖公惠王十八年立。
《葛生》　《渭陽》　《候人》　《閟宮》
《采苓》
《定之方中》

《蝃蝀》
《相鼠》
《干旄》
《河廣》

襄王在位三十二年。　康公襄王三十二年立。

頃王在位六年。
《黄鳥》
靈公頃王六年立。
《株林》

匡王在位六年。

定王在位二十一年。　穆公定王八年立。
《式微》
《旄丘》

右詩一百八十三篇，依朱子所定，知其時世如此，餘不可知也。

【校記】

〔一〕「聞」上原衍「文」字，於文意未通，據《晦庵集》卷六十删。

〔二〕「於」，原脱，據經補。
〔三〕「仞」，原作「仍」，據《周禮注疏》改。
〔四〕「王」，原作「玉」，據秦本改。
〔五〕「雀」，原作「爵」，據秦本及《埤雅》改。
〔六〕「隆」，秦本作「落」。
〔七〕「銜」，原作「衘」，據《毛詩注疏》改。